去或是再也找不回爱人而死的人，那些是最让我恐惧的。

在所有恐怖的事情中最最恐怖的是：无论你有还是没有爱情，它都会杀死你。

第二章
婚姻就是秩序与稳定

我们必须始终如一地警惕病害：我们的国家、人民，我们的家人以及我们思想的健康，都取决于恒久不变的警惕。

——《安全，健康与幸福手册》，第12版第7页，“基本卫生措施”

橘子的气味总是让我想起葬礼。在我的评估日早上，就是这股气味弄醒了我。我看了看放在床头柜上的钟。六点了。

光线还是灰色的，穿过卧室房间的阳光变得越来越强烈，我是和玛西娅表姐的孩子们一起用这个房间的。年纪最小的格蕾丝趴在她的单人床上，她已经穿好了衣服，正盯着我看。她手里拿着一只完好的橘子，正试着用她的乳牙咬下去，好像那是个苹果。我的胃翻腾起来，我不得不再次闭上眼睛，以免想起在我母亲去世时我被迫穿上的那件又热又粗糙的衣服，以免想起那阵嘀嘀咕咕的窃窃私语声，还有一只粗糙的大手递给我一只又一只橘子让我咬着，好让我保持安静。

在那个葬礼上我吃了四个橘子，一瓣又一瓣，因此在离开时，我腿上已经积起了一堆橘子皮，然后我开始舔起它们来，那些微微发涩的果皮驱走了眼泪。

我睁开眼睛，格蕾丝靠上前来，那只橘子正放在她摊开的手心里。

“不要，格蕾丝。”我拉开被子站了起来。我的胃像拳头般收紧又张开，“而且你不应该吃皮的，你知道。”

她继续朝我扑闪着那对灰色的大眼睛，一声不吭。我叹了口气，在她身旁坐下来。“这儿。”我说着，给她展示如何用她的指甲剥下果皮，解开那些打成圈的橘皮，然后把它们扔到她腿上，整个过程里我都在屏住呼吸，以免闻到那股味道。她默默地看着我。当我做完后，她双手拿起那只剥好皮的橘子，仿佛那是个水晶球，而她担心会把它弄碎。

我用手肘轻轻推了她一下：“去吧，现在可以吃了。”她只是盯着它，我叹了口气，开始将橘子一瓣一瓣剥开给她。我一边做，一边尽可能轻言细语地说：“你知道，如果你愿意偶尔说点话的话，别人可能会对你更好些。”

她没有作答。倒不是说我真的期待她会说些什么。在格蕾丝迄今为止五年零三个月的生命里，我的卡罗尔姨妈从没有听她说过一个字，一个音节都没有过。卡罗尔觉得她一定是脑子出了点问题，但到目前为止，医生还没有检查出来。“她简直哑巴得像块石头。”卡罗尔说的倒是实话。那是在前几天，她看着格蕾丝在手里不断翻转一只明亮的彩色时钟，仿佛那个东西无比美丽又神奇，仿佛期待着它会突然变成别的什么东西。

我站起来朝窗边走去，离开了格蕾丝和她那双目不转睛的大眼睛和细瘦灵活的手指。我为她感到惋惜。

格蕾丝的母亲玛西娅已经去世了。她总是说她一开始就不想要孩子。那是仪式带来的不良趋势之一；在狂热性神经衰弱症的表现中，有些人会觉得为人父母是一件令人憎恶的事。谢天谢地，压根不爱孩子的情况还是很少见的——例如母亲或父亲无法正常、忠实、负责任地给予孩子感情，以及最终把孩子溺死，或是坐上他们的气管，或是在他们哭起来时把他们打死，等等。

然而，两个孩子却是评估程序为玛西娅所决定的数字。在当时，这看上去似乎是一个正确的选择。她的家庭在年度总评中赢得了一个很高的稳定性分数。她的丈夫是一位深受尊敬的科学家。他们住在温特尔街的一座巨大无比的房子里。玛西娅会认真地准备每一顿饭，并在业余时间里教钢琴课，以便时刻保持忙碌状态。

可是，当玛西娅的丈夫被怀疑是一名爱情同情派时，一切都改变了。玛西娅与孩子们——珍妮与格蕾丝，都不得不搬回去，和玛西娅的母亲也就是我的卡罗尔姨妈一起住。而无论她们走到哪里，都会有人对她们指指点点，评头论足。格蕾丝当然不会记得这些。如果她对自己的父母还有任何记忆，那我倒要吃惊了。

玛西娅的丈夫在他的审判之前消失了。他做的也许是件好事。那些审判几乎都是用来作秀的。爱情同情派的人差不多都是要被处决的。即便不这样，他们也会被锁进地窖里接连服上三个为期二十五年的徒刑。玛西娅当然知道这点。卡罗尔姨妈认为，就是这个导致了她的心脏在她丈夫消失几个月后停止运转。在接到文件的一天后，当她走在街上时——怦！心脏病发作了。

心脏是很脆弱的东西。因此你必须很小心。

我感觉得出来今天会很热。卧室里已经很热了，我打开窗户想驱散走那阵橘子的气味，外面的空气简直像舌头般黏稠而凝重。我深深吸了口气，吸入那清新的海藻与潮湿木头的气味，听着远处的海鸥一边不停地盘旋一边发出的叫声，那是从海湾那头那些倾斜的灰白色建筑前传来的。外面有辆汽车的引擎突然一下子发动起来。那声音吓得我一下子跳了起来。

“你在为治疗而紧张吗？”

我转过身去。卡罗尔姨妈正交叠着双手站在门口。

“不。”我说。但我觉得自己在撒谎。

她微笑着，但却是一掠而过的笑。“别担心。你会很好的。洗个澡，然后我会帮你梳头。我们可以在路上再核对一下你的答案。”

“好的。”姨妈还是一直盯着我。我扭了扭身子，将指甲掐进身后的窗台里。我一直很讨厌被这样盯着看。当然我将不得不习惯这样。在测试中，将会有四名评估员凑近，盯着我足足两小时。我要穿上一件轻薄半透明的塑料长外衣，就像你在医院中穿上的那种衣服一样，这样他们就能看到我的身体。

“我要给出七分或八分。”姨妈说着抿起了嘴。这是一记完美的得分，我对此很高兴。“但如果你不打扫卫生的话，就拿不到六分以上。”

高三已经快要结束了。治疗手术就是我要进行的最后一道测试。在过去四个月中，我经历了各种各样的结业考试——数学、科学、口语和书写、社会学、心理学、摄影（这是选修的特长课）——再过几周我就能拿到成绩了。我很确定自己做得不错，足以进入大学。我一直是一名优等生。大学考官会分析我的优点和缺点，然后分配给我一所大学和一项专业。

评估是最后一步，这样我就能被分到配偶了。接下来的几个月里，那些评估员将会发给我一张名单，上面列着四到五个被核准后的相配者。他们中的一个将会在我大学毕业后成为我的丈夫（如果我通过了所有考试的话。有些女孩则是在高中一毕业就进行了配对，并结了婚）。评估员们将会尽全力为我配好那些在评估中取得相似成绩的人。他们会尽可能地避开任何过大的差异，比如智商、性情、社会背景以及年龄等。当然你也偶尔会听到一些可怕的故事：比如某些案例中，一个可怜的十八岁女孩被配给了一名有钱的八十岁老头。

楼梯发出可怕的呻吟声，格蕾丝的姐姐珍妮出现了。她只有九岁，相对她的年龄来说身高有些过高了，但却十分单薄：身体棱角四现，胸部是凹进去的，就像只翘曲的烤盘。要这么说有些可怕，不过我确实不太喜欢她。她和她母亲一样有着一副干巴巴的刻薄面容。

她在门口和姨妈站到一起盯着我。我只有五英尺三英寸①高，而令人惊异的是，珍妮只比我现在的身高矮几英寸。在姨妈和表妹面前感到扭捏实在很蠢，不过我的双臂却悄然蹿起一阵滚烫的刺痒。我知道他们都在为我在评估上的表现而担心。如果我嫁得好的话，几年后就会为这个家庭带来额外的钱财。这也许也会让那些私下说闲话的人滚远点，五年过去后，这些闲言碎语似乎还在四处尾随着我们，就像风中卷起的沙沙作响的叶子：同情派，同情派，同情派……

母亲死后，这个词仅仅只比另一个尾随我多年的声音稍微好一点，那是一阵像蛇吐信子般的嘶嘶声，它如波浪般翻滚着身子，留下一条带毒液的痕迹：**自杀**。这是一个侧面的说法，是那种人们用咬耳朵、嘀咕和咳嗽声传递的词；是那种人们用手掌捂着嘴说出来或是在紧闭的门后喃喃着说的词。它只在我梦里出现，我听到了这个词在怒吼和尖叫。

我深深吸了一口气，然后弯下身子拖出床下的宽口箱，这样姨妈就看不出我在发抖了。

“蕾娜是今天结婚吗？”珍妮问姨妈。她的声音总是让我想起在

① 约合1.6米。——编者注

酷热中单调地嗡嗡作响的蜜蜂。

“别傻了。”姨妈说，但却并没被惹怒，“你知道除非她被治愈，否则是不能结婚的。”

我站直身子，将毛巾抱到胸前。那个词——结婚——让我嘴唇发干。人人都是一出学校就尽快结婚。事情就是这样的。婚姻就是秩序与稳定，是健康社会的标志（看看《安全，健康与幸福手册》第114页，“社会原理”）。但关于婚姻的想法还是让我的心脏急剧地跳动起来，就像玻璃后的一条虫子。当然我还从未触摸过任何一个男孩——未被治愈者之间的异性身体接触是被禁止的。说实话，我也从未和一个男孩说话超过五分钟，除非你把我的表弟、叔叔和安德鲁·马库斯也算进去，安德鲁在廉价超市给我的叔叔帮忙，他总是在掏鼻孔，把掏出来的污物拭在蔬菜罐头的底部。

如果我不能通过结业考试的话——求求你，上帝，求求上帝，请让我通过它们吧——我就会在结束治疗后不到三个月的时间内举行婚礼。那就意味着我将迎来我的新婚之夜。

橘子的气味依然很浓烈，我的胃又抽搐了一下。我将脸埋进毛巾里，吸了一口气，期望自己不要生病。

楼下传来碗碟刀叉的碰撞声。姨妈叹了口气，看了看表。

“我们一小时后就走。”她说，“你最好开始行动起来。”

第三章
一生中最重要的日子

上帝，帮我们将双脚扎根于大地
让我们看向大路
并永远记住那些试图展翅翱翔的
堕落的天使，
却被太阳烤焦，熔化了双翅，
疾速掉回到大海。
上帝，帮我将双脚牢牢扎根于大地
让我将双眼盯住大路
好让我永不绊脚。

——《旧约圣经·诗篇 42》

姨妈坚持要带我走下楼去实验室，那里就和所有的政府办公室一样，所有的楼群都沿着码头连成一片：那是一串亮白色的建筑，闪闪发光，就像海洋那张啧啧作响的嘴边长出的一圈牙齿。小时候，我刚刚搬来和她一起住时，她每天都带着我走路去上学。我的母亲、姐姐和我离边境住得很近，我总是为所有的风声和黑暗的街道感到惊奇和恐惧不已，它们闻上去就像垃圾和不新鲜的鱼的气味。我一直希望姨妈能够握住我的手，但她从未这么做过，于是我将双手握成拳头，跟随着她的裤子发出的催眠般的沙沙声，提心吊胆地等着圣安妮女校从最后一道山脉的顶峰上浮现出来的那一刻，那块深色的石头建筑上布满了各种裂缝，就像码头上那些渔夫饱经风霜的脸庞。

事物的变化真是神奇。当时我被波特兰的街道吓得要命，不情愿地走在姨妈的身旁。现在我却对它们了如指掌，闭着眼睛都能找出它们的凹陷处和曲线，而今天我除了想独自一人外什么也不想要。我能闻到海洋的味道，尽管它被上下起伏的街道远远挡在了视野之外，但它让我感到安心。海边刮来的咸风让空气变得粗糙而凝重。

“记住。”她正在第一千遍说这样的话，“他们想了解你的性格，没错，但你的回答越是泛泛，你就越是有机会获得更多的选择。”姨妈总是直接用《安全，健康与幸福手册》中的话来谈论结婚，比如义务、责任和坚持，等等。

“明白了。”我说。一辆公车从我们身边开过去。车的身侧印着圣安妮女校的徽章，我迅速低下头去，想象着安妮·麦克纳马拉或希拉里·派克从布满灰尘的窗口盯着这里，对着我指指点点，咯咯发笑。大家都知道我要在今天进行评估治疗。一年里只有四天是评估日，并且地点早已被提前决定好了。

卡罗尔姨妈坚持要我化妆，这让我的皮肤感觉像是被罩上了一层面罩，滑溜溜的。在家里卫生间的镜子前，我觉得自己看上去简直像条鱼，尤其是我的头发全都被金属发夹和别针别了起来：像是一条挂满金属钩子的鱼粘在了我的头上。

我不喜欢化妆，我对衣服或是唇彩之类的东西从来就不感兴趣。我最好的朋友汉娜觉得我简直疯了，但当然她不会。她绝对是个光彩四射的美人——哪怕她只是将自己的金发绑成一个乱七八糟的发髻顶在头上，她看上去还是十分有型。我并不丑，但我也不漂亮。我什么都是平平。我的眼睛既不是绿色，也不是褐色，而是混合色。我不瘦，但也不胖。你唯一能明确描述我的就是：我很矮。

“如果他们问你——但愿不会发生这样的事——问起你的表妹们，记得要说你不太认识她们……”

“嗯，嗯。”我心不在焉地听着。天气很热，对于六月来说太热了，热度已经刺入了我的后背和腋下，尽管我一大早就狠狠涂了许多的腋下芳香剂。我们右边是卡斯科海湾，它被匹克斯岛和大钻石岛包围着，两座岛上都有瞭望台。那后面是开阔的海洋，再之后，所有那些衰败的国家与城市都被疾病所毁灭了。

“蕾娜？你还在听我说吗？”卡罗尔将手放在我的胳膊上，将我转到她的方向。

“蓝色。”我机械地随着她说，“蓝色是我最喜欢的颜色，或者绿色。”黑色太病态了，红色会显得过于激进，粉色太幼稚，橙色又太奇特。

“那你空闲时喜欢做什么？”

我轻轻松开她紧握的手，“我们早就讨论过这个了。”

“这很重要，蕾娜。也许这是你一生中最重要的日子。”

我叹了口气。面前那道挡住政府实验室的大门伴随着一阵冰冷的呻吟徐徐打开了。这里已经形成了两列：一边是女孩，而十五英尺开外的第二个入口处是男孩。我又眯着眼睛看了一眼太阳，试图找到些我认识的人，但海洋仍然让我目眩神迷，我的视野里弥漫着游离的黑点。

“蕾娜？”姨妈催促我。

我深深吸了一口气，开始滔滔不绝地背起那被我们演练了上万次的套话：“我热爱做学校的功课。我对摄影很感兴趣，因为我喜欢它那种捕获并保存短暂瞬间的方式。我喜欢和朋友们在一起，并且去迪尔恩橡树公园参加音乐会。我喜欢跑步，并且连续两年担任全国越野跑的联合队长之一。我在五公里赛跑中保持着学校的纪录。我经常照顾家中的小孩，我很喜欢孩子。”

“你在做鬼脸。”姨妈说。

“我很喜欢孩子。”我重复着，在脸上强挤出一丝微笑。事实是，除了格蕾丝以外，我并不喜欢很多孩子。他们太粘人，又很难对付，还一直吵闹个没完。他们还总是不断地抓东西，拉屎拉尿，把自己弄得湿漉漉的。但我知道有一天我也会不得不拥有自己的孩子。

“好些了。”卡罗尔说，“继续。”

我说完了。“我最喜欢的课程是数学和历史。”然后她心满意足地点了点头。

“蕾娜！”

我转过身去。汉娜正从她父母的车中钻出来，她的金发四散成一小绺一小绺的，缠绕在脸蛋周围。她那半透明的短外套从一边被晒黑的肩膀上脱落下来。所有正在排队进入实验室的男孩女孩都转过身去看她。汉娜有那种超越众人的力量。

“蕾娜！等等！”汉娜一边继续冲着街这头飞奔而来，一边朝我狂热地挥手。她身后的那辆车开始缓慢地逆行：不断来回，来回地在那条狭窄的车道上打着转，直到它终于转向了相反的方向。汉娜父母的车就像头非洲黑豹般黝黑光亮。有几次我们一起坐那辆车四处兜风时，我感觉自己就像位公主。几乎很少再有人有汽车了，有车而会开车的人就更少了。汽油被严格限量供给，并且极其昂贵。一些中产阶级人士将车安置在家门前，就像那是座雕塑，冷冰冰的，不再被使用，轮胎也一尘不染，毫发无损。

“嘿，卡罗尔。”汉娜追上了我们，上气不接下气地说。她半开的书包里跳出一本杂志，她弯下身去把它捡了起来。那是一本政府出版物，叫《家与家庭》，对于我挑起的眉毛，她做了个鬼脸以示回应。“妈妈让我带上它的。她说我应该在等待评估时读它。她说那会给人留下不错的印象。”汉娜将手指伸进喉咙里，做出堵住嘴的姿势。

“汉娜。”姨妈狠狠地悄声叫道。她声音里的焦虑让我的心脏狂跳不已。卡罗尔几乎从来不发火，哪怕只是一分钟。她将脑袋转向两侧，仿佛以为在这样明亮的清晨的大街上会找到潜伏着的管理员或评估员。

“别担心。他们不会监视我们的。”汉娜将背对向了姨妈，嘴对着我，然后她咧嘴一笑。

我们前面的两列男孩女孩的队伍变得更长了，延伸到了街上，实验室的玻璃前门哗的一声打开，走出来几名拿着纸夹的护士，引领人们走进等候室里。姨妈像只鸟一般迅速地将一只手轻轻放在我的手肘上。

“你最好去排队。”她说。她的声音恢复了正常。我真希望她的冷静也能传到我身上来。“还有，蕾娜？”

“什么？”我感觉不太舒服。实验室看上去那么远，那么白，我几乎都无法站定看它们，我们面前的人行道发着微微的光芒。*你一生中最重要的日子*这些话始终在我的脑海中不断重复着。太阳就像一盏巨大的聚光灯。

“祝你好运。”姨妈露出一个百万分之一秒那么短的微笑。

“谢谢。”我有些期待卡罗尔能说些别的——比如，*我相信你能*

做得很棒，或是，尽量别去担心——但她只是站在那儿眨着眼睛，脸色沉静，一如往常那样难以辨认她的神情。

“别担心，提德太太。”汉娜冲我使了个眼色，“我保证她绝不会搞得太砸的，我保证。”

我所有的紧张都消散了。汉娜对这一切都如此放松，她表现得如此若无其事和正常。

汉娜和我一起走向了实验室。汉娜几乎有五英尺九英寸[①]高。当我走在她旁边时，我不得不每一步都小跳一下才能跟上她，我使劲全力，就像只鸭子在水里上下扑腾一样。但是今天我不介意。我很高兴她和我在一起。不然我就彻底完了。

“上帝，”当我们走向那两排队伍时，她说，“你姨妈将这档子事看得很严重，对吧？”

“呃，这确实很严重。”我们走到队伍末尾。我看到了几个认识的人：有几个我在学校里大致认识的女孩；还有些男孩子，我看他们在一所叫斯宾塞预备学校的男校后面踢过足球。一个男孩朝我的方向看过来，看到了我在盯着他们。他抬起眉头，我马上垂下了眼睛，脸蛋立刻变得滚烫，胃里翻滚起一阵紧张的波浪。你将在不到三个月后被配对，我对自己说，但那些话却毫无意义，并且显得荒谬可笑，就像我们在孩童时期玩过的一种叫疯狂解放[②]的游戏，游戏的结果总是会产生出一堆狗屁不通的陈述句，比如：我想要香蕉做高速游艇。把我的湿鞋放进你滚烫的杯子蛋糕里。

“对，我知道。相信我。我读《安全，健康与幸福手册》的次

① 相当于1.75米。——编者注
② 儿童常玩的一种文字游戏，通常会挑选不同的名词、动词、形容词任意组合成句子或故事。——译者注

数和别人一样多。”汉娜将太阳镜推到额头上，冲我扑闪着她的眼睫毛，这让她的声音听上去分外甜美，“治疗日是一个令人兴奋的仪式，它会为你带来一个幸福、稳定和夫妻相伴的未来。”她将太阳眼镜重新推到鼻子上，做了个鬼脸。

“你不相信这个？”我将声音压低，悄声问。

汉娜最近变得很奇怪。她总是和其他人有些不一样——更加直言坦率、更加独立，也更加无所畏惧。这就是我想做她的朋友的原因之一。我一直都很害羞，害怕我会说错或做错什么事。汉娜则恰好相反。

但最近事情变得更古怪了。她不再关心学校，首先，她因为和老师顶嘴而被叫到校长办公室去了好几回。有时候在话说到一半时她会停下来闭上嘴，就好像她突然撞上了某道障碍。还有些时候我会无意中撞见她盯着大海，仿佛在思索着要从那里游走。

此刻看着她，看着她那清澈的灰色眼睛，和那像弓弦一样薄薄的紧绷的嘴，我猛然感觉到一丝恐惧。我想起母亲在空中挣扎了一瞬间后，便像块石头一样投入了大海；我想起了多年前那个从实验室顶楼掉下去的女孩的脸，她的脸颊扭向人行道一边。我会避开生病这个想法。汉娜没有病。她不可能生病。否则我会知道的。

“如果他们真的想要我们幸福的话，他们就会让我们自己来选择。”汉娜咕哝着。

“汉娜。”我严厉地说，在这里，批判制度是最恶意的冒犯，“收回这句话。”

她交叠起双手：“好了，好了。我收回它。”

“你知道这不管用。看看那在过去是什么样子。总是一片混乱，争斗和战争。人们都很不幸。”

“我说过了，我收回这句话。”她冲着我微笑，但我还是很生气，于是我将视线移到了一边。

“再说，”我继续道，“他们确实给了我们选择。”

通常评估者们会列出一个有四五个通过验证的婚姻对象的名单，你被允许从他们中挑选一个。以这种方式，人人皆大欢喜。在这些年来，程序都被有效管理，婚姻也被合理安排，在缅因州只有不到十二起离婚事例，而在整个美国也只有不到一千例。在几乎所有的案例中，要么是丈夫，要么就是妻子被怀疑是爱情同情论者，离婚也成为必要之举，并被政府批准了。

“一个有限的选择。”她纠正我说，“我们只能从那些被选来给我们的人中挑选。”

“所有的选择都是有限度的。”我厉声说，“这就是人生。”

她张开嘴，好像是要回应，但她却什么也没说，而是大笑起来。然后她伸出手来捏了捏我的手，先是短短的两下，然后是长长的两下。这是我们的老手段，是我们在二年级时发展出来的习惯，当我们中的一个感到害怕或是心烦时，这是一种表达方式，是在说*我在这儿，别担心*。

“好了，好了。别再防备了。我爱死这评估了，好吗？评估日万岁。”

“那样好些了。”我说着，但我仍然觉得不安和不爽。队伍朝前挪动得很慢很慢。我们经过了带着复杂的带刺铁丝网的铁门，走进了长长的车道，从那里通往各种各样的实验室。我们走进了6–C楼。男孩们去6–B楼，然后队伍开始彼此分开。

我们朝队伍前面挪近了些，每当玻璃门滑开，我们都能感觉到一阵猛烈的空调风吹来，然后它又轰的一声关上。这感觉真是奇妙极了，就像在顷刻间从头到脚进入了一层薄冰，像是冻成了冰棍，然后我转过身将马尾辫从脖子上拉起来，真希望这里不会热得这么让人讨厌。我们在家里没有空调，只有高高的笨拙的风扇一直在半夜噼噼啪啪地转动。多数时候卡罗尔甚至都不会让我们用它们；她说它们会耗掉太多电，而我们也没有什么可以再省的了。

最后我们面前只剩下几个人了。一位护士从楼里走出来，拿着一堆纸夹和满满一把笔，将它们沿着队伍分发给每个人。

“请确认填完所有的必要信息。”她说，“包括你的病史和家族历史。”

我的心开始要蹦出喉咙了。纸上整洁有序地列满了各项条框——姓、名、中间名、当前地址、年龄——都依次列下来。我很高兴汉娜在我前面。她开始迅速填起了那些表格，将纸夹放在了前臂下，她的笔从纸间露了出来。

“下一位。”

门又飞快地滑开了，出现了第二名护士，冲着汉娜做了个进来的手势。在她身后凉爽的阴影中，我看到一间带着绿色地毯的等候室。

“祝你好运。”我对汉娜说。

她转过身，对我迅速露出一个微笑。但我能看出来她终究还是紧张了。她的双眉间涌起了明显的皱纹，她还咬紧了嘴角。

她开始朝着实验室走去，却出乎意料地突然朝我走来，神色显得狂野而陌生，她抓起我的双肩，将嘴直接凑到我的耳边。我大惊失色，一下子不小心将纸夹掉在了地上。

“你知道，除非你有不快乐的时候，否则你是不会快乐的，对吗？”她悄声说。她的声音十分沙哑，仿佛刚刚哭过一样。

“什么？”她的指甲掐进了我的肩膀，就在那一刻，我被她吓坏了。

“除非你有时候不快乐，否则你不可能会真正的快乐。你知道的，对吗？”

我什么都还没来得及说，她就放开了我，走动起来。她的神情如往常一样宁静美丽、镇定自若。她弯下身子捡起我的纸夹，微笑着递给我。然后她转过身去，消失在了那扇玻璃门后，它打开，然后在她身后关上，像光滑的水面将什么东西吸沉并淹没下去一样悄无声息。

第四章

一个有限的选择

魔鬼偷偷闯入了伊甸园。他随之带来的还有疾病——爱情的狂热症——它以一颗种子的形式进入。它生根开花，长成了一棵茂盛华美的苹果树，上面开满了像鲜血般耀眼的苹果。

——出自《创世记》，《世界与已知宇宙的完整历史》

作者：斯蒂芬·贺瑞斯，哈佛大学博士

当护士允许我进入等候室时，汉娜已经不见了——消失在下面一间消过毒的白色走廊里，推开了那若干扇一模一样的白门之一——然而这里周围大约还有六七个女孩在等待。一个女孩坐在一张椅子上，弓着腰抱着自己的纸夹，在上面涂写勾画着自己的答案，然后又把它们涂掉。另一个女孩则疯狂地追问着护士有关“慢性病状”和“预发病状”之间的区别。她看上去就像正处于要昏厥的边缘——额头上青筋迸出，声音变得歇斯底里，我在想她会不会在自己的纸单上写下一张列表，过度焦虑的趋向。

这并不好笑，但我却很想笑出声来。我将手捂住脸，在手掌里喷着鼻息。我想咯咯笑出来，但我却紧张得要命。在学校的测试中我总是因为笑出声来而惹出麻烦。我想知道我是不是会因为这个而被扣分。

一个护士从我手中拿走了纸夹，翻起了填好的单子，检查我是不是还有些空白没填。

“蕾娜·哈洛维？”她用明快短促的声音问道，似乎所有的护士都有着那样的说话声，就像这是她们的医疗培训中的一部分。

“嗯，嗯。”我说完，然后立刻纠正了自己。姨妈告诉过我评估者们会期待有某种程度上的正式回答。“对，就是我。”听到自己的真名感觉还是很奇怪，哈洛维，我的身体里停滞着一种迟钝的感觉。过去十年来我都一直在用着姨妈的名字，提德。尽管这是个非常之蠢的姓氏——汉娜有一次说这让她想起了一个小孩想撒尿时所说的话——但至少这不会和我的母亲和父亲扯上关系。至少提德家是一个真正的家庭。而哈洛维却除了回忆外什么也不是。但因为官方目的，我不得不使用自己的本姓。

“跟我来。”那个护士冲其中一条走廊做了个手势，于是我跟着她利索的咔嗒咔嗒的鞋跟声走上了油地毯。大厅亮得简直让人睁不开眼睛。我百转纠结的念头已经让自己迷乱，头晕目眩。我想象着外面的海洋，竭力让自己冷静，那里起伏不平，空气流动着，海鸥在天空中来回盘旋。

很快就结束了。我对自己说。很快就结束了，然后你就会回家，然后你就永远也不用再担心评估的事了。

走廊似乎永远也走不到尽头。前方有一扇门打开又关上，片刻后，我们转到一个拐角处，一个女孩从我们身边擦肩而过。她的脸红扑扑的，刚才一定是哭过了。她一定已经完成了自己的评估。我隐约认出了她，她是最先一批被批准的女孩之一。

我无能为力，只能为她感到惋惜。评估治疗通常会从半小时到两小时，但普遍所知的是，评估程序让你待的时间越久，你做得就越好。当然，这也不是永远都正确的。两年前，玛西·戴维斯因为在四十五分钟内就出了实验室而出了名，但她赢得了一个完美的十分。去年科里·韦恩德以三个半小时创下了空前的最长时间纪录，而她却也只得到了个三分。显然在这个评估程序后有一个体制，但对他们来说也总有一定的随意性。有时候整个过程早已被设定好了，要尽可能地忽悠人、吓唬人。

我突然产生了一种幻觉，想要跑过所有这些干干净净的无菌走廊，朝每一扇门都狠狠踢上一脚。然后我突然又有了一种负罪感。这是对评估治疗程序产生质疑的最糟的时机，我在心里暗暗地诅咒着汉娜。这都是她的错，都是她在外面对我说了那些话。*除非你有时候不快乐，否则你是不会快乐的。一个有限的选择。我们选择的只是那些选好给我们的人。*

我很高兴有人给我们做出了选择。我很高兴我不用去选择——但比这更重要的是，我很高兴我不用让别人来选择**我**。当然，那可能对于汉娜来说没什么，如果事情都像旧时期那样的话。汉娜，有着她那一头闪亮的金发，明亮的灰眼睛和一口整整齐齐的牙齿，她能让方圆两英里的所有人都发出大笑，同时看着她笑。连笨拙在她身上也显得好看；让你忍不住想要伸出手去帮她捡起地上的书。而当我不小心绊到脚，将咖啡洒到自己衬衣上时，人们却总是将脸转向一边去。你几乎都可以看到他们在想，*真是一团糟*。而无论何时，只要身边有陌生人，我的头脑就会变得呆滞阴沉，就像下了一场大雪后，街道开始融化的样子——一点也不像汉娜，她总是知道该说些什么。

当世上有汉娜这样的人存在时，绝不会有男人选择我：这就像是给你端来的是一堆不新鲜的饼干，而你真正想要的却是一大碗冰激凌，上面堆满鲜奶油，里面洒满了鲜草莓和巧克力。因此我将会很乐意收到我那张整洁的印着“核准相配”字样的单子。至少这意味着我到头来会和某个人在一起。哪怕没人觉得我漂亮（尽管有时候我真希望有人会认为我长得还不错，哪怕只是一秒钟）也不要紧。哪怕我只有一只眼睛也不要紧。

“到这儿来。”护士终于停下脚步，停在一扇看上去和其他所有门都一模一样的门前。“你可以把衣物放在前厅。请穿上那件为你准备的长外衣，拉链在背后。你可以随便待一会儿，喝点水，沉思一下。”

我想象着成百上千的女孩就这样盘腿坐在地板上，双手盖在膝盖上，有节奏地吟唱着“阿门”，却还不得不拼命忍住想要大笑的感觉。

“不管怎样，请了解一点，你准备的时间越长，你的评估员将要对你的认识时间就会越短。”

她紧紧地微笑着。她的一切都显得紧绷绷的：她的皮肤、眼睛、实验工作服。她直直地盯着我，但我却感觉她并不是在真的专注于我，在她的脑子里，自己早已一路咔嗒咔嗒地沿原路走回了等候室，准备带着下一个女孩走到另一条走廊去，给她来一通同样的说辞。我被厚厚的高墙围着，所有的声音都被挡在了外面，感觉孤独极了，与太阳、风和热度都隔开了，这里的一切都显得如此完美却又不自然。

“当你准备好时，就走进那道蓝色的门。评估员们会在实验室里等着你。”

那个护士咔嗒咔嗒地走远后，我走进了前厅，那里很小，和走廊一样明亮。看上去就像一间普通的医生的检查室。屋角处摆着一台巨大无比的医疗机器，发出一种周期性的哔哔声，有一套被文件覆盖着的检验结果表，带着刺鼻的消毒水气味。我脱下衣服，发起抖来，空调让我全身都起了鸡皮疙瘩，手臂上的细绒毛也立起来了一些。好极了。现在评估员们一定会觉得我是个多毛的怪物。

我折叠好包括胸罩在内的衣物，放成整齐的一摞，然后将身子滑进那件长袍里。它是用超薄的塑料做成的，我将它裹在身上，在腰部打好了一个结，我知道，透过衣料，你还是可以将我的一切都看得清清楚楚，包括我内裤的形状。

结束。很快就结束了。

我深吸了一口气，走过了那道蓝门。

实验室里甚至比刚才更亮——简直明亮得刺眼，因此评估员们对我的第一印象一定是：她在眯着眼睛往后退，将手遮住眼睛。四条恍若漂在独木舟里的影子来到我面前。然后我的眼睛稍微适应了些，眼前的景象也变成了四位评估员，他们都坐在一条长长的矮桌后。这个房间只比刚才的前厅稍大一点儿，除了评估员们和角落里被推到抵着墙的一台钢质手术床外，几乎空空如也。两排顶灯的灯光定定地直射在我身上，我注意到了天花板的高度：至少有三十英尺。我有种空前的渴望，想要环抱双臂，或多或少地遮盖住自己一些。我的嘴唇发干，头脑变得像那些灯一样一片炽热和空白。我想不起自己应该做什么，应该说什么。

幸运的是，其中一名评估员，一个女人先开了口：“你带了表格吗？”她的声音听上去挺友好，但这对我腹中那只深深握紧的拳头却毫无作用，它将我的肠子攥得紧紧的。

哦，上帝，我想，我要撒尿了。我就要在这里撒尿了。我竭力想象在这结束后汉娜会说什么，那时候我们会在下午的阳光下散步，沿着散发出咸味和温暖的太阳气息的人行道走着，周围是厚重的空气。

“上帝，”她会说，“那简直是浪费时间。他们全都坐在那儿，就像坐在一根木头上的四只青蛙。”

“嗯，没错。”我走近了些，感觉空气变得更加凝重，似乎正在阻挡我。当离桌子只有几步远时，我伸出手将纸夹递给了评估员。那是三个男人和一个女人，但我发现自己无法对着他们的身影看太久。我飞快地扫视了他们一眼，然后又马上退回去，只记得某些鼻子，几双深色的眼睛，一副反着光的眼镜。

我的纸夹在那排评估员们手中来回传递。我掐着自己身侧的胳膊，竭力想表现出镇定自若的样子。

我身后的黑墙边摆着一台瞭望台，大约离地有二十英尺高。在它的高处有一扇小红门，后面是一排白色的座位，很显然是用来给学生、医生、实习生和初级科研者坐的。实验室的科学家们不仅要执行评估步骤，他们还要在之后进行体检，并且常常处理其他的棘手病例。

我突然想到科学家们一定是在这里进行治疗的，就在这个房间里，这就是为什么那张手术台会在这里。腹中那只紧张的拳头又再次攥紧了。出于某种原因，我总是不断想起被治愈会是什么样，我还从未认真掂量过这治疗步骤本身：那坚硬的金属台，灯光投射在我身上，那些管子和电线，还有疼痛。

“蕾娜·哈洛维？”

“对，我就是。”

“好。为什么你不开始给我们讲一点关于你自己的事呢？”那个戴眼镜的评估员将身子往前倾了一些，摊开双手微笑着。他有一口方方正正、又大又白的牙齿，让我想起了浴室里的瓷砖。他眼镜上的投影让人几乎很难看清他的眼睛，我真希望他能把眼镜摘掉。“给我们讲讲你喜欢做什么，你的兴趣爱好，喜欢的科目，等等。”

我开始说起了事先准备好的说辞，有关摄影啦，跑步啦，还有和朋友们待在一起啦之类的，但我却并没有集中精力。我看着面前的评估员们在点头微笑，脸色有所缓和，并在做笔记，于是我知道自己干得不错，但我甚至都听不见从自己嘴里发出来的声音。我被那台金属手术台给迷住了，不断偷偷用余光扫视它，看着它在光线下像刀锋般闪烁着光芒。

突然我想到了我的母亲。尽管母亲曾经接受了三道不同的疗程，却还是未被治愈，恶疾掌控了她，深深渗入她的体内，让她变得双目空洞，脸颊苍白，它控制着她，让她一寸一寸地走到了一块满是沙子的悬崖边，投身进了前面那片明亮而稀薄的空气中。

大概是他们告诉我的。当时我六岁。我记得，在夜晚，她灼热的手指按在我的脸上。她对我悄声说的最后一句话是：*我爱你。记住。他们无法将这带走。*

我迅速闭上双眼，对于母亲的回忆将我淹没了，我痛苦地扭动着，一群身穿实验室工作服的科学家看着我，无动于衷地在笔记本上涂写着什么。在这三次治疗中，她都被绑到了一台铁床上；在这三次治疗中，都有一群观察者从瞭望台上看着她，记录着各种东西刺入她身体时的反应，先是针，然后是激光。通常在治疗过程中，病人们会被全身麻醉，什么也感觉不到，但姨妈有一次无意中说漏了嘴，说在母亲的第三次治疗中，他们拒绝为她进行麻醉，认为麻醉剂会干扰她大脑对于治疗的反应。

“你想来点儿水吗？”评估员一，那个女人，做了个从水瓶里倒一杯水放在桌上的手势。她注意到了我短暂的畏缩，不过这没关系。我的个人陈述已经结束了，我可以顺便说说，所有的评估员都看着我——心满意足，得意扬扬，就像我是个成功地把所有的挂钩都放进正确的洞里的小孩子——我干得很不错。

我给自己倒了杯水，抿了几口，对这个暂停心怀感激。我能感觉到胳膊下、头皮上和脖子下渗出的汗水，我祈祷上帝让他们别看见。我竭力让自己的视线追随着评估员们，但它却在我的余光视野内，冲我诡异地咧嘴笑着：那张该死的手术台。

“好了，现在，蕾娜。我们要问你一些问题。我们想要你诚实地回答。记住，我们正在竭力将你作为一个人来了解。”

*这是和什么对比的？*我来不及阻止，这个问题就已经钻进了脑海。*和动物对比吗？*

我深呼吸一口，强迫自己点头微笑。“太棒了。”

“你最喜欢的书是什么？”

“是克里斯多夫·梅里写的《爱，战争和干扰》。”我下意识地回答，“菲利帕·哈罗德写的《边境》。”要想赶走那些画面是没用的：它们正在升腾，如浪潮一般。那个词不断在我脑海中浮现，好像它被烙在了那里。*疼痛*。他们想让我母亲屈从于第四次治疗。他们在她死前的那一晚来了，来将她带回实验室去。但她没有去，而是逃往了黑暗，扑动她的翅膀跳进了空中。她还用那些话唤醒了我——*我爱你。记住。他们无法将这带走*——似乎在她消失过后这么久，这阵风还能将我重新陷入回忆中去，在那些冰冷而灰白的黎明中，在那些枯干的树木上，树叶上，如咳嗽般发出轻声的叹息，“还有莎士比亚写的《罗密欧与朱丽叶》。”

评估员们点点头，做下笔记。《罗密欧与朱丽叶》是每个一年级的健康课上都被要求阅读的书。

“为什么是这本书呢？”评估员三号问。

这太可怕了：我本应该这么回答——这是一则充满警戒的故事，告诫人们关于在旧世界未被治愈前的危险。但我的嗓子却似乎变得又肿又痛，丝毫挤不出空间将这些话说出口，它们被堵在中间，像是我们跑过农场时挂在衣服上的带刺的小果子。就在那一刻，我仿佛能听到来自海洋的低声的咆哮，听到它那遥远而紧急的咕哝，想象出它那吞没我母亲的重量，如石头般沉重的海水。而我脱口而出的话却是：“它很美。”

突然间四张脸全都抽搐了一下，齐齐地盯着我，就像木偶们全都被同一根线牵动起来。

“很美？”评估员一皱了皱鼻子。空气中有一种嗖嗖的发冷的张力，我意识到自己犯了一个很大很大的错误。

那个戴眼镜的评估员将身子往前倾了些：“用这个词还真是有趣。非常有趣。”这次他露出牙齿时让我想起了狗那尖尖的白色獠牙。“也许你是觉得受折磨很美？也许你很享受暴力？”

“不，不，不是那样。”我竭力想立刻开动脑筋，但我的脑子里却充满了海洋无声的咆哮。在这一刻它变得越来越大声。而现在，我仿佛还能隐约听见那阵尖叫——仿佛母亲的尖叫跨越了茫茫十年，触到了我身上。“我只是说……那个故事还有些挺悲哀的地方……”我在拼命挣扎，挣扎，感觉自己此刻正在往下沉，沉入那片白色的光芒和咆哮声中。牺牲。我想说说牺牲之类的事，但这个词却怎么也蹦不出口。

“我们继续吧。”评估员一，当她给我水的时候听上去是那么温柔，但此刻已经失去了所有假装出来的友善。她此刻完全是一副公事公办的模样。“给我们讲些简单的。比如你最喜欢的颜色之类的。”

我的思维的一部分——那理智的、受过良好训练的部分，那个有着理性思维的我的部分——在尖叫着：蓝色！说蓝色！但在内心深处另一个更久远的声音却在跨过那重重的声浪，更加轰鸣地汹涌出来。“灰色。”我脱口而出。

“灰色？”评估员四激动地回应。

我的心脏正在往腹中回旋收缩。我知道我完了，彻底失败，简直可以看到我的分数在直线往下滑。但这已经太晚了。我完了——我耳中的咆哮声正在变得越来越大，它的蜂拥而至让我完全不可能思考。我结结巴巴地做出了一个解释："其实不是灰色。就在太阳升起之前，有那么一刻，整片天空都是灰白的，没有任何颜色——并不是真正的灰色，但倒也差不多，或是差不多有些发白，我一直都很喜欢它，因为它会让我想起会有某些好事发生。"

但他们已经听不进去了。他们全都盯着我的身后，高高昂起头，一脸迷惑，似乎在试图从某种外语中找出一些熟悉的词。而突然那阵咆哮和尖叫汹涌而出，我才意识到我刚才并不是在想象。人们真的是在尖叫，还有一种不断翻滚晃动的有节奏的声音，就像一千只脚在一起动。在这两种声音下还奔腾着第三种声音：一种听上去不像是人类的无声的咆哮。

在我的困惑中，似乎一切都是杂乱无章不连贯的，就像梦里的场景一样。评估员一从座位上半抬起身子说："真见鬼……"

就在同时，戴眼镜的说："坐下，蕾娜。我要去看看出了什么事。"

就在那一刻，那扇蓝门突然一下子打开了，一群奶牛模糊的身影蜂拥进来——那是实实在在的、活生生的奶牛们，流着汗哞哞叫着，轰隆隆地涌进了实验室。

这绝对是四散惊逃，我想。我一瞬间出了神，竟然为自己能够准确地给这噪音命名而感到自豪。

然后我才意识到自己正在被一群极其沉重庞大、惊恐不已的动物所攻击，再过两秒钟我就会被它们在地上踩成碎片。

我立刻转移到墙角，躲在那张手术台后面，完美地避开了那群狂乱的动物。我将头微微抬起一点，好观察事态的发展。评估员们现在全都跳到了桌子上，那些长满斑点的牛群像黑压压的围墙一样将他们围了起来。评估员一号发出了撕心裂肺的尖叫，戴眼镜的则在大吼：“冷静，冷静！”尽管他也死死拉着她不放，好像她是个救生筏，而他正处于快要沉没的险境中。

有些奶牛的头上疯狂地顶着假发，还有一些半套着和我一模一样的长袍。有那么一瞬间我无比确信自己是在做梦。也许这整整一天所发生的事都是个梦，我会醒来，发现自己还在家里，躺在床上，在一个即将迎来评估治疗的早晨。但然后我发现了奶牛侧面的字：未治愈。死亡。那些字是用粗体字写的，下面是被烙上去的整齐的数字，是屠宰场用来区分各匹奶牛用的。

我的脊柱上升起一阵嗖嗖的凉意，一切都开始运转了。每隔几年，那些病人都会偷偷溜进波特兰，并发起一些抗议。那些人住在荒野里，那里是一片存在于公认的城镇之间不受管制的土地。有一年，他们在夜晚到来，在所知道的每一位科学家的房子上都涂上了红色的骷髅头。还有一年他们冲进了将所有的警卫和巡警都调往波特兰的警察总局，并将所有的家具都搬到屋顶，甚至包括咖啡机。事实上那倒是挺好玩的，也很让人惊讶，因为你以为总部会是波特兰最安全的建筑。那些荒野里的人们并不将爱看做是疾病，他们也并不相信治疗。他们认为那是一种残酷的行径，比如那些标语。

现在我明白了：那些奶牛被打扮得和我们这些被评估的人一样，就像我们全都是一群牧场上的动物。

奶牛们稍微冷静下来了一些。它们没有再攻击了，并开始在实验室里来回推搡着走动。评估员一手里拿着一张纸夹，奶牛们冲撞着桌子，她一失手将纸夹砰的一声掉了下来，奶牛们哞哞叫着，撕咬起那些乱七八糟堆在桌子上的纸页，我认出来那是评估员的笔记，一头奶牛咬住纸张的一角，开始用牙齿撕扯起来。感谢上帝。也许这些奶牛会将这些笔记全都吃个精光，那些评估员就会搞不清我彻底完蛋的事实。我被半挡在手术台后，远离了那些重重跺在地上的沉重的蹄子，暂且是安全的——我不得不承认这一切确实有些好笑。

我就是在那时候听到的。不知怎么的，在那些奶牛粗重的鼻息、踩踏和吼叫声中，我听到了一阵笑声——低声的、短促的，却如音乐般悦耳，就像某个人在钢琴前试探着弹下几个音符。

瞭望台。一个男孩正站在瞭望台上，观望着下面的一片混乱，他正在大笑。

我刚一抬起头，他的视线就移到了我的脸上。呼吸从我的体内急速喷出，一切都在瞬间凝固了，我仿佛是正在通过相机镜头看着他，将镜头拉到了最大，整个世界都静止在快门的开与关之间这一小段的时间里。

他的头发是金褐色的，就像叶子在秋天正开始变色的那种颜色，他有着一双明亮的琥珀色眼睛。我看到他的那一刻，就知道他是搞出这一切的始作俑者。我知道他一定是住在荒野里；我知道他是个带病者。我的体内盘升起一股恐惧，我张开嘴喊叫着什么——我不知道那到底是什么——但恰好就在那一瞬间他微微摇了摇头，突然间我什么也说不出来了。然后他做了一件绝对绝对让人不可思议的事。

他冲我眨了眨眼。

警报声终于响了起来。它震耳欲聋，我不得不用双手捂住耳朵。我俯视着那些评估员，看他们有没有看到他，但他们还站在桌子上像跳舞一样蹦来蹦去，当我再次抬起头时，他已经消失了。

第五章

瞭望台上的男孩

踩上条裂缝，你会把你妈妈的背摔断；踩上块石头，你会一辈子孤单。

踩上根棍子，你肯定要生病；看看你踩过的地方，你会唤出所有的亡灵。

——某儿童游乐场的儿歌，通常会一边唱一边爬绳或拍手

那天晚上，我又做了那个梦。

我站在一块由沙砾堆成的白色悬崖边。地面很不平稳。我所站的边缘已经开始粉碎剥落，往下跌落，翻滚——我脚下几千英尺处，是那片海洋，它猛烈地奔腾澎湃着，看上去就像一口巨大无比的、吐着泡泡的炖锅，下面全是白色的泡沫和翻滚的海水。我惊恐不已，生怕自己会掉下去，但不知为什么，我却丝毫不能动弹，也无法从悬崖边退开，尽管我已经感到脚下的土地正在不断粉碎风化，它们化成成千

上万细小的粉末，飘进空中，飘进风里：我随时都会掉下去。

我还没回过神来，就发现自己的脚下只剩下了空荡荡的空气，每一刻我都感到被呼啸的飓风紧紧包围着，接着我掉进了海水里，身下奔腾的海浪打开的片刻，我看到了母亲苍白而发紫的脸，被泡得肿胀起来，上面布满了斑点，就在海浪的表层漂浮着。她双目圆睁，眼睛在水流中上下张合，仿佛在等待拥抱我。

我在那一刻惊醒了过来。我总是在这时候醒来。

我的枕头湿了，喉咙里有一种涩痒的感觉。我在梦里哭了。格蕾丝在我身边蜷着身子，一边脸平压在被单上，她的嘴里总是不停地无声说着什么。每当我做这个梦时，她总是会到床上来和我一起睡。她能在某种程度上感觉到它。

我将她脸上的头发拨开，从她肩头拉开那被汗水浸湿的被单。如果要搬走，我将会很遗憾离开格蕾丝。我们的秘密让我们变得亲近，将我们紧紧连在一起。她是唯一懂得寒冷的人：那种感觉有时候会在我躺在床上时袭来，一种黑压压的空洞的感觉，它会袭击我的呼吸，让我喘气不止，仿佛我刚才一直待在冰冷的水里。在这样的夜晚里，我会想起那些古怪而可怕的话——当然这是错误且违法的——我爱你。我会胡乱猜测它们从我嘴里说出来会是什么样子，并试着回想起它们在被从我母亲的舌尖吐出来时那轻快的语调。

当然我将她的秘密保存得很安全。我是唯一知道格蕾丝不蠢也不迟钝的人。她一点儿问题也没有。我是唯一听到她说的每一句话的人。一天晚上她来到我床上睡觉，我在清晨醒来后，噩梦的阴影消除了我们之间的隔阂。她在我身旁的枕头上静静地啜泣，不断地念着同样一个词，她将被子塞进自己嘴里，因此我只能隐约听到她说的话：妈妈，妈妈，妈妈。仿佛她正在试图从这字眼里咀嚼出什么意味来，仿佛它让她在睡梦中无法喘息。我用胳膊搂着她，捏捏她的胳膊，感觉像是过了好几个小时，她终于筋疲力尽了，重新睡了过去，她那绷紧的身躯也逐渐恢复了放松的状态，她的脸蛋发热，被泪水泡胀。

那就是她不说话的真正原因。她所有其他的话语都被那个模糊的单词挤了出去，那个词依然在她记忆的暗处角落里时时发出回响。妈妈。

我知道。我记得。

我坐起来看着光线照射在墙上，听着外面海鸥的叫声，拿起床边的水杯喝了一口水。今天是六月二号，还有九十四天。

我期望，对于格蕾丝，治愈能够来得早一些。我宽慰自己，想着有一天她也会接受治疗。终有一天她会得到拯救，而过去及其所带来的痛苦全都会一去不复返，变得像我们用勺子喂给婴儿的食物般那样滑嫩可口。

终有一天，我们都将会得到拯救。

我拖着脚步走下楼去吃早餐，感觉就像是有人在我的双眼中碾磨沙子一般——关于实验室发生的那起骚乱，官方已经发布了正式版本。卡罗尔在做早饭时将我们那台小电视机的声音调得很低，新闻播报员那模糊的喃喃声几乎要把我催眠了。*昨天，原本要运往屠宰场的一卡车奶牛被和海运过来的一批药物弄混了，导致了你们现在在屏幕上所见到的这一史无前例的滑稽场景。*画面：护士们尖叫着，拿着纸夹板对着奶牛们猛击。

简直是一派胡言，但只要没人提起那些带病者，大家就都会开开心心的。我们不应该了解他们。他们甚至都不应该存在，其实所有那些住在荒野里的人都应该早在五十年前就被消灭在那次闪电突袭里了。

五十年前，政府关闭了美国边境。那里一直有重兵把守。没人能够进来，也没人能够出去。每一个被批准合格的社区都必须被控制在一个边界内——这是法律规定的——所有社区与社区间的旅行迁移都需要市政府的官方批准，并需要提前六个月获得批准。这是为了保护我们。安全，神圣，社区，这是我们国家的座右铭。

就绝大部分而言，政府都一直做得很成功。自从边界关闭后，我们就再也没有看到过战争，除了偶尔发生的一些破坏公物之类的小冲突和小偷小盗之外，甚至都没有什么犯罪。在美国境内不再有任何的仇恨，至少是在被治愈的人们里。只有一些散见的病例显示出少数人不适应——但每一起治疗过程都必然会承担一定的风险。

但迄今为止，政府还是没能成功摆脱那些带病者，那是管理和总体制度上唯一的缺陷。因此我们并不谈论他们。我们假装那荒野——还有住在那里的人是不存在的。甚至都很少听人说起这个词，除非一个被怀疑是爱情同情论者的人失踪了，或是一对患病的年轻情侣被发现在执行治疗前就一起消失。

一个真正的好消息是：昨天所有的评估都作废了。我们全都收到了一份新的评估日程，这意味着我将得到第二次机会。这一次我发誓绝不会再把它搞砸。我对自己在实验室里所表现出来的一塌糊涂感到愚蠢透顶。我坐在早餐桌前，一切看上去都如此干净明亮而又正常，那带有缺口的蓝色马克杯里盛满了咖啡，微波炉发出飘忽不定的哔哔声——这是除了电灯以外可以被使用的家电之一。卡罗尔允许我们使用（“除非你想开始付那份电费账单”）它，那被染得不可救药的红白相间的桌布——这一切让昨天感觉就像是一个漫长而古怪的梦。这真是个奇迹，恰恰就在我正要在一生中最重要的测试中失手的时候，那群狂热的带病者释放了一批四散惊逃的牛群。我不知道自己想到了什么。我想起了那个戴眼镜的人露出他的牙齿，就在那一刻我听到自己的嘴在说："灰色。"然后我躲开了。真蠢。真蠢。

突然间我发现珍妮正在和我说话。

"什么？"我冲着珍妮眨眨眼睛，她在我原本模糊的视野里一下子变得清晰起来。她将吐司精巧地切成了四份，我看着她的手。

"我说，你出什么事了？"那把刀来回地切割着，在盘子边缘发出叮当的响声。"你看上去就像是要吐了一样。"

"珍妮。"卡罗尔斥责道，她正在水池边洗盘子，"别在你姨爹吃早饭时说这些。"

"我没事。"我撕开一片吐司，将它蘸进桌子中央正在融化的黄油里，强迫自己吃下去。我最不需要的就是一次家庭审讯，"只是有点累了。"

卡罗尔转过身来看着我。她的脸总是让我想起洋娃娃。甚至当她说话的时候，生气的时候，高兴或者困惑的时候，她的表情总是古怪地保持着一成不变的样子，"睡不着吗？"

"我睡了。"我说，"只是做了个噩梦，就这样。"

在桌子的另一头，威廉姨爹开始读起了报："哦，上帝，你知道吗？你刚刚让我想起来，我昨晚也做了个梦。"

卡罗尔挑起眉毛，甚至连珍妮也表现出感兴趣的样子。一旦人被治愈后，再做梦就显得尤其不正常。卡罗尔有一次偶然告诉我她还在做梦，她的梦里充满了碗碟，它们一堆堆地一直朝着天空叠上去，有时候她会沿着它们的边缘往上爬，将自己带入云端，并竭力去碰这堆碗碟的最顶端。但它却永远没有尽头，它无限往上延升。据我所知，我的姐姐蕾切尔再也不做梦了。

威廉微笑道："我正在封住卫生间的窗子。卡罗尔，你记得我有一天说过那里漏风吗？反正，我当时正在用密封剂将它封住，但每次我一旦完成它就会又成片地下来，简直有点像是雪，而风又会吹进来，我不得不重新开始，一遍又一遍，感觉像是弄了好几个小时。”

“这可真奇怪。”姨妈微笑着一边说，一边端着一盘煎蛋来到桌边。姨爹喜欢这些煎得嫩嫩的简直要流水的鸡蛋，蛋黄像跳草裙舞的舞者般摇摇晃晃，上面带着油点。我的胃又扭动起来。

威廉说：“难怪我今天早上这么累。我一整晚都在干家务活呢。”

除了我以外，大家都笑了。我使劲咽下哽在喉头的一小块面包，思考着我会不会有一次梦见自己被治愈。

我希望不会。

自从六年级以来，今年是第一年我和汉娜没有一节课是同班，于是我只能在放学后见到她。我们在柜子后面见面，一起去跑步，尽管全国越野跑的赛季在几周前就结束了（当时赛跑队去了全国锦标赛，那是我第三次去波特兰以外的地方，尽管我们沿着那灰色而阴冷的市政高速公路开了四十英里，我还是几乎无法平静地呼吸，我的喉咙剧烈起伏，心跳不已。）。但我和汉娜还是尽可能地一起跑步，甚至是在学校放假的时候。

我六岁起就开始跑步了，就在妈妈自杀后。她葬礼的那一天，我甚至跑了整整一英里。人们叫我在楼上和姐妹们待在一起，姨妈在为祭奠清扫房子，准备食物。玛西娅和蕾切尔本应该帮我准备好，但在帮我穿衣服穿到一半时，她们开始为了一些事争吵起来，并完全不再理睬我。于是我胡乱晃到了楼下，带着背后拉下来一半的拉链，去找姨妈帮忙。姨妈当时的邻居艾斯纳太太正好在那儿。我走进厨房时，她说：“当然这太可怕了。但不管怎样，她也没什么希望了。这样反而要好得多。这对蕾娜也是好事。谁想要一个那样的母亲呢？”

我本来不应该听到这些的。艾斯纳太太看到我时，惊得倒抽了一口冷气，她迅速闭了嘴，就像只软木塞蹦回了瓶中。姨妈依然站在那里，就在那一刻，仿佛世界和未来全都崩塌成了一个小点，我明白了这一点——这间厨房，这一尘不染、光滑照人的油地毯地板，那耀眼的灯光和柜子里大把鲜艳的绿色吉露子果冻——就是此刻剩下的一切，而我的母亲已经不在人世了。

突然间，我无法再待在这里了。我无法忍受姨妈的厨房里的景象，此刻我明白这将会成为我的厨房。我无法忍受那吉露子果冻。我的母亲痛恨吉露子果冻。我的体内蹿起一股奇痒的感觉，仿佛有一千只蚊子在我的血液里盘旋循环，从内部狠狠地叮咬着我，让我想要尖叫，蹦跳，蠕动。

我跑了。

我走进来时，汉娜正将一只脚踩在长椅上系鞋带。我有个丑陋的秘密——我之所以喜欢和汉娜一起跑步，有一部分原因是因为这是唯一独有的、绝无仅有、独一无二的我能做得比她好的事，但我永远永远也不会大声承认这一点。

我还没来得及将书包放下，她就已经靠过来拉起了我的胳膊。

“你能相信吗？”她克制住自己的笑脸，双眼简直是一双带颜色的轮转焰火——带着蓝色、绿色、金色，闪闪发亮，每当她对什么事情感到激动时都会这样。“那肯定是带病者们干的。不管怎样，大家都这么说。”

我们是柜子旁唯一的两个人，整个赛跑队都已经结束了活动。但当她说出那个词时，我还是本能地摇了摇头：“声音放低点儿。”

她往后退了一些，将头发拨到一边肩头。“放松点，我早就侦察过了。连厕所的每一格都检查过了。我们周围没人。”

我打开体育馆的柜子，在圣安妮的整整十年我都在用它。柜子底部有一层胶皮纸和一些被撕碎的小纸条，还有些失散的小回形针，在那上面是我那堆松软的运动衣，两双鞋子，我跑步用的队服运动衫，一堆用了一半的体味芳香剂、护发素和香水。还有不到两周我就要毕业了，我再也见不到这个柜子里面的东西了，有一瞬间我感到有些伤感。这里是挺恶心的，但我一直很喜欢体育馆的气味：工业清洁剂、体味芳香剂、足球，甚至还有飘拂游移的汗水味。这让我感觉很舒适。人生真是奇怪：你想要某个东西，然后你等啊等啊，感觉它好像永远都不会来。然后它来了，这一切结束了，而你却只想爬回到一切被改变之前的那一刻。“不管怎样，谁是大家？新闻说那不过是个差错，海运的东西被放错了什么的。”我感觉自己不得不重复着新闻上那一套，尽管我和汉娜一样了解它的底细：那都是屁话。

她跨坐在长椅上看着我。像往常一样，她忘记了一件事：我讨厌别人看着我换衣服。“别犯傻了。如果那是新闻上的东西，那肯定不是真的。再说，谁会把一头奶牛和一箱子处方药搞混？要区分它们可一点都不难呀。”

我耸了耸肩。很显然她是对的。她还在看着我，于是我微微转了个身。与汉娜和圣安妮的其他一些女生不同，我从来就对自己的身体感到不太满意，我总是无法消除那种尴尬的感觉，像是自己是用各个零件胡乱拼凑起来的，在某些关键部位出了差错。仿佛一直是一个业余画家在给我画像：如果你不是凑得太近地看的话，那倒没什么。但一旦开始仔细观察，那所有的缺陷和瑕疵都会变得十分明显。

汉娜踢出一条腿，开始伸展身子，她拒绝放弃这个话题。汉娜比我遇到的任何人都更对荒野着迷。“如果你仔细想想，那可真是迷人极了。筹备计划以及所有七七八八的事，至少要用到四五个甚至更多的人来安排协调好一切。”

我猛地想到了我看到的那个在瞭望台上的男孩，他那闪闪发亮的、像秋日树叶色泽般的头发，他在大笑的时候微微往后仰起头，因此我能看到他嘴里那块黑色的拱形。我没跟任何人说起过他，甚至连汉娜也没有过，而现在我觉得我应该告诉她。

汉娜继续在说："一定有人有安全密码。也许是个爱情拥护者——"

储物间前面的门发出砰的巨大响声，汉娜和我都跳了起来，用狂乱的眼神盯着对方。油地毯上传来快速的脚步声。几秒钟的犹豫后，汉娜流畅地将话题转移到了一个安全的主题上：今年毕业典礼的长礼服的颜色是橙色。正在那时，体育指导主任约翰森太太来到了那堆储物柜前，用一根手指头摆动着她的哨子。

"至少它们不是褐色的，就像菲尔斯顿预备学校的那样。"我说。尽管我几乎都没怎么在听汉娜说的话。我的心狂跳不止，我还在想着那个男孩，并猜测着约翰森太太究竟有没有听到我们说出那个词*爱情拥护者*。当她经过我们时，什么也没做，只是点了点头，因此看上去不像。

我已经学会了很好地掌握这一套——一边说话一边想着别的事，听不进去的时候装做在听，在吓坏的时候故作冷静和快活。你长大后，这就变成了你练得炉火纯青的技艺之一。你得明白人们*总是*在听。我第一次用姨妈姨爹共享的那部手机和汉娜聊天时，话筒里断断续续传出一些粗糙的干扰声，不时打断我们的谈话，我对此感到惊奇极了，直到姨妈解释说那不过是政府的监听工具，它们总是蛮横地切进手机通话中，录下谈话，监听一些关键词，比如*爱*，或者*带病者*，或者*爱情拥护派*，等等。并没有特定针对某人，都是随机抽取的，以求公正。但那样几乎更糟。我总是觉得仿佛有一双巨大无比的骨碌碌转动的眼睛在随时随地上下打量着我，将我的坏念头暴露无遗，像灯塔那不断转换的光束打在动物身上一样。

有时候我觉得有两个自己，其中一个就攀附在另一个上面：那个表面的我，在她该点头的时候点头，说她应该说的话，而另一个更深层的我，那个自我却在焦虑，做梦，还说出“灰色”。多数时候她们都是同步进行的，我几乎很难察觉她们分开，但有时候却感觉我像是两个完全不同的人，可能随时都会分裂。有一次我向蕾切尔坦白了这件事。她只是笑笑，告诉我在治疗后一切都会好的。在治疗后，她说，你就会像顺利地附体在了另外一个人身上一样，轻松无比，每天都像数1，2，3那样容易。

“准备。”我说着，将柜门转过去关上。我们还能听到约翰森夫人在卫生间走来走去吹着口哨的声音。厕所的冲水声。然后是水龙头被打开的声音。

“该轮到我来选路线了。”汉娜眼中闪着跳跃的光彩。我还没来得及开口反对，她就突然扑过来在我肩头上拍了一掌：“标签。你就是这个。”她说完，轻松地跳下长椅，大笑着朝门口冲了过去。于是我不得不跑起步来跟上去。

那天早上下了雨，暴风让一切都变得冷飕飕的。街上水洼里的水蒸发掉了，在整个波特兰留下一层闪着微光的薄雾。碧蓝的天空一尘不染。平坦的海湾成了银色，海岸线就像一根巨大的皮带绕在它身上，让它安安稳稳的。

我没问汉娜她要去哪儿，但当她带着我一起朝老码头奔去时，我倒是一点儿也不吃惊。我们朝着商业街边上的人行小道跑去，一直来到实验室一带。我们尽量一直走那些交通不太拥挤的小路，但这基本是场没什么希望胜利的游戏。现在是三点半。所有的学校都放学了，街道上挤满了走路回家的学生们。几辆公交车辘辘地开过去，还有一两辆车见缝插针地挤了过去。汽车们的运气倒是都不错。它们开过时，人们都伸出手去抚弄它们闪闪发光的车篷，还有干净明亮的车窗，上面很快就布满了手指印。

汉娜和我并肩跑着，一边回顾起这一天的八卦来。我们并没有说起昨天那被搞砸了的评估，或是有关带病者们的任何谣言。周围的人实在太多了。相反，她只是跟我聊起了她的伦理学考试，而我则告诉她苦行僧克拉和明娜·威尔金森之间的争斗。我们还说起了维洛·马克斯，他自从上周三起就没再来学校了。有谣言说维洛上周被管理员发现在宵禁后还逗留在迪尔林橡树公园——和一个男孩在一起。

我们听说过关于维洛的这样的谣言已经有好几年了。她就是那种总被人谈论的人。她有着一头金发，她总是用水彩笔将头发染成各种各样的颜色，我记得有一次在新生去博物馆的餐馆中，我们经过一队斯宾塞预备学校的男生，她用那种连我们的女监督员都能听到的声音大声说："我真想亲亲他们其中一个的嘴。"当然，在十年级时，她被抓到和一个男孩在一起，并被处以警告，因为她丝毫没有爱情狂热症的迹象。人们总会时不时地犯错，这是生物学决定的，和那种化学与荷尔蒙失调的结果一样，偶尔总会导致人性的反常，比如男孩会被男孩吸引，女孩被女孩吸引。而这些冲动也同样会被治疗所处理好。

但这一次显然是认真的，当我们回到中心时，汉娜抛出了那颗炸弹：马克斯先生和他太太同意将维洛的治疗提前整整六个月，她将会被治愈，但会错过毕业典礼。

"六个月？"我重复道。我们已经狠狠跑了二十分钟，因此我不太确定自己胸腔里那剧烈的怦怦的心跳是因为锻炼还是因为这个消息。我感觉自己比预想的更加喘不过气，仿佛有人坐在我的胸膛上。"那很危险吗？"

汉娜将头歪到右边，指出一条穿过小巷子的近路："这在以前就有人做过。"

“对，但没有成功。那副作用呢？精神失常？失明？”关于为什么科学家不让十八岁以下的人接受治疗，是有几个原因的，但最大的一个原因就是对于小于十八岁的人，治疗的效果并不好，已知的最可怕的案例是，会导致各种各样的癫狂。科学家推断是因为大脑和神经线路在那之前的可塑性太高，它们还处于正在成形的过程中。事实上，你接受治疗的年龄越大，效果越好，但大多数人都会尽可能快地在一过完十八岁生日就接受治疗。

“我猜他们是觉得这值得去冒险。”汉娜说，“总比另一个下场好吧，你懂的？恋爱狂热性精神错乱。这是所有坏事中最最致命的。”每一本心理健康小册子在讨论狂热症时，都写有这条醒目的标语。汉娜用单调沉闷的语气重复这句话，这让我的胃都抽紧了。发生在昨天的那些疯狂的事情，让我忘记了在我接受评估之前汉娜给我的评论。但现在我想了起来，也想起了当时她看上去是多么古怪，她的眼神模糊，深不可测。

“来吧。”我感到肺里有一股张力，左大腿已经开始抽起筋来，唯一能撑过去的办法就是跑得更猛更快。“我们加快速度吧，小蜗牛！”

“放马来吧！”汉娜的脸上咧出一个笑来，我们两个都加快了速度。我肺里的疼痛肿胀得更厉害了，并爆裂开来，变得无处不在，让我的每一个细胞和每一寸肌肉都在瞬间分离开来。抽筋的大腿让我在鞋跟每一次着地时都会抽搐一下。每次跑到两三英里时都会这样，就像所有的压力、焦虑、恼怒和恐惧都被转化成了针尖般的生理上的疼痛，你无法呼吸，也无法想象走得更远，无法思考任何事情，只能不停地想着：我不行。我不行。

就在那时，它突然间便消失了。所有的疼痛都消散了，抽筋也停止了，胸口被揪紧的感觉一下子放松，我终于可以轻松地呼吸了。突然间体内沸腾起一股全然的幸福感：心底有一股坚实的力量，是彻底的自由和放松，运动所带来的简单自然，从我的脚跟处急速蹿出来，在时间与空间中奋力往前推动。我瞥了一眼汉娜，从她的表情中我能看出来她也有同样的感觉。她已经冲破了长跑中的那道不可逾越的障碍。她察觉到我在看她，转过头来，金色的马尾巴转成一条闪亮的弧线，给我竖起了大拇指。

真是奇怪。当我们一起跑步时，我感觉比任何时候都要接近汉娜。甚至我们不说话时也是这样，仿佛有一根隐形的弦将我们连接在了一起，让我们的手臂和腿脚节奏一致，仿佛我们都在随着同样的鼓点做出反应。我越来越感觉到，这也将会改变我们的治疗。她将会撤回到西伦敦，和她的邻居们——和那些比我更富有也更世故的人交朋友。而我则会待在坎伯兰的某间破陋的公寓里，我不会想念她，或者想起我俩一起并肩跑步是什么感觉。他们早就警告过我，在治疗后，我也许不会再喜欢跑步，句号。这是治疗带来的又一个副作用：人们通常会在此之后改变他们的习惯，对他们之前的爱好和那些曾带给他们欢乐的事物失去兴趣。

被治愈后的人，会失去强烈的欲望，因此也会摆脱记得的和未来的痛苦。

（《安全，健康与幸福手册》，《治疗之后》第132页）

世界在不停旋转，人群和街道化成了一条展开的充满色彩和声音的长长彩带。我们跑过了圣文森特学校，那是波特兰最大的男校。大约有六七个男孩在外面打篮球，他们懒懒散散地运着球，互相嚷来嚷去。他们的说话声有些模糊，夹杂着一串隐约能听到的叫声、喊声和短促的大笑声，每当男孩们聚在一起时都会发出那种声音，无论你是从街角处、街对面还是海滩边都能听到他们的那种声音。仿佛他们有着属于自己的语言，对于那在大部分时间都将我们分隔开的英明决策，我第一千次地感到庆幸。

当我们跑过时，我感到片刻的停顿，有那么若干分之一秒的时间里，他们的视线全都转过来落到了我们这边。我尴尬极了，甚至不敢看过去。我整个身子都变得炽热，好像有人将我的脑袋塞进了烤箱里。但片刻之后，我感到他们的眼神直接扫过了我，像一阵风般扑到了汉娜身上。她的金发在我身边闪烁着，像是阳光下的一枚硬币。

双腿蹿上一股疼痛，像灌了铅般沉重，但我强迫自己继续跑下去，绕过了商业街的拐角处，将圣文森特男校抛在了身后。我感到汉娜在拼命和我保持一致。我转过头去，艰难地气喘吁吁地说："我们来赛跑吧！"但汉娜又追了上来，摆动着双臂，几乎就要超过我了，我埋下头往前冲刺，以最快速度倾力摆动双腿，竭力将空气吸入仿佛已经缩小到只有豌豆般大小的肺部，我眼前浮现出一抹黑，只能看到突然出现在我们面前的那排高耸的铁丝网，我转过身去大喊："我赢了！"汉娜比我晚到了一秒，她重重地喘着气。此刻我俩都大笑起来，一边打着嗝一边大口大口地吞下空气，慢慢地绕着圈子走，试着用走路消除这种筋疲力尽的感觉。

当汉娜终于可以重新开始呼吸时，她直起身子大笑着说："是我让你赢的。"她说。这是我俩之间的一个老笑话。

我朝她的方向用脚尖踢起一些小石头，她尖叫着躲开了。"你总是这么自我安慰。"

我的马尾辫散了，于是我拉开了橡皮筋，让它一下子耷拉在脑袋后，有风从脖子后吹了过来。汗水流进了眼睛里，刺得眼睛生疼。

"真好看。"汉娜轻轻推了我一把，我躲到了一边，转过头去冲她回打了一拳。

她横跨一步避开了我。铁丝网上有条裂缝，那之后是一条狭窄的便道。前面是一道上了锁的铁门。汉娜蹦上去，招手示意我也跟上来。我刚才一直都没怎么注意我们到底在哪儿：那条便道一直通往一个停车场，那里是一片工业垃圾的丛林，还有大批堆积的货物。这些东西后面有一排熟悉的方方正正的白色建筑，就像一片巨大的牙齿。这一定是实验室区的侧门入口之一。现在我看到那道铁丝网顶端缠着一圈带刺的铁丝，在大约二十英尺高处，有块标记牌，上面写着：私有地产。未经许可不得擅入。已经审核。仅对内部员工开放。

“我觉得我们不应该——”我刚开口，汉娜就打断了我。

“来吧。”她大叫着说，“就玩一下！”

我飞快地扫视了铁门后的停车场一眼，还看了一眼我们身后的公路：没有人。铁门边上那间小小的门卫室也是空无一人。我趴在门上往里面偷窥。里面有块用蜡纸包裹的吃了一半的三明治，一张小书桌上乱七八糟地放着一堆书，旁边是台老式收音机，时而发出静电声，时而有些许音乐，然后又陷入死寂。我也没看到任何监视摄像头，尽管这里一定会有一些。所有的政府大楼都是电网密布的。我又犹豫了片刻，然后便翻过大门，赶上了汉娜。她的眼睛兴奋得闪闪发亮，我看得出来她刚才自始至终就是这么计划的，这里才是她的目的地。

“那些带病者一定就是从这里进去的。”她气喘吁吁地急促地说，好像我们一直都在谈论昨天实验室里发生的那桩戏剧事件。“你难道不这么认为吗？”

“看上去倒像是不太难办到。”我竭力想说得漫不经心一些，但这整件事——这条空空荡荡的便道，那片巨大无比的停车场，它们在阳光下闪烁着。那蓝色的大垃圾桶和遍布空中的电网，实验室那闪闪发光的带着斜坡的屋顶——这些都让我感到难以安心。一切都如此死寂，静止，几乎是凝固的，就像梦中的场景，又像是一场暴风骤雨前的宁静。尽管我不想对汉娜这么说，但我宁可付出任何代价以求回到老港口，回到那片熟悉的由树林和商店所构成的巢穴。

尽管四周空无一人，我还是有一种被人盯着看的感觉。这比在学校、在街上甚至在家里被监管的那种普通的感觉还要糟，那时你要时时谨慎注意自己的言行，到了最终人人都会习惯于这种受限制的感觉。

“没错。”汉娜朝拥挤的土路踢了一脚。一片尘土羽毛般纷纷扬扬飞起来，再慢慢地落下去。“对于这么重要的医疗场所来说，这安全防卫做得也太差劲了。”

“对于宠物动物园来说，这安全防卫系统也显得够糟的。”我说。

“我对此表示不满。”我们身后传来一个声音，我和汉娜同时蹦了起来。

我转过身去。世界仿佛在瞬间凝结了。

一个男孩站在我们身后，交叉抱着双臂，脑袋歪向一边。他有着焦糖色的皮肤，头发是金褐色，就像秋天正待落下的叶子。

是他。是昨天那个男孩，那个站在瞭望台上的男孩。那个带病者。

但显然他并不是个带病者。他穿着一件短袖的蓝色警卫制服，下面是牛仔裤，衣领上还别着一块政府的身份证小牌。

“我不过是离开了一小会儿，去倒个水——”他指了指手中拿着的一杯水，“然后我一回来就看到了有人技巧熟练地闯进来。”

我糊涂极了，无法动弹，也说不出或做不了任何事。汉娜一定以为我是吓坏了，因为她一下子跳了起来：“我们可没闯进来。我们也没做任何事。我们只是在跑步……然后我们……呃，我们迷路了。”

那个男孩将双臂交叉抱在胸前，往后一靠站直了身子。“没看到外面挂的那些标志牌吗，嗯？不得擅入？已经审核，仅对内部员工开放？”

汉娜将视线转到了另一边。她也很紧张。我能感觉得到。汉娜比我要自信一千倍，但我们都从来没站在外面和一个男孩说过话，尤其是没和做警卫的男孩说过话，汉娜一定想到他已经有了上万条拘捕我们的理由。

“我们当时一定是没注意。”她含糊地说。

“嗯哼。”他抬起眉头。很显然他并不相信我们，但至少他看上去显得并不生气。“它们确实不太好辨认，外面也只有二三十个而已。我能看出来你们一定是没注意到。”

他又将视线转向一边，斜着眼睛看我们，我有一种感觉，他是在竭力忍住没笑出声来。他和我以前看到过的所有警卫都不一样——至少并不是你在边界上和波特兰四处所看到的那些典型的警卫，那种又老又胖，显得愁眉苦脸的家伙。我想着昨天我是多么确定他是来自荒野的人，当时我在内心深处无比坚信这一点。

很显然我当时错了。当他转头的时候，我看到了那种被治愈的人脸上绝不会被弄错的标志：治疗的记号，左耳后那块有着三点的伤疤，科学家们在那里嵌入一根特别的有三个尖端分叉的针，专门用来稳固病人，以便对治疗进行控制。人们会炫耀自己的伤疤，仿佛那是块荣誉勋章，你很少会看见那些被治愈后的人留长头发，那些没有剪头发的女人全都小心翼翼地将头发拨到了后面。

我的恐惧减轻了。和一个被治愈好的人说话并不违法。隔离男女的法则并不适用于这种情况。

我不太确定他有没有认出我。即便如此，他也没有显示出任何认出我的迹象。我终于忍不住脱口而出：“你，我看到过你——”在最后一秒，我却无法将这个句子说完。*我看到过你，在昨天。*

你朝我眨了眨眼。

汉娜一副受了惊吓的样子：“你们两个认识？”她朝我瞪了一眼。汉娜知道我以前几乎从来不会和男孩子说几个字，除非那是在街上说请让一让或是当我绊到某个人时，说一声对不起，踩到你的脚了。我们不能和自己家人以外的未被治愈的男孩有超过最小接触以外的联系。甚至在他们被治愈后，也很少有接触的需要和理由，除非我们要和一位医生或教师或差不多那样的人打交道。

他转过头来看着我。他的神情完全是职业化的，沉着冷静，但我发誓我看到他眼中有什么东西一闪而过，那是一种欣慰或快乐的神色。“没有。”他流利地说，“我们从来就没见过。我很确定，如果见过我会记得的。”他眼中那股闪光又回来了——他是在嘲笑我吗？

“我是汉娜。”汉娜说，“这是蕾娜。”她用手肘捅了捅我。我知道我看上去一定就像是条鱼，张开大嘴站在原地，但我实在太愤怒了，以至于无法开口。他在撒谎。我知道他就是我昨天看到的那个人，我愿意拿命去打这个赌。

“艾利克斯。很高兴认识你们。”艾利克斯在和汉娜握手时，眼睛也一直盯着我。然后他朝我伸出一只手：“蕾娜。”他沉思着说，“我以前从没听过这个名字。”

我犹豫了。握手总是让我觉得很尴尬，仿佛我在穿上一件超大的成人的衣服。此外，我还从没有真的和陌生人肌肤相对地接触过。但他只是伸着手一动不动地站在那里，于是过了片刻之后，我也伸出手去和他握了手。我们碰触到的那一瞬间，一阵细微的电流穿透了我的全身，我迅速将手收了回来。

“是马格达蕾娜的简称。”我说。

“马格达蕾娜。”艾利克斯将头往后微微扬起，用细长的眼睛盯着我，“真美。”

顷刻间，我一下子被他说我名字的那种方式所扰乱了。从他的嘴里说出来，感觉像是音乐般美妙，一点也不像我们的老师说话那样沉闷或生硬。他的眼睛是温暖的琥珀色，看着他时，有一种记忆突然一闪而过，那就是我母亲在一摞薄饼上浇糖浆的场景。我害羞地将视线移开了，好像他就是将那阵记忆挖出来的起因，仿佛是他用他的手将它从我体内猛地一下拧了出来。尴尬和羞愧让我觉得愤怒，但我竭力克制了下去。“我确实认识你，我昨天在实验室看到你了。当时你站在瞭望台上，看着——看着一切。”我的勇气又在最后一秒钟泄了气，我没有说*看着我*。

我能感觉汉娜用愤怒的目光直视着我，但我没理她。我什么也没告诉她，她一定很生气。

艾利克斯的神情没有变。他既没有眨眼，也没有将笑容移开哪怕半秒钟。“我猜是认错人了吧。在评估时，警卫是不允许进入实验室的。尤其是兼职警卫。”

我们又在那里站着，盯着对方，这么过了片刻。现在我知道他是在撒谎了，他脸上那股懒散的诡异的笑让我简直想伸出手去扇他。我握紧拳头，深深吸了口气，希望自己能保持冷静。我不是那种暴力的类型。我不知道为什么自己会感觉这么生气。

汉娜插了进来，打破了这种紧张的气氛。“那么就是这样了？一个兼职警卫，还有一些‘生人勿近’的标志？”

艾利克斯又盯着我过了半秒钟。然后他转过头去看着汉娜，好像是刚刚才注意到她一样。“你什么意思？”

“我以为实验室会被保护得更好些，就这样。看上去要闯进这个地方并不是很困难。”

艾利克斯抬起眉毛：“想要试一试吗？”

汉娜定在原地，我全身的血液都结了冰。她有点过头了。如果艾利克斯举报说我们是潜在的爱情同情论者，或是捣乱的人，或是别的什么，我们就会惹上好几个月的监视和调查——而我们极有可能要对以完美分数通过评估这件事说拜拜了。我脑中浮现出一幅景象：一辈子盯着安德鲁·马库斯用指甲从他的鼻子里挖出一块鼻屎，一想到这个我就感觉恶心。

艾利克斯一定感觉到了我的恐惧，因为他举起了双手："放松点。你们看上去可不太像是恐怖分子。"这让我突然想起，我们穿着这样汗淋淋的背心、运动短裤和胶鞋看上去一定可笑极了。或者至少我一定是看上去很可笑。而汉娜则看上去像是个运动衣的模特。我又感到了一阵脸红，伴随着的还有一阵恼怒。难怪评估员们要将男孩女孩分开检测：否则那将会成为一个噩梦，一定会让人从头到尾都觉得恼火、忸怩、困惑又气恼。

"不管怎样，这里只是个装卸货物和一些物件的装卸区。"艾利克斯朝着那排堆成山的货物指了一下，"靠近里面的设备才是真正的保安系统。全职警卫，摄像头，电网，还有那些整套的玩意儿。"

汉娜没有看着我，但当她开口时，我能从她的声音里听出来那流露出的兴奋："装卸区？就像发送货物的地方？"

我开始在脑海中祈祷："*别说任何蠢话。什么蠢话也别说。更别提起那些带病者。*"

"你明白了。"

汉娜来回变换着重心地摇晃着双脚。我试图给她投去一个警示的眼神，但她却避开了我的视线："那么卡车就是从这里进来的？带着那些机械器材还有……还有一些别的东西？"

"一点也没错。"我又感觉艾利克斯的眼睛里闪现出一丝火花，尽管此时他脸上的其余部分却仍然毫无变化。我意识到自己并不相信他，我开始猜测他为什么要对昨天在实验室的事撒谎。也许仅仅只是因为那是被禁止的，就像他说的一样。也许是因为当时他并没有帮忙，而是在狂笑，这可能会导致他被解雇，或者带来更糟的事。

而也许说到底，他并没有认出我来。我们仅仅只是眼神交流了几秒钟，而我很确定，对于他来说我不过是个形象模糊的路人甲，很容易忘掉。我不漂亮，也不丑，只是平平，就像你在街上会看到的一千张其他的脸一样。

另一方面，他却是最不像路人甲的人。我一定是疯了，才会站在户外和一个陌生男孩说话，尽管他已经被治愈了。虽然我还是头昏脑涨的，但目光却仿佛变得像剃刀般锋利，放眼望去一切都被看得无比清晰。我发现他的伤疤旁有一缕鬈发，像是一个边框；我注意到他小麦色的大手，洁白的牙齿和俊朗匀称的脸；他退了色的牛仔裤松松垮垮地搭在臀部；运动鞋的鞋带是一种古怪的墨蓝色，仿佛他是用一支钢笔把它染成那个颜色的。

我猜测着他有多大。他看上去和我年龄相仿，但一定是稍微大一些，也许是十九岁。还有一个念头在我脑海中飞快地一闪而过——他究竟有没有被配对过。但是他当然已经被配好了，他一定早就已经被配好对了。

我装做有意无意地盯着他看，他突然转过脸来看着我。我立刻移开了视线，惊慌失措地觉得他是在试图看穿我心里的想法。

“我想要到处看看。”汉娜一点也不含蓄地说。趁着艾利克斯没注意看，我伸出手去捏了捏她，但她缩了下身子躲开了，给我投来了歉意的目光。至少她并没有盘问他昨天到底发生了什么，那样会导致我俩被投进监狱，或是招来一场审讯。

艾利克斯将装满水的瓶子抛向空中，然后用一只手接住了它。“相信我吧，这儿没什么好看的。除非你超爱工业垃圾。这边倒是有不少。”他朝着垃圾场歪了歪脑袋，“哦——还有在这里能看到波特兰最好的海湾风光。我们也挺喜欢这个的。”

“真的吗？”汉娜皱起鼻子，立刻将注意力从她那侦察的任务转到了这上面来。

艾利克斯点点头，又抛出了那只瓶子，然后接住它。它在空中划出一条弧线，阳光照耀着里面的水，仿佛是珠宝在闪光。“那个我倒是可以给你看看。”他说，“来吧。”

我只想要离开这儿，而汉娜却说：“好。”于是我只好吃力地跟在她身后，默默地抱怨着她对所有与带病者们有关的事的好奇心和痴迷，并且发誓再也不让她来选跑步的路线了。她和艾利克斯走在前面，我能断断续续地听到一些他们的谈话。我听到他说他在其中一所大学上学，但却没听到他说在学什么；汉娜告诉他我们马上要毕业了。他告诉她说他十九岁，她说我俩在几个月后都要满十八岁了。谢天谢地，他们没有提起昨天那桩被搅成一锅汤的评估仪式。

便道和另一条窄小的车道相连，这条车道又和福尔街平行，沿着坡度很大的山坡往上走就是东海滨道。这里堆积着长长的成排的金属物。火辣辣的太阳高悬空中，对人毫不留情。我口渴得要命，但当艾利克斯转过身让我喝一口他的水瓶里的水时，我却说：“不。”说得太快，又太大声。一想到要将我的嘴唇放在他的嘴唇曾放过的地方，我就又感觉全身不自在起来。

我们来到了山顶。由于爬了这么久的坡，我们三个都有点气喘吁吁，展开在我们右侧的海湾宛如一张巨大无比的地图，这是一个波光粼粼、微光闪烁的蓝绿相间的世界。汉娜轻轻吸了一口气。这里的风景真是美极了：一览无余，完美无瑕。天空布满了蓬松的云团，让我想起了羽毛枕头，海鸥在水面上懒散地转悠着，划出弧形的圈，鸟群在天空中掠过，又逐渐隐没。

汉娜朝前走了几步。“真是太惊人了！太美了，不是吗？虽然已经在这里住很长时间了，这里的美还是让我惊叹。”她转过身来看着我，“我觉得这是我最喜欢的看大海的方式。下午两三点，晴朗又明媚，简直像张照片。你不这么觉得吗，蕾娜？”

我在山顶尽情享受着海风，感觉惬意极了。它轻拂过我的手臂和腿，让我觉得心旷神怡。我饱览着海湾的美景和头顶那不断闪耀的太阳——我几乎已经忘了艾利克斯和我们在一起。他站在后面，离我们就几步远，甚至当我们走到山顶时，他也没吭过一声。

当他凑过来冲着我耳边吐出一个词时，我简直大惊失色，他说：“灰色。”

“什么？”我环顾四周，心狂跳不止。汉娜已经转身往海边走去，她开始喋喋不休地说起自己有多么希望能有台照相机，还有你似乎永远都没法得到那些你真正想要的东西。艾利克斯朝我凑近了身子——他靠得如此之近，以至于我几乎都能看到他根根分明的眼睫毛，就像是在一张油画布上一笔一笔仔细画出来的。而此刻他的眼神正随着阳光游移，像是着了火般闪闪发光。

“你刚才说什么？”我重复道。我的声音冒出来，成了一阵嘶哑的低语。

他又凑近了一英寸。他的眼里似乎渗出一丝火焰，将我的全身都点燃了。我从来没有和一个男孩靠得如此近过。我突然感到一阵崩溃，又想要逃跑，但却无法动弹。

“我是说，我更喜欢灰色的海洋。也许倒也不真的是灰色，而是介于灰白之间的那种颜色。那让我想起等待某种好事发生的感觉。”

他确实记得。他当时在那里。我脚下的土地似乎就像梦见母亲那样开始融化消失。我只能看见他的双眼，光影在那里面狡黠地交错闪烁着。

“你撒谎了。”我哑着嗓子说，“你为什么要说谎？”

他没有回答我，而是往后移了几英寸，然后说：“当然，它在日落时要更美一些。大约八点半左右，天空看上去就像着了火，尤其是后海湾。你真应该看看。”他顿了顿，尽管他的声音轻柔而随意，我还是感觉出来他在试图告诉我一些重要的事，“今晚它可能会非常惊人。”

我绞尽脑汁地思考着，一字一句地琢磨着他说的话，琢磨着他强调某些重点的方式。然后我突然“滴答”一声恍然大悟：他已经给了我一个时间和地点。他是在告诉我和他见面。“你是在让我去——？”我刚问出口，但就在那时，汉娜朝我跑回来，拉住了我的胳膊。

“上帝，”她大笑着说，“你能相信已经过了五点了吗？我们必须走了。”我还没来得及回应或做出反抗，她就已经拖着我往回走了，我正想回头去看看艾利克斯是不是在看着我或是给我某种暗示，但他已经从视线里消失了。

第六章

后海湾的约定

妈妈，妈妈；帮我回家
我在遥远的森林里，孤零零地在外面
我发现了一头狼人，一个下流的老蠢货
它向我露出獠牙，直扑向我的肠子

我在偏僻的森林里，孤零零地在外面
我被一只吸血鬼拦下，一头腐烂的陈尸
它向我露出了尖牙，直扑向我的脖子

妈妈，妈妈，带我上床吧
我没法回家了；我已经奄奄一息
我遇到了一个带病者，并拜倒在他的魔力下
他向我露出微笑，直扑向我的心

——《一个孩子的回家路》，出自《童谣与民间童话》，编著者：考瑞·莱文森那天晚上我一直心神不定。坐在餐桌前吃晚饭时，我不小心将红酒倒在了格蕾丝的果汁杯里，而将橙汁倒在了姨爹的红酒杯中，而切奶酪时，我又若干次地将手指伸进了切刀的利齿下，以至于姨妈最终将我从厨房中打发了出去，说她可不愿意在自己的小方饺中发现一块我掉下来的皮。我不停地想着艾利克斯最后告诉我的事，他眼中那不断游移的光影，脸上那副古怪的表情——他仿佛是在邀请我。*八点半左右，天空看上去就像着了火，尤其是在后海湾……你真应该看看……*

究竟是否有一丝丝可能相信他是在给我传递一个消息呢？他是不是有可能在让我去见他？

这个想法简直让我发狂。

我同时还一直在想着那个词，那个吐字很轻，却直接传进我耳朵里的词：*灰色*。他当时确实在那儿；他看到我了；他记得我。我脑中塞满了无数问题，就像波特兰那著名的大雾从海边被刮来，停滞在了那里，让人无法正常而有效地思考。

姨妈终于注意到有些不对劲了。就在晚饭前，我还在帮助珍妮做她的家庭作业，像往常一样测试她的乘法表。我们坐在客厅的地板上，旁边紧挨着“餐厅”（不过是个勉强能塞下一张饭桌和六把椅子的角落），我将她的作业本摆在膝盖上，向她陈述着问题，但我的思维却开始不听使唤地自己飞转起来，一直跑到了一千英里外去。或者也许它们也就三四英里远，就在后海湾那湿润的边缘。我知道从这儿过去的准确距离，因为从我家到那里是一段很不错的跑步路线。此刻我开始计算起要是骑车过去会花多长时间，然后我又为自己竟然开始琢磨起这个念头而狠狠揍了自己一下。

“7乘以8？”

珍妮抿起嘴唇：“56。”

"9乘以6？"

"52。"

另一方面，也没有任何法律规定说你不能和一个被治愈好的人说话。被治愈过的人是安全的。他们可以担当没有被治愈的人的顾问或指导。尽管艾利克斯只比我大一岁，但我们早已被这项治疗程序不可挽回地彻底隔开了。说不定他能做得和我的祖父一样好。

"7乘以11？"

"77。"

"蕾娜。"姨妈从厨房中挪出身来，走过饭桌，站到了珍妮身后。我眨了两下眼睛，竭力想集中精神。卡罗尔的脸绷得紧紧的，上面满是关切之情。"有什么问题吗？"

"没有。"我立刻垂下眼睛。我讨厌姨妈那样看着我，好像她想读出我灵魂中所有邪恶的部分。我仅仅因为想起一个男孩的事而感觉愧疚不已，甚至还是个被治愈了的男孩。如果她知道的话，她会说：*哦，蕾娜，小心哪。记得你的母亲发生过什么事吗？*她会说，*这些疾病会渗进血液里。*"为什么？"

我将眼神移到脚下被磨旧的地毯上。卡罗尔将身子凑过来，突然从我膝盖上一把夺走了珍妮的作业本，然后用她那尖利的高嗓门大声说："9乘以6等于54。"她将本子啪的一声合上，"不是52，蕾娜。我想你应该记得自己的乘法表吧？"

珍妮冲我吐了吐舌头。

我意识到了自己的错误，脸颊发烫。"对不起。我想我只是有点……分心了。"

出现了片刻的沉默。卡罗尔的视线一直没有从我的脖子背后移开。我能感觉到它们就在那里燃烧着。我感觉如果她一直这么盯着我的话，我会忍不住尖叫，或大哭，或坦白。

她终于叹了口气："你还在想着评估吧？"

我从口中吐出一口气，胸中有一股如释重负的感觉："对，我想是这样。"我鼓起勇气朝她瞥了一眼，她挤出了一丝丝微弱的笑。

"我知道你对自己还必须得再重来一次很失落。但不妨这么想吧——这一次你会准备得更加充分。"

我轻轻点头，好让自己看上去显得很感兴趣，尽管那股小小的愧疚感已经开始在吞噬我了。自从今天早上起我还没想过评估的事，一次都没有过。"对，你说得没错。"

"来吧，该吃晚饭了。"姨妈伸出手来，用一根手指碰了碰我的额头。她的手指冰凉而让人安心，但却像是最轻微的一阵骚动的风般瞬间消失了。这让我内心的罪恶感一下子膨胀到极点，就在那一刻，我简直无法相信自己竟然在考虑去后海湾。这绝对是百分之一百的错误的事，我站起来去吃晚饭，感觉一身清爽，乐滋滋的，就像在发了很长一段时间的高烧后第一次感到恢复健康。

但在吃饭的时候，我的好奇心——伴随而来的还有我的疑问——也都回来了。我几乎都无法跟上他们的谈话。我脑中一直在想的只是：去？还是不去？去？还是不去？就在某个时候，姨爹讲起了关于他的顾客的一个故事，我发现大家都在笑，于是我也笑了，但笑得却有点太大声也太久。大家都转过头来看着我，甚至连格蕾丝也歪着脑袋皱起了鼻子，就像一只狗在试图嗅出什么新东西来。

"你没事吧，蕾娜？"姨爹扶着眼镜架问我，仿佛希望让我更加清醒一些，"你看上去有些奇怪。"

"我没事。"我扒拉了一些小方饺到自己盘子里。通常我自己就能消灭掉整整一盒，尤其是在长跑过后（并且胃里还有足够的空间能塞下甜点），但这次我只是勉强咬了几小口："只是有点压力过大。”

“随她去吧。”姨妈说，“她对于评估的事不太好受。它们没有按照计划来进行。”

她朝姨爹望去，他们迅速交换了个眼神。我感到一阵激动。很少看到姨妈和姨爹这么看着对方，沉默却又意味深长地对视。多数时候他们之间的活动仅仅局限在日常的普通事件中——姨爹聊聊工作中的轶事，姨妈讲讲邻居的八卦。*晚饭吃什么？屋顶有条裂缝。*如此等等。我想有那么一瞬间他们正想要提起荒野，还有那些带病者。但随即姨爹就微微摇了摇头。

“这种混乱经常发生。”他一边说，一边用叉子叉起了一个饺子。“之前有一天，我让安德鲁再去订购三箱威克斯橙汁，他去了，却完全弄错了意思，然后你猜结果是怎样？三箱婴儿流质食品。我对他说，我说，安德鲁……”

我没理会这次聊天，我暗暗庆幸姨爹是个很能说的人，并且很高兴姨妈站到了我这一边。害羞有个好处是当你想独自清净会儿时，没人会来骚扰你。我将身子往前倾了倾，偷偷瞟了一眼厨房里的钟。七点半。我们还没吃完。之后我还得帮忙去洗碗碟，这要洗上老长时间，洗碗机太耗电，所以我们只能用手洗。

外面的太阳上遍布金色和粉色的纹理，看上去就像在市中心的糖果屋里旋转的糖果圈，五颜六色，闪闪发光。这将会是一个美丽的黄昏。此刻，想要出去的欲望突然一下子变得如此强烈，我不得不拼命抓住椅子的两侧，以防止自己突然跳起来冲出门外。

我终于还是决定不再给自己压力，随它去吧，不管是运气、命运还是别的什么，让它去裁决吧。如果我们吃完饭，我洗完碗碟，正好能赶上去后海湾的时间，我就去。如果不行，我就留在这儿。一做完这个决定，我一下子感觉好了千万倍，甚至又吃了几口小饺子（真是奇迹中的奇迹），然后珍妮就突然以迅雷不及掩耳之势扫空了她的盘子，随后姨妈说，只要我准备好，就可以去洗盘子了。

我站起来开始收拾起大家的碗碟。已经快八点了。即使我能在十五分钟内洗完所有的碗碟——那可够紧张的——但要在八点半之前赶到那里还是很困难。我还忘了得在九点前赶回来，因为城市对于未被治愈的人有着严格的宵禁管理。

如果我在宵禁时分后的大街上被抓住的话。

事实是，我不知道会发生什么。我还从来没违反过宵禁呢。

我终于接受了我既没有时间赶去后海湾、也无法按时赶回来这个现实。正在此时，姨妈却做出了一件让人不可思议的事。正当我伸出手去接过她的盘子时，她却拦下了我："你今天晚上不用洗盘子了，蕾娜。我来做吧。"

她一边说，一边伸出一只手放在我的手臂上，就像之前一样，这种触感如风一般迅疾而冰凉。

我还没来得及思考这是什么意思，就脱口而出了："其实我得立刻赶到汉娜家去。"

"现在？"姨妈的脸上掠过一丝闪烁的神情——那是警戒？还是怀疑？"已经快八点了。"

"我知道。我们——她本来有一份要给我的学习指南。我刚刚才想起来。"

此时她那怀疑的表情——现在她肯定是怀疑了，这是确定无疑的——让卡罗尔的眉毛皱到了一起，也让她抿紧了嘴唇。"你们又不在一个班了。考试也结束了。那到底能有多重要？"

"这不是为了功课。"我转着眼珠子，试图想回想起汉娜那副冷漠的表情，然而我的手心已经浸满了汗水，心脏几乎快要跳出胸腔。

“那本指南对于评估给出了各种各样的建议。她知道我还需要再准备一下，因为我昨天几乎就快搞砸了。”

姨妈又再次向姨爹微微瞥了一眼：“一小时后就是宵禁了。”她对我说，“如果你在宵禁后被抓到……”

紧张让我的体温都快冒烟了。“我知道宵禁。”我厉声说，“我这一辈子都不断在听说这档子事。”

话一出口我就感到一阵愧疚，我转移视线，好避免看到卡罗尔。一直以来，我对她的回应都是尽可能的耐心、顺从和乖巧，我也一直尽量不引人注目，扮演好一个乖巧女孩的角色，洗碗碟，帮助小孩，做好功课，听话时总是低着头。我知道我欠卡罗尔很多，她在我母亲死后就收养了我和蕾切尔。如果不是因为她，我可能还在某个孤儿院里逐渐消瘦衰弱下去，无法接受正式的教育，也不会被人注意到，可能会被分到一个在屠宰场的工作，可能会去清洗羊肠子或牛粪那样的东西。也许——也许！如果走运的话，我也许还能得到一份清洁女工的工作。

没有养父母会愿意收养一个在过去被“疾病”所玷污过的孩子。

我真希望自己能看穿她的心思。我不知道她在想什么，但她似乎在分析我，试图从我脸上看出点什么来。我一直不停地想，*我并没有做什么错事，这是无害的，我很好*，想了一遍又一遍，并将手掌在牛仔裤背面擦干，我肯定自己在背后留下了一个湿手印。

“快去快回。”她终于开口了。她的话一出口，我就跑了出去，飞速奔上楼梯，将脚上的凉鞋换成了跑鞋。然后我又跑下楼梯，飞奔出门。姨妈几乎都还没来得及将碗碟端进厨房。当我从她身边冲过去时，她冲我喊了句什么，但我已经推开了前门，没有听到她说的话。我身后的玻璃门刚一关上，客厅的落地大座钟就开始发出嗡嗡的鸣响。八点整。

我解开自行车的锁，踩着踏板穿过前面的小路，来到街上。脚踏板嘎吱嘎吱地呻吟着，颤抖着。这辆自行车在我之前是属于玛西娅的，至少也有十五年了，一直被扔在外面，从来没被维护保养过。

我开始沿着后海湾的方向巡视，而不走运的是，这里是下山路。街道在这时总是空空荡荡的。大多数被治愈好的人也都坐在家中吃晚饭，或是清洗碗碟，或是收拾床铺，准备着又一场无梦的睡眠，而所有没有被治愈的人则不是在家里就是在回家的路上，紧张地注视着时钟正朝着九点钟的宵禁分分秒秒地靠拢。

由于今天的长跑，我的腿还有些隐隐作痛，即使我能按时到达后海湾，而艾利克斯也在，我看上去也会是一副乱七八糟、大汗淋漓的恶心样子。但我还是继续拼命往前冲着。此刻我已经出了门，将所有的怀疑和问题都抛在了脑后，一门心思以双腿能运动的最快速度拼命往前骑，冲过空无一人的街道，沿着我能想到的所有的近道朝海湾奔去，我看着太阳往地平线下滑，给它染上了一道灿烂的金边，那辉煌的铁蓝色的天空在此时也似乎与水面合为了一体，而光则正沉入水中。

我只在这个时候单独出来过几次，又害怕又兴奋，这种感觉奇怪极了，就像今天下午在户外和艾利克斯说话一样：仿佛那只一直在骨碌骨碌转动着盯着你看的眼睛突然间失明了片刻，仿佛那只这辈子一直紧紧抓着你的手突然消失了，让你自由地沿着自己想要的任意方向前进一般。

我四周都是投在窗户上的灯光，多数是烛光和灯笼，这片地方很穷，所有东西都是限量供应的，尤其是汽油和电。到了一定时候，我就看不到太阳的方位了，它被挡在了一群四五层高的楼后面，这里比我进入普雷布尔那里还要拥挤：这些又高又窄的深色建筑相互挤压着对方，仿佛已经为冬天做好了准备，要抱成一团取暖。我还没想过要对艾利克斯说些什么，一想到要和他单独站在一起，我的胃就突然一下子沉了下去。我猛地一下刹了车，停下来稳住呼吸。心疯狂地跳动着。休息片刻后，我继续骑了起来，将速度放慢了些。还有大约一英里远，但已经可以看到海湾，就在我右方一闪一闪而过。太阳微微显现在地平线上那丛黑压压的树林间。离天色完全暗下去还有十到十五分钟的时间。

然后又一个想法狠狠击中了我，几乎让我停了下来：他不会在那儿的。我太晚了，他已经走了。或者这会变成一个大笑话，还有可能是个圈套。

我将手按在肚子下面，期待胃里的那些小方饺能够老老实实待着，好让我重新全速前进。

我双脚一上一下地忙着蹬车——左、右、左、右——一边在脑海中与我的消化系统进行拔河斗争，而没有注意到管理者们已经来了。

我正要加快速度穿过巴克斯特那早已失效的红绿灯时，突然被一排直直打在眼睛上的刺眼灯光闪得头昏眼花。于是我不得不贸然举起一只手来挡住脸，几乎一下子松开了车把手，这差点造成了一起真正的灾祸，因为我刚才急急忙忙冲出房子时忘记了戴头盔。

“停！”其中一个管理者大叫着，我猜测他是那群巡警们的头儿。“身份检查。”

一队管理者——有充当志愿者的市民，还有被政府雇用的管理者们——那些每天夜里在街上巡逻的警察，他们在街上查找着打破宵禁戒律的未被治愈的人们，检查街道和房屋（如果没有拉上窗帘）周边的未被批准的行为，比如两个未经治愈的人互相接触，或是在天黑之后一起走——哪怕是两个被治愈后的人在从事“治疗后有重现病症迹象的活动”，比如过多的拥抱和接吻，等等。尽管这些事很少发生，但也确实发生过。

管理者会直接上报到政府那里，并且他们和实验室里的科研者们工作联系密切。这些管理者曾负责将我母亲送去第三次治疗；就在她第二次治疗失败后，一位路过的巡警看到她在对着一张照片哭泣。她看着我父亲的照片，却完全忘记了拉上窗帘。就在几天后，她就又回到了实验室。

通常要避开这些管理者是很容易的。其实在一英里外你就能听到他们。他们在巡视时带着对讲机和其他的巡逻队保持联系，而那些电波时断时续，让它听上去就像是一大群嗡嗡作响的马蜂在你前方。我刚才只是没有注意到。真是脑子进了水，才让我变得这么蠢，我悄悄将钱包从后面的兜里拿了出来。至少我还记得拿着那个。在波特兰，不带身份证出来是违法的。人们最不想要的就是整夜都被关在监狱里，等待让那股无名的势力核实你的合法身份。

“马格达蕾娜·艾拉·哈洛维。”我竭力保持声音镇定，并将自己的身份证递给那个领头的管理者。我几乎没法从手电筒的光线中辨认出他来，他将那束光一直打在我脸上，迫使我不得不眯起眼。他是个大块头，我就只知道这点。又高又瘦，棱角分明。

“马格达蕾娜·艾拉·哈洛维。”他重复着，一边用长长的手指翻阅着我的身份证，看着我的身份证号，那是分给每一位美利坚合众国公民的号码。前三位数字代表你的州，接下来三位代表你的城市，再接下来三位代表你的家族，接下来四位才是你的身份。“你在这里干什么，马格达蕾娜？还有不到四十分钟就是宵禁了。”

不到四十分钟。那就是说一定已经快八点半了。我换了只脚做重心，竭力忍住不要表现出一丝丝的不耐烦。有很多很多的管理者——尤其是那些志愿者——他们是薪水微薄的城市服务人员：窗户清洁工或是煤气抄表员，或是保安，等等。

我深深吸了口气，以最无辜的声音说："我只是想骑一趟快车去后海湾。"我挤出最甜美的笑容，看上去一定像个傻子，"晚饭后我觉得肚子胀。"没有什么比这更大的谎了。我会把自己搞进大麻烦里的。

领头的管理员继续检查着我，手电筒的灯光笔直地打在我脸上，他的手里拿着我的身份证。有那么一瞬间，他似乎要摆手，我很确定他本来是打算放我走了，但随后他却将我的身份证递给了另一位管理员："你能带着这个去安全确认系统一趟吧？确保这是合法身份。"

我的心骤然跌落了下去。安全确认系统，是一个将所有合法的居民联在一起的网络系统，这座城市里的每一个人的身份资料都被保存在里面。电脑系统要花上二十到三十分钟来对应编码，这取决于有多少其他人正在进入这个系统。他不可能真的认为我自己假造了一张身份证，但他却要用这些检查来耗尽我的时间。

就在那时，奇迹发生了，队伍后面传来一个声音："她是合法居民，格里。我认识她。她是杂货店的人。住在坎伯兰172号。"

格里转过身去，同时放低了手电筒灯光。我眨着眼，想让那些漂浮的光斑从视野里消失。我依稀认出了几张脸——有个在离我家不远的干洗店工作的女人，她常常在下午靠在门前嚼口香糖，偶尔将糖朝街上吐去；另一个是在富兰克林主干线商业区附近的交通警察，那是波特兰少数几个车辆多到需要去维护交通的地区之一；其中还有一个家伙是收垃圾的，而在后面是德坞·霍华德，他在我家附近的一条小街开快客便利店。

通常大部分生活用品都是姨爹带回家来的——罐装食品、意大利面、切好的肉片等，这些主要都是从他的熟食套餐和自助食品店——"好又省"超市拿来的，它就在路那边的山上，但有时候如果我们用完了厕所手纸或者牛奶，我也会奔到快客店去买。霍华德先生总是让我有些毛骨悚然。他瘦得皮包骨头，有一双眼皮肿大下垂的黑眼睛，总是让我想起耗子的眼睛。但今晚我却简直想拥抱他。我甚至没想到他会知道我的名字。他从来没跟我聊过多余的话，只是会在拿起我在店内采购的东西后问一句“今天就这些了？”然后抬起那沉重的眼皮狠狠瞪我一眼。我在脑子里默默记住，下一次见到他一定要感谢他。

格里犹豫了片刻，但我能看到其他的管理员已经开始感到不耐烦起来，他们一会儿轮换着脚站，巴不得能继续去别的地方巡视，抓到些别的人好发发威。

格里一定也感觉到了这点，因为他突然冲我的方向歪了歪脑袋：“把那张身份证还给她吧。”

我一下子松了一口气，想笑出声来，但我必须得装做一本正经的样子，接过了身份证将它塞回原处。我的双手微颤个不停。周围围着一圈管理员，似乎他们就要对你做出什么来，这种感觉真是奇怪。哪怕当他们显得相对的好心时，你也会禁不住想起听说过的所有那些可怕的故事——那些查抄、暴打和伏击等。

“要小心点，马格达蕾娜。”我直起身子时，格里说了一句，“要保证在宵禁前赶回家。”他将手电筒斜摆着又照了照我的眼睛。我举起手挡住眼睛，对着强光眯起眼睛。“你可不想惹上什么麻烦吧。”

他的声音很轻柔，但就在那一瞬间，我觉得自己从他的话语里听出了某种强硬的感觉，那是一股愤怒或挑衅的势头。但随后我对自己说这不过是我多疑罢了。不论那些管理员做什么，他们的存在都是为了保护我们，为了我们好。

管理员们在我身边集成了一队。在这短短几秒钟里，我被挤在了一群膀大腰圆的家伙中，他们的棉外套上弥漫着陌生的古龙水和汗水味。他们一边走一边唾沫四溅地交谈着各种事，再次从我身边走开了。我听到了些只言片语：市场街上，一个男孩和一个女孩，可能感染了……在圣劳伦斯有人未经批准放音乐……有人还在跳舞……我被他们的胳膊、胸膛和手肘推来搡去，直到这队人终于走了，我才挤出来，独自留在大街上，听着那些管理员的脚步声在身后渐渐远去。我一直等着，直到再也听不见他们的对讲机声音和靴子踏在人行道上的声音。

然后我才转身离去，我感到心口又升腾起一股热流，那是一种幸福和自由的感觉。我简直不能相信走出这间房子是如此简单。我从来不知道自己还能对姨妈撒谎——在此之前，我从来也不知道自己能够撒谎。而当我一想起自己是多么勉强地通过那些管理员漫长的考验时，我简直想蹦起来将自己的拳头扬向空中。今晚整个世界都是站在我这一边的。我现在离后海湾只有几分钟的路程了。我一想起即将沿着那长满青草的山坡上山，看到艾利克斯背对着落日站着，身上镶上了一圈太阳最后的耀眼光芒，心脏就有节奏地怦怦跳了起来——同时我还想起了那个传入我耳中的词：灰色。

我沿着巴克斯特公路飞奔，一直冲到后海湾路前最后一英里处，然后突然停下了。原本在我身后的楼群们已经从视野里消失了，取而代之的是一长串低矮破陋的窝棚房，稀稀拉拉地散布在破败不堪的公路两侧。那后面是一条通往海湾的短短的绿化带，上面杂草丛生。水面如一面巨大无比的镜子，粼粼地布满着天空中的金色和粉色的光。在那目眩神迷的时刻，我突然有一种精神错乱的感觉，太阳挂在地平弧线上，将它变成了一道纯金的拱门。它拼尽最后的力气放出万道金光，将水面的阴影搅得粉碎，在短短的一瞬间内将一切都变成了炽白色，然后便突然消失，骤然下沉，连着天空中的粉色、红色、绛紫色一起，将一切色彩在瞬间带走，只留下了一片暮色。

艾利克斯说得没错。这简直美极了——这是我见过的最美好的事物之一。

在那个片刻，我无法动弹，除了呆站着什么也无法做，我目不转睛地盯着那美景，竭力地呼吸着。然后一股震惊突然笼罩了我：我太晚了。管理者们弄错了时间。现在一定已经过了八点半了。哪怕艾利克斯决定在那道长长的海湾处等我，我也没有把握能找到他并且还能在宵禁前赶回家。

双眼一阵刺痛，眼前的世界也突然一下子湿润了，色彩和形状都晃动着混合到了一起。就在那一刻我还以为自己哭了，我吓坏了，把什么都忘了——忘记了自己的失望和挫败感，忘记了站在海滩上的艾利克斯，忘记了想着他的头发染上最后一丝落日光线变成闪烁的铜币色的样子。我想不起上一次哭是什么时候。已经过去好多年了。我用手背擦擦眼睛，眼前的景象又变得清晰起来。我发现那只是汗水，于是感到一阵轻松；我在流汗，是汗水流进了我的眼里。但那股沉甸甸的恶心感却还在胃里挥之不去。

我又在那里待了几分钟。我跨在自行车上，狠狠抓着车把手，直到自己变得稍微冷静了一点。内心有一部分想说，去他的，走吧，迈开双腿，沿着山路往大海飞奔，让风吹起我的头发——去他的宵禁，去他的管理员，让所有人都见鬼去吧。但我却不能，我不能，我永远也做不到。我别无选择。我必须得回家。

我骑起车笨拙地转悠了一圈，朝着街道往回走。此刻那阵兴奋和激动都已消退，双腿像是灌满了铅，我喘了喘气，又骑了四分之一英里。这一回我小心翼翼地注意起管理员、警察和巡警们的动静来。

在回家的路上，我告诉自己说，这样做也许是最好的。我一定是疯了，才会在夜幕降临的时候在外面瞎逛，只是为了去海滩见某个男人。再说，一切都得到了解释：他为实验室工作，也许他在评估日溜进来是出于某个完全正当清白的理由——借个洗手间，或是给水壶灌满水，等等。

然后我提醒自己我一定早已想象到了整件事：那条信息，还有见面。他说不定正坐在某个地方的自己家里做功课呢。搞不好他早就忘了今天在实验室那里碰到的那两个女孩。他之前也许只是出于好心，随便聊聊而已。

这样做是最好的。但无论我这么重复想多少遍，胃里那股奇怪的空洞洞的感觉却还是一直无法消散。而按这种荒谬的情形来看，我怎么也无法减轻那股挥之不去的微妙感觉——我永远地忘记，或是错过，或是失去了某样东西。

第七章

一场回忆一场梦

神经系统、认知系统、特殊系统和感知系统……在身体的所有官能系统中，心脏系统是最敏感也是最容易受到干扰的。社会的职责在于保护这些系统免于感染和衰退的危险，否则人类的未来就会面临危难。正如夏日的果实在整个现代机械化农业手段的保护下，避免了虫害、挤压和腐烂；我们也必须保护心脏。

——《社会的职责和功能》，出自《安全，健康与幸福手册》

我的名字取自玛丽·马格达雷恩，一个差点儿死于爱情的人。她爱上了无法娶她或是无法与她相伴的男人，感染上了狂热症，并冒犯了社会的条例。（《耶利米哀歌》，第13章第1节，《玛丽》）。

我们在《圣经》中了解了所有的相关情况。起初她的情人有约翰，然后是马修，然后是耶利米和彼得还有犹大，中间还夹杂着许多无名的男子。

他们说她的最后一个情人是最伟大的：一个叫约瑟夫的男人，一个终身单身的男子，他在街上遇到她，她因为狂热症而全身伤痕累累，神志不清。关于约瑟夫究竟是个怎样的人，有着许许多多的争论——关于他正直与否，关于他是否曾屈从于这疾病，但不管怎样，他对她确实是精心照料。他照顾她一直到她恢复健康，并竭力让她安定下来。

然而，到了此时已经为时太晚。她饱受自己的过去的折磨，失去的爱情、受过的伤害和摧残一直纠缠着她，她不仅给别人带来痛苦，也遭受着别人给她带来的痛苦。她基本都食不下咽，整日哭泣，她死死缠着约瑟夫，乞求他永远不要离开她，但却无法在他的善良中寻找到安慰。

然后有一天早上，她醒来时，发现约瑟夫不见了——他什么话也没留下，连个解释都没有。这最后的遗弃终于毁了她，她扑到地上，祈求上帝将她带离自己的悲苦。

上帝听到了她的祈祷，他以无限的怜悯替她去除了这爱情狂热的诅咒，这是亚当和夏娃的原罪，全人类都承受着这项惩罚。在某种意义上来说，玛丽·马格达雷恩是第一个被治愈的人。

因此在经历了多年的苦难和痛苦后，她终于步入了真善与安宁，一直到生命终结。（《耶利米哀歌》，第13章第1节）

我一直觉得母亲给我起名叫马格达蕾娜是件很奇怪的事。她甚至都不相信治愈这回事。那就是她的全部问题所在。而整篇《耶利米哀歌》都是在讲爱情狂热症所带来的危险。我对此想过很多，但最终我发现尽管发生了这一切，我母亲也知道她自己是错误的：那治疗、那些程序都是出于好意。我想哪怕是在当时她也知道自己要做的是什么——她知道会发生什么。我猜我的名字是她给我的最后一样礼物。那是一条信息。

我想她是在试图说，原谅我。我想她是在试着说，总有一天，即使是这份痛苦也会被治愈。

你明白了吗？不管大家怎么说，不管发生什么，我都知道她并不是那么坏。

接下来的两周是我这辈子最忙的日子。波特兰的夏天简直热得要爆炸了。在六月初，虽然已经有些热度，但却还没变成夏天的颜色——那些绿色植物仍然是刚刚冒出新芽的苍白色，清晨也还有些许凉意——但在学期结束的最后一周里，一切都突然刷地换上了缤纷的色彩，明净的蓝天，紫红色的雷电交加的暴风雨，墨黑般的夜空，还有像四溅的鲜血般鲜艳的红色花朵。每天放学后都有活动，不是集会就是仪式，要么就是毕业派对。所有的活动汉娜都接到了邀请，我居然也接到了大部分的邀请，这令我有些吃惊。

哈洛维·戴维斯和汉娜一起住在西区，她的父亲为政府工作，她邀请我去参加一个“非正式的告别活动”。我甚至都不认为她知道我的名字——每当她和汉娜说话时，她的眼睛总是自动过滤掉我，仿佛我不值得她的目光注意一样。不管怎样我还是要去。我一直对她家的房子很好奇，最后发现它和我想象的一样华丽。她家也有辆车，而且家里到处都是家用电器，并且很显然它们每天都在被使用：洗衣机、洗碗机、干燥机，还有装着无数盏灯泡的巨大枝形吊灯。哈洛维邀请了毕业班上的大部分同学，我们整个班有六七十人，派对上大概有五十来个。这让我觉得自己也不是那么特别，但那还是很好玩。我们坐在后院里，而管家则不停地端着一盘又一盘食物跑进跑出——生菜和土豆沙拉以及其他的烧烤食品——而她父亲出来在那台巨大无比的冒着烟的烤架上分发排骨和汉堡。我吃到感觉自己快要撑爆了才停下来，然后挪到后面的毯子上和汉娜坐在一起。我们一直在那里待到将近宵禁，星星们从幽蓝色的夜空中闪烁出微光，蚊子们也突然一下子窜了出来，我们全都尖叫着、大笑着，一边将它们扇开，一边往房里跑回去。后来在很长一段时间里，我都觉得这是我经历过的最美妙的一天。

甚至连那些我不太喜欢的女孩也开始变得友好起来——比如谢莉·佩尔森，她自从我在六年级时赢了科学展览时就开始讨厌我，当时她只得了第二名。我猜这是因为我们都知道我们很快就要毕业了。多数人在毕业后就不会再见到对方，哪怕再见面也会不一样了。我们都会变得不一样。我们将会变成大人，被治愈，分门别类贴上标签，被配对，得到一个身份，在自己的人生道路上被妥善安置，就像圆弹珠早已被设定好方向，完美地朝着清晰可辨的斜坡滚下去一样。

特雷莎·格拉斯在毕业前满了十八岁，并接受了治疗。希拉里·德维西也是。她们缺席了几天，然后刚好赶在毕业前赶回了学校。变化是惊人的。她们现在看上去十分平静，成熟，不知怎么的还显得有些冷漠，仿佛她们被装在一层薄薄的冰盒中。就在两个星期前，特雷莎的外号还是“粗人特雷莎”，大家都拿她开玩笑，因为她总是拨弄或者咬自己的发梢，头发也总是一团乱，但现在她却抬头挺胸，走得笔直，双眼直视前方，嘴角微微抿出一丝笑，在走廊里的所有人都稍稍挪了挪身子，好让她轻松地穿过去。在希拉里身上也发生了同样的事。仿佛她们所有的焦虑和自卑都随着疾病一起被除去了。甚至连希拉里的双腿也停止了抖动。过去每当她要在班里说话时，她的双腿都会颤抖个不停，甚至会带动桌子也摇晃起来。但在治疗过后，就像那样——哇！颤抖没了。当然她们并不是我们班里第一个得到治愈的女生——埃莉诺·热阿纳和安妮·哈恩都早在秋天就被治愈了，还有六七个女生也在上学期接受了治疗。只是在特雷莎和希拉里身上，变化显得更为明显。

我还是一直在倒数着日子。八十一天。然后是八十天。然后是七十九天。

维洛·马克斯再也没有回到学校。我们听到了些传闻，说她接受了治疗，结果还不错；要么就是她尽管接受了治疗，但大脑已经神经错乱。她们还在谈论她被送到了克里普特，那是波特兰一间监狱兼精神病院，并说起她逃到了荒野里。只有一件事可以确定：现在马克斯全家都在时时刻刻被人监视着。管理员们责骂马克斯先生和他太太以及其他所有的家人没有让她接受正确的教育。就在几天后，据说她被人发现在迪尔林橡树公园里。我还无意中听到姨妈和姨爹在悄声说维洛的父母都被解雇了。一个星期后，我们听说他们搬去了一位远房亲戚家。很显然，人们一直不断朝他们家窗户扔石头，而他们家整整一面墙都被人写满了一个词：带病者。这根本就是一派胡言，因为马克斯夫妇是有明确记录在案的，他们曾不顾风险，坚持要让女儿早点接受治疗，但就像姨妈所说的一样，当人们害怕时就会变成那样。大家都很恐惧那狂热症会以某种方式大规模地侵入波特兰。大家都想预防这种传染病。

我当然对马克斯家的遭遇感到很难过，但事实就是这样。正如管理员们一样：你也许并不喜欢那些巡警和身份检查，但一旦你知道这都是为了保护你，也就不可能不合作了。也许这听上去很不好，但我觉得自己并没有考虑太久维洛家的事。有太多的高中毕业前需要归档完成的文件工作了，我很紧张，且需要花费很多精力，还需要清扫柜子，准备结业考试，以及和大家告别。

汉娜和我甚至都很少有时间一起跑步。每当我们一起跑时，都会无声地达成协议，沿着过去的老路线跑。让我吃惊的是，她再也没提起过那天下午在实验室前的事。但汉娜的思维有一种跳跃性的趋势，现在盘旋在她脑子里的新事情是边境北部的倒塌，人们说那有可能是带病者们捣的乱。我甚至都没想过要再去一次实验室，哪怕去待一秒钟也不愿意。我对事事都很专心，除了思绪偶尔飘荡到艾利克斯身上，这倒也不难，一想到那件事，我现在简直不敢相信自己竟然花了一个晚上在波特兰的大街上骑车狂奔，还对卡罗尔和管理员们撒谎，仅仅就是为了去和他见面。就在那件事后的第二天，我感觉那就像是一场梦或是一场幻觉。我告诉自己说我当时一定是暂时精神失常了：一定是因为在炎热的天气下跑步引发了大脑的混乱。

在毕业那天，汉娜在毕业典礼上坐在我前面三排。当她从我身边经过时，她伸出手来拉我的手——先长长地捏了两下，又快速地捏了两下。当她坐下来后，她将头往后微微仰起，我看到她拿起一张小纸牌，举过毕业典礼帽子的头顶：感谢上帝！我强忍住笑，她转过头来朝我做出一个假装一本正经的表情。我们都有点头晕目眩，我从来没有感觉比那天更加和圣安妮学校的女生们亲近过。我们都被太阳烤得汗流浃背，它却像是瞧不起我们似地俯瞰着我们，冲我们张大嘴笑着。我们用毕业典礼上的小册子扇风，校长麦金托什太太唠唠叨叨地讲着成人期和我们进入社会的规则，等等，我们竭力忍住不要打哈欠或是转眼珠子，一边轻轻碰碰周围的人，一边拨弄着粗糙的毕业礼袍的领子，好让风吹进脖子里。

我们的家人们坐在白色的塑料椅子上，头顶是一块奶白色的防雨布，上面还插满了旗子：校旗、市旗、州旗还有美国国旗。每当一位毕业生走上台去领取毕业证书时，他们都报以礼貌的掌声。轮到我时，我扫视了一遍观众，在其中寻找我的姨妈和妹妹，但走上台时我也很担心自己会被绊倒或是跌倒，我伸出手去从麦金托什校长手中接过毕业证书，除了缤纷的色彩外我什么也看不到——绿色、蓝色、白色，还有一大堆粉色和褐色相间的脸，也无法从那些哗哗的掌声中辨认出任何个别的声音。只有汉娜的声音像钟声一样清晰而响亮：“哈利路亚，汉蕾娜！”那是我们在跑步前和考试前常用的打气的口号，里面包含了我们两个人的名字。

之后我们排成一排，挨个单独拿着自己的证书拍照。学校雇了名正式的摄影师，足球场中间搭起了一块品蓝色的幕布，我们都站在那里摆姿势。我们实在太兴奋了，以至于没法严肃地照相。大家在自己的照片里弯着腰大笑，因此你只能在照片里看到她们头顶的帽子。

当轮到我照相时，就在最后一刻汉娜跳上前来将一只胳膊搭在了我肩头，摄影师吓了一大跳，猛然按下了快门：咔！我们就这样出现在了照片上：我张大嘴，一脸吃惊地转向汉娜，似乎快要大笑出来的样子。她比我整整高了一个头，紧闭双眼但却张开了嘴巴。我真的觉得那天十分特别，似乎有一种金光闪闪甚至带有魔力的气息，因为尽管我满脸通红，头发也紧贴在额头上，似乎汉娜也受到了我的一些感染——撇开其他不说，光是在那张照片里，我看起来也是很漂亮的。比漂亮还要漂亮。甚至可以说是惊艳。

学校乐队一直在演奏，多数时候是合调的，音乐在球场上飘荡，还有上空的鸟儿们发出回音。似乎在那一刻有什么东西正在冉冉升起，不知是一种巨大的压力还是分隔的力量，我还没反应过来发生了什么事，突然所有的同学都聚成一团抱在一起，尖叫着跳上跳下：“我们毕业了！我们毕业了！我们毕业了！”没有任何家长和教师试图将我们分开。当我们开始散开时，我看到他们环绕在我们四周，带着耐心的表情交叉双手看着我们。我瞥到姨妈的眼神，腹部又奇怪地蠕动起来，我知道，她和其他所有人一样，正在将这个时刻给予我们——这是我们能团聚在一起的最后一刻，再过不久，所有的事都将会永远地改变。

事情也会变化的——或是正在变化，即使就是在那一刻。这个大团队分散为了若干拨的学生，而这若干个小团体里的人又很快散成了单个的人，我注意到特雷莎·格拉斯和希拉里·德维西已经开始穿过草地朝街那头走去了。她们分别低着头和自己的家人一起走着，甚至都没有回头。我发现刚才她们没有和我们一起庆祝，这又让我想起了我也没见到埃莉诺· 热阿纳、安妮·哈恩或是其他被治愈了的学生。她们一定是已经回家了。我喉咙中涌起一股少见的疼痛：纵使这本来就是理所当然的，天下没有不散的宴席，人们总是要向前看，他们不会回头。他们理所应当如此。

我从人群中看到了蕾切尔的身影，我朝她跑过去，突然有一种渴望想要靠近她，我希望她能够像我小时候她经常做的那样，弯下身来一边抚摸我的头发一边说："干得好，小疯子。"这是她以前给我起的外号。

"蕾切尔！"不知道为什么，我突然喘不上气来，也无法吐出一个字。我太高兴能见到她了，感觉自己简直要热泪盈眶。但显然我并没有流泪。"你来了。"

"我当然会来。"她对着我微笑，"你是我唯一的妹妹，还记得吗？"她递给我她带来的一束雏菊，它们被轻轻裹在褐色的牛皮纸里，"恭喜你，蕾娜。"

我将脸贴近雏菊，深深吸着它的香气，竭力忍住想要伸出手去拥抱她的冲动。有那么一瞬间我们就那么站在那里，朝着对方使眼色，然后她朝我伸出了手。我本来十分确定她是想看在旧时光的分上张开双臂抱住我，或者至少用一只胳膊搂住我。

然而她却只是轻轻弹了弹我的额头："真恶心。"她仍然微笑着说，"你全身都是汗。"

尽管感觉失望显得又愚蠢又不成熟，但是我还是觉得失望。"那是穿这长袍的原因。"我说完才意识到，是的，那一定就是问题所在：就是这件长袍让我觉得憋闷，呼吸困难。

“来吧。”她说，“卡罗尔姨妈想向你道贺。”

卡罗尔姨妈和姨爹一起站在球场边缘，格蕾丝和珍妮正和我的历史老师斯平尔说话。我和身边的蕾切尔步调一致地走着。她只比我高几英寸。我们同步走着，却隔着三英尺的距离。她很安静。我能看出来她已经在琢磨自己什么时候能回家，回到自己的生活里了。

我忍不住回了一次头。我实在控制不住自己。我看到那些穿着橙色长袍的女孩子像火焰般跑来跑去。似乎一切都在倒流，一切都在顷刻间往回回放。所有的人声都混在一起，变得难以识别，就像波特兰街道下面那恒久不变的有节奏的海洋白色噪音一般，它们永不间断，以至于你都很难注意到它们了。一切看上去都显得僵硬、生动又冰冷，仿佛是被墨水勾出了线条，精细地描画出来的——父母们的微笑都是冻结的，相机们闪个不停，人们张开嘴，白色的牙齿发出反光，带着光泽的黑发和暗蓝色的天空，还有持续不断的光，所有人都被湮没在了光之中——一切都显得如此清晰而完美，我肯定这一定已经成了一场回忆，或是一场梦。

第八章
自由只是空想

H是氢，原子量为一，
它一被点燃，原子核裂变，
耀眼地闪着光，
炽热得像太阳。

He是氦，原子量为二，
像幽灵般飘过的一种惰性气体
让世界焕然一新。

Li是锂，原子量为三，
当它一碰到火，就点燃葬礼上的柴堆
我就会陷入永恒的沉睡。

Be是铍，原子量为四……

——出自《元素祈祷》

（“祈祷与学习”，出自《安全，健康与幸福手册》，第552—557页）

夏天里，我不得不在周一、周三和周六时在姨爹的便利店里帮忙，主要是装货物上架，还有在熟食的柜台后面干活，有时候也在装谷类和干货的通道后面那间小小的办公室里帮忙归档和记账。谢天谢地，在六月下旬时，安德鲁·马库斯接受了治疗，辞去了工作，得到了一份在另外一家小卖部的长期工作。

在七月四号的早上，我去了汉娜家。每年我们都会去东边的海滨人行道看烟花。那里总有乐队演奏，还有小摊贩们推着小车贩卖烤肉串、玉米棒子和浇上冰激凌、装在小纸船里的苹果派。七月四日，我们的独立日，也是我们国家的边境线永久关闭的纪念日——这是我最喜欢的节日之一。我喜欢那飘扬在街上的音乐声，喜欢那些烤架上升起的浓烟，让整条街都烟雾腾腾，让人们的影子都变得模糊不清。我尤其喜欢的是宵禁时间被暂时延长了，我们不再必须在九点前回家，而是所有的未被治愈的人都被允许在外面待到十一点。近年来，汉娜和我创造了一种游戏，即尽可能地在外面逗留到最后一秒钟，并且将这个时间推得越来越紧迫。去年我刚好在10点58分跨进家门，胸膛里的心脏怦怦狂跳，早已精疲力竭——当时我不得不一路冲刺回家。但当我躺在床上时却忍不住偷笑起来，感觉自己好像侥幸成功了。

我输入汉娜家的四位数字密码，然后溜进了前门——她在八年级时将这个告诉了我，说这是“一个信任的标志”，但如果我一旦将这个告诉了别人，她也会将我从头到脚撕成两半。我从来都懒得敲门。她的父母几乎从来不在家，汉娜也从来不应门。我差不多是唯一过来看她的人。这很奇怪。汉娜在学校里总是很受欢迎——大家都很尊敬她，并且想变得像她一样——但尽管她和所有人都很友好，却从来不曾真的跟除了我之外的人亲近。

有时候我会忍不住猜测，在加伯朗斯奇太太所任教的二年级班上，她是否希望过自己被分到一个不一样的同桌——我们就是这样变成朋友的。汉娜的姓是塔特，我们正好按照字母顺序被连在了一起（在当时我已经开始用起了姨妈的姓，提德）。我猜测她是否有过希望自己被安排到和丽贝卡·特拉隆尼或是凯蒂·斯卡普，甚至是梅丽莎·波尔图芬诺一起坐。有时候我感觉她应该配得上一个比我稍微特别一点的最好的朋友。有一次汉娜告诉我说她喜欢我是因为我很真实——因为我真的能感受到事物。但那就是全部问题所在：我对事物的感受程度。

“喂？”我一进汉娜家门就高声问了一声。前厅总是光线很暗，并且凉飕飕的。我胳膊上冒出了鸡皮疙瘩。无论我来汉娜家多少次，我总是被那里空调的能量所震惊到，它就挂在墙里面某个地方。我在那里站了一小会儿，呼吸着那股混合着家具打光剂、玻璃清洗剂和新摘下的花朵的清新气息。从楼上汉娜的房间里传来了音乐声。我试着想识别出那首歌，但却一个字也听不清，只有地板上回荡着低音的微颤。

走到楼梯顶端时我停下了。汉娜的卧室房门紧闭着。我肯定没有认出她正在放的这首歌——这乐声太吵了，简直是震耳欲聋，我不得不提醒自己说汉娜家的房子四周都有树丛和草坪挡护，没有人会将监视器对准她。这并不像是我以前听到过的音乐，而是一种尖利刺耳、甚至有些激烈凶狠的音乐：我都无法分辨出歌手究竟是男是女。一股电流在背脊上蹿过，那是当我还是个很小的小孩时常有的一种感觉，那是每当我偷偷溜进厨房，试图从储藏室偷拿出一块饼干时的感觉——然后我就会听到门吱呀一声响，妈妈的脚步声就会在我身后响起，然后我就会带着沾满饼干屑的双手和脸，怀着愧疚的心情转过身去。

我使劲摆脱那股感觉，推开了汉娜的房门。她坐在自己的电脑前，双脚高抬起来搁在书桌上，一边点着头一边随着音乐节奏敲打着大腿。她一看到我，就往前挪了挪，在键盘上敲下了一个键。音乐瞬间就被切掉了。奇怪的是，随之而来的寂静似乎也显得很响亮。

她拨开肩头的头发，从书桌前迅速走开了。她脸上闪烁着什么东西，那表情一闪而过，让我难以确认那是什么。“嘿。”她尖着嗓子说了一声，听上去似乎有点太欢快了，“我没听到你进来了。”

“我猜你应该听到我闯进来了。”我走到她床前，在汉娜那张超大号的床上一下子倒下来，倒在三只枕头上。这简直像是天堂。“那是什么？”

“什么是什么？”她将膝盖缩到胸前，在椅子上整整转了一圈。我用双手手肘撑着身子趴在床上看着她。汉娜只有在隐瞒什么事的时候才会显得这么傻里傻气的。

“音乐。”她还是一脸茫然地盯着我。“就在我进来的时候你正在大声播放的那首歌。那简直要把我的耳膜都震破了。”

“哦——那个啊。”汉娜拂开脸上的刘海儿。这是她的又一种表达方式。每当她要在扑克里耍鬼把戏时，她就会不断地拨弄自己的刘海儿。“只不过是我在网上找到的一支新乐队。”

“是LAMM？”我紧追不放。当我们在中学时，汉娜很迷恋那里的音乐，并且总是花上好几个小时泡在LAMM里——LAMM就是法定音乐与电影图书馆。

汉娜将视线挪开了：“倒也不是。”

“你说‘倒也不是’是什么意思？”内联网就像美国的其他所有事物一样，受到了严格的控制和监视，这也是为了保护我们。所有的网站和内容都是由政府机构编写的，包括法定的娱乐节目名单，它们每半年更新一次。数字图书由法定图书馆管理，音乐和店员由法定音乐与电影图书馆管理，只需要支付很少的钱，你就可以把它们下载到你的电脑里——如果你有台电脑的话，就是这么简单。但我没有。

汉娜叹了口气，还是没有将视线转回来。终于她朝我看过来：“你能保守秘密吗？”

现在我完全坐了起来，飞快地挪到床的边缘。我不喜欢她这么盯着我。我不相信它。“那是关于什么的，汉娜？”

“你能保守秘密吗？”她又问了一遍。

我想起了评估日那天和她一起站在实验室外面的情景，太阳火辣辣地照在我们身上，她将嘴紧凑在我耳边，向我悄声说起幸福与不幸的样子。我突然一下子为她害怕起来，对她。但我却点点头说：“能，当然。”

“好的。”她垂下视线，摆弄了一下自己的衣边，深吸了一口气，“上个星期我见了这个人——”

“什么？”我差点从床上掉下来。

“放松点。”她抬起一只手，“他是被治愈了的好吧？他为市政府工作。事实上他还是个审查官。”

我的心跳减慢了，我又重新在她的枕头上靠下来。“好，所以呢？”

“所以，”汉娜一字一句地说，“你知道吗？当我去做身体康复治疗时，他就和我一起在医生的等候室里。”汉娜在秋天扭伤了脚踝，但还是得一周做一次身体康复疗法，以保持体力。“然后我们开始聊了起来。”

她顿住了。我没怎么听明白故事的发展情况，或是这和她刚才放的音乐有什么关系，于是我只是等着让她继续说下去。

她终于说了起来："不管怎样，我当时在和他说我的结业考试，还有我是多么想去南缅因州大学，而他在跟我讲他的工作——他日复一日所做的事。他是编写网络访问权限代码的，这样一来人们就不能随便想写什么写什么，或是自己发表一些东西，也不能发表虚假信息或是'煽动性的意见'。"她转转眼珠子，引用了这句话，"还有一些类似的东西。他就像，就像一名内联网的安全警卫。"

"好。"我又说了一遍。我真想让汉娜把话说到点子上，但也许这样能让她稍微冷静一些——关于网络安全戒律我什么都知道，人人都知道。

她深深吸了一口气。"但他不仅仅只是为安全系统编写代码。他还检查一些故障，比如闯入者。基本是黑客，他们闯进安全锁链，想要发表他们自己的东西。政府管他们叫'游民'，在被检查到之前，网站上可能整整一小时甚至两天都满是那些违禁的东西，比如观点和留言板，视频片段和音乐等。"

"而你找到了一个。"我腹中出现了一股不舒服的感觉。脑海中不断闪过话语，就像一盏霓虹灯不断一亮一灭：违法。审讯。监视。汉娜。

她貌似并没有注意到我已经全身僵硬了。她的表情突然一下子活跃起来，像我一直看到的那样生动和充满活力，她跪着朝前挪了挪，飞快地说："还不止一个，是几十上百个。只要你懂得怎么去找，去哪里找的话，那里有好多好多。这真是让人难以相信，蕾娜。所有这些人——他们一定是遍布在全国各地——都偷偷溜进了这些回路和洞穴里。你真应该看看有些人写的东西。关于——关于治疗的。并不仅仅只有带病者们才不相信这些。还有很多人，到处都有，他们不认为……"我使劲盯着她，于是她垂下眼睛，转换了话题，"你也应该听听这音乐。真是惊人的音乐，让人难以置信，就像你从来没听过的东西，你知道吗，这音乐几乎要把你的心都揉碎了。它让你想要尖叫，跳上去又跳下来，摔坏点什么，还让你想哭……”

汉娜的房间很大——几乎是我在家的房间的两倍大——但我却感觉仿佛四周的墙正在朝我压过来。哪怕空调还开着，我却再也感觉不到了。空气炽热而凝重，就像潮湿的呼吸，我站起来走向窗边。汉娜终于住嘴了。我竭力猛推开她的窗户，但它却纹丝不动。我推了一把，绷紧身子靠在窗沿边。

“蕾娜。”过了一小会儿，汉娜怯生生地说。

“那是打不开的。”而我所想的只是：我需要空气。我其他的思绪变成了模糊的对讲机电波声，荧光灯，实验室的外套和铁床，还有手术刀——眼前出现了一幅维洛·马克斯尖叫着被强行拖到实验室里的景象，她家的房子上被人用马克笔和颜料涂得面目全非。

“蕾娜。”汉娜现在的声音抬高了些，“拜托。”

“这是被卡住了。木头一定是被热度给烤变形了。如果这样的话它是能打开的。”我使劲一抬，窗户终于往上打开了。它发出一阵晃荡声，原本固定窗户的闩啪地掉下来，跌到了地板中央。汉娜和我就那么站在那里，盯着它看了片刻。打开的窗前飘进来一阵空气，但却并没有让我感觉好受点。外面甚至更热。

“对不起。”我嘟哝着说，我没法看着她，“我不是有意的——我不知道这是锁上的。我们家的窗户是不上锁的。”

“别担心窗子的事。我才不在乎那傻乎乎的窗户呢。”

“格蕾丝在她小的时候，有一次爬出了婴儿床，差点爬到了房顶上。她就那么推开窗户爬了上去。”

“蕾娜。”汉娜伸出手来搂过我的肩膀。我不知道自己是发烧了还是怎么的，我感到全身一会儿冷一会儿热，但她碰到我时，让我感到一阵清凉贯穿全身，我迅速往后退了一步。“你对我生气了。”

“我没生气。我只是担心你。”但那并不全是真的。我生气了——事实上我是怒火中烧。我一直都在盲从地当她的陪伴和衬托，像个白痴跟班，我想着我们真正在一起的最后一个夏天，即将到来的各种考验、评估、测试以及其他一些正常的东西都让我感到压力重重，而她却只是一直不断点头，微笑着说：“嗯嗯，对，我也是。”要么就是“我相信事情肯定会顺利的”。而同时，她却背着我对别的我不认识的人发生了兴趣——那个人带着秘密，并且对我们不应该去思考的问题有着古怪的想法和习性。现在我知道为什么在评估日那天当她转过身来睁大闪闪发亮的双眼对我悄声说话时，我会觉得那么惊恐了。仿佛她的地位在刹那间下降了——我最好的朋友，我唯一真正的朋友不见了，取而代之的是一个陌生人。

那就是这段时间所发生的事：汉娜变异成了一个陌生人。

我朝着窗户背过身去。

一股刺骨的悲伤贯穿了全身，深切而迅疾。我想这一定是早晚要发生的。我一直都知道这会发生。每一个你所信任的人，每一个你觉得自己可以依靠的人，到头来都会让你失望。人们为了达到自己的目的，撒谎、隐瞒秘密、改变并且消失，有些人面目全非、性情大变，有些人则隐藏在了重重的清晨浓雾后，身后就是悬崖。那就是为什么治疗是如此重要的原因。那就是为什么我们会需要它。

“听着，我不会仅仅因为看了某些网站，或是听了某些音乐什么的就被逮捕。”

“你会的。人们甚至因为犯了更少的事就被抓了。”她也知道这点。她知道，但却不在乎。

“对，好吧，我对这简直厌烦透了。”汉娜的声音有些微微发颤，这让我也觉得有些困惑。我还从没听过她的声音这么不确定过。

“我们根本就不应该谈论这个。可能会有人——”

“可能会有人在听？”她打断了我，替我说完了这句话，“上帝，蕾娜，我对这也厌烦透了。难道你不是吗？厌烦了总是不断地回头张望，回头查看，时刻注意自己的所说，所想，所做。我不能——我简直不能呼吸，我不能睡觉，我不能动弹。我感觉四处都是高墙。我去的每一个地方——砰！那里都有一堵墙。我想要的每一样东西——砰！又是一堵墙。”

她用一只手梳理起头发来。只有这一次，她看上去不那么漂亮和镇定自若。她看上去苍白而郁闷，她的表情让我想起了某种东西，但我却无法立刻辨认出来那是什么。

“这是为了保护我们。”我一边说，一边希望自己的声音能够显得更自信些。我从来就不擅长争辩。“所有的事都会好转的，一旦我们——”

她又跳出来打断了我：“一旦我们被治好了？”她大笑起来，一阵短促的干笑，没有任何笑意在里面，但至少她没有直接反驳我，“好吧。人人都这么说。”

就在那一瞬间，这又让我猛地一震：我想起了我们有一次班级旅行去屠宰场的事。所有的奶牛都排成一排，密密麻麻地挤在畜栏里，当我们经过时，它们就默默地盯着我们，眼里带着同样的表情，恐惧、顺从，还有些别的东西，那是绝望。我当时真的害怕极了，然后我变得对她恐惧起来。

但当她再次开口时，听上去稍微冷静了些：“也许会吧。我是说一旦我们被治好后，情况就会好转一些。但直到那时……这是我们最后的机会，蕾娜。我们面对任何事的最后机会。我们最后去选择的机会。”

又是那个词——选择——但我还是点了头，因为我不想让她再次失控。“那么你要做什么？”

她紧抿着嘴唇将视线移开了，我看得出来她正在挣扎着是否要告诉我。“今晚有个聚会……”

“什么？”我脑子里嗡的一声，恐惧如洪水般又倒流回来了。

她急促地说：“是我在那些游民那里发现的一些东西——像是音乐之类的东西，有几支乐队在斯特拉劳沃特的边境一家农场上演出。”

“你不会是说真的吧。你不会是——你不会是真的要去吧？你可不是真的在想这事吧？”

“那很安全好吗？我保证。这些网站……真的太惊人了，蕾娜，我发誓如果你去看看，你也会一下子陷进去的。它们都是隐藏的。通常是一些链接，嵌在一些普通的网页上，那些网页都是被政府许可的，但我不知道，你知道吗，你能从某种程度上看出来他们觉得这不太对劲？它们不应该被放在那里。”

我抓住了一个词：“安全？那怎么能安全？你遇到的那个人——那个审查官——他全部的工作就是追踪那些蠢到去发表那些玩意儿的人——”

“他们不是蠢。事实上，他们聪明得惊人——”

“——别提那些管理员、巡警、少年警卫、宵禁、隔离还有其他所有所有的一切都显示，这是最最最最糟糕的主意——”

“好吧。”汉娜抬起手臂，又放下来拍打了一下自己的大腿。那声音太响亮了，让我一下子跳了起来。“好吧。那么这是个坏主意。那么这风险很高。但你知道吗？我不在乎。”

一阵短暂的沉默。我们怒视着对方，我们之间的空气一下子紧张而危险起来，形成了一股细小的电流，似乎正准备爆炸开来。

“那我怎么办？”我终于开口了，竭力控制让自己的声音不要颤抖。

“欢迎你一起来。十点半，斯特拉劳沃特的咆哮溪农场。音乐。舞蹈。挺好玩的，你知道。在他们切掉我们半个脑子之前，这些东西我们都应该去享受。”

我没理会她的评论里最后那句话。“我不这么认为，汉娜。说不定你早就忘了，我们今晚有别的安排了。我们今晚的这个安排已经持续十五年了。”

“没错，嗯，情况改变了。”她背过身去，我感觉她像是伸出手朝我肚子上狠狠揍了一拳。

“好吧。”我的喉咙像是被扼紧了一般。这次我知道是来真的了，我差点就要哭出声来。我来到她床前开始收拾起自己的东西。当然我的包里的东西都散到了床边，而现在她的被子上布满了便条纸、口香糖纸、银币和笔等。我一边动手将这些东西塞回包里，一边拼命忍着眼泪。“去吧。你今晚爱干吗干吗去。我才不管呢。”

也许汉娜有了些歉意，因为她的声音软下去了一些：“说真的，蕾娜。你应该考虑考虑一起来的事。我们不会有任何麻烦的，我保证。”

“你没法保证这个。”我深呼吸一口，真希望自己的声音别再发抖了，“你还不知道呢，别太乐观了。”

“而你也不能总这么害怕下去。”

就这样：我受够了。我转过身子，怒火冲天，内心深处升腾起一股阴暗而陈旧的情绪，“我当然害怕！我害怕也是有道理的！而如果你不害怕，那只是因为你有着这完美的小日子，完美的小家庭，对你来说一切都是完美的，完美，完美，完美。你根本不懂。你根本不明白。”

“完美？你就是那么想的？你觉得我的生活很完美？”她的声音很低，但却充满了愤怒，那让我吃了一惊。

我想从她身边跑开，但却强迫自己站在原地不动："对，我就是这么想的。"

她又发出一阵尖利的笑声，像是短促的爆炸："所以你觉得我的生活是完美无缺的？好得不能再好了？"她张开双臂转了整整一圈，仿佛在拥抱这个房间，这座房子，还有一切。

她的问题吓了我一跳："那儿还有什么？"

"什么都有，蕾娜。"她摇摇头，"听着，我不会道歉。我知道你有害怕的理由。发生在你妈妈身上的事情太可怕了——"

"别把我妈妈扯进来。"我像是通了电一般全身都绷紧了。

"——但你不能一直这么把所有事都怪罪到她头上。她十年前就去世了。"

愤怒像浓雾一样吞噬了我。我的思绪像薄冰上的轮子一样疯狂地颠簸着，冒出来许多胡乱的字眼：*恐惧。怪罪。别忘记。妈妈。我爱你*。而现在我眼中的汉娜就像一条蛇——她好像等了很久就为了向我说出这些，她在等着蠕动着身子找到入口，尽可能地往深处钻，好狠狠地咬上我一口。

"去你妈的！"到了最后，我说出口的却是这样几个字。

她交叠起双手："听着，蕾娜，我只是在说你应该放手了。你和她一点也不像。而你也不会和她落到同一个下场。你内心里根本不是那样的。"

"去你妈的。"她在试图表现得友好些，但我的理性已全然紧闭，话语自动地冒出来，一句接一句地喷泻着，我真希望每一个字都是一记拳头，这样我就能直接击中她的脸，嘭嘭嘭！"你对她一无所知。你对我也一无所知。你什么也不知道。"

"蕾娜。"她向我伸出手来。

"别碰我！"我跌跌撞撞地往后退，抓住了包，在我朝门口跑去时，撞到了她的书桌上，视线里一片模糊。我几乎都抓不住楼梯扶手。我磕磕绊绊地像几乎要倒下去一样走下楼梯，摸索着找到了前门。我想汉娜也许在叫我，但一切都变成了阵阵吼叫，冲进我的耳朵里，冲进我的脑子里。阳光，灿烂无比，灿烂的白色光亮——还有我指尖下冰冷刺骨的铁栏杆——海洋的气味，汽油。哀号声越来越大。尖厉的声音一顿一顿：哔，哔，哔。

我的头脑突然间清醒了，我跑到大街中间，刚好撞上一辆警车，它从我身边飞驰而过，喇叭声高亢刺耳，警报声不断回响，让我呛进了许多尘土。我喉咙中一阵剧痛，感觉像是哽咽了，当眼泪终于夺眶而出时，反倒像是一下子如释重负，像是终于卸下了背负已久的沉重负担。我一哭起来就无法停止，在回家的路上每隔几秒钟就要用手掌揉揉眼睛，擦干眼泪，好看清楚自己要走的路。我安慰自己，想着还有不到三个月，这一切对我来说就将变成浮云。所有这一切都会烟消云散，而我会焕然一新，自由自在，像是一只翱翔在天空中的鸟儿。

那就是汉娜不明白的东西，她从来就不明白。对于我们中的一些人来说，那比爱情狂热症有着更多的意义。我们中的有些人，那些幸运的人，将会有机会重生：变得更新、更新鲜、更好；得到治愈，重新变得完整和完美，就像一块扭曲的铁片从燃烧的火堆中出来，发出夺目的光芒，犀利无比。

那就是我想要的——那是我一直想要的。那就是治疗所带来的希望。

第九章

一个美妙的秘密

主啊
请让我们内心安定
正如你让行星安定在自己的轨道上一样
平息那些正在出现的骚乱
正如你的庄严会让星星们免于崩塌
让海洋免于变成尘埃，让尘埃免于变成水
让行星免于相撞
让太阳免于爆炸——
因此，主啊，请让我们内心安定
在恒定的轨道上运行
并帮助它们把持路线

——《诗篇》第21节，出自《祈祷与学习》（《安全，健康与幸福手册》第520页）

那天晚上，甚至上床之后，汉娜的话语还依然无休止地在我脑海中回响。你不会落到和她一个下场的。你内心里根本不是那样的。我知道，她这么说只是为了安慰我——这本应该是很让人安心的话——但出于某种原因，它并非如此。出于某些原因，它让我感觉心烦意乱；我胸中有股深切的疼痛，仿佛有某样又大又冷又锋利的东西横在那里。

还有一件事是汉娜不明白的：不停地考虑、担心着那疾病，并且时刻紧张着自己是否有遗传或发病的倾向——这就是我从妈妈那里得到的全部。我对她的所知仅仅限于那病症。那就是我们之间的纽带。

除此以外，我一无所有。

我并不是没有对她的记忆。我有——有很多，当她死的时候我是如此年幼，竟然会有这么多的记忆。我记得下雪时，她会让我出去，抓满一把把的雪装进平底锅里。一旦我们回去，就会将枫叶糖浆滴进装满雪的锅里，看着它几乎在顷刻间便变硬成了琥珀色的糖，一圈一圈的糖丝纤弱而精巧，像是可以吃的蕾丝一般。我想起在东部海滨道的海滩上，她带着我们在水里蹦蹦跳跳，她是那么热爱唱歌。我不知道这在当时是有多么奇怪。其他的母亲教她们的孩子游泳。其他的母亲带着她们的小婴儿在水里玩耍，给他们涂上防晒霜以防他们被晒伤，并且做一个母亲所有应该做的事，正如《安全，健康与幸福手册》里关于父母的那一章节里所指出来的那样。

但她们却不唱歌。

我记得她在我们生病时给我们带来涂好黄油的烤吐司，并且在我们跌倒时亲吻我们的擦伤，我还记得有一次在我从自行车上摔下来后，她将我从地上拉起来，将我抱在怀里摇晃着，一个女人喘着气对她说："你应该为自己感到羞耻。"我当时不明白是为什么，这让我哭得更厉害了。从那以后她只会在私底下安慰我们。在公众场合她只会皱起眉头说："你没事，蕾娜。起来吧。"

我们过去也常常有误会。母亲会叫它们袜子大战，因为我们会卷起客厅里的地毯，穿上我们最厚的袜子，在木质的门道上滑来滑去。她会拉上窗帘，将枕头塞在前后门下面的缝隙里，然后打开音乐。我们大笑不止，以至于总是在上床睡觉时都感到肚子疼。

后来我才明白，她之所以在我们的袜子大战之夜拉上窗帘，是为了防止我们被路过的巡警看到，她将门里塞进枕头，也是为了防止邻居们举报我们播放音乐，还有笑得太大声，这两样都是狂热症的征兆。我明白了她过去总是收起父亲那迷人的军用品——那是一把他从自己父亲那里继承下来的银匕首，她将它挂在脖子上的一根项链上，每天都戴着——每当她离开家时，都会将它藏在衣领下面，这样一来就不会有人看到她，觉得她可疑了。我明白了我童年时所有最快乐的时光都不过是个谎言。它们是不正确的、不安全的、不合法的。它们是反常的。我的母亲就是反常的，而我也有可能从她那里继承了这份反常。

有生以来第一次，我真的开始猜测起她当时在想什么——那天晚上当她走向悬崖，一直到双脚踩在空中时，她在想什么呢？我猜想着她当时是否害怕。我猜测着她当时有没有想过我和蕾切尔，她是否会对抛下我们而感到抱歉。

我也开始想起了父亲。我完全不记得他，尽管我对那两只温暖而粗糙的大手和我头上那张隐约的宽阔的脸庞有些久远的模糊印象，但我觉得那只不过是因为母亲在她的卧室里放了一张装在相框里的我和父亲的合影。当时我只有几个月大，而他抱着我，一脸微笑地看着镜头。但我却无法回想起那真正的真实情况。他死于癌症，他死的时候我甚至还不满一岁。

天气闷热得简直可怕，空气沉重，似乎连墙都凝结了。珍妮翻过身趴着睡，她的手臂和双腿都以最舒服的姿势大张开着，咧开着嘴呼吸。甚至连格蕾丝都很快睡着了，无声地在自己的枕头里喃喃说着什么。整个房间的气味里混合着潮湿的呼吸、肌肤、舌头还有热牛奶的味道。

我溜下床，黑色牛仔裤和T恤早已穿在身上。我早就知道今晚是绝不可能睡着了，甚至一开始就懒得换上睡衣。而在今天傍晚时，我做了个决定。当时我和卡罗尔、威廉姨爹、珍妮还有格蕾丝一起坐在桌前，所有人都沉默地嚼着咽着，面无表情地看着彼此，我感觉空气的重量仿佛都压在了我身上，压抑着我的呼吸，就像两只拳头捏着一只水气球，捏得越来越紧。然后我意识到了某件事。

汉娜说我内心里没有那种东西。但她错了。

我的心跳声如此剧烈，以至于我自己都能听见，我肯定其他所有人也都能听见——那会导致姨妈从床上笔直地坐起来，一边准备抓住我，一边指控我试图溜出去。当然我此刻正在这么做。我甚至都不知道心跳声可以这么大，这让我想起了爱伦·坡的一篇故事，那是我们在一堂社会研究课上被要求读的，故事讲述了一个人杀了另一个人后，去警察那里自首，因为他深信自己能在自家的地板下听到那个死掉的人的心跳声。这故事的用意在于讲述负罪感和不合作主义的危险，但当我第一次读到它时，却觉得它像个蹩脚的情节剧。而现在我明白了。爱伦坡一定是在他小的时候偷偷溜出去过好多次。

我轻轻打开卧室的房门，屏住呼吸，祈祷门板不会发出嘎吱声。就在某一刻珍妮发出了一声喊叫，我的心脏都停止了跳动。但她随即就转过身去，将一只胳膊搭在了枕头上，我缓缓地舒出一口气，意识到她不过是在梦里受到了惊吓。

走廊一片漆黑。姨妈和姨爹的房间也是一片漆黑，而唯一的声音就是外面的树发出的窸窣声，还有墙壁发出的轻微的呻吟，那通常是老房子犯关节炎所发出的那种声音。我终于鼓起勇气溜进走廊，轻轻掩上身后的门。我走得极慢极慢，几乎像是丝毫没有动弹。我沿着墙纸上的坑坑包包的起伏走到了楼梯口，然后将手放在楼梯扶手上，踮着脚一寸一寸地挪动。尽管如此，我却觉得房子还是在和我作对，它好像在朝我尖叫，想要将我抓住。每走一步它似乎都要嘎吱一声，不是尖叫，就是呻吟。每一块地板都在我的脚下微微颤动，我开始在脑海中与房子讨价还价起来。如果能在不惊醒卡罗尔姨妈的情况下走到前门，我就向上帝发誓我绝不再砰的一声摔上门。我绝不会再叫你“一块旧大粪”，甚至想都不会想，我也绝不会再在地下室装满东西时咒骂它，我也永远、永远、永远都不会再在被珍妮惹恼时踢卧室的墙。

也许这房子听见了我的话，因为我竟然神奇地来到了前门。我又停顿了片刻，听着楼上的脚步声、低语声以及其他的一切——但除了我依然剧烈的心跳声外什么也没有。这里一片寂静。甚至连房子也似乎犹豫着消停了下来，因为当前门被打开时，它几乎没有发出一点动静，当我溜进夜色中的最后一刻，身后的房间还是静悄悄的，像块墓碑般一动不动。

我在外面的门廊上犹豫了。烟花一小时前就停止了——就在刚要上床前，我听到了最后一阵爆炸，就像遥远的枪火声——而现在街道上是一片古怪的沉寂，而且空空荡荡。这不过刚刚过了十一点。有些被治愈好的人一定还在东部海滨道徘徊。其他人现在都已经在家里了。街上连一盏灯都没有。除了波特兰最富有的地区外，所有的街灯都在好多年前就失灵了，它们在我看来就像失明的眼睛。感谢上帝，月光却非常明亮。

我竖起耳朵搜寻有没有路过的巡警或管理员——我简直几乎要希望自己能听到了，因为如果是那样的话，我就会回到屋里，回到床上，回到安全中，恐慌已经开始钻入我全身了。但一切都完好地纹丝不动，一点声音也没有，就像冻结了一般。所有的理智、道理和道德都在朝我吼叫，让我转过身去回到楼上，但内心中却有某种顽固的东西让我一直往前走下去。

我沿着走道从大门处解开了自行车。

我的自行车总是会发出点嘎嘎吱吱的响声，尤其是当你刚踩下踏板那一刻，于是我一直推着它沿着街边走。轮胎在人行道上安心地滚动着。我这辈子从来没有这么晚自己出来过。我从来没有打破过宵禁。但是与恐惧相伴的——当然，那股永远的压倒性的重量一直都在——是一股小小的忽隐忽现的兴奋感，它从恐惧之下冒了出来，将恐惧压制了一些下去。比如，没事，我没问题，我能做到。我只是个女孩，一个普普通通的路人甲女孩，五英尺二英寸高，没有任何特别之处——但我能做到这点，这个世界上所有的宵禁和巡警都无法阻止我。这个想法给我带来了惊人的安慰。它出人意料地打败了恐惧，就像半夜里一支小小的蜡烛，照亮了所有物体的身影，驱走了黑暗。

当走到这条街的尽头时，我跳上自行车，感觉齿轮震动着就绪了。我一踩到踏板就感到一阵微风，感觉好极了，我小心翼翼地不要骑得太快，时刻警惕着四周的管理员。幸运的是，斯特拉劳沃特和咆哮溪农场，与七月四号在东部海滨道的庆典活动是完全相反的方向。一旦走到那像皮带般环绕着波特兰的农场土地，我就应该没事了。农场和屠宰场周围很少有巡警巡逻。但首先我得穿过西区，那里是像汉娜那样的有钱人住的地方，还要穿过利比镇，并穿过国会街大桥那边的前河。谢天谢地，我走过的每一条街都空无一人。

哪怕我骑得再快，到斯特拉劳沃特也要花上三十分钟。到了半岛，进入利比镇和布莱顿角后，这里的房屋开始变得越来越小，分布也越来越分散，几乎都坐落在杂草丛生的破落庭院里。尽管这还不是波特兰的农村，但这里已经显露出了一些农村的迹象：从那些残缺的门廊上长出了茂盛的植物，一只猫头鹰在黑暗中悲惨地短鸣着，一只蝙蝠突然拍打着镰刀般的翅膀冲向天空。几乎所有的这些房屋前面都停有车辆，就像西区那些富人区一样，但这些车子却明显是从垃圾场中回收出来的。它们底部都堆有煤渣砌块，表面盖上了一层微尘。我经过一辆车时看到有棵树从它的平屋顶上长了出来，就像那辆车刚好从天上掉下来就戳在了那里，而另一辆的车篷是打开的，引擎已经不见了。我路过时，有一只猫突然张开了它黑洞洞的大嘴，“喵”地叫了一声，还朝我眨了眨眼睛。

过了前河后，所有的房子都一下子消失了，眼前所见只有接连不断的田野和农场，有些叫草地溪，有些叫羊湾，还有些叫柳溪，它们听上去倒是都显得挺舒适，像是那种人们会在那里烤松饼，从新鲜奶油中挑出黄油的地方。但多数农场的拥有者都是大公司，它们安置着许多牲畜，职员也多是孤儿。

我一直都很喜欢这里，但在黑暗中却有点吓人，这里一片开阔，空空荡荡，我禁不住想如果我正好撞到一个巡警的话，也毫无藏身之地，甚至没有一条小道可以转身。经过农田时，我看到了牲口棚和草仓那低矮暗淡的轮廓，它们中有些是崭新的，有些则摇摇欲坠，紧挨着地面，仿佛是在用牙齿在地面挖掘什么东西。空气中带着微微的甜香，像是有生物在生长，还有些许粪肥的味道。

咆哮溪农庄就在西南边境旁边。自从半数房屋和谷仓毁于一场火灾后，那里已经被荒废了多年。在距到达那里还有五分钟路程时，我就觉得自己简直可以从蟋蟀那嘶哑的歌声中依稀辨认出有节奏的鼓点来，就在那么一小会儿，我并不确定自己究竟是在幻想还是只是听到了自己的心跳声——它又开始狂跳了。然而又走远了一些后，我确定了。甚至在我还没到那条通往仓房的小小的土路前时——或者至少，那仍然还立在那儿的那部分仓房——从那里飘出来的音乐片断就突然一下子变得大声起来，它如此清晰地回荡在夜空中，就像雨滴突然化成了雪，飘到了地面上。

现在我又害怕了起来。我脑子中只有一个念头：错，错，错，这个词像鼓点般回响在我的脑海里。要是卡罗尔姨妈知道我现在在做什么的话，她一定会杀了我的。不是杀了我，就是把我扔进地窖监狱，或是干脆把我拖到实验室提前接受治疗，就像维洛·马克斯那样。

我一看到咆哮溪农场的岔道，就从自行车上跳了下来，那块立在地里的巨大的金属标志牌上写着：波特兰地产，不得私自擅入。我推着车稍微往路边的树丛里走了一些。事实上农舍和旧仓房还在这条路上五六百英尺开外，但我不想把自行车骑得更远了。我也没锁上车。我甚至都不愿去想如果这里发生一场突然袭击的搜查的话会怎样，但如果真的发生了，我可不想在黑暗中摸索着开车锁，到时候我需要的就是速度了。

我走到了“不得私自擅入”的标语牌前。我发现自己简直就要成为无视这种标志的专家了，我想起了汉娜和我是怎样蹦蹦跳跳地跑到实验室前的。这还是这段时间以来我第一次想起那个下午，然后艾利克斯的样子又立刻浮现在了我的眼前，回忆中是他站在瞭望台上，仰着头大笑的模样。

我必须得集中精神注意四周，明亮的月光和路边的野花帮助我击退了那种随时都会恶心的感觉。我不知道究竟是什么促使我走出了家门，也不知道为什么我觉得必须去证明汉娜在某些事情上是错误的，我还在竭力击退这种感觉——即我和汉娜的争执不过是个借口——而这比任何其他事都要烦扰我。

也许，我只是在内心深处感到好奇罢了。

我现在不再觉得好奇了。我觉得害怕，还感到十分十分的愚蠢。

农舍和旧仓房就是当年火灾集中发生的地方，它们坐落在土地的一块凹陷处，身后是一座高山，还有一座狭小的山谷，就像楼群刚好坐落在某人撅起的嘴唇中间。由于那片土地是倾斜的，我还没看到农舍，但随着我越来越接近山顶，音乐声也越来越清晰和响亮。那是我过去从未听过的东西。那肯定不是你能从法定音乐与电影图书馆下载到的那种平整和谐、持续井然的音乐，也不是夏天在迪尔恩橡树公园的壳形露天音乐台上的官方音乐会常常演奏的那种音乐。

有人在唱歌：那声音浑厚动人，像是温暖的蜂蜜，一下子高扬激越，一下子低沉舒缓，我听得都有些头晕了。在这歌声之外的乐声则很古怪，刺耳而狂野。它并不像我今天早些时候在汉娜电脑上听到的音乐那样凄惨揪心，但我还是识别出了某种相似的东西，某种类似的曲调和韵律。那乐声通过音响传出来后听上去模糊不清，像是金属声般刺耳难听。音乐没有规律地时涨时退，时隐时现。奇怪的是，那让我想起了在暴风雨来临时看到的大海，那激烈的互相碰撞的海浪和飞溅在岩石上的泡沫；那种力量和它壮观的气势简直能让你目瞪口呆。

正当我听着这音乐时，出现了这样的情景：当我终于爬上山顶时，那残缺的仓房和几近崩塌的农舍就展现在我的眼前，音乐声一下子强劲起来，像是正要掀起一阵巨浪。我在那一刻屏住了呼吸，被这份美妙所深深震撼，不得动弹。有那么一瞬间，我仿佛是真的在俯瞰整片大海——人的海洋，他们在仓房映出来的光亮中扭动身姿舞蹈着，就像一群影子在围着一丛火焰旋转上升。

仓房已经彻底被点燃了：它被火焰劈裂熏黑，彻底暴露在大自然的力量下，只剩下一半还立在那里——三面残缺的墙壁，一部分的屋顶，还有一部分在过去一定是用来储存干草用的高层平台。乐队就在那里演奏。纤细瘦长的树木们早已开始在田野里摇曳。而那些老树完全被火焰烤成了炽白色，一片叶子也不剩的光秃秃的枝干像鬼魂的手指一样指向天空。

就在仓房后面五十英尺处，我看到了那些荒地低矮的边缘。荒野，我无法从这么远的距离分辨出那边境上的围栏，但我想我能感受到它，从空气中感受到那阵阵的电火花。我只靠近过边境的围栏几次。有一次是很多年前和母亲一起，她让我去听那电流的嗖嗖声——那股气流是如此强烈，以至于连空气似乎都跟着嗡嗡作响起来；哪怕站在四英尺外你也能感到震撼，而你要保证永远、永远、永远也别去碰它。她告诉我刚开始强制执行治疗时，有些人试图从边境逃走。他们刚在围栏上放上去一只手，就被烤成了熏肉。我清清楚楚地记得那就是她说的，就像熏肉一样。从那以后我和汉娜沿着它跑过几次步，我总是小心地保持着十英尺开外的距离。

在仓房里，有人架起了音响、扩音设备甚至还有两盏巨大的像厂房里那样大小的灯，让所有靠近舞台的人的轮廓都显得极其鲜明和真实，而其他站在阴影里的人则显得模糊不清。一首歌结束后，人们就开始一起喝彩，我觉得那声音简直像海洋。*他们一定是从其中一座农场上的输电网上弄来了电。我想。这太蠢了。我永远也找不到汉娜，这里人实在太多了。*然后又是一首新歌开始了，这首歌狂野而动人，音乐像是穿越了所有黑暗的空间，将我心底最深处的某种东西拉了出来，牵扯着我的心弦。我朝着仓房往山下走去。奇怪的是，我并没有选择这么做，而是我的双脚自动迈开了步伐，它们像是沿着某条看不见的轨道在行走，不断滑动、滑动、滑动。

有那么片刻的光景，我忘记了自己应该去寻找汉娜。我感觉自己像是身处一个梦境，四周都在发生古怪的事，但它们的感觉却并不奇怪。一切都是朦朦胧胧的—— 一切都被笼罩在雾里——我从头到脚都充满了那唯一的、燃烧着的渴望，我想要靠近那音乐，想要听得更清楚些，想要让那音乐源源不断地持续下去。

“蕾娜！噢，我的上帝，蕾娜！”

听到自己的名字，像是在眩晕中被人扇了一巴掌，我突然意识到自己已经站在了这巨大的人海之中。

不。不只是人。男孩。还有女孩。他们全都是未被治愈的人，他们脖子上没有一丝伤疤的痕迹——那些站得离我近到让我足以好好观察他们的人，至少他们身上没有。男孩和女孩们聊着天。男孩和女孩们大笑着。男孩和女孩们在同一只杯子里喝东西。突然间，我觉得自己简直要晕倒了。

汉娜一路用手肘推开人群，朝我飞奔过来，我还没来得及张开嘴，她就像毕业典礼那天那样猛地一下跳到了我身上来，给了我一个紧紧的拥抱。我大吃一惊，踉跄着往后退了一步，差点摔倒。

“你来了。”她往后退了一下，将双手放在我肩头，盯着我看，“你真的来这里了。”

又一首歌结束了，领头的歌手是个有着一头黑色长发的瘦小女孩，她叫嚷了一句类似于中场休息的话。我的思绪又缓慢地重新启动了起来，产生了一个最愚蠢的想法：她甚至比我还要矮，而她却在五百人面前唱歌。

然后我想——*五百人，五百人，我在这里和这五百人干什么？*

“我不能留下。”我飞快地说了一句。话一出口我就感觉松了一口气。无论我来这里是为了证明什么，都已经得到了证实，现在我可以走了。我得离开这群人，离开这嘈杂的人声，离开这环绕在我四周的由胸膛和肩膀筑成的人墙。刚开始在四下环顾时，我太沉迷于那音乐了，但现在我开始感受到了色彩、气味，还有我们四周扭曲交叠的手。

汉娜张开嘴——也许是要反对——但就在那一刻我们被打断了。一个顶着一头遮住眼睛的金褐色头发的男孩，挤出一条路来到我们面前，手里还拿着两个大纸杯。

那个金褐色头发的男孩递了一个杯子给汉娜。她接过来，向他道了谢，然后向我转过身来。

“蕾娜。”她说，“这是我的朋友，朱。”她愧疚的表情只是一掠而过，随即微笑又很快重新回到了她脸上，依然那样灿烂，就像我们当初站在圣安妮学校的中央思考着一道生物的小测验题一样。

我张开嘴，却什么也没说出来，这也许倒是件好事，考虑到我脑子里正在大作的警铃声，也许即便说出口也会是愚蠢幼稚的话。但当我刚开始朝农场走来时，我压根就没想到过这个聚会会是男女混搭的。我压根连想都没想到过这点。

打破宵禁是一回事；听未被许可的音乐更糟。但打破男女相隔的禁忌更是这里最最最坏的冒犯行为之一。正是因为这样才会有维洛·马克斯提前进行的治疗，也才会有她家房屋上被人涂满的涂鸦；正是因为这样，在切尔西·布朗森被人举报她在宵禁后和一个来自思彭斯学校的男生共处后，她被赶出了学校，而她的父母也神秘地被解雇了，而她的全家都被强迫搬出了他们的房子。而且——甚至都没有任何证据，至少在切尔西·布朗森的案例中如此。那只不过是个四处流传的谣言罢了。

朱轻轻向我挥了挥手：“嘿，蕾娜。”

我张开嘴，又合上了。还是说不出一个字。片刻间，我们就站在那里，陷入了一片尴尬的沉默。然后他向我递过来一个杯子，那是一个仓促的呆笨的动作：“威士忌？”

“威士忌？”我尖叫着重复了一遍。我只听说过酒精几次。在圣诞节，卡罗尔姨妈倒给我四分之一杯红酒，还有一次是在汉娜家，我们从她父母的酒橱里偷了点黑莓酒，喝得直到头顶的天花板开始旋转起来。汉娜一会儿哈哈大笑，一会儿咯咯傻笑，但我却不喜欢那样，我不喜欢嘴里那股甜甜的让人恶心的味道，或是那种思维似乎都要被炸开来的感觉，就像日光下的薄雾。当时的情况就是完全失控，我讨厌那样。

朱耸耸肩："他们只有这个。这些东西中，伏特加总是最先抢没的。"这些东西中——听起来就像，这些事情的发生，就像是，早已不止一次。

"不。"我竭力把杯子推还给他，"接着。"

他一挥手挡开了，很显然是误会了："没事。我还会再拿一杯。"

朱朝汉娜迅速地笑了笑，然后消失在了人群中。我喜欢他的笑容，一直朝着他的左耳歪上去——但我发现，在一边想着我喜欢他的笑容的同时，我也感到体内涌起了一股恐慌，它像一只鸟儿在我体内盘旋，在我的血液里奔腾着，就像我整整一辈子都在被人指指点点八卦个没完。

控制，一切都与控制有关。

"我得走了。"我努力对汉娜说出了口。这倒是一个进步。

"走？"她皱起眉头，"你都一路走到这儿来了——"

"我骑车来的。"

"随便吧。你好不容易一路骑车来到这里，然后这就要走了？"汉娜伸出手来拉我的手，但我很快横起胳膊挡开了她。顷刻间她看上去像是有些受伤的样子。我装做发抖，好让她感觉不那么难过。我不停地想着为什么感觉和她说话会这么尴尬。这是我最好的朋友，我从二年级开始就认识的女生，她过去常常在午餐时和我分享一块饼干，还有一次在安娜·戴维斯说我家都是带病者后，她挥手向安娜脸上打了一拳。

"我累了。"我说，"而且我不应该来这儿。"我想说的是，你也不应该来这儿。但我控制住了自己。

“你听到那个乐队了吗？他们很棒吧？”汉娜简直显得太友好了，甚至完全不像汉娜了，我感觉肋骨下有一阵剧烈的疼痛。她竭力想显得客套些，她的表现简直就像我们是陌生人一般。她也感到了尴尬。

“我——我刚才没听到。”不知出于什么原因，我不想让汉娜知道，是的，我听到了，而且没错，我也觉得他们出色极了，甚至比出色还要出色。这太私密了——甚至让人尴尬，让人羞愧，尽管我一路来到了咆哮溪农庄，还打破了宵禁和其他条例，就是为了来看她并且道歉，今天白天的那种感觉又回到了我身上：我再也不了解汉娜了，而她也并非真的了解我。

我过去总是有一种双重的感觉——想着一件事，却不得不去做另一件事，像是一场持久的拔河赛。但不知怎么的，汉娜却彻底地跳进了另一半里，那是另一个世界，那个世界里充满了禁忌的想法以及人和事。

在我一直过这种生活的时候，在我为考试而学习，与汉娜一起长跑时——有没有这种可能：这另一个世界却一直存在着，在一旁伴随着我，在我的心底下存活着，准备好一等太阳下山，就从阴影的小径中溜出来？非法集会，违禁音乐，人们毫不畏惧疾病地碰触彼此，也毫不畏惧他们自己。

这是一个没有恐惧的世界。这不可能。

尽管站在我这辈子见过的最拥挤的人群中间，我也突然感到十分十分的孤单。

“留下吧。”汉娜轻声说。尽管这是个命令，但她声音里还是带着一丝犹豫，就像是在问一个问题，“你还能赶得上第二场。”

我摇摇头。我真希望自己没来过。我希望自己没有看到这一切。我希望自己完全不知道我现在所知道的事，这样我就能在明天一早醒来骑车去汉娜家，和她一起躺在东海滨道边，并且抱怨着夏天是多么无聊，就像我们一直所做的那样。这样我就能相信什么都没有改变。

“我要走了。”我一边说一边希望自己的声音不要那么颤抖，“不过没关系。你可以待在这儿。”

话一说出口的那一刻，我就意识到她从没提出要和我一起回去。她看着我，脸上带着夹杂着惋惜和同情的奇怪表情。

“如果你想的话，我可以和你一起回去。”她说。但我能看出来她现在这么说只是为了让我感觉好受点。

“不，不。我没事的。”我的脸颊在发烧，我倒退了一步，恨不得立刻离开这里，却撞到了一个人—— 一个男孩，他转过身来对我微笑。我立刻从他身边跑开了。

“蕾娜，等等。”汉娜又跑过来想拉住我。尽管她已经拿了一杯酒，我还是将自己的杯子塞到了她空着的那只手里，这样她就必须停下来。她皱着眉头，不得不将两杯酒用手肘夹起来，就在那一刻，我往后一蹦，她便再也够不着我了。

“我会没事的，我保证。我明天再跟你说。”然后我穿过两个人之间狭小的缝隙——这是身高只有五英尺二英寸的唯一好处，你具有能穿过所有人的优势——我还没弄明白这点，汉娜就已经被我抛在身后，淹没在人群之中。我从仓房那里挤出一条路来，一路垂着头，希望自己脸颊的温度能够尽快降下来。

四周的景象在不停打旋，让我感觉自己又做梦了。男孩。女孩。男孩。女孩。大笑着，相互推挤着，抚摸着彼此的头发。我这一辈子从来没有感觉与周围这样格格不入过。然后是一阵高亢的、金属般尖厉的声音，乐队又开始演出了，但这次音乐对我却没有起任何作用。我甚至都没有停顿，只是一直不停地走着，朝着那座山，想象着那被星光照耀着的寂静的田野，波特兰那熟悉的黑压压的街道，巡警们那规整的节奏，他们整齐划一地以相同的步伐静静地向前行进，从管理员们边走边聊那里听到的反馈信息——有规律的、正常的、熟悉的，也是我的。

人群终于散退了一些。这里刚才挤满了人，热极了，此时微风轻抚着我的皮肤，让我的脸颊凉快了下来。我开始冷静了一些，走到人群边缘时，我禁不住回头看了一眼舞台。仓房早已没了屋顶，敞开对着天空，夜空被白色的光芒照耀着，让我想起了那像是一只手罩着一小撮火焰。

“蕾娜！”

真奇怪，我竟然立刻就认出了那个我只听到过一次的声音，我只听到过十分钟，最多十五分钟——这是一种屏气压抑着的笑声，就像有人在无聊至极的课堂上告诉你一个无比精彩的秘密。一切都凝固了。血管中的血液也停止了流动。我屏住了呼吸。在那一瞬间，甚至连音乐也消失了，我只能听到一阵安定、沉静和优美的声音，就像远方传来的鼓点，我想——我听到的是我的心跳声，但我知道这是完全不可能的，因为我连心跳都停止了。我的视线像相机的快速聚焦一样，眼中看到的只有艾利克斯，他用肩膀在人群中挤出一条路，朝我走来。

“蕾娜！等等！”

一股恐惧从我身上一窜而过，在那狂乱的一瞬间，我以为他一定是以巡警身份来的，是过来突然查抄之类的——但然后我才看到他穿着普通的衣服、牛仔裤、系着墨蓝色鞋带的发旧的球鞋，还有一件退了色的T恤。他在微笑。

“你在这里干什么？”他一走过来我就结结巴巴地问出了口。

他咧嘴一笑：“也很高兴见到你。”

我很高兴他站到离我几英尺远的地方就停住了。在昏暗的光线下我没法看清楚他眼珠的颜色，我没有必要感到心烦意乱，没有必要像那天在实验室前当他凑上前来对我耳语时那样紧张——当时我感到我的耳朵和他的嘴唇间几乎没有任何距离，恐惧、负疚和激动在当时突然一下子都涌了上来。

“我是认真的。”我竭尽全力怒视着他。

他的笑容减弱了，但并没有完全消失。他从嘴里吹出一口气，“我来听音乐。”他说，“就像其他所有人一样。”

“但你不能——”我努力搜寻着合适的字眼，但却不知道要怎样说出我想说的话，“但这是——”

“违法的？”他将双肩耸到耳朵边，又放了下来。一缕头发搭下来遮住了他的左眼，他转过身去扫视那头的聚会，舞台上的灯光投在他眼上，闪成了狂乱的金色，又闪成棕色。“没事。”他说话的声音低了下去，于是我不得不凑上前去在音乐声中听他说话，“没人伤害任何人。”

你不知道罢了，我正要开始说，但他话语里隐藏的一丝忧伤让我没能说出口。艾利克斯抬起一只手摸了摸头发，我认出了他左耳后面那块小小的三角形深色伤疤，它是均匀对称的。也许他只是在治疗后对于自己所失去的东西感到遗憾。音乐打动人们的方式是不一样的，打个比方，他也应该早就被治好了遗憾的感觉，治疗对于每个人起的效果是不一样的，也并非总是完美的。那就是为什么姨妈和姨爹仍然会偶尔做梦，也没有征兆和明显的原因。

“那么你怎么样？”他转过身来看着我，微笑又回到了脸上，声音里带着一丝揶揄，像是在眨眼偷笑，“你又有什么理由？”

“我并不想来的。”我快速地说，“我必须——”我止住话头，同时意识到自己并不确定自己为什么必须得来。“我得给人带东西。”我终于说完了。

他挑起眉毛，很显然并没有相信。我急忙说："给汉娜。我的朋友。你那天见过她。"

"我记得。"他说。我还从没见过谁保持这么久的笑容。他的脸仿佛天生就被塑造成了那个模样。"顺便说一下，你还没道歉呢。"

"为什么？"人群又开始朝着舞台挤过去，于是艾利克斯和我周围再也没有人了。偶尔有人经过，不是挥舞着一瓶什么东西就是一边走一边唱起有些走调的歌，不过多数时候我们是单独站在一边的。

"因为你放了我鸽子。"他抬起一边嘴角，我又有了某种感觉，像是他在和我分享一个美妙的秘密，他像是在试着要告诉我点什么。"你那天根本就没来后海湾。"

我心里涌起一阵巨大的胜利感——他真的在后海湾等我！他当时真的想让我去见他！同时，我心底也升起一股不安。他想从我这里得到些什么。我不太确定那究竟是什么，但我能感觉得到，这让我害怕起来。

"那么？"他交叠起双臂，踮起脚尖，还是一脸微笑的样子，"你要道歉还是要怎样？"

他的从容和自信激怒了我，就像当时在实验室那里一样。这太不公平了，和我的感受相差太大，我感觉自己简直快心脏病发作了，像是整个身子都要融化进水坑里。

"我不想向骗子道歉。"我说完，对自己如此镇定的声音吃了一惊。

他皱了下眉头："那是什么意思？"

"拜托。"我转着眼珠，在这一刻感觉越来越自信了，"你对在评估日时看到我的事撒了谎。你撒谎说没认出我。"我举着手指头把他的谎言一一揭穿，"你还对评估日那天你在实验室里面的事撒了谎。"

"好了，好了。"他抬起两只手，"我很抱歉，好了吗？我才是那个应该道歉的人。"他盯着我看了一眼，又叹了口气："我跟你说过，警卫是不允许在评估日那天进入实验室的。是为了保证治疗'纯粹'还是什么的，我不知道。但我当时真的很需要来杯咖啡，二楼有台咖啡机，在B栋那边，很不错，有真正的牛奶还有其他的所有玩意儿，所以我用我的密码进来了。就是那样。故事结束了。然后我不得不瞒着这事。搞不好我会丢了我的工作的。我在那间愚蠢的实验室工作只是为了挣学费……"他的声音弱了下去。这是他第一次看上去不是那么自信。他看上去很焦虑，像是害怕我也许会冲着他大吼大叫一样。

"那么你当时为什么会在瞭望台上？"我咄咄逼人，"你为什么会盯着我看？"

"我当时压根就不想上二楼。"他说。他靠得很近，盯着我，好像在评判着我的反应。"我进来了，然后——我就听到了那阵疯狂的响声，那阵急速奔过来的咆哮。还有些别的。还有些尖叫什么的。"

我将双眼闭上了片刻，又回想起了那灼热的白炽灯，听到实验室外传来的海洋的冲击声的感觉，还听到母亲的尖叫隔着茫茫十年的距离传来。我又睁开双眼，艾利克斯还在盯着我。

"反正，当时我完全不知道发生了什么事。我以为——我不知道，那很白痴——但我以为实验室遭到了攻击什么的。然后我一站到那里，突然间，一百头奶牛就向我冲了过来……"他耸耸肩，"我左边正好有架梯子。我吓坏了，于是爬了上去，我倒是知道奶牛们不会爬梯子。"他脸上又浮现出一抹微笑，这次却是一闪而逝的、试探性的笑。"于是最后我到了瞭望台上。"

真是一个完美、正常又合理的解释。我感到松了口气，现在也没有那么害怕他了。就在同时，我的胸中也有了某种异样的感觉，是失望。还有一些偏执，我内心还有一部分仍然在怀疑他。我记得他从瞭望台上往下看，仰着头大笑的样子；还有他冲我眨眼的样子。他看上去——享受，自信，快活，没有丝毫畏惧。

一个没有恐惧的世界……

“那么你不知道任何有关情况……那事是怎么发生的？”我简直不能相信自己这么鲁莽。我使劲捏起拳头，希望他不会注意到我声音里那股突然出现的压抑。

“你是说和运输的货物搞混那件事吗？”他流畅地脱口而出，声音里没有丝毫犹豫或停顿，于是我的最后一丝怀疑也消失了。他就和所有接受过治疗的人一样，对于官方的故事没有任何疑问。“那天我正在负责签收运来的货物。那个人叫——赛尔，他被炒鱿鱼了。本来他是该去查货物量的。我猜他是跳过了这一步。”他将脑袋歪到一边，摊开双手，“现在你满意了？”

“满意了。”我说。但胸中那股沉甸甸的感觉还在那里。尽管之前我还恨不得立刻离开这间房子，但现在我却只希望我能一眨眼就已经在家里，从床上坐起来，将被子从腿上拉开，发现这一切——这聚会以及见到艾利克斯——都只是一场梦。

“那么？”他将头往后靠在仓房上。乐队演奏着快节奏的音乐，声音很大。我不知道为什么之前那音乐会对我有如此大的感染力。它听上去就像是噪音，而现在，则成了急促的噪音。“你觉得我们能往前走一些，又不被人踩到吗？”

我没理会他刚刚用了“我们”这个词，当这个词用他那带着笑意的轻快语调说出来时，不知怎么的就带上了一股惊人的魅力。“其实我正要回家。”我发现自己对他很恼火，却不知道是为什么——我想也许是因为他并不是我以为的那样，尽管我应该为此感到庆幸，他不过是个正常的、被治愈的、安全的人。

“回家？”他难以置信地重复了一句，“你不能回家。”

我一直很小心地控制自己的情绪，不要太生气或暴躁。在卡罗尔家里我没法这样。我欠她太多了——除此之外，有几次像小孩一样发过脾气后，她接下来好几天都会斜着眼看我，像是在分析我、揣测我。我讨厌那样。我知道她正在想的是，*就跟她母亲一个德行*。但现在我却在这股情绪前投降了，任凭怒火释放了出来。我厌烦了人们装做这另一个世界是正常的——而我却像个怪胎。这不公平：好像所有的准则都变了，人们却忘了告诉我。

“就算不能，我还是要走。”我转过身朝着那座山走去，我觉得他会随我去的。但出乎我意料的是，他却没有。

“等等！”他跟在我身后跑上山来。

“你在干什么？”我转过身去面对着他——我又一次被自己自信的声音所震惊了，尤其是当我的心脏还在急促地跳个不停的时候。也许这就是和男孩们说话的秘密——也许你只需要一直发火就行了。

“你什么意思？”我们一路爬上山，都有些喘不上气来，但他还是努力挤出了一个笑容：“我只是想和你说话。”

“你是在跟踪我。”我环抱起双臂，感觉自己正在堵住我们之间的空间，“你又在跟踪我了。”

这话起作用了。他开始往后退，我获得了一种短暂的、病态的快感——我让他吃了一惊。“又？”他重复道。我很高兴这一次我不再是那个口吃的、竭力找话说的人了。

话语自动蹦了出来：“我觉得有点奇怪的是，我几乎大半辈子都没有见过你，但突然间我就在任何地方都能看到你。”我并没打算说这些——这些话如此陌生，让我自己都大吃一惊，但话刚一出口，我就发现它们都是真心的。

我以为他要生气了，但出乎我意料的是他仰起头大笑起来，笑声又长又响亮，月光将他的脸颊、下巴和鼻子照成了银色。我对他的反应吃惊极了，只是呆站在那儿盯着他。他终于将头埋了下来看着我。尽管我无法看清楚他的眼睛，但月光让一切都变得鲜明起来，忽而将它们照亮成水晶般的银色，忽而将它们置于黑暗中——我感到了那热度，还有光泽，和我那天在实验室所感受到的一模一样。

“也许你只是没注意罢了。”他一边轻轻地说，一边踮着脚轻微地摇晃着。

我以不易被人察觉的姿势慢慢往后退了一步。我发现自己被他靠得如此之近所吓坏了，尽管我们的身体之间还有几英寸的距离，但我却感觉我们碰触到了对方。

“你……你是什么意思？”

“我是说你错了。”他停下来看着我，我竭力保持神情自若，尽管我感到自己睁大的左眼在颤抖。希望在黑暗中他看不出来。“我们早就见过很多次了。”

“如果我们之前见过的话，我会记得的。”

“我没说我们见过。”他并没有试图重新缩短我们之间新出现的距离，我很感激，至少是感激这一点。他咬住嘴角——这个动作让他看上去年轻了一些。“让我来问你个问题吧。”他继续道，“你是怎么知道州长雕像的？”

我毫无来由地倒抽了一口冷气：“你怎么知道州长雕像的？”

“我在波特兰大学上学。”他说。波特兰大学——现在我想起来了，我们从那群实验室后面走向大海的那个下午，我听到了他说的一些话顺着风飘过来。他确实说过他是名学生。“我上学期在格兰德咖啡店打工，就在纪念碑广场那里。我过去总是能看到你。”

我张大嘴，又合上了，我什么话也说不出来，每当我最需要思考时，大脑都时而运转时而暂停。我当然知道格兰德咖啡店；汉娜和我过去经常在跑步时路过那里，可能一周三次，看着那些大学生像缤纷的雪花般飘进飘出，吹开他们杯子上面的热蒸汽。在格兰德咖啡店上面能俯瞰到一片铺满鹅卵石的小广场，那叫做纪念碑广场，在我过去一直采用的六英里长的跑步路线中，它刚好是个中分点。

在它的中央是一个人的雕像，被雪花和天气侵蚀了一小部分，上面还被人潦草地涂上了几个圆圈形状的涂鸦。他正大踏步往前，一只手扶着头上的帽子，看上去就像是在一场可怕的暴风雪或是逆风中行走。他的另一只拳头则伸在前方。很显然，在遥远的过去的某个时候，他是握着什么东西的——也许是一支火炬——但在某个时期，雕像的这一部分不是被破坏就是被偷走了。因此现在的州长雕像是空握着拳头往前迈步的样子，他的手中有个圆圆的空洞，那是个隐藏小纸条或秘密东西的最理想之处。汉娜和我过去偶尔会检查他的拳头，看看那里是否会藏有什么好东西。但那里没有——只有几块用纸裹起来的嚼过的口香糖和一些硬币。

我不知道我和汉娜具体是什么时候开始叫他州长的，也不知道是为什么。风雨的侵蚀洗去了雕像底座上横匾的字，让它变得难以识别。没有其他人那样叫他了。其他人只会说："纪念碑广场上的那座雕像。"艾利克斯一定是在某一天无意中听到了我们聊起州长雕像。

艾利克斯仍然看着我，等待着，我发现我还没回答他的问题。"我得把我的跑步路线换回来了。"我说。也许自从三月或四月过后，我就再也没有跑过州长雕像了。"那开始变得无聊了。"然后，我实在无法自控地问了一句，"你记得我？"

他大笑起来。"很难错过你呀。你过去总是绕着那座雕像蹦蹦跳跳的，还直嚷嚷。"

一股火辣辣的感觉蹿上了我的脖子和脸颊。我一定又是满脸通红了。真是感谢上帝，我们已经远离了舞台的灯光。我完全忘了，过去在和汉娜一起跑过州长雕像时，我总是跳起来和它击掌，这是为了给自己跑回学校而打气。有时候我们甚至会叫起来：“汉蕾娜！”当时我们看上去一定是彻底疯了。

“我不……”我舔舔嘴唇，笨拙地搜寻着一个听上去显得不那么可笑的解释。“当你跑步的时候，有时候你会做出一些很奇怪的事来。因为有内啡肽之类的东西。那有点像是某种药或是兴奋剂，你明白吗？它会把你的脑子搅晕。”

“我喜欢那样。”他说，“你看上去……”他的声音弱下去了一小会儿。他的表情微微绷紧并扭曲了一下，在黑暗中很难看出来，但在那一刻他看上去如此寂静和忧伤，几乎要让我屏住呼吸了，仿佛他化为了一座雕像，或是另一个人。我担心他不会将这句话说完，但他还是说了：“你看上去很快乐。”

那一刻我们静静地站在那儿。然后突然间，起初的艾利克斯又回来了，又是一脸轻松和微笑的样子：“有一次我给你留过字条。就在州长的手里，你知道吗？”

有一次我给你留过字条。这是不可能的，连想想都觉得疯狂，我听到自己又重复了一遍：“你留了张字条给我？”

“我肯定在上面写了些蠢话。只是问个好，还有一张笑脸，然后是我的名字。但然后你就不再来了。”他耸耸肩，“也许它还在那儿呢。我是说那张字条。也许只剩下点纸浆了。”

他给我留过一张字条。他给我留过一张字条。给我。这个想法——他甚至不只一小会儿地注意到并且想到过我，这个想法，这件事显得如此巨大而势不可当，让我一下子双腿发抖，双手发麻起来。

然后我就害怕起来。就是这么开始的。哪怕他是被治愈的，哪怕他是安全的——事实是，我并不安全，而故事就是这么开始的。第一阶段：难以集中精力；嘴唇干燥；手心出汗；头晕目眩，失去方向。

一股混合着恶心和如释重负的感觉向我涌来，感觉像是明白了所有人其实都知道你最坏的秘密，他们早就知道。一直以来卡罗尔姨妈都是正确的，我的老师们也是正确的，我的表姐们也是正确的。说到底，我就和我母亲一模一样。而那*东西*，那病害就在我身体深处，时刻准备好开始在我体内兴风作浪，开始用毒液将我吞噬。

“我得走了。”我又朝着山路走起来，几乎就快跑起来了，但他又追了上来。

“嘿，可不怎么快。”在山顶上，他伸出手臂，将一只手搭在我的手腕上，想让我停下。他的碰触像火烧一样，我立刻跳开了。“蕾娜，等一下。”

尽管我知道不应该，我还是停下了。他叫我的名字的声音就像是音乐。

“你没必要担心，好吗？你没必要害怕。”他的声音又闪烁了起来，“我没有在和你调情。”

羞愧迅速传遍了我全身。*调情*。那可真是个下流的字眼。他以为我觉得他在调情。“我没有——我没有觉得你在——我绝对不会以为你——”话语冲到了我嘴边，现在我知道再多的阴影也遮掩不住我脸上刷的一下涨起来的红色了。

他将脑袋歪到一边：“那么是你在跟我调情啰？”

“什么？不！”我激动地叫道。我的思绪在恐慌中盲目地打着转，然后我发现我甚至都不知道什么是调情。我只从书上看到过它。我知道那是不好的。不知道什么是调情却在调情，这有可能吗？他是在调情吗？我的左眼扑闪个不停。

“放松点。”他举起双手说，那个手势像是在说，*别对我发火*。“我只是在开玩笑。”他将脖子微微偏向左边，一直盯着我看。月光将他那个三角形的伤口照耀得无比鲜明：那是一个完美的白色三角形，那个伤口会让你想起秩序和准则。“我很安全，记得吗？我没法伤害你。”

他说得很轻，很平静，我相信他。然而我的心脏却无法停止在胸膛中扑扑狂跳，它旋转得越来越快，直到我觉得它简直要让我晕厥过去。我产生了那种每当登上山顶俯瞰国会大街时都会有的感觉，仿佛整个波特兰都平躺在我的身下，远处的街道闪烁着绿色与灰色的微光，既美丽又陌生——我张开双臂放开手，轻快地奔跑着、跳跃着，沿着山路一路往下跑，风吹过我的脸，我甚至都没试着自己动，只是让重力推动着我不断往下。

无法呼吸；兴奋；等待下落。

我突然意识到这里有多么安静。乐队停止了演奏，人群也一下子陷入了寂静。唯一的声音是拂过草地的风声。从我们所在的地方离山顶有五十英尺远，已经看不到仓房和聚会的人群了。我突然有一种短暂的幻觉，仿佛我俩是这黑暗中仅剩的两个人——我们是这座城市中、这个世界中唯一还清醒和活着的人。

柔软的音乐片段开始自动在空气中排列组合，轻柔地叹息着，它是如此之轻，以至于一开始我将这声音与风声搞混了。这音乐与刚才之前演奏的那种音乐截然不同——轻柔、脆弱，仿佛每一个音符都是玻璃纤维，亦或是光滑的细线，形成一道道循环的圈，潜入夜色之中。我再一次被这绝对的美丽所震撼了，我从未听过这样的东西，不知从哪儿冒出来一股冲动，让我禁不住想要又哭又笑。

“这首歌是我最喜欢的。”一片云彩掠过月亮，影子在艾利克斯的脸庞上舞蹈。他还是端详着我，我真希望自己知道他到底在想什么。“你以前跳过舞吗？”

“没有。”我说得有些过于强硬了。

他轻轻笑出声来：“没关系。我也看不出来。”

母亲的画面：她带着我在我们家那长长的光滑的木地板上旋转，我手里所感受到的那股温柔；我们仿佛是在滑冰；她对着音响里传出来的音乐一边唱起歌一边笑着，声音像笛子般优美。“我母亲会跳舞。”我说。话刚一出口，我几乎立刻就后悔了。

但艾利克斯并没有问我什么，也没有笑。他从容地看着我。有那么一瞬间，他似乎就快要说出什么了。但随后他只是向我伸出手来，越过我们之间的距离，越过黑暗。

“你想吗？”他说。他的声音几乎掩盖在风声之下——如此低沉，简直像是耳语。

“想什么？”我的心脏在怒吼，在我的耳朵里冲撞，尽管他的手和我的手之间还有几英寸的距离，但却有一股活跃的能量连接着我们，从我身体中的那股热流中，你也许会以为我们早已面对面，手掌与手掌相接地碰触到了对方。

“跳吧。”他说，同时他走进我们之间最后剩下的几英寸距离，找到了我的手，将我拉进，就在那一刻，曲调中出现了一个高音符，两种感觉让我一下子混乱了——他的手和那高扬的乐声。

我们跳舞了。

大多数事情，哪怕是世界上最伟大的活动，也都是从小事开始的。足以摧毁一座城市的地震也许是从一阵微颤、震动和喘息开始的。音乐是从空气中的振鸣开始的。二十年前，在一场接连下了两个月的雨后，洪水冲进了波特兰，在实验室楼群前肆虐地猛冲，损坏了上千座房屋，洪水卷起轮胎、垃圾袋和发臭的旧鞋子，任它们像胜利的奖品般漂浮在街上，并留下了一层薄薄的绿色霉菌，那阵腐烂的恶臭整整几个月都没有消散，随后洪水变成了一股比手指头还细的小溪流到了码头边。

上帝是从一个原子开始创造了整个宇宙的，它甚至比一个念头还要渺小。

格雷丝的生活一下子崩溃瓦解是因为一个词：同情者。我的世界之所以爆炸，是因为另一个词：自杀。

更正：那是我的世界第一次爆炸。

我的世界第二次爆炸，也是因为一个词。一个从我的喉咙里发出来，在我还没来得及思考或是阻止它的时候，就从我的唇间起舞的词。

那个问题是：你明天想见我吗？

而那个词是：是。

第十章
他来自荒野

恋爱狂热性精神错乱的症状

<u>第一阶段：</u>

全神贯注；难以集中精神

嘴唇干燥

流汗，手心出汗

突然感觉眩晕或迷失方向

神志开始不清；胡思乱想；思考能力退化

<u>第二阶段：</u>

极度兴奋阶段；痴笑和过度亢奋

沮丧阶段；无精打采

食欲的变化；体重急速下降或急速增加

沉迷，对其他事提不起兴趣

推理能力退化；曲解事实
睡眠干扰；失眠或持久疲劳
被某种想法或行为所困扰
疑神疑鬼，没有安全感

第三阶段：
呼吸困难
胸口、喉咙或胃部疼痛
难以下咽，拒绝进食
彻底丧失理性；行为反复无常；出现狂乱的想法和怪念头
幻觉与妄想

第四阶段：
精神或肉体失常（部分或全部）
死亡

如果你担心你或你认识的人染上了狂热症，请拨打由对方付费的紧急热线1-800-预防[1]，以讨论急诊及治疗手段。

我从来就不明白为什么汉娜能够如此毫不费力地频繁撒谎。但撒谎就跟其他所有事一样，你做得越多，也就变得越轻松。

当我第二天回家，卡罗尔问我是否介意连着四天晚上吃热狗（这是“好又省”囤货过量的后果；我们还有一次甚至连着两周每天都在吃烘豆），我说其实圣安妮学校的索菲亚·亨勒森邀请了我和其他一

① 许多企业或组织都采用一些文字作为电话号码的一部分，以便人们记住，此处的“预防”便是该处的号码。

些女生去吃晚饭。我甚至连想都没想，谎言就自动脱口而出了。尽管我还是能感到手心冒出了汗珠，但声音仍然是冷静的，并且我很确定我的脸也是正常的颜色，因为卡罗尔只是对着我微微一笑，说那听上去很不错。

到了六点半，我骑上自行车，朝着东区的海滩走去，艾利克斯和我约好了在那里见面。

波特兰有许多海滩。东区海滩也许是最不受欢迎的一个——这也当然让它成了我母亲的最爱。那里的洋流比威拉德海滩和日落海滩都要强。我也不知道是为什么。但我不介意。我游泳一直都很不错。在母亲第一次将放在我腰部的手松开之后，我感到了一股强烈的恐慌和兴奋，还有激动——我很快就学会了，到了四岁我已经能自己踩着水一路不停歇地游泳了。

关于为什么大部分人都避开东部海滩，还有些其他原因，尽管从最受欢迎的公园之一——东海滨的山上走过来只有一小段路。那块海滩除了一排岩石和满是沙砾的沙滩外什么也没有。它的背面就是实验室区的边缘，靠近其仓库和废物仓，这也并没让它的景色优美到哪儿去。当你在东区海滩游泳时，你能清晰地看到土耳其桥，以及波特兰和雅茅斯之间那块突出来的无人区。许多人不喜欢离荒野那么近。这会让他们紧张。

这也让我紧张，除了有一部分的我—— 一块丁点大小的我——喜欢它以外。妈妈死后有一段时间里，我经常会幻想她并没真的死，并且我父亲也没有死——他们逃往了荒野，生活在一起。他在她五年前就走了，去准备好一切，建好一座小房子，里面有用砍下来的树枝做成的火炉和家具。我还想象，他们会在某个时候回来接我。我甚至想象过我的房间最细致的细节：一块深色地毯，一床用红绿相间的布料拼凑而成的被子，一把红色的椅子。

我只幻想过几次，就意识到了这有多么错误，如果我的父母逃往了荒野，那他们就会成为爱情支持者和反抗者。他们还是死了更好些。再说，我很快意识到自己对于荒野的幻想也就仅此而已——那不过是一种过家家的玩意儿，就像小孩的游戏。带病者们没有任何物品，也没有任何方法可以交换或得到手工缝制的红色被子或红椅子，或是就此而言的其他任何东西。蕾切尔有一次告诉我说他们也许是像野兽一样地生活，粗野、饥饿、不顾死活。她说那就是为什么政府什么都懒得对他们做，甚至都用不着承认他们的存在。他们很快就会死光，不是被冻死就是被饿死，全部灭绝；要么就是随着疾病肆虐传播，他们变得反目成仇，互相撕扯扭打，挖出彼此的眼睛。

她说据我们所知那已经发生了——她说荒野也许现在早已空无一人，一片黑暗和死寂，只剩下动物们发出的沙沙声。

也许她对其他事的看法是正确的——但至于那些像动物般生活的病人——很显然对于这点她是错误的。他们还活着，就在那一头，并且他们并不想让我们忘记这点。那就是为什么他们要举行示威。那就是为什么他们要让奶牛们冲进实验室。

我并不紧张，直到来到了东区海滩。尽管太阳正在我身后下沉，将水面照耀成亮白色，让一切都变得微光闪烁。我用手挡住刺眼的光线，看到艾利克斯就站在水边，在一片汪洋的蓝色中，他像是一笔重重的黑色。我的脑海中闪现出了昨晚的事，他的手指刚好就放在我的腰部，是那么轻柔，感觉我就像是梦到了它们一样——而另一只手则罩在我的手上，干燥且令人安心，就像一块被阳光晒得暖暖的木头。我们也真的跳了舞，就像人们在配好对、签好文件后的婚礼上跳的那种舞一样，但不知为什么，我们的舞却要更美好、更轻松，也更加自然。

他背对着我，面朝大海，我很高兴。从停车场通往海滩的阶梯被海盐弄得有些松散变形，我沿着它缓慢地走着，感觉有些不太自然，于是我停下来解开鞋带，踢开鞋子，把它们用一只手拎起来。光脚下的沙子很温暖，我起身朝他走过去。

一个老人扛着一根钓鱼竿从水中走上来。他朝我投来狐疑的一瞥，随即转过脸去瞅艾利克斯，然后又看了看我，还皱了皱眉头。我开口说："他是被治愈了的。"但那个人只是一边走过我一边咕哝着什么，我无法想象他会费神去叫来管理员，于是我什么也没说。如果不是那样的话，一旦被抓，我们就会惹上麻烦——那就是艾利克斯当时所说的话的意思"我是安全的"——但我并不想回答一大堆问题，然后将我的身份证传到安全确认系统以及一大堆的检查系统那里。再说，哪怕管理员们一摇一摆地一路来到东区海滩检查"可疑行为"，却只发现那是某个被治愈的人在对一个十七岁的小人物施以同情，他们肯定会不爽的——并且肯定会将它发泄到某个人的身上。

同情。这个词被我迅速从脑海中驱开了，我很惊讶的是，甚至连去想一想它都很困难。我整天都在努力不要去担心艾利克斯究竟为什么要对我这么友好。我甚至想象过——有那么短暂的一瞬间发傻地想——说不定他在刚做完评估、还没被治愈前就已经被指定好了配偶。

然后我当然开始猜测起他会与什么类型的女孩搭配——我觉得是像汉娜那样的人，有着闪闪发亮的金发，还有一种让人兴奋的能力，哪怕她只是将头发扎成马尾的动作，看上去也是优雅动人，像是早已被设计好的舞蹈动作。

海滩上还有其他四个人：一百英尺开外有一位带孩子的母亲，那位母亲坐在一把退了色的布面折叠椅上，一脸茫然地盯着地平线，那个孩子可能还不到三岁，正在浪花中东倒西歪地行走，一会儿就会跌倒，发出尖叫声（那究竟是因为疼痛还是因为快乐呢？），然后挣扎着站起来。在他们后面是一个男人和一个女人在散步，但他们并没有碰触对方。他们一定是已婚夫妇。他们的双手都紧扣在身前，看上去都是一路直行，没有交谈——也没有微笑，神情冷峻，仿佛他们两个身上都笼罩着一层看不见的保护层气泡。

然后我往艾利克斯身后走去，他转过头来看着我微笑。阳光照在他的头发上，让它在刹那间变成了亮白色，然后它又变回了平常的金褐色。

“嘿。”他说，“我很高兴你来了。”

我又害羞起来，用一只手傻乎乎地拎着破旧不堪的鞋子，双颊开始发烫，于是我低下头扔下鞋子，用脚趾在沙地里将它们翻了个个儿。“我说过我会来的不是吗？”其实我并没打算说得这么刺耳，我打了个哆嗦，在心里暗暗诅咒自己。我的脑子里好像有块过滤器，绝不会把事情往好的方向拖，而总是将周围的一切都搞砸，因此每次从我嘴里说出来的东西都是不对头的，跟我脑子里所想的东西完全不一样。

谢天谢地，艾利克斯笑了：“我只是说上次你放了我的鸽子。”他说着，朝着沙滩点点头，“坐吗？”

“当然。”我说着，松了一口气。当我们在沙滩上坐下来后，我感觉尴尬减轻了许多。跌倒或做出蠢事的概率也大大下降了。我将腿缩到胸前，将下巴搁在膝盖上。艾利克斯与我保持着完好的两到三英尺的距离。

我们静静地坐了几分钟。起初我还在拼命地想找点什么话题。每一秒沉默都像是被拉到了无限长，我肯定艾利克斯一定觉得我是个哑巴。然后他将一只半埋在沙地里的海贝从沙子里轻轻刨出来，将它扔进了海里，我发现他一点也没有不自在的感觉。然后我就放松了。我甚至为有这阵沉默而高兴起来。

有时候我感觉如果你只是盯着东西看，只是一动不动地坐着，任凭世界展现在你的眼前——我发誓有时候会有那么一瞬间，连时间都静止了，而世界也停止了它的摇摆。只有那么短短一瞬间。而如果你用某种方式找到了一种生活在那个瞬间的方法，那你就会永远地活下去。

“开始退潮了。”艾利克斯说。他又将另一只贝壳扔成一条高高的抛物线，而它刚好被投入了海浪之中。

“我知道。”海水留下了一堆柔软多汁的绿色海藻和嫩枝，寄居蟹在刚才潮水留下的痕迹中乱爬着，空气中带着浓烈的海盐和鱼腥味。一只海鸥蜻蜓点水般越过海滩，一闪而过，留下了杂乱的细小爪印。“小时候，妈妈常带我来这儿。我们会在潮水浅的地方走一走——不管怎样，尽可能地往远处走。沙滩上会留下很多乱七八糟的东西——马蹄蟹、超大的蚌和海葵等。海水一退，它们就被留在了沙滩上。她还在这里教过我游泳。”我不知道为什么这些话会从我嘴里冒出来，为什么我会突然有这般的倾诉欲。“我姐姐过去常常待在海岸上堆沙堡，我们会假装那是真正的城堡，好像我们一路游到了另一头的世界，去了那片未被治愈的荒野之地。但在我们的游戏中，他们都丝毫没有生病，也没有被摧毁或是变得很可怕。那里又美好又安宁，用玻璃筑成，闪闪发光。”

艾利克斯静静地坐着，用一只手指在沙子里划出一条线来。但我却看不出来他是否在听。

我的话仍然源源不断地冒出来：“我记得妈妈会把我放在她屁股上一蹦一蹦的。然后有一次她居然就松手了。我是说，倒不是来真的。我当时两手都抓着气垫圈。但我害怕极了，哭得简直要断了气。我当时只有几岁大，但我还记得这些。我发誓我记得。当她从后面一把抱我起来时，我一下子松了口气。但——也感到了失望。就像我失去了得到某样很棒的东西的机会，你明白吗？”

“那么到底发生了什么？”艾利克斯将脑袋歪向我一边，“你再也不来这里了？你妈妈对大海不再有兴趣了？”

我移开视线，看向地平线。今天的海湾相对比较平静而单调，所有的蓝色和紫色阴影都从海滩上消失了，只留下一阵低沉而无害的吸气音。“她死了。”我说完，才发现这有多么难以说出口。艾利克斯静静地坐在我身边，我急忙说：“她自杀了。当时我只有六岁。”

“我很抱歉。”他说话的声音如此轻柔低沉，我差点没听清。

“我爸爸在我只有八个月时就死了。我完全不记得他。我想——我想这让她也有些崩溃吧，你明白的？我是说我妈妈。她没有被治愈。那对她不起作用。我也不知道是为什么。他们分别试了三次——试着想拯救她。她分别接受了三次不同的治疗，但那没有……没有治好她。”我停下了，吸了一口气，我害怕往艾利克斯看过去，他还是一动不动地静静坐在我身边，像座蒙上了一片影子的雕像。我还是禁不住要说话。奇怪的是，我发现以前我从来没跟人讲过我母亲的故事。我以前从来就不需要讲。我身边所有的人，学校里的每个人，我所有的邻居还有姨妈的朋友们都早已知道了我家的事，还有我家那令人羞耻的秘密。那就是为什么他们总用眼角里带着同情的眼光看着我。那就是为什么每当我进一个房间前都能听到一阵窃窃私语声，但我一进去他们就突然陷入沉默——沉默，还带着那种内疚的麻木表情。甚至在我和汉娜在二年级成为同桌前，她也知道这些事。我记得因为她在洗手间的格子间里发现我在拿着一张卫生纸痛哭，我将嘴埋进纸里，这样别人就不会听到，她用一只脚踢开了厕所门，站在那里盯着我。*是因为你妈妈吗？*她问。这是她和我说过的第一句话。

“我不知道她有不对劲的地方。我不知道她病了。我当时太小了，所以不懂。”我死死盯着地平线，那是一条坚实的细线，像钢丝般绷得紧紧的。海湾边缘离我们还要更远些，我有了一种小时候常有的幻想：也许它不会再回来了，也许那整片大海就会这么永远消失，被拖到地球的另一头去，就像张开嘴露出牙齿，显现出下面那冰冷的白色硬物，那浅白色的骨头。“如果我早知道的话，我就可以……”

在最后一刻我的话音畏缩了，我再也说不出来，无法说完这句话。*也许我就可以阻止这件事*。那是一句我以前从来没说过的话，甚至从未允许自己这么想过。但这个想法就在那里，强硬地逼过来，让人无法躲避，如同一块陡峭而光滑的岩石：我本来可以阻止这件事发生的。我应该阻止它的。

我们静静地坐着。当我的故事说到一定阶段时，那位母亲和孩子早已打包好回家了；艾利克斯和我就孤零零地坐在海滩上。现在那些话不再急着从我口里涌出来了，我真不能相信自己竟然和一位几近完美的陌生人分享了这么多的秘密，而且居然还是个男孩！我突然全身发痒，浑身不舒服，难为情极了。我急于要找点别的话说——不那么过分的话，比如海潮或者天气什么的——但此刻我的大脑又和往常一样变得一片空白，而这正是我需要它开动的时候。我害怕看着艾利克斯。我终于鼓起勇气斜着眼睛偷偷瞟了他一眼，他坐在那里正盯着海湾。他的神情难以捉摸，只有下巴处细微的肌肉在微微闪动。我的心沉了下去，这正像我担心的那样——现在他对我感到羞耻了，他被我家族的历史，被我血液里奔流的那疾病所恶心到了。他随时都会站起来告诉我他最好再也不要和我说话。这真奇怪。我真的不太了解艾利克斯，我们之间横着一道无法跨越的鸿沟，但这个想法却还是让我很难过。

我差一点就要跳起来跑开，这样我就不用点着头假装对他要转过身来对我说的话表示理解。*听着，蕾娜，我很抱歉，但是……*然后他会对我摆出一张看上去似曾相识的脸（去年有条患了狂犬病的狗在山上乱跑，口吐白沫对每个人又抓又咬。它饥肠辘辘，脏污不堪，遍体跳蚤，还缺了条腿，但还是动用了两名警察才将它打死。一群人都在围观，我当时也在那儿。我刚跑完步回来，停在了那里。这是我一生中第一次理解了人们一直看待我的那种表情，这也是每当他们听到哈洛维这个名字时会有的表情——嘴角微微上翘。怜悯。是的——但同时也伴随着厌恶，还有对于传染的恐惧。当人们看着那条狗转着圈圈疯咬、吐泡沫时，他们脸上就带着同样的表情，然后当第三颗子弹终于将它打倒后，它停止了抽搐，人群也一起松了口气）。

正当我觉得我再也无法忍受的时候，艾利克斯伸出手来，一根手指差点就擦到了我的手肘。“我要和你赛跑。”他说着，一边站起来一边从短裤上抖落沙子。他向我伸出一只手拉我起来，一抹微笑又重新回到了他脸上。我在那一刻对他充满了无限的感激。他不会拿我家族的历史来反对我。他并不觉得我肮脏或不可救药。他将我拉了起来，我感到一站起来时他还捏了捏我的手，我又震惊又开心，脉搏一下子加快了，还想起了我和汉娜之间那个秘密的暗号。

“只要你不怕丢人现眼就行。”我说。

他抬起眉毛：“那你是觉得你能打败我了？”

“我不是这么觉得。*我是知道*。”

“那我们就走着瞧吧。”他将脑袋歪向一边，“首先跑到浮标那里，然后呢？”

那难住了我。海潮倒是没有太过深入海湾，但浮标还漂浮在至少四英尺的水面上。“你想跑进海湾里？”

“怕了？”他咧嘴一笑问。

“我倒不怕，我只是——”

“很好。”他伸出手来用两根指头轻拂过我的肩头：“那么不如少说废话，只来一个字——跑！”

他大喊出最后那个字，然后就开始全速奔跑起来。我花了两秒钟才反应过来冲出去，跟在他身后大叫着："不公平！我还没准备好呢！"我们跑过浅水滩时，水花都溅到了衣服上，我们两个都笑了起来，海滩上小小的波纹和小坡现在都被退去的潮水展现了出来。贝壳在我的鞋子下嘎吱作响。我的脚趾缠上了一团红紫相间的海藻，差点就摔了个屁股朝天。我用一只手掌将自己从湿润的沙地中撑起来，又重新找回了平衡，还差点就被艾利克斯抓住，他俯下身去抓了一把湿沙子，迅速转过身来想抓住我，我尖叫着一低身就躲开了，但有一点点沙子还是沾上脸蛋，漏进了脖子里。

"你真是个大骗子！"我气喘吁吁地说。因为一边狂跑一边大笑，我差点要喘不过气来。

"如果没有规则，也就没有办法作弊了！"艾利克斯回过头来看着我回应说。

"没有规则，哈？"我们现在跑进了没过小腿深的海水里，我开始用手向他泼水，在他的背上和肩膀上留下了被水溅到的图案。他转过身来，抬起手臂往水面扫去，拂起一道闪闪发光的弧线。我扭动身子避开它，却不小心滑倒，跌进了手肘深的水里，我的短裤和T恤的一半都浸到了水里，突如其来的凉意让我倒抽了一口冷气。他还在艰难地往前行进，他伸长了脖子仰起头往后看，笑得一脸灿烂，他从远方不断传来的笑声如此响亮，我想象着它能穿过大钻石岛，越过地平线，一路穿行到世界的另一端。我迅速爬动着，在他身后穷追不舍。浮标在我们前方二十英尺处摇晃着，水已经没过了我的膝盖，然后到了大腿，然后一直到了我的腰部，直到我们两人都变成一半在跑，一半在游，疯狂地摆动着双臂往前走。我无法呼吸，也无法思考，只能一边大笑一边泼溅着水花，专注地盯着那耀眼的红色浮标，专注于胜利，胜利，我必须赢，当我们离那里只有几英尺远时，他还在领先。

我的鞋子早已灌满了水，衣服也变得沉甸甸的，衣兜里好像装满了石头般沉重。我想都没想就往前一跳拽住了他，将他摔进水里，我感到自己的脚碰到了他的大腿，于是我从他身上跳开，伸出手拍打了一下最近的浮标，我的手一击中它，那塑料玩意儿就弹开了。我们一定已经离海滩有四分之一英里远了，但因为还在退潮，所以我还能站起来，浪花扑到了我的胸膛上。我得意扬扬地举起双臂，艾利克斯靠过来用手泼起了水，还一边甩着头，让头发上的水花像轮转焰火般飞溅出来。

“我赢了。”我喘着气说。

“你作弊了。”他一边说一边往前走了几步，两只胳膊搭在身后，靠在两只浮标之间的绳子上。他往后拱起腰，脸仰对着天空。他的T恤完全就被打湿了，水珠从他的睫毛上滴下来，一直沿着脸颊流了下来。

“没有规则。”我说，“所以也没有作弊一说。”

他斜着脑袋看着我，咧嘴笑着：“那就是我让你赢的。”

“对，好吧。”我向他泼了点水，他举起双手投降了。“你只不过是个让人痛心的失败者。”

“我没怎么练习过。”那种自信劲儿又来了，他歪着脑袋微笑时，有一种让人有些恼怒的从容。但今天却并不让人恼火。今天我倒是挺喜欢这样的，感觉像是他影响了我，仿佛只要我和他相处得足够久，我就不会感到尴尬、恐惧或是缺乏安全感。

“随便吧。”我转转眼珠子，将一只胳膊挂在他身边的浮标上，享受着扑到胸前的阵阵浪花，享受着穿着衣服徜徉在海湾里的奇异感，还有T恤的不适，以及鞋子里的脚的不舒服。海潮很快就回来了，海水还会再扑过来。到时候要游回海滩就会花很多时间和精力了。

但我不在乎。我不在乎任何事——我不担心一百万年以后我要对卡罗尔解释为什么我会全身湿淋淋地回家，背上还挂着海藻，头发上带着海盐的腥味，也不担心离宵禁的时间还有多久，或者艾利克斯为什么对我这么友好。我只是很高兴，那是一种纯粹的兴高采烈的感觉。浮标后面的海水是暗紫色，海浪中席卷着白色的泡沫。越过浮标是违法的，浮标那头就是岛屿和警戒线，在它们之后就是辽阔的海洋，海洋通往荒野之境，那个充满疾病与恐惧的地方——但就在那一刻我突然异想天开地琢磨起钻进绳索下面游过去的想法。

在我们左方能看到实验室区明亮的白色轮廓，在那之后的远处是旧港口，木质的码头看上去就像巨大的木头蜈蚣。在我们右边是土耳其大桥，长长的一串警卫小屋排成一条线，沿着实验室区一直连到边境线上，艾利克斯看到了我在看那边。

“很漂亮吧？”他问。

大桥遍布着灰色和绿色夹杂的斑点，蒙上了一层水渍和海藻，看上去就像在风里轻轻哭泣一般。我皱起鼻子：“那看上去像是在腐烂的样子吧？我姐姐总是说总有一天它会倒进海里，彻底崩塌。”

艾利克斯大笑起来：“我可没说那座桥。”他微微翘起下巴，指出方向：“我是说桥后面的地方。”他停顿了一下，“我是说那片荒野。”

土耳其大桥后是北部边境，就在沿着后海湾的远处延伸出去的地方。我们站在此处时，警卫房的灯开始一盏一盏地亮了，朝着深蓝色的天空投出耀眼的强光——这标志着天色已晚，我应该快点回家了。但我还是无法强迫自己离开，尽管我感到没过胸膛的海水已经开始冒出泡沫和旋涡。涨潮了。大桥后面那片青葱茂密的荒野之地一下子移到了风中，像是筑起了一堵新墙，一层厚厚的绿色植被朝着海湾横切过去，隔开了波特兰与雅茅斯。我们能从这里看到它最荒凉的地带，那是一片没有光亮的不毛之地，没有船，没有楼房，密不透风，显得奇异而阴森。但我知道荒野会远远地往后延伸，一英里一英里地穿过整片大陆，一直覆盖全国，就像一头怪兽朝着世界的文明之地伸展出触须。

也许是因为赛跑，或是在浮标那里和他打闹，或是因为当我告诉他我母亲的故事后，他并没有评判我或我的家庭，但在那一刻，这股眩晕和快乐依然十分强烈，我感觉我能告诉艾利克斯任何事，或是问他任何事情。于是我说："我能告诉你一个秘密吗？"我没有等到他回答，我也不需要等，我很明白这点，而这让我感到眩晕和无所谓。"我过去总是经常想起它。我是说荒野。我还会想那些带病者是什么样子，他们是不是真的存在。"我从眼角瞥到他微微颤抖了一下，于是我得寸进尺，"过去我有时候会想……我过去会装做我妈妈并没有死，你明白吗？也许她只是逃往了荒野。倒不是说那样会更好。我想我只是不希望她永远离开。想象她在那边的某个地方唱歌倒是更好些……"我打住了话头，摇摇脑袋，对自己和艾利克斯说话如此轻松自在而感到有些吃惊，既吃惊又感激。"你呢？"我问。

"我什么？"艾利克斯用一种我无法看穿的表情看着我。我想我伤害到了他，差一点吧，不过那倒是说不通。

"小时候，你有没有想过去荒野的事？我是说，只是为了好玩，就像游戏一样。"

艾利克斯眯着眼睛，将视线从我这边移开，然后扮了个鬼脸："没错，当然，经常这么想。"他伸出手拍了一下浮标："完全没有这些玩意儿。走路没有高墙挡着。没有盯梢的眼睛。自由和空间，有自由休闲的空间。我还在想着荒野呢。"

我盯着他。再也没有人用过这样的字眼：自由。空间。都是旧词。"还在？甚至是在这以后？"

这并不是我所期待的答案，我没带任何用意，连想都没有想，就伸出手指又一次轻轻拂过了他脖子上那道三道分叉的伤口。

他躲开了我的碰触，好像我会烫到他似的，我尴尬地放下了手。

“蕾娜……”他用最古怪的声音说道。仿佛我的名字带着酸味，在他的嘴里散发出难闻的味道。

我知道我不应该那样去碰他。我越过界限了，而他则想要提醒我这点，提醒我这意味着还没被治好。我想如果他一旦开始训导我，我一定会羞愧得死掉的，因此为了掩盖自己的不自在，我开始胡说八道起来：“多数被治好的人并不会想这些东西。卡罗尔——我的姨妈，她总说这是浪费时间。她总说那里除了动物、土地和虫子外什么也没有，还说所有关于病人们的谣言都是虚假的，小孩的玩意儿。她说相信病人们的存在就跟相信狼人和吸血鬼是一回事。记得人们过去是怎么说荒野里有吸血鬼的吗？”

艾利克斯微笑着，但那倒更像是在皱眉。“蕾娜，我得跟你说些事。”此刻他的语气变得强烈了一些，但那声调却让我有点害怕让他说出来。

而现在我无法停止说话。“那很痛吗？我是说治疗。我姐姐说那没什么大不了的，有了他们给你的那些镇痛剂就不会痛，但我的表姐玛西娅说那比什么都要糟，比生孩子还痛，尽管她生第二个孩子时花了……花了貌似十五个小时才生下来——”我打住了话头，脸涨得通红，暗暗地咒骂着自己竟然说起了这样愚蠢的话题。我真希望自己能够回到昨晚的聚会上，当我的大脑一片空白时，感觉就像我准备好了要吐出一大堆没用的废话。“不过我倒是不怕。”当艾利克斯开口说话时，我差一点就尖叫起来了。我不顾一切地想要从这种困窘的处境中脱身。“我也快接受治疗了。还有六十天。很傻吧？我还数着日子呢。但我实在等不及了。”

“蕾娜。”艾利克斯的语气更强烈，也更强硬了，终于让我止住了话。他转过来，于是我们变成了面对面。就在那一刻，鞋子从脚下的沙地上浮了起来，我才发现水已经涨到了我的脖子处。涨潮来得很快。“听我说。我不是——我不是你想的那样。”

我不得不挣扎着保持站立。突然间水流一下子将我猛拽着又推了一下。它看上去总是这样，潮水退去时很缓慢，回来时却迅不可挡。“你是什么意思？”

他的眼睛闪烁着金色和琥珀色的光泽，那是兽的眼睛——它们正搜寻着我的表情，不知道为什么，我又害怕了起来。“我从来就没被治愈过。”他说。一瞬间我闭上双眼，想想自己听错了他的话，想象我只是被汹涌的浪潮搞混了他的声音。但当我睁开双眼时，他仍然站在那里盯着我，神色中带着些愧疚，还有些别的——也许是忧伤？我知道自己没有听错。他说：“我从没接受过治疗。”

“你是说那不起作用？”我问。我浑身发麻，僵硬，然后我发现自己冷极了。“你接受了治疗但那不起作用是吗？就像我妈妈那样？”

“不，蕾娜。我——”他将脸扭开了，压着嗓子说，“我不知道怎么解释。”

此刻从我的指尖到发根感觉全都像是被装在了冰窟里。断断续续的画面在我的脑海中飞奔着，像是一段跳跃的电影片段：艾利克斯站在瞭望台上，他的头发就像一丛树叶，他转过头，显露出左耳下面那光洁的三叉形伤疤，并转过身来对我说，我是安全的，我不会伤害你。我又开始自动说起话来，但我却感受不到它们，我几乎感受不到任何东西。“治疗没有起作用，而你一直在撒谎，这样你就还能去上学，找到工作，被选好配偶还有做所有事。但实际上你没有……你还是……你可能还是……”我实在无法将那个词说出口。患病的。未被治愈的。生病的。我感觉自己简直要病了。

“不。”艾利克斯的声音很大，让我吓了一跳。我往后退了一步，球鞋在光滑而不平坦的海底滑了一下，差一点就摔倒了，但当艾利克斯挪过来想碰我时，我却往后缩了一下，没有让他碰到。“我是要跟你说我从来就没被治好过。也从来没被配过对，或者和人结婚什么的。我甚至从来都没接受过评估。”

“不可能！”这句话几乎是自己蹦出来的，但却微弱。天空在我头上旋转，蓝色、粉色和红色全都转到了一起，看上去就像天空有一部分在流血。“不可能。你有那个伤疤。”

“不是那个伤疤。”他更加温柔地纠正我说，“只是伤疤。但不是那个伤疤。”然后他将脸转开，给我看了看他的脖子。“三个小伤疤，一个倒三角形，很容易复制。用一把手术刀或是折叠刀就可以，什么都可以。”

我又闭上了眼睛。海浪在我四周汹涌，而那涨起又涨落的运势，让我感觉自己真的快要在水里吐出来了。我拼命抑制着这种感觉，竭力压制住在我脑海深处那不断窜出来的想法，它似乎威胁着要将我整个人全部吞没。我拼命对抗着那快要沉下去的感觉，张开眼睛粗声问：“怎么做到的？”

“你必须理解。蕾娜。我现在很信任你。你明白这点吗？”他专注地盯着我，我感到他的眼睛像是要碰触我一样，于是我移开了视线。“我并不是故意要——我并不想对你撒谎。”

“怎么做到的？”我重复道，声音更大了。不知怎么的，撒谎这个词在我的脑海里挥之不去，并不断地重复播放着：*你没有办法避开评估，除非撒谎。没有办法逃过治疗，除非你撒谎。你必须撒谎。*

艾利克斯沉默了片刻，我觉得他会退缩，拒绝再告诉我任何事。我差点就希望他会这样了。我真想让时间倒转，回到他用那古怪的腔调说出我名字之前的时刻，回到那刚在浮标前打败他，禁不住得意扬扬、快活又自由的时刻。我们要比赛看谁能先回到海滩上。我们明天还会再见面，试着从码头上的渔夫们那里哄来几只新鲜的螃蟹。

但然后他说话了："我并不是这儿的人。"他说，"我是说，我并不是在波特兰出生的，并不完全是。"他说话的那种语气，就是人们在准备要说出让你崩溃的话时用的语气。温柔、和蔼——甚至——就好像只要他们用那种摇篮曲般的声音说话，就能让这消息听上去好听些，好像你就不会听到隐藏在那些话下面的心声。我很抱歉，蕾娜，但你母亲真是个麻烦的女人。

"你是从哪儿来的？"我不必问就已经知道了。这个答案摧毁、破坏、蹂躏了我。但我内心还有一小块的空间相信，只要他不说出口，那就不是真的。

他的眼睛死死盯着我，但还是扬起了头——往后朝着桥后面的边境，朝着那不断晃动着的枝叶藤蔓，那堆纠缠不清的东西。"那里。"他说道。或者也许是我以为他这么说的。他的嘴唇几乎没有动。但那意思已经很明显了。

他来自荒野。

"一个带病者。"这个词就像在我的喉咙里使劲摩擦着。"你是个带病者。"我在给他最后的机会去否认这点。

但他没有。他只是轻轻皱了皱眉说："我一直都很讨厌这个词。"

我站在那里，还意识到了一些别的东西：每当卡罗尔开玩笑说我还相信那些带病者的故事时，那并不是个巧合。她忙着手中的针线活，——咔，咔，咔，飞针走线。她都懒得抬头，只是摇摇脑袋说："我猜你肯定也相信有吸血鬼和狼人吧？"

吸血鬼、狼人和带病者：他们都是那些会猛扑向你，将你撕成碎片的东西。致命之物。

我突然恐惧极了，一股强大的力量开始向我的胃里和两腿之间压下来，有那么一瞬间，我还狂乱又可笑地以为自己想撒尿。大钻石岛上的灯塔亮了，在水面上投起了耀武扬威的强光，像是一根巨大的手指在责难：我害怕我会被那道光束照到，害怕它会指着我的方向，然后我就会听到联邦的直升机和管理员们的喇叭里传来的吼叫声："非法行为！非法行为！"海滩看上去令人绝望和难以想象的远。我无法想象我们是怎么走出这么远的。我的胳膊沉甸甸的，不听使唤，我想起了母亲，还有她那逐渐灌满水的外套。

我深深呼吸了几口，竭力控制住自己混乱的思绪，试着集中注意力。任何人都没有办法知道艾利克斯是个带病者。我就不知道。他看上去很正常，那个伤疤也在正确的地方。也没有任何人可能听到我们说的话。

一阵浪花扑过来，打在我的背上。我踉跄着往前走了一步。艾利克斯伸出手抓起我的胳膊帮我站稳，但我却扭摆着身子从他手上逃开了，正在此时，第二轮浪花扑过来淹没了我们。我喝了整整一大口海水，感觉眼睛被盐水刺得生疼，霎时间什么也看不见了。

"不要。"我结结巴巴地说，"看你敢碰我！"

"蕾娜，我发誓。我绝没有故意伤害你。我不想对你撒谎。"

"你为什么要这么做？"我无法连上思绪，甚至无法呼吸，"你想从我这里得到什么？"

"想要？"艾利克斯摇摇头。他看上去真的糊涂了——还很受伤，好像我才是那个做了错事的人。顷刻间我竟然对他产生了短暂的恻隐之心。也许他从我的神情中看出来我的警戒心放松了，因为在那一刻他的表情柔和起来，眼睛也闪闪发光，尽管我没见他挪身，但突然间我们之间的距离被他一下子缩短，他将温暖的双手围在我的肩膀上——他的手指是如此温暖而有力，我几乎要大叫出来了。他说：“蕾娜。我喜欢你，好了吗？就这样。就这样。我喜欢你。”他的声音低缓而催眠，让我觉得那像是一首歌。我想起了那无声地跳下大树的野兽，我想起了那巨大的猫，带着璀璨的琥珀色眼睛，就像他的一样。

然后我踉跄着往后面退了一步，从他身边拼命划水逃开，我的T恤和鞋子灌满了沉甸甸的水，心脏在胸膛里突突地跳得发疼，呼吸被堵在了喉咙里。我已经离开了地面，用双臂往前划动，半跑半游着，潮水冲上来拽着我，我感觉自己只能一英寸一英寸地往前蹑足爬行，像是在糖浆里前进一般。艾利克斯叫着我的名字，但我太害怕了，不敢转过头去看他是否跟在我身后。就像那些噩梦一样，有某样东西在身后追赶着你，但你却因为太过害怕而不敢回头看那究竟是什么。你只能听到它的呼吸声越来越接近。你感觉那阴影正在逼近你的身后，但你却全身僵硬：你知道你随时都能感到它那冰冷的手指碰到你的脖子。

*我永远也办不到了。*我想。*我永远也游不回岸边了。*像是有什么东西在摩擦着我的小腿，我开始想象起四周的海湾充满了可怕的水下生物，像是鲨鱼、水母或是有毒的鳗鱼等，纵使我知道自己早已惊慌失措，简直想就这么沉下去，就此放弃算了。海滩还是如此遥远，我的胳膊和双腿都像灌了铅般沉重。

艾利克斯的声音被风狠狠地卷走了，听上去越来越微弱，当我终于鼓起勇气回过头去时，看到他在浮标那头忽上忽下。我发现我已经比自己想的跑得还要远了，至少艾利克斯都没有跟上我。我的恐惧减轻了一些，胸腔里的紧张感也舒缓了。接下来的那道海浪十分猛烈，将我掀起来越过了一道水下的山脊，然后把我膝盖朝地地扔进了柔软的沙子里。当我挣扎着站起来时，海水正好扑到我的腰间，然后我踏着水沿着余下的路返回了海岸，浑身发抖，满怀庆幸，又筋疲力尽。

我的大腿颤抖着，一下子倒在海滩上，气喘吁吁地咳嗽着，装满水的鞋子发出嘎吱声。后海湾那头的天空中闪烁着耀眼的光芒，橙色，红色，粉色，我猜测已经快到日落时分了，可能已经是八点左右。一部分的我想要只是躺在这里，伸开双臂，全身舒展着睡上一整夜。我感觉自己已经喝下了差不多半个身子那么重的咸水。皮肤刺痛，胸罩里、内裤里、脚趾间，还有手指甲下面，身上四处都是沙子。那在水里刮擦着我小腿的东西在我的腿肚上留下了一道长长的细细的血痕。

我抬起头，片刻间无法看到浮标那头的艾利克斯。我的心跳停止了。然后我看到了他，那是迅速切过水面的一个小黑点。他优雅地摆动着双臂游泳，速度很快。我强行让自己站起来，一瘸一拐地走向自行车。双腿毫无力气，我花了一分钟才找到平衡，发狂地在公路上摇晃着骑上骑下，像个刚开始学骑车的菜鸟。

我没有回头，一次也没有，直到我终于到了大门口。这时候街道上已经空无一人，静悄悄的，夜色将至，宵禁将会像一个巨大的温暖的拥抱般降临到这里，让我们都安安生生地待在自己的家里，让我们永保平安。

第十一章
是时候做决定了

……以这样的方式去思考吧：当外面很寒冷时，你的牙齿会上下打架，你裹在厚厚的冬季大衣里，穿着围巾和手套，以避免染上流感。那么，对于整个国家来说，边境线就像帽子、围巾和大衣！它们能让你远离最可怕的疾病，所以我们全都能健健康康的！

边境线被建立后，为了确保我们全都能安全幸福，总统和财团还有最后一件事要注意。大清洗*（有时候它被叫做“闪电战”）持续了不到一个月，但那之后所有的荒野之地都摆脱了疾病。我们以最老套的方式去那里大干了一场，将所有有问题的地方都清除干净，就像你妈妈用一块海绵擦洗橱柜一样，就像数1，2，3那样轻松……

*大清洗

1. 为了保持清洁、保护人民健康而采取的适当的卫生措施

2. 清除污物与废物

——选自理查德博士的《儿童历史入门读本》第一章

我的家庭有一个秘密：姐姐在接受严格治疗的几个月前染上了狂热症。她爱上了一个叫托马斯的男孩，他也是没有接受过治疗的。她和托马斯在白天躺在一块野花田里消磨时光，眯起眼睛避开阳光，彼此轻声诉说着永远无法维系的承诺。她一直在哭，有一次她向我坦白说托马斯喜欢亲吻掉她的眼泪。当时我只有八岁，而此时当想到那些日子时，我总会想起盐的味道。

疾病在她体内积累得越来越深，像是有一头动物在她心里咀嚼。姐姐吃不下东西。我们说服她拼命咽下去的一点点东西也会很快被吐出来。我当时对她的生活十分担心。

托马斯让她伤透了心，当然，这谁也不吃惊。《安全，健康与幸福手册》说：恋爱狂热性精神错乱会在大脑的前额皮质中产生错位，这会导致幻觉和妄想症，一旦显露出这样的症状，接下来就会导致心智被破坏（查看第36页，“影响”）。然后姐姐什么也不做，只是躺在床上，看着影子在墙上缓慢移动而过，她的肋骨在苍白的皮肤下日渐突出，就像树木逐渐爬出水面一样。

即使在那时，她也仍然拒绝治疗及其伴随而来的舒适，在执行治疗的那一天，她不愿屈服，并且不停地用那几周没剪的尖利的长指甲乱挠，还一边尖叫着、诅咒着、叫喊着托马斯的名字。他们为她动用了四名科学家和几支装满镇静剂的针管。我看到他们过来抓住她带往实验室，当时我坐在角落里，吓得半死，她口吐唾沫，发出嘶嘶的声音，还不停乱踢，我想起了妈妈和爸爸。

那天下午，尽管离彻底安全的日子还有十年，但我已经开始计算起到接受治疗还有多少个月了。

到最后，姐姐也被治愈了。她温柔地、心满意足地回到我身边，指甲剪得圆圆的，头发被绑成了一束厚厚的长发辫。几个月后她被分配到了一名年龄相仿的网络工程技师，毕业几周后他们就结婚了，他们的手在婚纱下慵懒地牵在一起，两人都直视前方，仿佛那里有一个圆满的未来，一个未被焦虑、不满和不合而损坏的未来，一个和谐统一的未来，就像一串被吹得整齐完美的泡泡。

托马斯也被治愈了。他娶了埃拉，我姐姐曾经最好的朋友，而现在人人都很快活。蕾切尔几个月前告诉我说，他们这两对夫妇经常见面，一起野餐或参加邻里的活动，因为他们都住在东区，彼此也离得很近。他们四个坐在一起，彬彬有礼地轻声交谈，没有丝毫来自过去的火花扰乱此刻的完满和宁静。

那就是治愈的美好所在。再也没有人提起那些在野地里失落的炎热日子，托马斯亲吻掉蕾切尔的眼泪，并编造出一些甜言蜜语的承诺，当时她一想到要在没有他的世界里生活下去，简直想扯掉自己手臂上的皮。我很确定，如果她还记得那些日子的话，她一定会感到羞愧。真的，我现在也不再经常看到她了——只有每隔几个月见到一面，当她想起自己应该来走一趟时——这么一来，我想你能说，因为治疗，我甚至失去了她的某一部分。但那并不是关键。关键是她受到了保护。关键是她安全了。

我还要告诉你另一个秘密，这是为了你自己好。你也许会以为过去对你来说有着重要的意义。你也许以为你应该凝神倾听，从那些窃声低语中将它分辨出来，弯下腰，用尽全力仔细听，那从地上、从死亡之地传来的微弱声音。你也许以为那里面有属于你的东西，有一些需要你去理解或弄明白的东西。

现在我明白真相了：我是从寒冷的夜晚知道的。我知道过去将会拽着你往后退，将你拐进风的低喃中，树叶们会一起窸窸窣窣地胡言乱语，你会试图去破译某些密码，试图将那些碎片拼凑到一起。这是没用的。过去什么也不是，只是个负担。它会像块石头一样在你体内逐渐建起东西来。

听我的吧：如果你听到了来自过去的声音对你说话，感觉它在你背后拉扯你，如果你感到它的手指在你的背脊上快速移动，那么你最该做的事就是——你唯一能做的就是——逃跑。

在艾利克斯坦白后的几天里，我不断检查着那疾病的症状。我在姨爹的店里弄登记表，弓着身子撑在手肘上，将双手放在脸蛋边，这样我就能将手指绕到脖子后面数自己的脉搏，以确认自己是正常的。早晨我会缓缓地做深呼吸，听着空气在肺里的推拉声。我还不断洗手。我知道狂热症可不像感冒——你不会因为被人冲着面打个喷嚏就染上，但它还是具有传染性，在东区见面的次日早上醒来时，我的四肢仍然沉甸甸的，脑袋却轻飘飘得像个气泡，喉咙里的疼痛挥之不去，我的第一反应是我被感染了。

几天后我感觉好些了。唯一奇怪的是感官似乎变迟钝了。似乎一切都退了色，像一份糟糕的彩色印刷品。我不得不在食物里倒上很多盐才能吃出味道。每当姨妈和我说话时，她的声音似乎都减弱了几度。但我读过了《安全，健康与幸福手册》，在狂热症的所有可见症状里，我好像都没有任何与之匹配的，于是到了最后我才确定自己是安全的。

我还是做了预防措施，决心不要做错任何一步，我决定向自己保证我绝不像母亲那样——和艾利克斯的那桩事不过是个侥幸，是个错误，是一个极其极其可怕的意外。我无法忽视自己当时离危险有多么近。我甚至不愿去想，如果有人发现了艾利克斯的真实身份会发生什么。如果一旦有人知道我们甚至一起发着抖站在海里，并且还说过话，一起大笑，还碰触过……这让我感到很不舒服。我不得不不断告诉自己，此时我离治疗日期还有不到两个月了。我唯一能做的就是埋头熬过接下来的七个星期，然后我就会没事了。

每天晚上我都在离宵禁还有整整两个钟头前就回家。我还主动要求在商店多帮忙几天，我甚至都没有要求过通常的八美元一小时的工资。汉娜没有给我打电话。我也没有给她打电话。我帮助姨妈做晚饭，并且主动清洗碗碟和打扫。格蕾丝在上暑期班，她才刚上一年级，他们就已经开始讨论要让她留级了。每晚我都会将她拉到我的腿上，帮她对付家庭作业，对着她的耳朵说悄悄话，还求她说话，求她专心，求她听讲，好言好语地哄劝她，终于她才能勉强写完作业本上最多一半的问题。一周后，每当我走进家门时，姨妈已经不再用那种怀疑的眼光看着我，也不再要求知道我去了哪儿，这让我又感觉如释重负：她又开始信任我了。要解释为什么索菲亚·亨勒森和我会临时决定要去海里游泳可真是一点儿也不容易。更糟的是，还是穿着衣服下的水，而且还是在吃完家里的一顿丰盛的晚餐后。要解释为什么我会全身苍白、发着抖地回到家，更是困难。我看得出来姨妈根本就不相信。但不久之后她对我又管得轻松起来，也不再用那种怀疑的目光看着我了，就像我是某个关在笼子里的动物，而她担心我会突然野性大发。

日子飞逝而过，时间如白驹过隙，秒针就像被推倒的多米诺骨牌般顺势一格格往前走。天气变得一天比一天炎热。热度偷偷钻进了波特兰的每一条街道，让大垃圾桶里的东西腐烂变质，让整座城市闻上去就像一个巨大的腋窝。墙壁在流汗，电车在咳嗽发抖，每一天人们都聚集在市政大楼前。每当一个管理员或政客或者警卫走进走出时，那道机械大门会哐当一声打开，人们等着能有这片刻的凉爽空气吹出来。

我不得不放弃跑步。我最后一次在外面跑全程时，发现双脚将自己带往了纪念碑广场，经过了州长雕像。烈日高悬空中，发出灼目的白光，所有的楼群都像锋利的钢牙般刺向天空。跑到雕像前时，我气喘吁吁，精疲力竭，但思绪却在飞转着。我抓着州长的胳膊，一个回旋就坐在了雕像底座上，但手下的金属十分烫手，世界也在疯狂地摇摆着，四处都是扭曲的光线。我迷迷糊糊地觉得自己应该进屋去，远离这炎热的天气，但脑子里却一片茫然，于是我将手指戳进了州长那握着的空心拳头里。我不知道自己在寻找什么。艾利克斯已经告诉我他几个月前放进去的字条现在应该早已变成了纸浆。手指突然粘上了几块融化的口香糖，夹在我的大拇指和食指之间，但我还是将手指深深插到底部。然后我感到了指间有个滑滑的凉凉的东西，折成了一块挺括的正方形：那是一张字条。

我极度发狂地打开了看，但却仍然不十分期待那真的是他写的。刚开始读，我的手就颤抖起来：

蕾娜。

我很抱歉。请原谅我。

艾利克斯。

我不记得自己是怎样跑回家的，姨妈后来发现我半昏厥地倒在走廊上，自言自语地说着什么。她不得不将我拖进装满冰块的浴缸里，好让我的体温降下去。当我终于醒来时，却再也找不到那张字条了。我意识到自己一定是将它弄丢了，感觉既松了一口气，又有些失望。那个晚上我们读到，政府设置时间与天气预报大楼显示气温高达102华氏度：这是这个夏天迄今为止记录在案的最热的一天。

姨妈禁止我在夏天接下来的日子里继续出去跑步。我没有反对。我并不相信自己，我不能相信自己的双脚不会再带着我去州长雕像那里，或是东区海滩，或是实验室区。

我接到了评估日的新日期，然后晚上我开始站在镜子前排练。姨妈坚持要再陪我去实验室，但这一次我没有看到汉娜，也没有看到任何认识的人，甚至连那四个评估员也换人了：飘忽的椭圆形脸庞，呈现出各种不同深浅色调的褐色与粉色，他们的脸似乎是平面的，像是素描画一样。我这一次不再害怕了。我什么也感觉不到。

我按照自己该说的准确回答了所有问题。当他们问到我最喜欢的颜色时，在最最短促、最最微小的一瞬间里，我的脑海中闪现出了天空中那闪亮的银色，我觉得自己听到了一个词——灰色，这个声音在对着我的耳朵低语。

我说："蓝色。"然后所有人都露出了微笑。

我说：我喜欢学习心理学和社会规章管理，我喜欢听音乐，但不喜欢太嘈杂的。我说：幸福的定义就是安全。微笑，微笑，四处都是微笑，整整一屋子都露出了牙齿。

结束后，离开时，我觉得我看到了一块移动的影子在我的余光中一闪而过。我迅速朝瞭望台瞟了一眼。当然，那里空无一人。

两天后我们接到了我的测试结果——全部通过——而我的最后评分是：八分。姨妈拥抱了我，这是多年来她第一次拥抱我。姨爹有些难为情地拍了拍我的肩头，并在晚饭时给了我一块最大的鸡肉。甚至连珍妮也表现出震惊的样子。格蕾丝用她的脑袋蹭到我的腿上，一次，两次，三次，然后我从她身边挪开，告诉她别再激动了。我知道她对我将要离开她感到难过。

但那就是生活，很快她也将会习惯这样，这样会更好。

我也接到了配对建议，上面有四个名字和统计数字——年龄、分数、兴趣、推荐的职业道路、预期薪水——整齐地印在一张白纸上，抬头是波特兰市的公章。至少安德鲁·马库斯不在那上面。我只认识一个名字：克里斯·麦克唐纳。他有一头鲜红色的头发和兔子般的龇牙。我知道他只不过是因为几年前有一次我在外面和格蕾丝玩的时候，他开始有节奏地反复念唱："来了个弱智和孤儿。"我压根儿没考虑自己在做什么，就从地上捡起一块石头，转过身朝他的方向砸了过去。石头打在了他的一边脸上。他的双眼似乎看往了两个不同的方向。他举起指头按着太阳穴，当他将手指拿开时，那里又青又紫，还流了血。后来有好几天我都害怕出去，害怕我会被抓起来扔进地窟监狱里。麦克唐纳先生有一家电子服务公司，同时还是一名志愿管理员。我当时以为他肯定会因为我对他儿子所做的事而过来找我。

克里斯·麦克唐纳。菲尼亚斯·庄士顿。爱德华·威。布莱恩·夏尔夫。我久久地盯着这些名字，将那些字母重新排列组合成了毫无意义的词，像是小婴儿在牙牙学语。龚恩·科阮普，贾斯特·福艾恩、翁特·斯皮尔、匹克·克里斯、夏普·西恩斯……

六月下旬，距我的治疗日还有六周了，是时候做决定了。我选择了一个表格——就是我的手碰到的第一个——看到我的余生将与布莱恩·夏尔夫共度时，我转身离开了，他的爱好是看新闻和空想棒球，并打算在电工协会工作，他的预期薪水有一天将会达到四万五千美元，那应该能够负担得起两到三个孩子。我将会与他配对，然后开始在秋天进入波特兰地区大学。一毕业我就会结婚。

那个夜晚我睡着了却没有做梦。第二天早晨，我从迷蒙中醒来了。

第十二章

往事一去不复返

在治疗程序被发展起来的几十年前，疾病变得极其致命，并大肆传播，几乎没有成年人从未显露出恋爱狂热性精神错乱的严重症状的（请参看《边境之前时期的统计数字》）……许多历史学家都表明，“未接受治疗前的社会”自身就是疾病的一种反应，并带有断层、混乱和不稳定的特征。几乎一半的婚姻都以离婚结束……嗑药率及酒精致死的发作率都达到了极高数值。

人们急于从疾病中得到解脱并寻求保护，他们开始在自身中间极度广泛地采用临时的民间救济方法做实验，他们从普通的感冒药中提炼出剧烈的混合药物，将其组合成一种极其使人上瘾的，并通常带有致命力的化合物（请参见《多个世纪以来的民间治疗》）。

……对于治疗狂热症的方法的探索的典型代表，要归功于科学家科马克·T. 霍姆斯，他曾是新科学家财团的最初成员之一，并且曾是新宗教的第一批信徒之一，新宗教教导的是神的三位一体，科学与秩序。霍姆斯在去世几年后被追认为圣徒，他的遗体得以保存，并在华盛顿的圣人纪念馆展示（参见第210—212页的照片）。

——摘自《美国简史》第101页，《边境之前》

作者：汤普森·E·D

七月末的一个炎热的夜晚，我从好又省便利店走路回家，听到有人在叫我的名字。我转过身去，看到汉娜正沿着山路朝我慢跑过来。

“怎么回事？”她跑近一点后，喘着气说，“你现在就要这么从我身边走过去了？”

她声音中明显受伤的语气让我有些吃惊。“我没看到你。”我说。这是事实。我很累。今天我们在店里点了库存清单，将东西搬下货架，又重新装上了成包的尿布、罐装食品、一卷卷的卫生纸，点数了每样东西后，又重新点数了一遍。我的双臂发疼，每当闭上眼睛都能看到条形码。我太累了，甚至连穿着带污点的好又省T恤站在外面，我也不觉得难为情。它大约有十码，对我来说太大了。

汉娜咬着嘴唇将视线移到了一边。自从那天晚上的晚会之后我就再也没和她说过话，我拼命想找点什么来说，随便说点什么正常的话题。对我而言，似乎她是我最好的朋友这件事突然间变得有些难以置信起来，我们曾经可以一连几天一起玩，从来都有说不完的话，以至于我从她家回来时，连嗓子都笑疼了。而现在在我们之间却像是有了一道玻璃墙，虽然看不见，却无法穿越。

我终于开口了：“我拿到和我相配的人选名单了。”就在同一时间，汉娜脱口而出：“你为什么不给我回电话？”

我们两个都顿住了，一脸惊愕，然后我们又同时说了起来。我说："你打电话了？"而汉娜问的是："你接受了吗？"

"你先说。"我说。

汉娜看上去其实有些不自在。她看着天空，看着一个站在街对面穿宽大的泳衣的小孩子，看着街边的两个男人将一桶桶东西推上卡车——她看遍了各处，就是不看我。"我给你留了三条信息。"

"我什么信息也没收到过。"我迅速地说完，心跳立刻加速了。一连好几周我都对汉娜没有在聚会后试着跑上来找我而感到很生气——生气，并且伤心。但我告诉自己这样倒更好。我告诉自己汉娜已经变了，而她也许对我也没什么可以再说的了。

汉娜看着我，似乎在判断我是否在说实话。"卡罗尔没有告诉你我打电话了？"

"没有。我发誓。"我如释重负，大笑起来。就在那一刻，我突然感觉自己是如此思念汉娜。甚至当她对我生气的时候，她也是唯一真的自己主动选择来找我的人，而并不是出于家庭的义务或责任，或是职责以及手册上说的别的什么重要玩意儿。我生命中的其他所有人——卡罗尔、我的表妹们、圣安妮的其他女生，甚至蕾切尔——她们和我在一起只是因为她们不得不这么做。"我不知道。"

然而汉娜却没有笑。她皱起了眉："没关系。这没什么大不了的。"

"听着，汉娜——"

她打断了我的话："我说过了，这没什么大不了的。"她交叠着抱起双臂，耸了耸肩。我不知道她是否相信我，但很显然的是，说到底，事情还是变得不一样了。这并不会变成什么幸福快乐的大团圆。"那么你被分配好了？"

她的语气现在变得礼貌起来，有些许正式，于是我也用了同样的腔调："布莱恩·夏尔夫。我接受了。你呢？"

她点点头，嘴角往上稍稍弯上去了一点点，几乎难以察觉。“弗雷德·哈尔格罗夫。”

“哈尔格罗夫？那位市长？”

“他的儿子。”汉娜点点头，又将视线移开了。

“哇啊！恭喜你。”我禁不住语气里的吃惊。汉娜一定是在评估时做得棒极了。这倒并不是很让人吃惊，真的。

“对，我很幸运。”汉娜的语气变得平板无力。我无法分辨出她是不是在讽刺。但不论她知不知道这点，她确实很幸运。

就是那样：尽管我们站在同样一条被阳光覆盖着的人行道上，但我们之间的距离也许已经有了成百上千英里。

你们来自不同的开端，你们也会去往不同的结局：那是句老话，卡罗尔过去经常反复念叨的话。我从来就没有明白这句话有多么真实，直到这一刻。

那一定就是为什么卡罗尔没有告诉我汉娜打过电话来的原因。三个电话是很难忘记的，而卡罗尔对这样的事情是很小心的。也许她只是在试着让这不可避免的事加速发生，让我俩一起跳入这个结尾——我和汉娜再也不是朋友了。她在评估之后就知道了——一旦通过，那么我们之间共享的一切往事都会解除与我们之间的联系，一旦我们不再对回忆有这么多的感触，我们也不再有什么共有的事物了。卡罗尔也许是在试图以她自己的方式保护我。

当面向她指出来这一点也毫无意义。她不会试着去否定的。她只会给我一个茫然的表情，然后急促地背诵起一段出自《安全，健康与幸福手册》的格言：感觉不是永久的。时间不等任何人，但进步却会等待那些制定律法的人。

“你要走回家吗？”汉娜仍旧盯着我，好像我是个陌生人。

“对。”我说。我指了指自己的T恤，“我觉得我最好还是在让别人看到我穿这玩意儿吓瞎了眼之前进屋。”

汉娜脸上闪现出一丝微笑：“我要和你一起走。”她说。这让我吃了一惊。

有好一会儿，我们都沉默地走着。现在离我家不远，我担心我们会一路走下去什么话也不说。我从来没见汉娜这么安静过，这让我有些紧张起来。

“你从哪儿来？”我说，这是为了说点什么。

汉娜对着我说起话来，仿佛我刚刚将她从梦中唤醒。“东区。”她说，“我在执行一个严格的日程，要将皮肤晒黑。”

汉娜将她的胳膊压在我的胳膊上。她的比我的至少要黑上七个色度，但却仍然显得苍白，也许比冬天时要多了一些雀斑。“你不是吧，哈？”这次她真的笑了。

“嗯，不。我没怎么去海滩。”我强忍着让自己不要脸红。

谢天谢地，汉娜并没有注意，或者是她注意了也没说什么。“我知道。我一直在找你。”

“你在找我？”我用眼角的余光看了她一眼。

她转着眼珠子。我很高兴看到她又开始恢复到以往的态度了。“我是说，倒不是很积极。但我去过那里几次，没错。没看到你。”

“我一直在努力干活。”我说。我并没有补充说，其实是为了躲开东区。

“你还在跑步吗？”

“没有。太热了。”

“对，我也是。我觉得我可能会休息到秋天。”我们又在沉默中走了几步，然后汉娜仰起头斜着眼看了看我，“那么还有什么别的吗？”

她的问题让我冷不防地吃了一惊：“什么别的？你这是什么

意思？”

“那就是我的意思，还有什么别的吗？拜托，蕾娜。这是最后一个夏天了，记得吗？最后一个自由的夏天，没有责任，还有其他所有那些乱七八糟的好事。那么你一直都在干吗？你去哪儿了？”

“我——什么也没有。我什么也没做。”那就是整个关键所在——远离麻烦，尽量少做事——但说出这些话却让我感觉有些难过。这个夏天似乎在迅速变短，它很快就缩成了一个小点，而我却还没有来得及去享受它。现在已经快八月了。这样的天气还会再持续五周，然后夜里就会开始刮风，叶子便会逐渐染上金边。“你怎么样？”我说，“到目前为止夏天过得还好吗？”

“很普通。”汉娜耸耸肩，“就像我说过的那样，我经常去海滩。帮法雷尔家带带小孩什么的。”

“真的吗？”我皱起了鼻子。汉娜总是不太喜欢孩子。她一直说他们太粘人，就像乔利·兰切斯[1]的糖果被放在热乎乎的口袋里太久了一样。

她做了个鬼脸。“没错，真不走运。我父母觉得我需要多‘练习如何操持家务’或是这类的玩意儿。你知道他们其实还让我来做预算吗？比如算出怎样一周花六十美元，就像是在教我怎样付账单，或是责任之类的事情。”

“为什么？你可不像是以后会有预算的人。”我并不想以挖苦的语气说，但确实是这样，未来的差异将我们再次隔开了。

之后我们又沉默了。汉娜将目光移开，朝着阳光微微眯起了眼。也许我只是为夏天如此转瞬即逝而感到沮丧，但回忆却迅猛地大片入侵，就像在我手中刷刷而过清洗的一桌纸牌：二年级的第一天，汉娜

① Jolly Ranchers，美国著名糖果品牌。

轻轻推开那道门，抱着双臂不假思索地说："你是在为你母亲难过吗？"有好几次我们都在原本应该入睡时偷偷聊到半夜之后，咯咯地笑着，想象着有一天我们会遇到出色的却不可及的人与我们配对，比如美国总统或是我们最喜欢的电影明星等；我们肩并肩地跑步，双腿一前一后地踏在人行道上，就像同一颗心脏发出的跳动声；在海滩上冲浪后，在回家的路上买三球冰激凌，还争论究竟是香草味的好还是巧克力味的好。

做了十年以上的好朋友，到了最后却都要落到一把手术刀下，屈从在一束激光在脑中的移动和一把闪闪发亮的外科刀。所有的那些往事和它所代表的意义都被一刀斩断了，像只断了线的气球般飘走远去。在两年后——在两个月后——汉娜和我在路上擦肩而过，顶多也就是点点头——不同的人，不同的世界，两颗静静地转动着的星球，被中间成千上万英里的黑暗空间所隔开了。

隔离大错特错。我们应该被保护着，远离那些到头来要离开我们的人，远离所有那些会消失或者忘记我们的人。

也许汉娜也在怀旧，因为她突然说出一句："记得我们这个夏天所有的计划吗？所有那些我们说过我们最后要做的事？"

我没有丝毫停顿："闯进思彭斯学校的游泳池——"

"——还有穿着我们的内衣游泳。"汉娜补充说。

我展开了微笑："跳过樱桃山农场的栅栏——"

"——直接从桶里偷吃枫叶糖浆。"

"一路从山上跑到机场。"

"骑着我们的自行车去大家的秘密活动点。"

"试着去找莎拉·米勒跟我们说过的那架绳索秋千。就是在福尔河上的那个。"

"偷偷溜进电影院，背靠背地看完四部电影。"

“在梅家冷饮店吃完小精灵圣代。”我现在已是满脸笑容，汉娜也是。我开始引用起广告上的话来：“这是只对超级大胃王售卖的超级大圣代，有整整十三球，配料有鲜奶油、热巧克力糖浆——”

汉娜插了句嘴：“还有你们这些小怪物能吃下的所有浇料！”

我们都大笑起来。我们可能早已看到这句广告语上千次了。从四年级起，我们就一直在争论要去再吃一次小精灵圣代：当时我们正好试过第一次。汉娜当时在过生日时坚持要拖着我去那里。接下来的整个晚上，我们两个都在她家的卫生间里滚来滚去，我们却只吃下了十三球中的七球。

我们走到了我家门前那条街。几个孩子在路中间玩耍。那是足球的一种替代品：他们将一只罐头踢来踢去，一边叫喊着，小麦色的身体被汗水浸得发亮。我看到珍妮也在他们中间。就在我看的时候，一个女孩试图用胳膊肘将她推开，而珍妮转过身来将她推到了地上。那个小女孩开始哭号起来。没人从屋里走出来，尽管小女孩的声音越来越响，变成了一阵高声的尖叫，就像海妖塞壬出来了一般。有窗帘或洗碗布在某扇窗户里一闪而过。除此以外，街上还是静悄悄的，毫无动静。

我拼命想将这股美好的感觉延续下去，好弥补起汉娜和我之间的友谊，哪怕它也只能维持一个月了。“听着，汉娜——”我感觉自己在从喉咙中一块巨大的肿块里挤出话来：我简直快和接受评估之前一样紧张了。“他们今晚要在公园演《不完美的侦探》。两部影片同时放映。迈克尔·韦恩。如果你想的话，我们可以一起去。”《不完美的侦探》是我和汉娜小时候曾经很喜欢的电影系列。它讲述的是一个华而不实的著名侦探，还有他的狗伙伴：那条狗最后总是能够解决犯罪案件。许多演员都在里面担任过主角，但我们最喜欢的是迈克尔·韦恩。当我们还是小孩时，我们经常祈祷自己有一天能和他相配。

“今晚？”汉娜的微笑畏缩了一下，我的心一下子沉了下去。真蠢，真蠢，我想，其实根本没什么要紧的。

“如果你不行也没关系。不要紧的，只是想想而已。”我迅速说完，将脸别过去，这样她就无法看到我有多么的失望。

“不——我是说，我想去，但——”汉娜吸了一口气。我真讨厌这样，讨厌我俩现在这么尴尬。“我可能会有个聚会——”汉娜很快纠正了自己，“——而这件事，我必须和安吉里卡·马尔斯顿一起去。”

我的体内像是被挖空了似的。说话能做到这样真是让人惊讶，它竟然能轻易将你的内心撕成碎片。棍棒和石头也许能够让我粉身碎骨，但话语却永远无法伤害我——真是扯淡。“你是从什么时候开始和安吉里卡·马尔斯顿一起玩的？”

又来了，尽管不再担心自己说话酸溜溜的，但我却发现自己说起话来就像某个爱发牢骚的小妹妹一样，抱怨着被人排挤在一场游戏之外。我咬紧嘴唇，转过身去，对自己满腹怨气。

“其实她并没有那么讨厌。”汉娜委婉地说。我能从她的语气里听出来她对我感到抱歉。而这比什么都要糟。我差一点希望我们能够对着彼此大吼大叫，就像我们那天在她家所做的那样——甚至那样也比她小心翼翼地对着我说话要好，比我们不停地考虑着对方的感受要好。“她倒不是真的自大，我想只是害羞而已。”

安吉里卡·马尔斯顿去年还是高二的。汉娜总是取笑她穿衣服的样子。她的衣服总是熨得平整利落，一尘不染，那守旧的带扣的领子总是高高竖起，裙子总是刚好齐膝。汉娜说安吉里卡·马尔斯顿屁股里有根棍子，因为她父亲是实验室一位重要的科学家。并且她走路的时候总是很奇怪，小心翼翼地，像患了便秘似的。

“你过去很讨厌她。”我急促地说。话像是未经过大脑的允许便自动从嘴里跳了出来。

“我并不讨厌她。”汉娜说话的样子像是在对着一个两岁的孩子解释代数题，“我只是不了解她。我一直以为她是个讨厌鬼，你知道吗？因为她的衣服还有其他事。但那都是因为她的父母。他们超级严格，过分保护什么的。”汉娜摇了摇头，“她其实一点都不是那样的。她……很不一样。”

那个词似乎在空气中震颤了一秒钟：不一样。有那么一瞬间我眼前浮现出了汉娜和安吉里卡手挽着手，强忍着笑，在宵禁之后偷偷溜上街的样子：安吉里卡大胆、美丽又有趣，就像汉娜一样。我将脑海中的画面驱赶开。在街的那头有个孩子在狠狠地踢罐头。它朝放在路上的两只坑坑洼洼的银色垃圾桶滑了过去，那是一道临时的球门。有一半的孩子都跳上跳下挥舞着拳头，也包括珍妮，她一边做着手势一边吼着越位之类的事。这让我第一次想起了我住的街道在汉娜看来一定很丑陋，这些房子全都挤在一起，有一半的窗户都没了玻璃，门廊垂到中间就像被打塌了的老被褥。这与西区那干净安静的街道截然不同，与那些静静地闪着光的汽车、大门和绿色的树篱完全不一样。

“你今晚也可以来。”汉娜轻声说。

我心里涌起一股憎恶。憎恶我的生活，憎恶这狭窄拥挤的空间；憎恶安吉里卡·马尔斯顿，还有她那遮遮掩掩的微笑和有钱的父母；憎恶汉娜，憎恶她是如此愚蠢、草率和顽固，竟在我还没做好准备前就将我抛弃；还憎恶那些在我心底的一些别的东西，那灼热的不幸感在我心里最深处一闪而过。哪怕清清楚楚地聚焦于它，我还是无法说出那是什么，但不知怎么的我却明白那个东西——那另一样东西是最让我恼怒的。

“谢谢你的邀请。”我甚至懒得过滤掉挖苦的语气，“听上去棒极了。男孩们也会在那儿吗？”

汉娜还是没有注意到我说话的腔调——这很可疑——或许她只是选择了忽视它。“那差不多可以算是最关键的了，”她面无表情地说，“呃，还有音乐。”

“音乐？”我问。我实在忍不住表现出自己的感兴趣，“就像上次一样？”

汉娜的脸色一下子亮了起来：“对，我的意思是，不。不一样的乐队。但这些人应该会很棒，甚至比上次还要棒。”她停住了，然后轻轻补上一句，“你可以跟我们一起来。”

不管别的怎样，这句话让我顿住了。在咆哮溪农场的晚会过后的日子里，似乎四处都有那些音乐片断跟随着我：我听到它在风中飘进飘出。我听到它在海里歌唱，在房屋的墙间悲鸣。有时候我在半夜大汗淋漓地醒来，心脏狂跳，耳朵里却回旋着那些音符。每次醒来时我都会有意识地想要试图记住那些曲调，哼出几个音符或回想起几个和音，但每次都会失败。

汉娜满怀希望地看着我，等着我的回答。有那么一瞬间我真的对她感到很抱歉。我想让她快乐，就像我一直所做的那样，我想看到她大叫一声，朝空中挥出拳头，对我展开她那人尽皆知的笑容。但随后我想起她现在已经有了安吉里卡·马尔斯顿，我的喉头哽住了，我知道我将会因为让她失望而产生一种愚蠢的满足感。

“我想我不会去的。”我说，“但不管怎样还是谢谢你。”

汉娜耸耸肩，我看得出来她在尽量表现出这没什么大不了的。“如果你改变主意的话……”她竭力想微笑，但却无法将其保持超过一秒钟，“迪尔恩高地，唐戈怀德巷。你知道能在哪儿找到我。”

迪尔恩高地，当然。高地是一块被废弃的半岛分支。十年前政府在那里发现了一些爱情同情者——而如果谣言属实的话，甚至还有些带病者，他们一起住在那里的一栋大房子里。那是桩巨大的丑闻，导致破坏了整整一年的手术成果。当一切都尘埃落定时，四十二个人被判处了死刑，还有另外一百人被投进了地窖监狱。自那以后起迪尔恩高地成为了一座幽灵城：被人避开，被人遗忘，被人谴责。

“对。没错。你知道上哪儿去找到我。”我懒洋洋地朝着街那边指了指。

“对。”汉娜垂下眼睛看着自己的双脚，轮流换着脚站。再没什么可说的了，但我还是无法就这么转身走开。我有一种可怕的感觉，这将会是我们在被治愈前的最后一次见面。恐惧立刻扑面而来，我真希望能够改变我们的谈话，收回我说过的所有的讽刺和挖苦的话，告诉她我想念她，并且希望再次和她成为最好的朋友。

但当我正要将这些说出口时，她却很快向我招了招手说：“那么好吧。很快见。”那个时刻，一切都轰然倒塌了。我开口说话的机会也随之烟消云散。

“好，再见。”

汉娜开始沿着路往回走。我很想看着她走。我忍不住想要记住她走路的样子——以某种方式将她铭记在我的脑海中，就像她一直以来的样子——但当我看着她在毒辣辣的阳光下一摇一晃地走着，像是要跳下悬崖的样子，我却再也不知道我正在看着的人是谁。突然世界的边缘模糊了，我喉咙中涌起一股剧痛，于是我转过身去，朝着家门快速走去。

“蕾娜！”就在我正要走到门口时，她突然对我大叫道。

我转过头去，心狂跳不止，想着也许她会是那个说出这些话的人。我很想你。让我们从头开始吧。

尽管隔着五十英尺的距离，我还是能看到汉娜在犹豫。然后她挥了挥手，大叫道：“没什么。”这一次当她转过身去时，她不再摇晃了。她走得又快又直，转过一条街角便消失了。

但我到底还期盼着什么呢？

到了最后，那就是整个要点所在：往事一去不复返。

第十三章
突然搜查

在完美的治疗方法出现之前的那些年里，人们只能接受一种基本测试。但它所带来的风险却是巨大的。在那个时期，每一百例病人中都会有一个人在治疗后永远失去大脑的某一部分功能或组织。

尽管如此，还是从来没有过这么多的人聚集在医院，要求接受治疗；他们在实验室区外面扎营露宿，一住就是几天，希望能够得到一个接受手术的机会。

这些年被称为奇迹年代，因为有无数的生命被治愈，得以完整。还有无数的灵魂远离了病害。

如果有人死在手术台山上，他们也是死于良性原因，没有人会为他们哀恸。

——摘自汤普森·E·D所著的《美国简史》第101页，《奇迹年代：治疗的早期科学》

走进房子后，家里甚至比平常还热：这是一股潮湿的、令人憋不过气的热墙。屋里闻上去像是变了质的肉和香料——还混合着夏天常有的那种汗水和霉菌的味道，真有些令人作呕。过去这几个星期我们都一直在门廊上吃饭，流水滴答的意大利通心粉沙拉、冷盘、还有从姨爹的熟食店里拿来的三明治。甚至连卡罗尔也无法在这样酷热的天气里做饭。

当我经过时，卡罗尔从厨房里探出头来。她脸色通红，大汗淋漓。她蓝色的短衫上被汗水打湿，形成了一个海蓝色的月牙形。

“你最好换换衣服。”她说，“蕾切尔和大卫随时都会过来。”

我完全忘记了姐姐和她丈夫今晚要来吃晚饭。通常我一年顶多只能见到蕾切尔两三次。当我还小的时候，尤其是蕾切尔刚从卡罗尔家搬出去时，我通常会数着日子等着她过来看我。我当时可能还不大明白治疗是什么以及那对于她意味着什么——对我和我们意味着什么。我只知道她被从托马斯那件事中拯救了出来，也远离了疾病，但仅此而已。我以为除此以外事情没什么改变。我以为只要她一来看我，我们就又会像往日一样，抽出袜子来一场舞会，要么她会将我拉到腿上，帮我编起头发，并开始讲故事——在很远很远的地方，巫婆可以变成动物，等等。

但当她走进房门时，只是伸出手轻轻摸了一下我的头，而当卡罗尔让我背诵乘法表时，她也只是礼貌地鼓了鼓掌。

“她现在长大了。”当我问卡罗尔为什么蕾切尔再也不喜欢玩的时候，她这样回答我，“有一天你会明白的。”

之后我不再去关注每隔几个月在厨房墙上的日历上写的备忘录：蕾将拜访。

晚饭时，最大的话题便是关于布莱恩·夏尔夫。蕾切尔的丈夫大卫和布莱恩的堂兄的一位朋友一起工作，因此大卫觉得他对他们家了若指掌——还有我即将在秋季入学的波特兰地区大学。这是有生以来第一次我将会与异性一起上课，但蕾切尔告诉我说没什么好担心的。

“你甚至都不会注意到的。”她说，“你会忙着工作和学习。”

“那里还有安全警卫。”卡罗尔姨妈说，“所有的学生都是经过审查的。”这是指：所有的学生都是被治愈了的。

我想起了艾利克斯，差点说出：*并不是所有人*。

晚饭一直延续到了宵禁以后。当姨妈帮助我清洗碗碟时，已经快十一点了。而蕾切尔和她丈夫却还没有要走的迹象。那便是另一件让我激动的事：四十二天后，我就再也不用担心宵禁的事了。

晚饭后，姨爹和大卫走出去到了门廊上。大卫带来了两支雪茄。是廉价货，但气味仍然飘过了窗户，混合着他们的说话声，让整座房子都笼罩在蓝色的烟雾中——那股烟的味道香甜而辛辣，还带着一点点油气。蕾切尔和卡罗尔姨妈待在饭厅，喝了好几杯用水稀释过的咖啡，像是旧洗碗机那脏脏的灰色。我从楼上听到了蹦蹦跳跳的脚步声。珍妮会一直逗弄格蕾丝，直到她觉得无聊，全身酸痛，带着不满地钻进床里，然后随着那日复一日、笨头笨脑的轻声哼唱进入梦乡。

我洗着碗碟，比平常的要多得多，因为卡罗尔坚持非要有一道汤（我们汗流浃背地拼命咽下了那热胡萝卜），和一锅涂上大蒜的炖肉，里面还加进了芦笋枝，那可能是从蔬菜桶的底部翻找出来的，还有一些不新鲜的饼干。我很饱，温热的洗碗水流到我的手腕和手肘上，再加上那沉闷的说话节奏，楼上那乒乒乓乓的脚步声，还有那厚重的蓝色烟雾——这些都让我昏昏欲睡。卡罗尔终于想起询问了蕾切尔的孩子，蕾切尔说起他们所取得的成绩来，好像在背诵一张刚刚熟记下来的清单：莎拉喜欢在管弦乐队拉小提琴，并刚刚取得首席的位子，安德鲁的数学十分出色，他的老师已经开始讨论起让他进入下一级的事了。

“搜查搜查。这是一次突然搜查。请按照命令形式，不要抵抗……”

外面突然响起的声音让我一下子跳了起来。蕾切尔和卡罗尔瞬间停止了交谈，听着街上的骚乱声。我也听不到大卫和威廉姨爹的声音。甚至连珍妮和格蕾丝也停止了在楼上打闹的声音。

从街上传来断断续续的干扰声，有成百上千的靴子在同时踩踏着地面，还有那令人作呕的声音通过喇叭被放大传出来：“这是一次突然搜查。注意，这是一次突然搜查。请准备好你的身份证明文件……”

一个搜查之夜。我立刻想起了汉娜和那个晚会。屋子开始旋转。我伸出手去抓住了柜子。

“貌似对于突然搜查还太早了。”卡罗尔在饭厅里温婉地说，“我想我们几个月前才刚有过一次。”

“二月十八日。”蕾切尔说，“我记得。大卫和我不得不和孩子们一起出来。那天晚上安全确认系统出了点问题。我们在雪里站了半个小时才等到被证实好身份。之后安德鲁生了两个星期的肺炎。”她讲述这个故事的方式，就像在讲述在洗衣店发生的最小的失误带来的麻烦，就像她拿错了一只袜子一般。

“有那么久吗？”卡罗尔耸耸肩，抿了一口咖啡。

那说话声，那脚步声，那静电声——都越来越接近了。那些搜查的队伍齐步行动，从一家到另一家——有时候他们会搜查整条街上的每一座房子，有时候却会跳过整片街区，有时候又是一家隔一家地搜查。都是很随意的。或者至少这本来就该是随机挑选的。而某些房子总是比别人家的更受到关注。

但哪怕你不在被观察的名单上，你还是可能会落到站在雪中的地步，就像蕾切尔和她丈夫一样，你得等着管理员和警察们核实证明你的合法身份。或者——甚至更糟——搜查者们进入你的家里，将家里的墙都拆掉，只是为了寻找任何可疑行为的线索。私有财产法在搜查之夜是暂时失效的。差不多每项法律在搜查之夜都是暂时无效的。

我们都听说过可怕的故事：怀孕的妇女被脱光衣服在所有人面前接受调查，人们会仅仅因为看警察的样子不对劲，或是试图阻拦管理员进入某个房间而被扔进监狱关上两到三年。

“这是一次突然搜查。如果你被要求走出家门，请确保手中带有所有身份证明文件，包括任何年龄在六个月以上的孩子的文件……任何试图抵抗的人都会被拘留和审问……任何延误都会被判为妨碍公务罪……”

先是在这条街的尽头，然后是几座房子外……然后还有两座房子……不。就在隔壁。我听到理查德森的狗开始愤怒地狂叫起来。然后是理查德森太太在道歉。然后又是一阵狗叫——然后某个人（管理员？）轻声咕哝了些什么，我听到几声沉重的砰砰声，然后是一阵微弱的啜泣，随后另一个人说：“你没必要杀掉那鬼东西。”又有另一个人说：“为什么不？反正搞不好也有跳蚤。”

然后过了一会儿，这里清静了。只有偶尔传来人边走边说话发出的嘎嘎笑声。有人在对着电话念身份证号码，还有纸张翻动的声音。

然后：“那么，好了。你无罪。”然后那些靴子又开始移动了。

尽管蕾切尔和卡罗尔一直都无动于衷，但当那些靴子的声音来到我们屋前时，连她们也紧张起来。我看到卡罗尔紧紧攥着咖啡杯，指关节都发白了。我的心脏突突狂跳，胸膛中像有只虫子似的。

但那些靴子就这么走了过去。蕾切尔长长地松了一口气，我们听到管理员们狠狠敲开了这条街远处的一间房门：“打开门……这是搜查……”

卡罗尔的杯子在托盘上发出一声清脆的响声，吓了我一跳。“很蠢吧？”她说着，强挤出一个笑容，“哪怕你什么错事也没做过，那还是会让你心惊肉跳的。”

我感到手里一阵疼痛，然后才发现自己还死抓着橱柜，好像它能够救我的命。我无法放松，无法冷静，尽管那些脚步声越来越微弱，喇叭的声音也越来越模糊，直到终于完全听不清它在说什么。我眼前只能浮现出那些查抄的队伍画面——有时候一个晚上就有五十个搜查队——遍布波特兰各地，像蜂群般密集，像水柱围绕在旋涡周围一般，他们可以向任何人随意扫射，抓住他们能找到的每一个人甚至是无法找到的人，控告他们品行不端或妄图抵抗。

而汉娜正在某处跳着舞，转着圈子，金发在她脑后轻舞飞扬，她微笑着——周围的男孩们靠得越来越近，那些违禁的音乐在音响里大声播放。我竭力压制着一股难以置信的恶心感。我甚至不愿去想一旦被抓住，在她身上会发生什么——在他们所有人身上。

我只能希望她没能去成晚会。也许她花了太长时间准备，而当搜查开始时，她还在家里——这似乎是有可能的，汉娜总是会迟到。哪怕是汉娜也绝不会在搜查时冒险溜出去的，这简直是自杀行为。

但安吉里卡·马尔斯顿和其他所有人……其他在那里的每一个人……所有那些仅仅是想去听听音乐的人……

我想起了那天晚上我在咆哮溪农场撞见艾利克斯时他所说的话：“我来是为了听音乐，就像其他所有人一样。”

我想将那幅画面从脑海中驱散开，告诉自己这不是我的问题。如果那场晚会被突然查抄，每个人都被抓，我也应该高兴。他们在做的事是危险的，不仅仅对他们自己危险，也对我们危险：疾病就是这样入侵的。

但在内心深处，那个在第一次评估时说出灰色时那个顽固的部分，却不停地压迫和困扰着我。那又怎样？他们想听听音乐，一些真正的音乐——而不是那些在波特兰音乐会系列中演奏的微不足道的小玩意儿，不是那些沉闷的韵律和明朗欢快的音符。他们做的事也没有那么坏。

然后我想起了艾利克斯说的另一句话：他们并没有伤害任何人。

此外，也有可能汉娜今晚并没有迟到，很显然，当那些突然搜查的包抄圈越来越接近时，她就在那里。我不得不紧紧闭起双眼以免自己去想起若干把闪闪发亮的刀刃朝她袭去的场景。如果她没有被扔进监狱，那么她就会直接被运往实验室去——考虑到这风险的危险性，她会在黎明破晓前就被治愈。

不知怎么的，尽管我的思绪飞转个不停，房屋也开始疯狂地旋转，我却还是洗完了所有的碗碟。我甚至还做了一个决定。

我得过去。我得去警告她。

我必须去警告所有人。

当蕾切尔和大卫离开，人人都上床睡觉时，已经是半夜了。过去的每一分每一秒都是一种巨大的折磨。我只寄望于他们在半岛上挨家挨户地敲开门要比平常花更长的时间，并希望当那些搜查者到达迪尔恩高地前还会有一会儿。也许他们已经决定将高地全都跳过了。鉴于那里的大部分房屋都是空房，这也一直是很有可能的。然而，由于迪尔恩高地过去曾是那些病人栖息的温床，它看上去又十分可疑。

我溜下床，甚至懒得换掉睡裤和T恤，反正它们都是黑色的。然后我穿上黑色平底鞋，尽管气温大约有一千度那么热，我还是从衣柜里拿出了一顶滑雪帽。今晚必须要小心再小心。

我正要推开卧室门，便听到身后传来一阵小小的声音，就像一只猫的喵喵叫。我转过身去。格蕾丝仍然坐在床上看着我。

有那么一刻，我们就那么盯着彼此。如果格蕾丝发出一点声音，或是跳下床，或是做出什么，她一定会惊醒珍妮，那么我就完了，完蛋了，彻底死定。我竭力思考着自己应该跟她说点什么来让她消除疑虑，我想编造一个谎言，但居然出现了奇迹中的奇迹，她竟然就这么躺下回到了被窝里，闭上了眼睛。尽管一片漆黑，我还是能发誓她脸上出现了一丝丝微笑。

我立刻松了一口气。这是格蕾丝拒绝说话带来的一个好处？我知道她不会告发我的。

我溜出来跑到街上，什么问题也没有，甚至我还记住了跳过倒数三级楼梯，上次我走过那里时，就发出了一声可怕的嘎吱声，我当时还以为卡罗尔会被惊醒呢。

在突然搜查带来的噪音和骚乱后，街道还是一片怪异的死寂。每一扇窗户都是黑压压的，所有的窗帘都被拉了下来，仿佛房屋们在试图对这条街背过身去，或是高高耸起肩膀以抗拒那打探的眼睛。一片孤零零的红色纸片从我身边扫过，在风中翻转着身子，就像你在那些老式牛仔电影中看到的那种风滚草。我将它看做是搜查者的标志，这是一份用无法说出的语言写就的声明，解释了在夜晚暂缓所有人的权利的合法性。除此之外，这可以是任何其他夜晚——任何一个安静、死寂、正常的夜晚。

除了风里的纸片，你还能依稀听到远处传来的微弱脚步声，还有一阵高声的哭号，像是有人在哭。这些声音是如此之轻，以至于也许你会将它们误认为是海洋或风的声音。差一点。

那些搜查队已经走远了。

我开始迅速朝着迪尔恩高地的方向跑去。因为害怕，我没有骑自行车。我担心轮胎上那小小的反光会引来太多的注意。我无法去想自己究竟在做什么，也无法去思考一旦被抓后果会是怎样。我甚至不知道自己是哪来的这股决心。我从未想过我会有勇气在搜查之夜溜出家门，我以为哪怕是一百万年后我都不会这么做。

我想是汉娜看错了我。我猜自己从来就没有害怕过。

我路过堆在人行道边上的一只黑色垃圾袋，一阵低声的啜泣让我一下子停了下来。我转过身去，整个身子在顷刻间一下子警醒到了极点。什么也没有。但那声音却又响了起来：那阴森的低吟声让我全身的毛发都竖了起来。然后我脚边的垃圾袋自己摇晃起来。

不。那不是垃圾袋。那是赖利，是理查德森那只黑色的杂毛狗。

我颤抖着朝它走近了几步。我只需要看一眼它是不是已经死了。它全身覆盖着一层黏黏的、闪着光泽的黑色物质——那是血，我又靠近了一点时发现了这点。那就是我在黑暗中把它那层光滑的黑色皮毛当做是只垃圾袋的原因。它的一只眼睛压在人行道上，还有一只眼睛睁着。它的头被棍子戳穿了。黏糊糊的黑色血液从它的鼻孔里肆意地流了出来。

我想起了刚才听到的那个说话声——*它搞不好有跳蚤呢*，那个管理员说，然后随之迅速而来的便是那阵嘎吱声。

赖利用那种令人痛心的控诉的眼神盯着我看，我发誓，有那么一瞬间它看上去简直像是人类，并且它在试图告诉我些什么——在试着说，*是你对我干了这样的事*。我感到一阵反胃，很想蹲下来将它抱入怀中，或是脱下衣服将它身上的血渍擦干。但同时我又感到全身麻木，无法动弹。

我全身僵硬地站在那里，它突然颤抖着，从尾巴尖到鼻子处都长长地抽搐了一下，然后便一动不动了。

我的胳膊和双腿突然间仿佛被解冻了。我往后绊了一下，胆汁一下子涌到了嘴边。我歪歪扭扭地走了一整圈，感觉像是那天和汉娜一起喝醉了一样，整个身子都不听使唤了。全身都被愤怒和恶心所占据，让我忍不住想要高声尖叫。

我在两座垃圾桶之间找到了一块纸板箱，将它拖到赖利的尸体上，将它整个儿盖住，竭力不去想虫子们会在早晨前就将它撕咬得粉碎。我很惊奇自己的泪水竟然刺痛了眼睛。我用手背擦去了泪水。但当我动身往迪尔恩走去时，还是在不停地想着对不起，对不起，对不起，像是一段咒语或是祷文。

搜查的一个好处是：他们很吵。我只需要停在阴影里听听有没有那些脚步声、静电声和喇叭里的说话声。我换了个方向，选了那些已经被跳过或是搜查过的边道。被搜查过的证据无处不在：垃圾桶和垃圾箱被翻了个底朝天，垃圾都被挑出来四散在街道上，有堆积如山的票据和被撕碎的信件、腐烂的蔬菜和散发出恶臭的压根看不出来是什么的黏糊糊的玩意儿，红色的通知文件像灰尘一样覆盖得到处都是。我的鞋子踩在上面时有些打滑，在最糟糕的地方，为了走得稳，我不得不将双臂伸展得像个走钢丝的人那样。我经过几座上面被标出一个大大的“X”的房子，那个巨大的符号用颜料涂在他们的墙上和窗户上，像是个黑色的伤口，我的心又沉了下去。住在这些房子里的人被判定为捣乱者和阻碍者。炎热的风呼啸着穿过街道，带来阵阵吼叫和哭喊，还有狗的狂吠。我竭力忍住不去想赖利的事。

我紧挨着阴影走，在小巷子里穿进穿出，从一座垃圾桶奔往另一座垃圾桶。汗水在脖子后面和胳膊下面奔流成河，这还不仅仅是因为天气热。一切看上去都显得奇异、怪诞而扭曲，某些街道破碎的窗户玻璃上折射着粼粼的闪光，空气中漂浮着燃烧的气味。

后来当我绕过一个街角进了森林大道时，正好有一队管理员从另一头走过来。我往后转过身去，平贴在一间五金店的墙上，一寸一寸地往来时的方向挪动。尽管管理员看到我的机会十分渺茫——我离他们有整整一条街区的距离，并且这里是一片漆黑——但我的心还是一直狂跳不止，没有恢复平静过。我感觉自己像是在玩一场巨大的电子游戏，或是在努力想要解出一道极其复杂的数学方程式。一个女孩试图避开40组有15~20人左右的搜查队，他们分布在方圆7英里内。如果她能从中心穿过2.7英里，那么明天早上她在牢房的单人间里醒来的概率有多大？请按照从3.14到圆周率的范围任意选择。

在那次动乱发生之前，迪尔恩高地是波特兰一块上好之地。那里的房屋崭新宽敞，至少对于缅因州而言是这样，这意味着它们的建筑历史少于一百年——并且它们外面筑起了大门和树篱，街道也通常是丁香路、横木路之类的名称。还有几户人家仍然居住在其中一些房屋里，那是些可怜的穷人，没钱搬到别的地方去，或是还没得到在新地方居住的许可，但那里的多数地方都是空的。没有人想继续在那里待下去，也没有人想与那里产生联系。

迪尔恩高地最奇怪的事是那里被遗弃得竟是如此之快。杂草丛生的草坪上还四散着生锈的玩具，有些车道里还停着汽车，尽管它们中的大部分还没有散成碎片，但那些缺失的金属片和塑料片看上去就像它们被巨大的秃鹰啄食过一般。整个地区都有一种被遗弃的动物的孤立和凄凉感，房屋们在长满杂草的草坪里缓慢地下陷着。

通常我只要一靠近这片高地边缘就会被吓坏。许多人说这是运气不好，就像没有屏住呼吸而经过一片墓地一样。但今晚当我终于来到这儿时，我却感觉自己能够在人行道上跳起舞来。一切都黑暗而寂静，稳若泰山，完全看不到有丝毫搜查者的痕迹，没有任何说话声，也没有鞋跟踩在路面的声音。搜查者们还没来到这儿。也许他们压根就不会来这儿。

我快速穿过街道，加快了步伐，现在我不用再担心那么多，也不用躲在影子里或是无声地移动。迪尔恩高地非常大，那些迷宫般的树林形态弯曲嶙峋，看上去都古怪的十分相似，房屋们在黑暗中若隐若现，像是船只在四周穿梭。在这些年里，草坪早已变成了野地，树木向天空伸展出自己多瘤的枝干，在月光照耀下的人行道上投下狂乱而扭曲的影子。我在丁香路上迷了路——不知怎么的我绕了整整一个大圈子，跑来了同一个路口两次——但转入唐戈怀德巷时，我看到远处朦胧中有一道昏暗的光线，隐藏在一大丛错综复杂的树木后面，于是我知道我找对了地方。

车道旁边的地上歪歪扭扭地立着一只破旧的邮箱。它的侧面还能隐约看见一个黑色的“X”。唐戈怀德巷 42 号。

我能明白为什么他们选择了这个地方来办晚会。这里离公路很远，四周都是密集的树林，我禁不住想起了边境另一头那些窃窃作响的黑森林。沿着车道走实在令人毛骨悚然。我将双眼凝神于那座房子里模糊的苍白光线，随着我走得越来越近，光线也渐渐变得更宽更亮，最后终于变成了两扇被照亮的窗户。窗户上蒙上了某种布料，也许是为了掩盖里面有人的事实。但这并不起作用。我能看到人们的影子在房子里面来回移动。音乐声很轻。直到我走到门廊上才完全听见——那微弱隐约的乐声片断似乎是从地板的震颤中传出来的。那里一定是有间地下室。

尽管一路匆匆跑来，但当将手搭在前门上时，我却犹豫了，手心满是细细的汗珠。我还没怎么想过要怎样让大家都出去。如果我只是高声嚷着搜查的事，一定会引发恐慌。人们会立刻冲到街上去，然后要想不被察觉地回家的机会就会变成零。有人会听到些什么的；然后那些搜查者就会过来，然后我们就会全都完蛋。

我在脑子里纠正了一下：他们会完蛋。我可不像是门后面的那些人。我不是他们。

然后我想起了颤抖着、抽搐着的赖利。我也不是那些人，我不是那些会做出这种事的人，不是那种围观的人。甚至连理查德森都不敢试一试去救救它，救救他们自己的狗。他们甚至都没在它快死的时候将它盖好。

我绝不会那么做。绝不绝不绝不。哪怕我要接受一百万次治疗也不。它还活着。它还有心跳，有流血，有呼吸，但他们就那么把它扔在那里，好像它是块垃圾。

他们。我。我们。他们。这次字眼在我脑海中跳跃着，飞弹着。我用手掌拍了拍裤子后面，打开了门。

汉娜说过这场晚会的规模会小一些，但对我来说这却似乎比上次那场还要拥挤，也许是因为房屋很小，并完全挤满了人。屋子里塞满了一股令人憋不过气的香烟味，烟雾的光泽微微笼罩过所有地方，让大家看上去就像是在水下游泳一般。这里热得要命，至少比外面要热上十度——人们缓慢地移动着，将衬衣的袖子挽到了肩头，将牛仔裤的裤腿挽到膝盖处，所见到的所有人的皮肤上都闪烁着汗水的光泽。有那么一瞬间，我只是站在那里看着这一切。我在想，我真希望我有台照相机。如果忽略某些可怕的错误的事——比如人们手碰着手，身体彼此推来撞去——那么我可以说这是挺美的。

然后我才发现自己在浪费时间。

有个女孩就站在我跟前，挡住了我的去路。她背对着我。我伸出一只手去放在她肩头。她的皮肤很热，热得几乎烫手。她转过身来对着我，脸涨得通红。她将头往后仰过来听我说话。

“今晚有突然搜查。”我对她说。我对自己说出口的话音如此镇定而感到吃惊。

音乐轻柔而坚决——这一定是从地下室之类的地方传出来的，并不像上次的那样疯狂，但却一样的奇异而美妙。那让我想起了某些温暖的雨滴般的事物，像是蜂蜜、阳光和在风中打着旋儿的红叶。但这重重层叠的交谈，砰砰的脚步声和地板的响声，让一切都变得难以听清。

“什么？”她拨开耳朵旁边的头发。

我张开嘴想说搜查，但话一出口却像是别人的声音：一阵从外面传来的巨大的、机械般的声音，似乎要在顷刻间将四周的一切摇晃起来，发出咯吱咯吱的响声，那个声音能穿越这温暖和音乐，仿佛一把切过皮肤的冰冷的剃刀刀锋。就在同时，整个屋子开始了旋转，一道巨大的红色和白色的光线旋转着照耀在那些被吓坏了的大惊失色的脸上。

“注意。这是一次突然搜查。不要试图逃跑。不要试图反抗。这是一次突然搜查。”

几秒钟后，大门朝里被炸开了，一盏像太阳那样强烈的聚光灯将一切都变成了白色的，静止的，让一切都变成了尘埃和雕像。

然后他们放开了狗。

第十四章

我喜欢你

人类在自然状态下是无法捉摸、飘忽不定、不快乐的。只有当他们的动物本能得以控制，他们才能负起责任、值得信赖并且完满。

——《安全，健康与幸福手册》

我有一次在新闻报道上看到，有一头棕熊在波特兰马戏团的一次常规训练中被它的驯兽员无意中刺伤。当时我还很小，但我绝不会忘记那头熊的样子，那是黑糊糊的一大团，绕着它的圈子转圈，头上还胡乱垂落着一块可笑的红纸片，它撕咬着自己的大嘴能撕咬到的一切：彩纸带、折叠椅、气球，等等。还有那名驯兽员，那头熊将他撕了个粉碎，把他的头压成了汉堡里的肉酱。

最可怕的部分——那是我永远都不会忘记的——就是它那惊恐的咆哮：那是一种可怕的长久的叫声，带着暴怒和痛苦，在某种方式上甚至有些像人类的声音。

当那些搜查者像洪水般涌进房子里时，我想起了那件事，他们冲进被砸烂的大门，并砸坏了窗子。音乐突然间中断了，空气中突然充满了狗吠、尖叫和玻璃被砸碎的声音，前面和边上滚烫的手将我推来推去，我的下巴碰到了一只手肘，还有一只胳膊横在我的肋骨间。我就是在这一刻想起了那头熊。

不管怎样，我还是跟着那恐慌的人群朝着房子后面摸索着涌过去。我听到身后传来狗用嘴咬的声音，还有管理员挥舞着沉重的大棒的声音。人们在尖叫——这么多人却听上去像是同一个人的声音。一个女孩在我身后跌倒了，她踉跄着往前走了一步，朝我伸出手来，但此时管理员的警棍却在她后脑勺上重重地敲了一下，发出一声令人厌恶的破裂声。我感到抓住我衣服上的手指一下子握紧了，我推开她跑了起来，推搡着，往前挤去。我没有时间感到难过，也没有时间感到恐惧。我没有时间做任何事，只能跑、推、走，什么也无法思考，只有逃跑，逃跑，逃跑。

奇怪的是，在所有这些喧闹和困惑中，我竟然在片刻间极其清晰地看到了一切，像是慢动作播放，仿佛我在观看远处的一部电影。我看到一只警犬一跃而上跳到我左边的一个人身上，他弯下双膝扑倒在前面，发出一声几乎听不到的微弱叫声，像是呼吸或是叹息，一道月牙形的血柱从他的脖子上喷涌出来，那就是被狗的利齿咬中的地方。一个有着一头闪亮金发的女孩倒在了搜查者的警棍下，当看到她的头发甩成一个弧形时，我的心脏完全停止了跳动，我以为自己已经死了，我以为这已经彻底结束了。然后她朝着我的方向转过头来，叫着什么，然后管理员们朝她喷了些辣椒水，我看到她不是汉娜，立刻感到一阵宽慰像浪潮般流遍全身。

又是更多短暂的画面。像是一部电影——仅仅是一部电影。没有事件，也永远不会真的发生。一个男孩和一个女孩奋力想挤进一间侧屋里，他们也许以为那里会有一个出口。但那道门太小，他们俩无法同时挤进去。他穿着一件蓝色上衣，上面写着*波特兰海军音乐学院*，而她则有着一头火焰般明亮的红发。仅仅在五分钟以前，他们还在一起有说有笑，站得如此之近，好像一旦其中有一个不小心往前倒的话，他们也许会接吻。而此刻他们却在搏斗，但她身材太小了。她将牙齿横在他的胳膊上，像一只狗，像一头野兽。他咆哮着、暴怒着，抓起她的双肩，将她砰的一声推出去撞到了墙上。她绊了一下倒在地上，试着想站起来。而一名搜查者却弯下身来，拽起她的马尾辫，将她从地上拖了起来。那是一个超级大块头，他有着我见过的最红的脸。那个海军音乐学院的男生也没能逃脱。两个搜查者跟上了他，我跑过时，听到了警棍的重击声，还有那撕心裂肺的哀号声。

动物，我想，我们都是动物。

人们推着，拉着，将彼此作为自己的盾牌，搜查者们则在不停抓人，往前涌动，朝着我们猛打，警犬扑向我们的脚跟，警棍是如此接近脑袋上方，以至于当那根棍子在头顶旋转时，我都能感受到脖子上面的空气发出嗖嗖的声音，就在我的脑勺后面。我想起了被灼烧的疼痛，我想起了红色。当搜查者们往前逼近时，周围的人群一下子散开了。我身边的人们一个接一个地尖叫起来——砰！——然后倒下，倒在地上被三只、四只、五只大狗撕咬。尖叫。尖叫。每个人都在尖叫。

不知怎么的我却没有被抓到，我还在飞快地沿着那嘎吱作响的狭窄走廊飞奔，经过了一串模糊不清的房间，一连串模糊不清的人和搜查者，更多的灯光，更多被砸碎的窗户，还有发动机的声音。他们已经包围了这整片地方。然后我前方出现了一扇敞开的后门——那后面是黑压压的树林，那冰冷的窸窣作响的树木就立在房后。如果我能跑出去……如果我能躲在那些灯光后足够久的时间……

我听到一只狗在我身后狂叫，在那之后是一个搜查者沉重的脚步声在步步逼近，一个尖利的嗓子在吼着："停下！"我突然意识到自己孤零零地站在走廊上。还有十五步……然后是十步。如果我能跑进黑暗中的话……

离大门还有五英尺远时，突然间从我小腿上涌起一股剧痛。那条狗的嘴正咬在我的腿肚子上，我转过身去，就是在那时我看到了他，那张巨大无比的红脸，双眼发光，面带微笑——*哦，上帝，他在笑，他居然很享受这一切*——警棍高高举起，等着挥舞下来。我闭上双眼，想象那阵疼痛一定像海洋一般，我想起了一片鲜血般的红色海洋。我想起了母亲。

然后我一下子缩到边上，听到一阵巨响，随后是一阵短促的尖叫，那个管理员叫着说："见鬼！"腿上火辣辣的伤痛消退了，身后的那条狗也退下了，我腰间围上一只手臂，一个声音对着我的耳朵轻轻吐着气说话—— 一个如此熟悉的声音，就在那一刻，我仿佛是等待了好久好久，仿佛我一直以来都在梦里听到过这个声音，他说的是："这边走。"

艾利克斯一只胳膊搭在我的腰间，半抱着我。我们现在进了另一条走廊，这一条要小一些，但空空荡荡的。每当我右腿一用力，疼痛都会立刻加剧，那股灼烧的感觉会一下子涌进我的脑袋。那个搜查者还在我们身后，并且火冒三丈——艾利克斯一定是刚好在那一刻将我救出了险境，于是那个搜查员狠狠打中的不是我的脑袋，而是他的狗——我知道我一定是拖慢了艾利克斯的脚步，但他却不肯将我放开，一秒钟也不肯。

"到这儿。"他说。然后我们钻进了另一个房间。我们一定是在这房子的另一个没有用做晚会的地方。这间屋子一片漆黑，但艾利克斯还是丝毫没有放慢脚步，而是一直钻进了黑暗中。我任凭他指间的力量引导着我——左、右、左、右。这里有一股发霉的味道，还有某种别的东西——差不多是新鲜的油漆，还有某种带着烟熏味的东西，好像有人在这里做过饭。但那是不可能的。这些房子早已被空置许多年了。

跟在我们后面的搜查员在黑暗中挣扎着。他撞到了某样东西，咒骂起来。片刻后又有东西滚到了地上，玻璃碎了，又有更多的咒骂声。从他的叫声中我能听出来他已经远远落在后面了。

“起来。”艾利克斯低语道，那声音是如此之轻，如此接近，我还以为自己只是幻想到了这一切，他将我举起来，我才发现我是在从一扇窗户翻出去，我感到那坚硬的木头窗沿压在我的背上，然后我用那条没受伤的腿踏在了外面柔软潮湿的草地上。

片刻后，艾利克斯也无声无息地跟了上来，和我一起切切实实地站在黑暗中。尽管空气还很炎热，但吹来一阵清风，轻轻拂过我的肌肤，我简直要因为感激和宽慰而哭出来。

但我们还没有彻底安全——还远得很。随着光线的变迁，黑暗也有了生机，它在不断移动、扭曲。手电筒的灯光打在我们左侧和右侧的树木上，在它们的强光下我看到了一些一闪而过的身影，被照耀得像鬼魂一般，在光束中凝固了片刻。尖叫声持续不断，有些只坚持了几步远，还有些遁入远处，听上去缥缈而荒凉，你可能会把他们和别的什么东西弄混——也许是那些静静地在自己的树上冷笑的猫头鹰。然后艾利克斯拉起我的手，我们又奔跑起来。每走一步，我的右脚都像着了火，仿佛踩在刀刃上一般。我咬紧牙关，免得自己叫出声来，却闻到了血的味道。

混乱。仿佛是来自地狱的画面：从公路上涌来的泛光灯，身子骨被击碎倒下去的阴影，支离破碎的叫声，全都融进了一片寂静里。

“到这儿来。”

我没有丝毫犹豫就按照他说的做了。黑暗中奇迹般地出现了一间小小的木棚。它已经快要倒塌了，遍布苔藓，藤蔓蜿蜒，尽管只隔着几英尺的距离，看上去还是像一堆杂乱嶙峋的树丛。我不得不弓着身子进去，里面有着强烈刺鼻的动物的尿味和潮湿的狗的气味，我差一点要窒息了。艾利克斯跟在我身后进来，关上了门。我听到一阵沙沙声，看到他跪在地上，将一条毯子塞在门和地面之间的缝隙中。那条毯子散发出了浓烈的恶臭，它一定就是那股气味的来源。

“上帝。”我将手罩在嘴和鼻子上轻声说。这是我对他说的第一句话。

“这样那些狗就闻不到我们的气味了。”他如实地轻声说。

我这辈子从没遇到过如此冷静的人。一瞬间我飞快地想着，也许很小的时候我听到的那些故事都是真的——也许带病者们真的是怪物或是怪胎。

然后我又感到惭愧起来。他刚刚才救了我的命。

他救了我的命——从那些搜查者手里，从那些本应该保护我们，让我们安全的人手里，从那些本应该保护我们远离像艾利克斯这样的人手里。

再没有什么是有意义的了。我的头脑在飞快旋转，我感到头晕目眩。我绊了一跤，撞到了背后的墙上，艾利克斯伸出手来扶稳了我。

“坐下吧。”他用一直以来那种带着命令的口吻说。听着他低沉有力的指示让我感到心安，让我又恢复了常态。我一下子坐在地上。身下的地面潮湿而粗糙。月亮一定穿透了云层，墙上和屋顶的小缝隙里透进来星星点点的银色月光。我只能依稀看到艾利克斯的脑袋后面有一些架子，还有一堆罐子积在一个墙角——也许是油漆？现在艾利克斯和我坐在一起，几乎没有什么地方可以挪动，整个房子里面也只有几英尺宽。

“我现在要看一下你的腿，可以吗？”他还是轻声耳语。我点点头表示好。甚至当我已经坐下后，那股眩晕还是没有减轻。

他跪在地上，将我的腿放在他的大腿上。直到他开始卷起我的裤腿，我才感觉到这触到肌肤的衣料是这么湿润。我一定是流血了。我咬紧嘴唇，将背紧紧靠在墙上，等待着那阵剧痛，但他的手碰触到我的皮肤的感觉却是凉爽而有力的。他轻轻拂过那伤痛处，仿佛月食让月亮渐渐变暗一般，不知为何使得一切疼痛都减轻了几分。

他将我的裤腿卷到膝盖，将我的身子轻轻斜放，这样便能看到我的腿肚子。我用一只手肘撑在地上，感到整个房间都在摇摆。我一定是流了很多血。

他重重地吐了一口气，从齿间发出一个短促的声音。

“很糟吗？”我问。我害怕得不敢看。

“别动。”他说。于是我知道情况很糟，但他却不会这么告诉我，就在那一刻我对他充满了感激之情，并对外面的人涌起一股憎恨——那些带着利齿和警棍的捕猎者，原始人——我呼出一口气，我不得不用尽全身力气才能得以呼吸。

艾利克斯往窝棚的一个角落展了展身子，但并没将我的腿从他腿上挪下来。他在一个装满某种金属器具的盒子里哐哐当当地翻找着。片刻后，他在我的腿上举起一个瓶子。

“这会感觉有些火辣辣的。”他说。液体浇在我的皮肤上，酒精那辛辣的气味让我的鼻孔都要冒火了。火焰舔舐着我的腿，我几乎要尖叫起来。艾利克斯伸出一只手，我什么也没想，便抓住它紧紧捏住。

“那是什么？”我龇着牙挤出一句话。

“外用酒精。”他说，“以防感染。”

“你怎么知道这里有这个？”我问。但他没有回答。

他将他的手从我手里拿开，我才发现自己刚才一直在紧紧抓着他。但我却没有力气来感到难为情或是害怕：屋子似乎在突突跳动，昏暗的光线变得越来越模糊。

“见鬼。”艾利克斯嘟哝道，“你还真的在流血。”

“并不是很痛。”我悄声说，但那却是在撒谎。但他是如此冷静和全神贯注，让我也想表现得勇敢些。

一切都带有一种陌生而遥远的感觉——外面的奔跑声和吼叫声变得扭曲而古怪，仿佛他们是透过水面而来，艾利克斯看上去也像是在几英里之外。我开始想自己也许是在做梦，或是快要昏厥过去。

然后我觉得我肯定是在做梦，因为我看见艾利克斯开始脱下他的上衣。

你在干什么？我差一点要大叫出来了。艾利克斯甩下那件上衣，开始将布料撕成一根根的长布条，朝门口紧张地瞅了一眼，每撕扯一下衣服，都要停下来听一下。

我在这辈子从没见过一个没穿上衣的男人，除了在海滩上看到远处的小婴儿，但我实在太害怕了，我不想给自己招来更多恐惧或麻烦。

现在我却无法停止盯着他看。月光触摸着他的肩胛，它们像翅膀的顶端般微微发着光，像是我在课本中见过的天使的画像。他很瘦，但却肌肉发达，当他移动时，我能看到他手臂和胸膛的线条，那是如此奇异、如此令人难以置信，如此美丽，和女孩子的又是如此不一样，那具身体让我想起了在外面跑步，想起了温暖和流汗。我的心脏开始狂跳，像是有一千只小鸟被释放出来在我的胸中嗡嗡作响。我不知道这是不是因为流血，但房间像是在飞快地旋转，我们似乎处于要被甩飞出去的危险中，我们会被一起扔进那茫茫黑夜中。起初艾利克斯看上去还十分遥远。而现在他却似乎占满了整个房间：他靠得如此之近，以至于我都无法呼吸，无法动弹，无法说话或者思考。每当他用手指轻轻拂过我的时候，时间似乎都有一秒钟在摇晃，仿佛它处于快要融化的危险中一般。我觉得除了我们俩，整个世界都在消融。

“喂。”他伸出手来碰了碰我的肩，只是那么一下，但就在那一瞬间我的身子却在他的手的触感下蜷缩了一下，并被温暖覆盖。我从未有过这样的感觉，如此平静而安宁。也许我是快死了。不知为何，这个想法并没有让我难过。事实上，它却似乎有些有趣。“你还好吗？”

“很好。”我轻轻地咯咯傻笑起来，“你光着身子。”

“什么？”尽管在黑暗中，我还是能看出来他在斜眼看着我。

“我从没见过一个男孩像——像那样。没穿上衣，还靠得这么近。”

他开始用那件撕成一条条的上衣仔细地包扎起我的腿来，试着将它们扎紧：“那条狗把你咬得可够厉害的。”他说，“但这样应该能止血。”

止血这个词听上去很有医院的味道，恐惧让我一下子清醒过来，集中了精神。艾利克斯打完了那临时的止血绷带。现在我腿上那股灼热的疼痛被一股麻木的带着微颤的压力所取代。我很清楚这意味着止血带起作用了。

艾利克斯将我的腿小心翼翼地从他的腿上放下来，轻轻搁在地上。“行吗？”他问。我点点头。然后他迅速挪到我身边来，像我一样靠着墙，这样我们就肩并肩地坐在了一起，我的手臂正好碰到他的手肘。我能感到从他裸露的皮肤上传来的温度，让我感觉很热。我闭上眼睛，竭力不去想我俩现在有多么接近，或是如果我将手围在他的肩膀或胸膛上会是什么感觉。

外面的喧哗声越来越远了，尖叫声减少了，说话声变得更加微弱。搜查者们一定已经走远了。我默默地祈祷汉娜成功逃了出去，她也许没能逃出去的这个想法实在太可怕了，我不敢去细想。

艾利克斯和我还是一动不动。我累极了，感觉自己能永远这么睡下去。家看似远得遥不可及，我不知道自己要怎样才能回去。

艾利克斯突然开始说话了，他的声音很低沉，但却十分急促："听着，蕾娜。在海滩上发生的事——我真的十分抱歉。我应该早些告诉你，但我却并不想将你吓跑。"

"你没必要解释。"我说。

"但我想要解释。我想要你知道我并没有故意要——"

"听着。"我打断了他，"我不会告诉任何人，好吗？我不会将你扯进任何麻烦或是别的事。"

他停住了。我感到他转过头来看我，但我却死死盯着我们面前的那片黑暗。

"我一点都不在乎那些。"他说话的声音更低了。他又顿了顿，然后说："我只是不想让你讨厌我。"

屋子似乎又收缩了一下，向我们四周紧紧围过来。我感到他紧盯着我，像是一股炽热的触感，但我太害怕，不敢看他。我害怕一旦那么做的话，我会迷失在他的眼神中，我会忘记自己本应该说的所有话。外面的森林陷入了沉寂。搜查者们一定已经离开了。片刻后蟋蟀们突然开始一起放声鸣叫起来，它们用嘶哑的声音颤声歌唱着，声音渐渐高涨起来。

"你为什么要在乎？"我几乎是在耳语般地问。

"我告诉过你。"他也悄声回答。我能感到他的鼻息轻轻挠着我耳朵后面那一片，让我的头发在脖子上竖了起来，"我喜欢你。"

“你根本不了解我。”我飞快地说。

“但是我想。”

屋子旋转得越来越快。我背对墙靠得更紧了，尽量想稳住自己，别再犯晕。但这是不可能的：他对什么都能做出应答。这太快了。这一定是个圈套。我将手掌按在湿润的地板上，用那潮湿粗糙的坚固木头让自己安心。

“为什么是我？”我并没有打算这么问，但这些话还是不由自主冒了出来。“我谁也不是……”我想说的是，*我不是什么特别的人*，但这些话却干涸了哽在嘴里。这种感觉就像我爬到山顶时，空气太稀薄，你不得不拼命吸气吸气吸气，但却仍然感到自己无法呼吸。

艾利克斯没有回答，我发现他并没有答案，就像我所怀疑的那样——根本就没有任何答案。他只是随意选中了我，或者是因为他知道我会因为恐惧而不敢告发他。

但随即他却开始说了起来。他讲起来很急促，又像流水般随意，我能看出来他已经考虑过很多，像是这个故事他对着自己讲过一遍又一遍，直到所有的棱角都被磨平了。“我出生在荒野。我母亲在我刚出生就死了，我父亲在那之前就已经去世。我在那里度过了生命中的第一个阶段，差不多就是四处蹦来跳去的。而其他所有的——”他略微犹豫了，我听出来他声音里的愁苦，“带病者们一起照顾我。四季不断来去更新，就像一头怪兽蜕皮又重新长出新皮。”

艾利克斯说了下去：“我十岁时来了波特兰。我不会告诉你是怎么来的。那太复杂了。我得到了一个身份证号，我还得到了一个新的姓，一个新的家庭住址。我们这些人比你们想的还要多——带病者，还有同情者——我们的人比任何人知道得都要多。我们有人在警察局，还有各种各样不同的部门里。我们甚至有人在实验室里。”

当他说到这些时，我的胳膊起满了鸡皮疙瘩。

“我的观点是那是可能的——就是进去又出来。虽然困难，但那是可能的。我和两个陌生人一起住了进来——他们俩都是同情者——有人告诉我叫他们叔叔和阿姨。”他在我身边非常轻地耸了耸肩。“我不在乎。我从来就不认识自己的亲生父母，并且我被若干个不同的叔叔和阿姨抚养过。那对我来说并没有什么不同。”

他的声音变得极其轻柔，看上去他几乎快要忘记我就在那里了。我不太明白他的故事接下来将会发生什么，但我屏住了呼吸，害怕如果我的呼吸声太重的话，他会彻底停止继续说下去。

“我讨厌这里。你简直无法想象我有多厌恶这里。所有的那些建筑和人看上去都是那么茫然，还有一切东西的气味，如此密封，还有那些规章——你所到之处全都是规章，规章和高墙，规章和高墙。我一点也不习惯。我感觉自己就在一座笼子里。我们都在一座笼子里：一座有边境线的笼子。”

一阵战栗电流般流遍了我全身。自这辈子的十七年又十一个月以来，我从来，一次也没有这么想过。我一直以为边境线是为了挡住外面的，但却从未想过它其实是为了将我们围在里面的。现在我通过艾利克斯的双眼来看，终于明白了那一切在他眼里是什么样子。

“起初我很愤怒。我过去常把东西点燃。纸、手册、学校的课本。那或多或少地总会让我感觉好点儿。”他轻轻笑起来，“我甚至还烧过我的《安全，健康与幸福手册》。”

又一阵战栗贯穿了我全身：损坏或摧毁《安全，健康与幸福手册》是亵渎神圣罪。

“我过去每天都会沿着边境线走上好几个小时。有时候我会痛哭。”他在我身边蠕动着身子，我看出来他有些难为情。这是这么久以来他第一次表现出他知道我还在这里的迹象，他这是在对我说话，我想要伸出手去拉起他的手，捏一捏他，或是给他某种别的暗示好让他安心，这种渴望几乎要将我吞没了。但我却还是将手死死贴在地板上。“但是过了一阵子后，我只会在那走一走。我喜欢看着鸟群。它们会从我们这边起飞，展翅翱翔飞进荒野里，像做任何事一样不费吹灰之力。它们来来回回，来来回回，在空中停留或盘旋。我能一连看上好几个钟头。自由：它们是完全自由的。我还以为在波特兰没有什么人或事物是自由的，但我错了。它们永远都是鸟儿。”

他沉默了一会儿，我以为他已经讲完了自己的故事。我在猜测他是不是已经忘了我最初的问题——为什么是我？但我实在不好意思再问他一次，于是我只是坐在那里，想象他站在边境线上，一动不动，看着鸟儿们在他的头顶上空猛扑下来。那让我冷静了下来。

正当这沉默像是要一直延续下去时，他又讲了起来，这次他的声音是如此轻，我不得不朝他挪近了些好听清楚。“第一次在州长雕像那里看到你的时候，我已经在边境线上看了好几年鸟儿。但那就是你让我想起的东西。你跳起来嚷着什么，你的头发从马尾辫里松了下来，而你当时是那么快……”他摇摇头，“只是一闪而过，然后你就消失了。简直和鸟儿一模一样。”

我不知道是怎么回事——我没有打算挪动，也没有注意到自己在动——但不知怎么的我们却在黑暗中变成了面对面，只隔着几英寸的距离。

“大家都睡着了。他们睡了好多年。而你看上去却像是……清醒的。”艾利克斯此刻在悄声说话。他闭上双眼，又睁开了眼睛。“我厌倦了睡着。”

我的五脏六腑都在上下波动，震颤个不停，好像它们做到了他刚才所说的话，并变成了俯冲而翱翔的鸟群：我身体的其余部分似乎在巨大的温暖的浪潮中被冲远了，好像一阵热风在推动着我，将我分裂成了若干片，带着我进入了空中。

这是错误的，我身体里的那个声音在说，但这却不是我的声音，而是另一个人的——这是某个混合了姨妈、蕾切尔、所有老师和那些将大部分问题问了两轮的恶毒的管理员的声音。

我响亮地脱口而出："不。"然而另一个词还在我体内升腾汹涌，像新鲜的湖水从地底冒着泡涌出来一般。是，是，是。

"为什么？"他几乎是在对着我的耳朵低语。他的手找到了我的脸，他的指尖轻轻掠过我的额头，我的耳朵顶端，我双颊的凹陷处。他碰到我的每一个地方都像着了火。我的整个身体都燃烧了起来，我们两个变成了同一团明亮的白色火焰中的一对孪生火花。"你在害怕什么？"

"你必须明白。我只是想要幸福。"我勉强地将这句话讲出了口。我的头脑里一片混沌，满是烟雾——除了他的指头在我的肌肤上、头发上舞动和滑过，什么也不存在。我真希望那能够停止。我又想要它能永远延续下去。"我只是想做个正常人，像其他所有人一样。"

"你相信像其他所有人一样就能让你幸福吗？"这几乎都算不上是在悄声说话，他的鼻息扑到我的耳朵和脖子上，嘴唇擦过了我的肌肤。我想自己也许真的已经死了。也许那条狗咬了我后，我被警棍击中了头，而这一切都只是场梦——世界的整个其余部分都已经消融。只剩下他，只剩下我，只剩下了我们。

"我不知道还有什么别的办法。"我感觉不到自己张开嘴，感觉不到这些话说了出来，但它们确实就在那里，在黑暗中漂浮着。

他说："让我给你看看。"

然后我们接吻了。或者说，至少我觉得我们接吻了。我只见过几次，在婚礼或正式场合上的嘴唇之间的快速碰触。但这却和我之前所见到、和我所想象过的，甚至梦到过的都不一样：这简直像是音乐或舞蹈，但却比它们两者都棒。他微微张开嘴，于是我也张开了我的。他的嘴唇很柔软，和在我脑海中那个不断说是的轻柔的声音一样，带着柔软的力量。

那股暖流在我心底流淌，光之浪汹涌而来，又分崩离析，让我感觉自己像是在漂浮。他的手指挽过我的头发，搂着我的脖子和后脑勺，滑过我的肩头，我的手没有任何思考和意图便找到了他的胸膛，挪动着抚摸到了他灼热的肌肤，他肩胛的骨头就像翼梢，他的下巴微微弯曲，带着些许胡楂——这一切都显得如此奇异而陌生，又带着迷人的新鲜感。我的心脏在胸中像鼓点般狂跳，甚至有些隐隐作痛，但这却是一种美妙的疼痛，就像你进入真正的秋日的第一天的感觉，空气清新凉爽，叶子的边缘正开始发黄，风里隐约带着烟的气味——就像某件事在同时开始又结束。我发誓在我的手下面能感受到他的心跳的回应，像是我的心跳即时的回音，仿佛我们的身体在互相对话。

突然间这一切都如此清晰，甚至有些荒谬而愚蠢，我简直想笑出声来。这正是我想要的。这正是我一直以来唯一想要的东西。其他的一切——在这个亲吻之前的每一天每一秒都毫无意义。

当他终于移开身子时，像是有一张毯子降下来盖在我的大脑上，让我的一切嗡嗡作响的想法和问题都变得安静下来，让我充满了像白雪一般深邃而清凉的幸福与宁静。唯一剩下的字眼只有是。对一切都说是。

我真的很喜欢你，蕾娜。你现在相信我了吗？

是。

我能陪你走回家吗？

是。

我明天能见你吗？

是，是，是。

街上此刻已经空空荡荡。整座城市都陷入了一片沉寂之中。就在我们待在那间小木棚里的时候，也许整座城市都陷入了虚无，都被烧了个精光，但我却丝毫没有觉察，也不在乎。走路回家的记忆有些模糊，像是一场梦。他一路都牵着我的手，我们在能找到的最长最深的影子里停下来亲吻了两次。每一次我都希望那影子是实实在在的、有重量的，这样它们就会卷起来将我们埋起来，这样我们就可以永远这样待下去，胸膛对胸膛，嘴唇对嘴唇。每一次当他移开身子不再亲吻，而是牵起我的手带着我又开始走起来时，我都觉得胸口像是被卡住了一般，仿佛突然间我只能在我们亲吻时才能正确地呼吸一样。

不知怎么的，我竟然已经到家了，太快了。我轻声对他说了再见，感到他的嘴唇又最后一次拂过我的唇，像风一般轻柔。

然后我偷偷溜进家门，上了楼，进了卧室，我在床上躺了很久，发着抖，全身作痛，我已经开始想念起他来，然后我才发现姨妈、老师们和科学家们对于狂热症的说法是正确的。我躺在那里，那股疼痛潜入我的胸中，那股不适的焦虑感让我心神不定，我内心无比渴求着艾利克斯，就像有一把剃刀在我的内脏中翻搅着，粉碎着我。我只能想着：*这会杀了我的，这会杀了我的，这会杀了我的。但我不在乎。*

第十五章

恋爱狂热症

上帝创造了亚当与夏娃，让他们作为一对夫妻幸福快乐地生活在一起：完整的伴侣。他们在一片美丽的花园里安宁地生活了多年，那里整整齐齐地种满了高大笔直的树木，还有许多乖巧的动物作为宠物。他们的思想纯净无瑕，如同那像华盖般笼罩在他们头顶的天空。他们与疾病、疼痛和欲望毫无瓜葛。他们不做梦。他们不提问题。每一个早上他们都像新生般醒来。万事永远都是一模一样的，但却总是感觉新奇和美妙。

——出自《世界与已知宇宙的完整历史》，《创世记》章节

作者：哈佛大学，斯蒂文·霍瑞斯博士

第二天是星期六，我一醒来就想起了艾利克斯。然后我刚试图站起来，疼痛就立刻狠狠击中了我的腿。我卷起睡裤，看到腿肚子上昨晚艾利克斯给我包扎的那件T恤上渗出了一小块血渍。我知道我应该

洗掉它，换掉那块绷带或是做点什么，但我太害怕了，不敢看那块伤口到底有多糟。那个晚会的各种细节——那些尖叫、拥挤、警犬，还有在空中狠狠挥舞的警棍，全都如潮水般一下子涌上心头，那一刻我肯定自己马上要觉得恶心起来。然后那阵眩晕减轻了，我想起了汉娜。

我们的电话在厨房里。姨妈就在洗碗池边洗碗，当我走下楼梯时，她略带吃惊地看了我一眼。我瞥了一眼客厅里的镜子中的自己。我看上去糟糕透了——头发全都竖了起来，眼睛下是重重的眼袋——那给我的印象是，绝不可能会有人觉得我好看。

但却有人这么认为。一想起艾利克斯，就像有一道金色的光芒照遍了我的全身。

“你最好快点。”卡罗尔说，“你工作要迟到了。我正要去叫醒你呢。”

“我只是得打个电话给汉娜。”我说。我将电话线扯得尽可能的远，然后抱着电话往后退进了储藏室里，这样至少我会有些隐私。

我先试着打给了汉娜家。铃声响了一下、两下、三下、四下、五下。然后自动答录机响了。你已接通塔特家。请留下留言，不要超过两分钟……

我立刻挂了电话。我的手指开始发抖，在拨打汉娜的手机时变得很困难。我直接进入了语音信箱。

她的招呼词跟一直以来一模一样（喂，抱歉我现在没法接电话。或者我并不抱歉我没法接电话——这得取决于是谁打来的）。她的话语声会带着一阵强忍着的笑声模糊下去。听到这个声音，听到这个如此正常的声音——在昨晚的惊魂之夜后，就像突然间你梦到自己回到了一个很久没有想过的地方。我想起了她录下这段话的那一天。那是在放学以后，我们在她的房间里，在决定录下这段招呼词之前，她已经纠结地录制了成千上万条。当时我无聊透了，每当她想就只再来一次时，我都会用一只枕头打她一下。

“汉娜，你得打给我。”我尽可能地压低嗓子对着电话说道，我早已意识到姨妈就在偷听，“我今天要上班。你可以到店里来找我。”

我满腹不满和内疚地挂上电话。昨晚就在我和艾利克斯在那间小棚里的时候，她可能已经被打伤或是卷入了麻烦。我当时应该多努力一些去找到她才对。

“蕾娜。”当我正要走上楼去做好准备时，姨妈从厨房里严厉地叫了一声。

“什么？”

她往前走了几步。她的表情里的某种东西让我紧张起来。

“你是瘸了吗？”她问道。我一直都在尽全力想走得正常一些。

我将视线移开了。不对着她的眼睛看，撒谎会容易些。“我觉得不是。”

“别对我撒谎。”她的语气变得冰冷，“你以为我不知道这是因为什么吗，但是我知道。”在那可怕的一瞬间，我还以为她会让我卷起睡裤的裤腿，或是告诉我她知道有关那场晚会的事。但随后她却说：“你又开始跑步了是吧？尽管我早就告诉过你别再跑了。”

“只跑了一次。”我如释重负地脱口而出，“我觉得我可能扭到了脚踝。”

卡罗尔摇摇头，看上去十分失望：“老实说，蕾娜，我不知道你是什么时候开始不再听我的了。我以为你在所有人中——”她打住了话头，“唉，算了。还有五个星期了，好吗？然后一切都会解决的。”

“好的。”我强迫自己挤出一个微笑。

整个上午，我都在对汉娜的担心和对艾利克斯的想念中来回摇摆。我两次给顾客打电话收费时都说错了价钱，还不得不打给姨爹的主管杰德过来摆平这一切。然后我撞倒了一架子冷冻的意大利面晚餐，还给整整一箱松软干酪贴错了标签。感谢上帝今天姨爹不在店里，他在外面送货，所以这里只有杰德和我。而杰德除了哼哼几声，几乎不会看我或者和我说话，因此我很肯定他压根儿不会注意到我突然变成了一个笨手笨脚的不称职的家伙。

我当然知道部分的原因。迷失方向、心神不定、难以集中精神——这些都是狂热症第一阶段的典型特征。但我不在乎。如果肺炎的感觉有这么好的话，我会在冬天出去站到雪地里，光着脚，不穿大衣，或是一路行进到医院里，亲吻那些肺炎病人。

我跟艾利克斯说过我的工作日程，我们说好了就在我换班之后，我们六点钟直接在后海湾见面。时间一分分地缓慢爬行到了中午。我发誓我从没见时间走得这么慢过。感觉像是每一秒钟都需要某种鼓励，才会往下一秒滴答过去。我一直在祈愿那面钟能走得快点，但它却像是故意要和我作对。我看到一位顾客将她的手指伸进鼻子中那两个窄小的洞里，挖出一团新鲜玩意儿，我看了看钟，回头看了看那名顾客，然后又看了看钟。但那指针却还是没有跳到下一格去。有那么一瞬间，我简直害怕时间会彻底静止，这时候就在那棵蔫巴巴的生菜面前，那个女人却将她的小指头伸进了自己的右鼻孔。

到了中午，有一个十五分钟的休息时间，我走出去坐在人行道上，尽管并不饿，我还是勉强咽下了几口三明治。对于再次见到艾利克斯的期盼之情让我没有任何食欲。这是*恋爱狂热症*的又一个特征。

带上它。

到了一点，杰德开始重新给货架上货，我还被困在柜台后面。这里热得令人烦心，有一只苍蝇困在了店里，嗡嗡地不停盘旋，还撞到悬在我头顶的架子上，我们在那里放了几条香烟和胃药之类的东西。苍蝇的嗡嗡声，背后转个不停的小电扇声和炎热的天气都让我昏昏欲睡。如果可以的话，我会将头放在柜台上，做梦，做梦，做梦。我会梦到自己又和艾利克斯回到了那间小木棚里。我会梦到他坚实的胸膛靠着我，他那有力的手和说话的声音："让我给你看看。"

门上的铃声响了，我从白日梦中醒了过来。

是他，他走进门来，双手插在一条破破烂烂的工装裤裤兜里，头发乱七八糟地立在头上，好像那是用树叶和树枝做成的。艾利克斯。

我差点从凳子上跌下去。

他斜起眼睛冲我飞快地使了个眼色，朝着过道懒洋洋地走过来，随便拿起某样东西——比如一袋猪脆皮和一罐十分恶心的菜花汤——用夸张的语气表示自己感兴趣，比如"这看上去真是美味极了"，我只能拼命忍住不要突然大笑出来。他在走道上和杰德狭路相逢了，店里的过道十分狭窄，杰德又绝不是个瘦子，当杰德轻轻瞥了他一眼时，我全身一阵战栗。他不知道。他不知道我仍然能在自己的嘴唇上品味到艾利克斯的唇的滋味，我仍然能感到他的手滑过我的肩膀。

有生以来第一次，我为自己做出了决定，而不是因为别人告诉我好坏。当艾利克斯在店里走来走去时，我觉得这里有一根看不见的线将我们连在了一起，这在某种程度上让我感到比以前任何时候都更有力量了。

终于，艾利克斯拿着一条口香糖、一包薯片和一瓶果汁汽水来到柜台前。

"就这些了吗？"我小心翼翼地保持着语气镇定。但我能感到双颊涌起的红色。今天他的眼睛简直迷人极了，几乎是纯金色的。

他点点头："就这些了。"

我把他的款项打在现金收入记录机上，双手发着抖，我竭力想对他再说点什么，但却担心杰德会听到。就在那一刻，又有一名顾客进来了：一个看上去长了一副管理员模样的年长的男人。于是我尽可能仔细缓慢地数好了艾利克斯的零钱，努力想让他尽可能久地站在我面前。

但要点五美元账单的零钱并不需要太长时间。我终于将零钱递给了他。当我将账单放在他掌心时，我们的手碰触在一起，一阵震颤的电流流遍了我的全身。我想抓住他，将他拉过来，就在这里亲吻他。

“祝你今天愉快！”我的声音有点过高，像是被憋出来的。我很吃惊自己居然还能说出这些话。

“哦，我会的。”他给我投来一个令人印象深刻的弯着嘴的笑，朝着门口走去，“我要去海湾了。”

然后他便走了，穿出门去到了街上。我试着想看着他走远，但刺眼的阳光让我什么也看不清楚，他刚一走出门，就变成了一个忽闪的模糊的影子，摇晃着消失了。

我受不了了。我讨厌想着他穿过街道，走得越来越远。而我还要再熬过五个小时，才能到应该见到他的时间。我从没这么做过。还没来得及思考自己正在做什么，我便已经钻出了柜台，脱下了围裙，那是我刚才在处理冷藏室的一条裂缝时穿上的。

“杰德，帮我看一小会儿收银台好吗？”我叫道。

他一脸困惑地冲我眨着眼：“你要去哪儿？”

“顾客。”我说，“我给他找错了钱。”

“但是——”杰德开始说话了，但我没停下来去听他的抗议。反正我能想象出那会是什么。*但是你花了五分钟才数好给他找的零钱。*哦，算了。那么杰德会觉得我很笨。没关系，这样我也过得下去。

艾利克斯在街的那一头停在了街角，等着一辆城市卡车呼啸而过。

“喂！”我大声嚷道，他转过身来。街对面一个推着婴儿推车的女人停了下来，抬起手遮住眼睛，跟着我跑的路在路上走。我以最快的速度奔跑着，但右腿的疼痛却让我只能一瘸一拐地前进。我能感到那个女人用一排针一般的目光上下打量端详着我的全身。

“我给你找错了钱。”尽管我已经离他很近了，完全可以正常地说话，但我还是又一次大声嚷道。希望这能让那个女人别再盯着我看。但她还是一直看着我们。

“你不应该来的。”当追上他的时候，我悄声说。我装做在他手里放了点什么，“我跟你说过我会稍后来见你的。”

他将手轻松地塞回口袋里，准确无误地玩着我们的小把戏，然后悄声回应：“我等不及了。”

“街角那里有一道蓝色的门，在小巷子里。”我轻声说，然后我背过身，举起手做出在道歉的样子，“五点到那里见我。敲四下。”然后，我又以更响亮的嗓门说，“听着，我真的很抱歉。我说过，这真的只是不小心弄错了。”

然后我转过身一瘸一拐地朝店里走去。我简直不能相信自己竟然干出了这样的事。我不能相信自己在冒这么大的风险。但我需要见他。我需要亲吻他。我需要这个亲吻，远超过需要其他任何东西。我的胸里又出现了那股压迫的感觉，和我在短跑冲刺的最后关头时的感觉一样，我简直要死了，尖叫着想要停下来歇一口气。

“谢谢。”我对杰德说了一句，又重新回到自己在柜台后的位置上。他嘟哝了几句我听不懂的话，然后将纸板和笔塞回给我，这是他放在三号过道那边的地板上的东西：糖果、苏打、薯片。

那个被我当成是管理员的人将他的鼻子埋进冰箱冷冻室里。我不确定他到底是在找一顿冷冻食品的晚餐还是仅仅只是在沾沾免费冷气的光。两者都有可能，我看着他，突然回想起了昨晚的事，空中回荡的警哨声，像大镰刀一样劈下来的警棍，我突然对他涌起一股憎恶——对他们所有人。我在脑海中幻想起将这个老头塞进冰箱里，关紧在他头上的门的场景来。

想起那次搜查，让我又对汉娜担忧起来。关于这次搜查的新闻出现在了所有报纸上。看来整个波特兰有数百人在昨晚被逮捕或审讯，或是简单地被推进了地窖监狱，然而我却没有看到任何报道特别提到在高地上的那场晚会。

我对自己说，如果汉娜到今晚还没有给我回电话，我就要去她家。同时我还告诉自己说没有理由去担心，但同样的负罪感却又一次在我体内爬动起来。

那个老头还逗留在那块冷气的地方，丝毫没有注意到我。很好。我又穿上了那件围裙。然后我查看了一下杰德没有在看，于是我伸出手抓起所有的布洛芬瓶子——大约有十来只——然后将它们塞进了围裙的口袋里。

然后我大声叹了口气："杰德，我需要你再帮我顶替一次。"

他抬起那双水汪汪的蓝眼睛，扑闪扑闪的。"我在重新装货。"

"好吧，我们这里完全没有止痛片了。你没注意到吗？"

他盯着我看了几秒钟。我将双手紧紧环扣在背后。我知道不然的话，颤抖的双手一定会出卖我。他终于摇了摇头。

"我要去看看能不能在库房找一点出来。帮我看着收银台好吗？"我慢慢从柜台后面溜出来，将身子微微掉转方向背对着他，这样我就不会发出格格的响声。但愿他不会注意到我围裙里鼓出来的那一块。这是绝没有人跟你说过的恋爱狂热症的又一个症状：很显然这病会将你变成世界一流的说谎家。

我绕过一堆堆积在店面后的摇摇欲坠的凹陷的纸箱，用肩膀挤出一条路进了库房，关上了身后的门。不走运的是，它却没有锁。于是我拖来一板箱苹果酱挡在门前，以防杰德进来查看为什么我找布洛芬会比平常花的时间要久。

不一会儿，通往那条小巷子的门上响起了一阵轻微的拍打声。啪，啪，啪，啪，啪。

这扇门感觉比平常还要沉重。我用尽全身力气才将它猛然推开。

“我说过敲四次——”我正说着，阳光射进屋里，我突然一下子头昏眼花。然后那句话被咽在喉咙里，我差点被哽住。

“喂。”汉娜说。她站在小巷子里，一步一步地走着，看上去苍白而焦虑，“我正希望你就在这儿呢。”

有那么一瞬间我甚至无法回答她。我全身心都感到如释重负——汉娜在这里，完好无损，毫发无伤——而就在同时，不安也一下子像鼓点般在我全身敲响起来。我飞快地朝小巷扫视了一眼：没有艾利克斯的迹象。也许他看到汉娜后被吓跑了。

“嗯。”汉娜的额头皱了皱，“你是要让我进来还是怎么？”

“哦，对不起。当然。进来吧。”她立刻从我身边走过来，我又最后朝小巷里上下左右看了一遍，然后才关上了身后的门。我很高兴看到汉娜，但也感到很紧张。如果艾利克斯在她在这里的时候出现的话……

*但他不会的。我对自己说。他一定是看到了她。他一定知道现在过来是不安全的。*倒不是说担心汉娜会告发我，但我还是担心。在我给她灌输了那些关于安全和鲁莽的大道理后，哪怕她想要告发我，我也无法责备她。

“这里真热。”汉娜一边说，一边拉起后背的上衣。她穿着一件肥大的白色上衣和一条松松垮垮的牛仔裤，上面系着一条金色的腰带，那正好与她头发的颜色很相配。但她看上去一脸担忧、疲惫，还很瘦弱。她转了一个圈，走过储藏室，我注意到她手臂背面有细小的X形的伤疤。“记得我过去经常来这里和你一起玩吗？我会带来杂志和过去我有的那个傻乎乎的老收音机？而你会偷——”

“从冰箱里拿来的苏打水和薯片。”我接完了这句话，“没错，我记得。”我们在中学时就是这么过暑假的，那时候我刚开始在店里帮忙。我总是编造各种理由来到这里，而汉娜则会在下午两三点某个时候出现，很轻很轻地敲五下门。五次。我早就应该知道。

“今天早上我听到你的留言了。”汉娜转过身来对着我说。她的眼睛看上去甚至比平时还要大。也许是因为她脸上的其余部分看上去变小了，不知怎么的有些向内凹陷。“我走过来，但没在柜台前看到你。所以我觉得我得从这头过来。我可没心情去和你的姨爹周旋。”

“他今天不在这儿。”我开始有些放松起来。如果艾利克斯打算按时到的话，他应该早就已经到了。“这里只有我和杰德。”

我不确定汉娜有没有听见我说的话。她咬着拇指——这是一个紧张时才会有的习惯，我以为她几年前就已经改掉了。她盯着脚下的地板，好像那是她在这块油地毯上看到过的最迷人的部分。

“汉娜？”我问，“你还好吗？”

她突然浑身颤抖不已，双肩往前一塌，啜泣起来。我这辈子只见过汉娜这样两次——一次是二年级在打躲避球时有人直接打中了她的肚子，还有一次是去年，我们在实验室门口的街上看到一个生病的女孩被一群警察扭打摔倒在地，她的头意外地重重地磕在人行道上，连我们站在两百英尺开外的地方都能听见——顷刻间我全身都凝固了，不知道应该如何是好。她没有抬起手来擦脸或是擦眼泪或是做别的。她只是站在那里，全身不停地发抖，我甚至担心她会倒下去，但她的双手只是紧紧握着垂在两侧。

我伸出一只手去轻轻抚摸着她的肩膀：“嘘，汉娜，没事了。”

她从我身边猛地一下挪开了："根本不是没事。"她颤巍巍地长呼出一口气，开始用急促的语速说起来："你说得没错，蕾娜。你全都说中了。昨晚——真是恐怖极了。有一场突然搜查……晚会被彻底搞砸了。哦，上帝。人人都在尖叫，还有那些狗——蕾娜，有很多血。他们在打人，用警棍敲在人们的脑袋上，就像那什么也不是一样。人们左歪右斜地倒下，那简直是——哦，蕾娜，那简直太可怕了，太可怕了。"汉娜将双臂环抱着自己的腹部，往前弯起身子，好像要生病了一样。

她正要开始说点别的，但话的其余部分却像是丢失了一般：她全身剧烈地发着抖，啜泣着，呜咽着。我往前走了一步将她紧紧拥抱在怀里。她全身一下子绷紧了——我们很少拥抱，因为这一直都是不被允许的。但随后她便放松下来，将脸埋进我的肩头，放纵地大哭起来。有些尴尬的是，她比我要高多了，因此她不得不弓起身子。如果情况不是这么糟的话，这样倒是挺好笑的。

"嘘——"我说，"嘘，会好起来的。"但这些话在我说出来时显得更蠢了。我想起了将格蕾丝抱在怀里摇晃着哄她入睡的场景，我不断重复说着同样的话，然后她最终会在我的枕头上静静地叫着什么。会没事的。这些话确实毫无意义，话音如吟诵般融入广阔无垠的黑暗中，这些只是在我们快要倒下去时抓住的某根救命稻草。

汉娜还说了些我听不懂的话。她的脸深深埋在我的肩胛里，说的话也变得语无伦次起来。

然后那敲门声又响了起来。四次轻柔而从容的敲门声，一次接一次。

汉娜和我立刻从彼此身边挪开了一步。她抬起一只手臂挡在脸上，一线泪水从手腕一直流到了手肘。

"那是？"她问。她的声音在发抖。

"什么？"我的第一反应是假装什么也没听到——并且一边向上帝祈祷让艾利克斯赶紧走远。

咚。咚。咚。停了一下。咚。又敲了一次。

"那个。"汉娜的语气里带有一丝恼怒。我觉得我应该为她不再哭泣而感到高兴才对。"那阵敲门声。"她斜起眼睛，满脸狐疑地盯着我，"我以为不会有人来这边呢。"

"他们不来。我是说——有时候，那些送货的人——"我结结巴巴地说着，一边祈祷着让艾利克斯走开，一边拼命搜肠刮肚地编造起假话来。我这门新技能使用得也太多了。

然后艾利克斯将脑袋探进门里叫道："蕾娜？"他首先看到了汉娜，一下子愣住了，身子一半在门里，一半在外面的小巷里。

有一分钟谁也没说话。汉娜的嘴张得大大的。她将头飞快地扭向艾利克斯，又转向我，然后又飞快地转向艾利克斯，看上去简直像脑袋要从脖子上飞出来一样。艾利克斯也同样不知所措。他只是一动不动地站在那儿，仿佛只要他不动就不会被人看到一样。

这真是世界上最蠢最蠢的事——但我竟然一下子脱口而出："你来晚了。"

汉娜和艾利克斯同时开口说话了。她说的是："你让他过来见你？"而他说的是："我被巡警拦下了，只得给他看我的身份证。"

"进来。"她说，"关上门。"

他照做了。然后他尴尬地站在那里，慢慢地移动着双脚。他的头发奇怪地立起来，在那一刻他看上去如此年轻英俊，但却十分紧张，我突然有一种疯狂的冲动，想要走上去到他面前，就在汉娜面前亲吻他。

但她将我的这股冲动迅速压制了下去。她转过身来，交叠抱着双臂，朝我摆出一副脸色，我发誓那个表情简直是从圣安妮学校的校长麦金托什夫人那里偷来的。

“蕾娜·梅根·哈洛维·提德，”她说，“你需要做出些解释。”

“你的中间名是梅根？”艾利克斯突然问道。

汉娜和我同时狠狠地瞪了他一眼，他往后退了一步，低下了自己的头。

“嗯。”话要出口还是很困难。“汉娜，你记得艾利克斯。”

她还是将双臂紧紧抱在胸前，眯起眼睛：“哦，我记得艾利克斯。可我不记得的是为什么艾利克斯在这儿。”

“他……呃，他是要来送……”我还在搜寻着合理的解释，但像往常一样，我的大脑不偏不倚在那一刻跳了闸。我无助地朝艾利克斯看了一眼。

他耸耸肩，那一刻我们就这么盯着对方。我还是不太习惯看着他或是在他身边，我又一次有了要被他的眼睛吸进去的感觉。但这一次却不再让我眩晕，而是恰好相反——让我感到安稳，仿佛他在对我无声地说着话，告诉我他就在这里，和我在一起，我们会没事的。

“告诉她吧。”他说。

汉娜靠在装满卫生纸和豆子罐头的货架上，她的胳膊放松了些，于是我知道她并没有生气，但她给了我一个表情，意思像是，你最好告诉我。

于是我说了。我不知道在杰德厌倦独自应付收银台之前我们还有多少时间，于是我尽量说得简洁扼要。我跟她说了我和艾利克斯在咆哮溪农场无意中遇到的事；我跟她说了和他一起在东区海滩的浮标处游泳的事，还有当我们在那里时他告诉我的事。我在说出带病者这个词时哽了一下，汉娜睁大了眼睛——就在那一瞬间，我从她的脸上看到了有惊慌的表情一闪而过——但她却将自己的表情控制得很好。我最后跟她讲了昨晚的事，我本来想去找她，警告她有突然搜查的情况，还讲了那条狗以及艾利克斯是怎样救了我的。当我描述藏在小木棚里的情形时，我又紧张了起来——我没跟她说我们接吻了，但我却禁不住总想起它——但汉娜又在那一刻张大了嘴，很显然她受了很大的刺激，所以我觉得她应该没有注意到。

当我的故事讲完后，她说的唯一一句话是：“所以当时你在那儿？你昨晚就在那儿？”她的语气很古怪，话音里带着战栗，我担心她又要哭起来。就在同时我也感到一下子轻松了许多。她不会对艾利克斯怕得要命，或是对我没有跟她说而感到生气。

我点点头。

她摇摇头，盯着我的样子像是之前从来就没见过我：“我简直不能相信。我不能相信你竟然在搜查之夜溜出来——为了我。”

“是的，没错。”我不安地挪了挪身子。感觉像是我已经讲了好久好久，而汉娜和艾利克斯一直都在看着我。我的脸颊一下子变得滚烫。

就在那时对着通往店里的那道门上响起了一阵尖利的敲门声，杰德大叫着：“蕾娜？你在里面吗？”

我发狂地冲艾利克斯做着手势。就在杰德正开始从那一头推门进来时，汉娜将他推到了门后。他将门只推开了几英寸宽，以免撞到旁边的一箱苹果酱。

就在那几英寸的空间里，我看到杰德的一只眼睛对着我不以为然地忽闪着：“你到底在那里面干什么？”

汉娜将头探出门，挥了挥手：“嘿，杰德。”她兴高采烈地说着，不费吹灰之力就将表情转换到了愉快的大众模式。“我只是刚好过来给蕾娜一点东西。我们聊起了八卦。”

“我们还有顾客呢。”杰德绷着脸说。

“我马上就来。”我竭力配合着汉娜的语气说。杰德和艾利克斯之间只隔着几英寸的胶合木板，这实在是让人提心吊胆。

杰德咕哝着走开，将门又关上了。汉娜、艾利克斯和我静静地看着彼此。我们三个都同时呼出一口气，我们都感到轻松了下来。

艾利克斯又开始说话了，他压低嗓子轻声说：“我给你带了些东西。”他取下背包放在地上，然后开始从里面拿出过氧化氢、抗生素、绷带、胶带、棉球等。他在我面前跪下来：“可以吗？”他问。我卷起牛仔裤腿，他将缠在上面的T恤条解了下来。我简直不能相信汉娜站在那里看着一个男孩——一个带病者——碰触我的皮肤。我知道她永远都不可能预料得到这一切，我扭开了头，感到既羞愧又骄傲。

那临时绷带一被取下来，汉娜就惊呼了一口气。我未加思索地紧紧闭上了眼睛。

“见鬼，蕾娜。”她说，“那条狗把你咬得可够狠的。”

“她会没事的。”他说话时，话音里的那股自信像一股暖流流遍了我的全身。我睁开一只眼，偷偷瞟了一眼我腿肚的背面。我的心一下子沉了下去。它看上去就像从我的腿上撕下了一大块。有好几英寸的皮肤已经不见了。

“也许你应该去医院看看。”汉娜怀疑地说。

“怎么跟他们说？”艾利克斯打开过氧化氢的管子，开始用它沾湿棉球。“她在一场地下晚会被搜查队的狗咬伤了？”

汉娜没有回答。她知道我根本不能去看医生。我可能还没说完自己的名字，就会被绑进实验室，或者被扔进地窖监狱。

“其实没有伤得那么厉害。”我撒了个谎。汉娜又对我投来了那种表情，就像我们以前从来没见过。我发现她其实——也许是在我们此生中第一次对我的行为感到震惊，甚至对我感到敬畏。

艾利克斯轻轻抹上一层抗生素药膏，然后开始手忙脚乱地处理起纱布和胶带。我没必要问他是从哪里搞来这些东西的。我猜这是在实验室里有安全通道的又一个好处。

汉娜跪了下来："你弄错了。"她说。听到她发号施令的正常声音还真是让人感到一阵轻松。"我表姐就是护士，让我来吧。"

她几乎是用手肘将他推了出去。艾利克斯往后退了一步，举起双手表示投降。"是，夫人。"他一边说一边朝我眨了眨眼。

然后我开始大笑起来。我咯咯地笑得喘不过气来，不得不将拳头塞进嘴里，以免自己大叫或喘起气来，彻底打破我们的掩饰。那一刻汉娜和艾利克斯愣住了，他们盯着我，然后他们又相互看了看，开始傻乎乎地咧着嘴笑起来。

我知道我们都在想着同样的事。

这真是疯狂。这真是愚蠢。这真是危险。但不知道为什么，站在这四周堆满成箱的麦克恩奶酪、甜菜罐头和婴儿奶粉的闷热的储藏室里，我们三个却变成了一个团队。

这是我们在对抗他们，三个人对抗着成千上万人。但为了同一个原因，尽管十分荒唐，但就在这一刻，我对我们的胜算机会却感觉真是他妈的好极了。

第十六章

他们也思念那疼痛

不幸是一种束缚；因此，幸福便是自由。

寻找幸福的道路需要通过治疗。

因此，只有通过治疗才能找到自由。

——摘自：《会痛吗？有关治疗程序的常见问答》，第九版

出自美国科学家协会所著的《美国政府官方手册》

之后我几乎每天都能找到一个方法去见艾利克斯，甚至是我必须在店里工作的时候。有时候汉娜会和我们一起来。我们会长时间地待在后海湾，通常是在晚上所有人都离开以后。因为艾利克斯被列入了治愈者的名单，从严格意义上来说我们在一起并不算违法，但一旦有人知道我们在一起有多长时间的话——或是看到我们一起在湿地边嬉笑打闹、打水仗或是赛跑的话——他们肯定会起疑的。因此当我们在城市里行走时，总是小心地分开，汉娜和我走在人行道这一边，艾利

克斯走在那一边。此外，我们还会寻找没有人的街道，或是关闭的公园、废弃的房屋等，尽可能待在不会被人看到的地方。

我们回到了迪尔恩高地的那间房子。我终于明白了在搜查那晚艾利克斯是怎么找到那间工具棚的了，以及他是怎样在一片漆黑中准确无误地找到门厅的。这些年来，每个月他都会花好几个晚上住进这些被废弃的房屋；他喜欢从波特兰的那些喧哗与骚动中逃离一会儿。他并没有这么说，但我知道这一定是让他想起了荒野。

有一座房子尤其受到我们的喜爱：布鲁克斯街37号，那栋房子曾一度被一家爱情同情者作为居住的据点。就像在迪尔恩高地的其他许多房子一样，自从那次扫荡清空了这片地区之后，这栋房子就被圈起了重重的围栏。但艾利克斯却带我们从一楼窗口处一块松动的木板那里偷偷溜了进去。这真是奇怪：尽管这个地方早已被洗劫一空，但一些大的家具和书籍却还在原处，如果不是墙上和天花板上遍布的烟雾污点，你可能还会以为主人随时都会回家来。

第一次去的时候，汉娜走在我们前面一边嚷道“喂！喂！”一边钻进了黑糊糊的屋子里。我在那突如其来的黑暗和寒冷中打了个哆嗦。在外面刺目的阳光下待过之后，这样的漆黑有些突然。艾利克斯将我拉到他身边。我终于开始习惯让他碰触我了，而每当他凑过来亲吻时，我也不会再畏缩或转过头去。

“想跳舞吗？”他逗我问。

“拜托。”我做出要推开他的样子。在这样安静的地方大声说话感觉有些奇怪。汉娜的声音传到我们这头来，听上去很遥远，我寻思着这座房子究竟有多大，这里有多少个房间，而这一切都被笼罩在厚厚的灰尘下，悬浮在阴影之中。

“我是认真的。”他说着，伸展着自己的胳膊，“这里真是跳舞的完美场所。”

我们站在客厅中央，这里过去一定非常美丽。客厅极其宽敞，比卡罗尔和威廉的公寓的整个第一层都要大。天花板在黑暗中延伸开来，巨大无比的枝形吊灯高悬在我们头顶，在被木条封锁的窗户透进来的有限的光线中闪烁着晦暗的光泽。如果仔细听，你就能听到老鼠在墙里静静地爬动的声音。但不知道为什么，这里却并不让人觉得恶心或害怕。它甚至有些美妙，让我想起了森林，想起了生长、死亡和重生的那无限循环的过程，就像我们真正所听到的是那座房子正包围着我们，一厘米一厘米地折低下来。

“这里没有音乐。”我说。

他耸耸肩，眨眨眼睛，摊开双手：“只要你心里想着音乐，就能感受到它。”他说。

我任凭他将我拽到他身边，这样我们便胸贴胸地站在了一起。他比我高多了，我的头刚好抵到他的肩头，我能感觉到他的心脏在胸中突突地跳动，它刚好给了我们需要的节奏。

布鲁克斯37号最好的部分是后院的花园。杂草丛生的草坪在古树中随风摇曳，粗壮的树木们长满节瘤，枝干盘根错节地纠结在一起，在头顶形成了一块上好的罩棚。阳光透过树林照射下来，在草地上投下斑斑点点的白色光点。整片花园像学校图书馆般既凉爽又安静。艾利克斯带来一块毯子，将它留在房内。每当我们来这里时，都会将它带出来铺在草地上，然后我们三个就会一起躺在那里，随意地说说笑笑，有时候会一连待上几个小时。有时候汉娜或者艾利克斯会买些食物来做野餐，有一次我从姨爹的店里偷了三罐苏打水和一整箱糖果，我们吃多了糖，全都发起了疯，做起游戏来像小孩子一样——捉迷藏、标签游戏还有跳背游戏。

有些树干简直像四只垃圾桶堆在一起那么粗，我给汉娜照了张相，她大笑着，努力想用胳膊围绕着其中一棵树。艾利克斯说这些树一定在这里有好几百年了，这让汉娜和我都沉默了下来。那意味着它们是在那之前就存在了——在边境线被关闭之前，在高墙被筑起之前，在疾病被驱往荒野之前。当他说起这些时，我喉头有些作痛。我真希望自己知道那时候是什么样子。

然而多数时间艾利克斯和我会单独在一起，而汉娜则会给我们做掩护。在连续好几周完全没见到她后，突然间我会每天都去找汉娜——有时候甚至一天两次（一次是去见艾利克斯，然后才是真的去见汉娜）。幸运的是，姨妈并没有打探什么。我想她一定是认为我们吵了一架，然后现在正在弥补失去的时间，这倒是有些属实，和我的情况也差不多。我比自己记得的还要快乐。我甚至比自己记得的曾经梦想过的还要快乐。我告诉汉娜我永远也无法报答她对我的掩护时，她只是弯起嘴角微微一笑说："你早就已经报答我了。"我不太清楚她那么说究竟是什么意思，但我只是很高兴她又重新回到了我身边。

和艾利克斯单独在一起时，我们并没有做太多事——只是坐着聊天——但时间似乎仍然在悄然流逝，比纸张着火还要快。前一分钟还是下午三点，我发誓后一分钟天空的光线就暗淡下去，已经几近宵禁时分了。

艾利克斯给我讲起有关他生活的故事：有关他的"叔叔"和"阿姨"，还有他们做的一些工作，但对于爱情同情者和带病者们的目的，以及他们是怎样做到的，他还是讲得很模棱两可。不过没关系。我也不知道自己究竟想知道什么。当他提起需要反抗时，他的语气中带着一丝强硬，从他的话音下可以听出愤怒。在所有这些时光中，只有短短一瞬间我还是会害怕他，还是会听到*带病者*那个词在我的耳朵中回响。

但多数时候艾利克斯只给我讲一些平常事，讲讲他的阿姨做的油炸玉米饼，还有每当他们在一起，叔叔喝得微醉时，都会一遍又一遍反复讲起过去的故事。他们都被治愈了。当我问起他们现在是不是更加不快乐时，他耸耸肩说：“他们也思念那疼痛。”

这对我来说有点不可思议，他用眼角的余光看着我说：“你知道，当疼痛消失时，你就真的失去某些人了。”

然而，通常他也会说起荒野和住在那里的人们，我会将头搁在他的胸口，闭上眼睛想象这一切：有一个女人，人人都叫她疯子凯蒂琳，她能用废金属和压扁的苏打水罐打出响亮的音律来。还有琼斯奶奶，她一定至少有九十岁了，但仍然每天都徒步走进森林，采摘莓果。他还讲起了户外的篝火，睡在星空下，一直待到深夜，唱歌，聊天，吃东西，直到夜空中布满烟雾。

我知道他有时候仍然会回去，我知道他还在想着自己真正的家。有一次我告诉他，我很遗憾自己不能和他一起回去看看他在福赛斯街上的工作室，他却说自己还是更想念以前的家。他在那里一直住到开始上大学。如果有任何邻居看到我和他一起走进那栋楼，我们就完了。但他很快纠正我说：“那不是家。”

他承认说他和其他带病者们找到了一条进出荒野的路，但每当我求他再说详细些时，他就会拒不开口。

“也许有一天你会见到的。”他只是这么说而已，而我感到既害怕又刺激。

我问起他关于我的叔叔的事，他曾因为无法接受审讯而逃跑过，艾利克斯皱起眉，摇了摇头。

“荒野里几乎没有人使用真名。”他耸耸肩说，“但他听上去可不怎么耳熟。”但他解释说在全国有成千上万的居住地，我的叔叔什么地方都有可能去——也许是北部，也许是南部或西部。至少我们知道他没有去东部——他会死在海里的。艾利克斯告诉我说美国的荒野之地和已知城市的面积至少是一样大。这对我来说实在太难以置信了，有一小会儿我简直不敢相信，当我告诉汉娜时，她也不相信。

艾利克斯也是一个很好的聆听者，他能静静地听着我一连讲好几个钟头我是怎样在卡罗尔家长大的，还有人人都以为格蕾丝不会说话，只有我知道真相。我形容起了珍妮，她那尖酸刻薄的长相，老太太的表情，而且习惯仰着鼻子看我，仿佛我是个九岁大的小孩。当我说起这些时，他大声笑了起来，

和他聊起母亲也让我感到很自在，我讲起过去当她还活着时是什么样子，当时只有我们三个——我，她和蕾切尔。我告诉他那袜子舞蹈，还有妈妈给我们唱起摇篮曲的方式，尽管我只记得几首歌的片段。也许他倾听的方式实在太安静了，他用那双温暖明亮的眼睛凝视着我，从来不对我妄加评判。有一次我甚至跟他说起了妈妈跟我说过的最后一句话，他只是静静地坐着，抚摸着我的后背，突然间我感觉自己简直想要哭出声来。这种感觉消失了。他那温暖的双手将它从我身上驱赶了出去。

还有，当然，我们接吻。我们如此频繁地接吻，以至于当不接吻时，感觉实在很奇怪，好像我已经习惯了通过他的嘴和唇来呼吸一样。

我们慢慢变得越来越安心自在，我也开始探索起他身体的其他部分。他皮肤下的肋骨那精巧的结构，他那宛如石头般轮廓分明的胸膛和肩膀，腿上那柔软卷曲的苍白毛发，他的肌肤总带有一股海洋的气息，既美妙又奇特。允许让他看我的身体则更是有点疯狂。一开始我只让他拉起我的上衣亲吻我的锁骨和肩头，然后他将我的整件上衣卷到头上，将我平放在明亮的阳光下凝视着我。第一次这样做时我颤抖了，忍不住想要将双手交叉挡在胸前遮住我的乳房。我突然发现自己在阳光下竟是如此白皙，还有在我的胸前竟有如此多的痣，然后我才知道他看着我也许是在想我长得真是畸形。

但随后他却轻呼一口："真美。"当他的眼神与我的眼神相撞时，我才知道他是真的发自内心地这么想。

那天晚上，我站到浴室的镜子前，却有生以来第一次没有看到一个路人甲般的平凡女孩。我将头发拂到脑后，睡袍从一侧肩头滑下去，双眼闪闪发光，我第一次相信了艾利克斯所说的话。我很美。

但那并不仅仅只是我。一切看上去都很美。《安全，健康与幸福手册》说恋爱狂热症会使你的感官发生偏颇，让你失去清晰推理思考的能力，损坏你的判断力。但它却没有告诉你这点：爱情会将整个世界都变得比它的本来面目更美好。甚至是一座巨大的混合着废金属、融化的塑料和恶臭垃圾的山丘，在炎热的天气下微微闪光，看上去也带着某种奇异和魔幻的色彩，仿佛是从外星球被运到地球上来的。在晨光中，栖息在市政厅房顶的海鸥看上去像是蒙上了一层厚厚的白色颜料，仿佛它们照亮了整片淡蓝色的天空。我觉得自己这辈子从未见过如此鲜明清晰又美丽的事物。暴风雨也是惊人的：像是无数玻璃碎片坠落下来，空中布满了钻石。风轻声吟诵着艾利克斯的名字，海洋则随之重复，而摇曳的树枝让我禁不住想翩翩起舞。我看到和触摸到的一切都让我想起他，因此我看到和触摸到的一切都是完美的。

《安全，健康与幸福手册》同样也没有提到时间是如何开始，又是如何从你身边流逝的。

时间在猛跳，时间在飞跃。它像水流冲过指间般倾泻而过。每次来到厨房看到日历又往后翻了一页时，我都不愿去相信它。我的体内翻滚起一股恶心，这股沉重的郁闷感一天比一天加重。

离治疗还有三十三天。

三十二天。

三十天。

而夹在其间的是无数的画面、片刻、纯粹的瞬间；在我抱怨太热之后，艾利克斯将巧克力冰激凌抹在我的鼻子上；在花园里时，嗡嗡作响的蜂群盘旋在我们头顶，蚂蚁们排着整齐的队伍静静地向我们野餐后剩下的食物行进；艾利克斯的手指插进我的头发；他的肘弯放在我的脑袋下面；艾利克斯的低语："我真希望你能和我待在一起。"那一天，又是一个如血的黄昏坠入地平线，整个天空被红色、粉色和金色照亮，云层显现出各种各样的奇异形状：一头戴着帽子的乌龟，一只扛着南瓜的鼹鼠，一条金鱼追逐着一只正在逃生的兔子……

这些短暂的画面与瞬间，如同一只在龙卷风中拼命扑扇着翅膀的蝴蝶般脆弱、美丽而绝望。

第十七章

他们撒谎了

在科学界一直有着一个重大的争论，关于欲望究竟是在感染了恋爱狂热性精神错乱后引发的某种症状，还是形成该疾病本身的先决条件。但一致认同的观点是，爱情与欲望是一种共生关系，这意味着它们无法在缺少另一方的条件下单独存在。欲望是满足的敌人，欲望是一种疾病，是大脑在发烧。你就不再会被认为是健康的。正是这个词暗示着一种贫瘠和困乏，那就是欲望：这是大脑的弊病、瑕疵和错误。幸运的是，这在目前可以得到纠正了。

——摘自《恋爱狂热性精神错乱在认知功能上的根源及影响》第四版

作者：菲利普·贝里曼

波特兰的八月毫不客气地将它炎热恶臭的气息吹往一切。白天的街道简直令人难以忍受，太阳毒辣辣的，人们奔往公园和海滩，不顾一切地争取那点阴凉和微风。要见到艾利克斯变得更难了。通常不那么受欢迎的东区海滩几乎所有时间都挤满了人，甚至在傍晚我下班以后还是这样。我有两次出去见他，但要和他说话或是给彼此做个手势实在太危险了，只能隔着两个陌生人迅速地点一下头。于是我们隔着十五英尺的距离将各自的浴巾铺开在沙滩上。他戴上耳机，而我装做在看书。每当我们眼神相撞时，我的全身都会变得兴奋起来，好像他就躺在我身边，用手在我的背上轻轻摩挲，尽管他面无表情，我还是能从他的眼睛里看出来他在微笑。没有什么比这更痛苦也更美妙的事了——与他如此接近却什么也做不了，像是在大热天猛吃冰激凌导致的偏头痛。我开始理解艾利克斯所说的关于他的“叔叔”和“阿姨”的事了——关于他们甚至在治疗过后还会怀念那种疼痛的事。不知为何，这种疼痛反而令人觉得更好受，更加热切，更值得。

由于海滩不能用了，于是我们转移到了布鲁克斯街37号。花园饱受炎热天气的折磨。已经有超过一周没有下雨了，阳光宛如最轻盈的脚步般透过树丛，在七月它通常是舒缓地投下来，而此刻却如同一柄柄匕首穿透了树叶的华盖，将草地烤成了褐色。甚至连蜜蜂们在这酷热中似乎也醉了，懒洋洋地转着圈子，它们绕着无精打采的花儿打转，随即便砰然落到地面，然后又晕头转向地飞回空中。

一个下午艾利克斯和我躺在被单上。我仰躺着，头上的天空像是分裂成了蓝色、绿色和白色相间的小块。艾利克斯趴着，看上去似乎有些紧张。他一直在点着火柴，看着它们着火，然后当它们就快烧到手指时将它们一下子吹灭。我想起了那次在小木棚里他告诉我的话：他对于来到波特兰的愤怒，还有他曾一度习惯于烧东西。

关于他我还有太多太多不了解的地方——在他心底埋藏着如此多的过去。他不得不学习如何掩藏它，甚至比我们中的大多数人还要多。我觉得在他心底是有个中心的。它像是一块煤被一层层的地表重重压下来，慢慢地被压成了钻石。

我还有许多问题没有问他，我们也还有许多事从未讨论过。然而从另一种方式上来说我又觉得自己确实了解他，哪怕他从未跟我说过任何事，我也一直都很了解他。

“现在在荒野那边一定很舒服。”我不假思索地说了出来，只是为了找点话说。艾利克斯转过头来看我，我马上结结巴巴地说：“我的意思是——那里一定要凉快些。因为那里有好多树林还有树荫。”

“那里确实是。”他用一只手撑着脸说。我闭上眼睛，看到眼前有无数色斑和光点在舞动。艾利克斯沉默了片刻，但我能感觉到他在盯着我。“我们可以去那里。”他终于开口了。

我以为他一定是在开玩笑，于是我大笑起来。他却一直很安静，直到我睁开眼睛才看到他一脸沉静。

“你不是认真的吧。”我说。但心里却早已升起一股深深的恐惧，然后我知道他是来真的。不知道为什么，我知道，那就是他今天一整天都有些古怪的原因：他想念荒野了。

“如果你想的话，我们可以去。”他又盯着我看了一会儿，然后翻了个身躺下了。“我们可以明天在你换班之后去。”

“但我们怎么——”我刚说起来，他就打断了我。

“让我来处理这事吧。”有那么一瞬间，他的眼睛看上去比我以前看到的任何时候都要深邃而神秘，宛如隧道，“你想去吗？”

这么随便地躺在毯子上讨论这件事感觉真有点不对劲，于是我坐了起来。越过边境可是滔天大罪，会被处以死刑。尽管我知道艾利克斯时常这么做，但那巨大的风险此时还是深深震撼了我。“没有办法。”我用几乎听不到的声音说，“那是不可能的。那围栏——还有警卫——还有枪……”

“我跟你说过，让我来处理这些。”他也坐了起来，立刻伸出手来捧着我的脸，微笑着："任何事都是有可能的，蕾娜。"他说着，做出了自己最喜欢的那种表情。恐惧减弱了，我感觉和他在一起无比安全。我简直不能相信当我们在一起时会发生什么坏事。"几个小时而已。"他说，"只是去看看。"

我将脸扭开了："我不知道。"我的嗓子火辣辣的，话一出口便破碎了。

艾利克斯将身子朝前倾，飞快地吻了一下我的肩膀，然后又躺了下来："没什么大不了的。"他一边说一边抬起胳膊挡在眼前，好遮住阳光。"我只是觉得你可能会有些好奇，就这样。"

"我是很好奇。但是……"

"蕾娜。如果你不想去也没关系。真的。这只不过是个想法而已。"

我点点头。尽管双腿沾满了汗水，我还是将它们抱到了胸前。我感到无比轻松，但同时也感到了失望。我突然想起了蕾切尔怂恿我在威拉德海滩的码头上做一个后空翻潜水的事，我站在上面发着抖，害怕得要命而不敢跳下来。最后她终于让我走了下来，弯下身子轻声对我说："没关系，蕾娜。你还没准备好。"当时我只想离开那跳台的边上，但当我们往回走到海滩上时，我却突然感到又难过又羞愧。

就是在那一刻我突然意识到："我想去。"我脱口而出。

艾利克斯动了动胳膊："真的？"

我点点头，但却不敢再说一次这句话。我只是害怕一旦开口，我就会将它们收回去。

艾利克斯慢慢坐起来。我以为他会更兴奋点，但他却没有笑。他只是咬紧牙关，将视线移向一边："这就意味着要违反宵禁。"

"这意味着要打破很多很多规矩。"

然后他看着我，神色中充满坚定，让我内心深处隐隐作痛。“听着，蕾娜。”他垂下视线，重新排列着他刚才点燃的那堆火柴，将它们整整齐齐地放成一排。“也许这并不是什么好主意。如果我们被抓住——我是说，如果你被抓住——”他深吸了一口气，“我是说，如果你发生什么事，我永远都不会原谅我自己。”

“我相信你。”我说。我是带着一百五十分的认真这么说的。

他还是没有看着我。“没错，但是……越过边界的后果是……”他又深深呼出一口气，“越过边境的后果是……”在最后一刻他还是没能说出死。

“喂。”我轻轻地用手肘推了推他。被某个人这样在乎感觉真是不可思议，而同时，你也感觉自己愿意为了一个保护他的机会而去死或者做任何事。“我知道规则。我在这里住的时间比你还要久。”

然后他脸上绽开一丝笑容。他用手肘往回推了推我：“没多久。”

“我是土生土长的。你可是个外来者。”我又用手肘碰碰他，这一次更用力了些，他大笑起来，试着想抓住我的胳膊。我咯咯笑着一闪躲开了，然后他又伸出手来在我肚子上挠痒痒。“乡下来的土包子！”我尖叫着说。然后他哈哈笑着拽过我，扭着我的后背将我摔在地毯上。

“城里的老滑头！”他一边说着一边在我身上翻滚着，然后亲吻了我。一切都融入了酷热之中，色彩爆炸开来，四处漂浮。

我们约好第二天傍晚在后海湾见面。那是星期三，因为我要直到星期六才会再开始上班，因此要让卡罗尔允许我去汉娜家睡觉相对比较容易。艾利克斯陪我一起将整个计划的一些主要关键点梳理了一遍。越过边境并非不可能，但几乎没有人去冒险做过。我想那死刑的惩罚一定是一个最重大的威胁。

我不知道我们要怎样才能越过那道电网，但艾利克斯解释说电网其实只有某些部分才是真正带电的。给延绵不绝若干英里长的电网通电实在太贵了，因此相对来说很少有电网真的“通电”：而电网的其余部分则比迪尔恩橡树公园周围的围栏危险不了多少。但只要所有人都相信，电网的所有部分都拥有足以将人烤成煎鸡蛋的成千上万瓦的电力，这架电网的目的就达到了。

“都是些混淆视听的烟幕弹。”艾利克斯微微挥了挥手说。我觉得他是在指波特兰，法律，也许还有全美国。当他严肃起来时，眉间就会折起一道微微的褶皱，像是一个小小的逗号，这是我见过的最可爱的东西。我竭力保持精神集中。

“我还是不明白你是怎么知道这些事的。”我说，“我是说，你们这些人是怎么发现的？难道你们让人不断穿过电网，好看看他们是不是会在某些地方被烧死吗？”

艾利克斯咧嘴微微一笑：“行业机密。但我能告诉你的是我们有一些观察实验，包括使用野生动物。”他抬起眉毛，“你吃过烤海狸吗？”

“呃。”

“或者烤臭鼬？”

“现在你只不过是在试着想让我犯恶心罢了。”

*我们的人比你想的要多得多。*那是艾利克斯最喜欢的又一个表达方式，他始终抑制着没跟我说。四处都是同情者，有没被治愈的也有被治愈的，他们有人在担任管理员、警官、政府官员、科学家。那就是我们要通过警卫室的方法，他告诉我说，在波特兰最活跃的同情派中，有一个人的丈夫是夜晚在土耳其大桥北端巡逻的警卫，我们就是要在那里穿越过去。她和艾利克斯发明出了一种信号。一旦晚上他

想要越过边境，他便会在她的邮箱里留下某种特定的传单，是那种熟食店和干洗店会发出来的拙劣的影印单。这一次是在斯威尔德医生那里做免费眼部检查的广告单（看上去对我倒是十分明显，但艾利克斯说那些反抗者和同情者承受了太大的压力，他们需要给自己保留一些私密的玩笑）——每当她发现这个，都会在给她丈夫煮的夜间巡逻喝的咖啡里放上一大把安定片。

“可怜的家伙。”艾利克斯咧嘴一笑说，“无论他喝上多少咖啡，似乎也永远都没法保持清醒。”我看得出来这样的反抗对他有着多么重大的意义，也看得出来他对存在于那一头的反抗有多么自豪，它们健康兴旺，生机勃勃，朝着波特兰挥出自己有力的臂膀。我竭力想挤出笑容，但却感到脸部僵硬。我的思想还在无法控制地想着——我所在考虑的事情是多么错误。要将爱情同情者和反抗者们看成同盟而不是敌人，这一点对我来说依然很难。

但毫无疑问的是，偷偷溜过边境会把我变成他们中的一员。但同时现在我也无法再认真考虑回头的事了。我很想去。如果对自己足够诚实的话，我早在很久以前就已经是同情者了——就在艾利克斯问我想不想去后海湾见他时，我说了“是”的那一刻。关于那之前我究竟是个怎样的女孩，我似乎只留下了一些模糊的记忆——那个女孩总是按照要求行事，从不撒谎，一直满怀兴奋地数着日子等着治疗日到来的那一天，一点也不感到可怕或担心。那个女孩曾经害怕所有人，所有事，她甚至还曾害怕她自己。

第二天从店里回家时，我郑重其事地找卡罗尔借来了手机。然后我给汉娜发了条短信：今晚和A一起睡觉吗？这是我最近需要她帮我掩护时所做的暗号。我们告诉卡罗尔我们一直长时间地和艾莉森·多芬尼在一起，她是最近和我们一起毕业的。多芬尼家甚至比汉娜家还要富有，艾莉森则是一个自傲自大的烂人。汉娜起初抗议过将她作为那个神秘的“A”[①]，因为她甚至压根连假装和艾莉森一起玩都不愿意，但我最终还是说服了她。卡罗尔绝不会打电话给多芬尼家来检查我的行踪。她有点害怕，也许还有些难堪——我的家庭是不纯洁的，被玛西娅丈夫的背叛，当然还有我母亲的事蒙上了污点，而多芬尼太太是“美国无爱情狂热症联盟”的创建者和理事。而当我们一起在学校里时，艾莉森·多芬尼几乎都不会正眼瞧我，而在小学时当我母亲去世时，她还要求换桌子以便离我远点儿，她告诉老师说我闻上去像是临终之人的味道。

汉娜几乎是立刻就回复了：你说对了。今晚见。

我猜想要是艾莉森知道我用她的名字来为我的男朋友做掩饰，她一定会被吓坏的，这个想法让我笑了起来。

我在快到八点时上了楼，肩上很扎眼地扛着一个装过夜衣物的包。我甚至还故意将睡衣露出来了一点。我在打包时完全像是要去汉娜家的样子。卡罗尔对我匆匆一笑，跟我说祝我玩得开心，我一下子有一种片刻的负罪感。现在我撒谎已经是频繁到信手拈来的地步了。

但这还不足以阻止我。我刚一出门就直接朝西区走去，只是为了以防珍妮或者卡罗尔从窗口看着我。只有在到了春天大街后，我才又返回去走向迪尔恩大道，然后朝着布鲁克斯街37号走去。这条路无比漫长，当我走到迪尔恩高地时，天空中的最后一丝光线刚刚打着旋离去。这里的街道和往常一样犹如沙漠。我推开围在房子外面的那道锈迹斑斑的铁门，轻轻打开盖在一楼窗户上的那道松开的木条，爬进了屋里。

黑暗使我有些反应不过来，我在那里站了一小会儿，眨着眼适应这暗淡的光线。空气很黏，带着陈旧的味道，房子闻上去有一股发霉

① 艾利克斯英文名字是Alex，艾莉森英文名字是Allison，二者都是以字母A开头。

的味道。许多物体都开始显现出了它们的形状，我摸索着找到了进客厅的路，来到了长满霉斑的沙发前。它的弹簧都坏掉了，里面一半的填充物都被扯了出来，可能是耗子干的，但你能看出来它曾经非常漂亮，甚至是优美。

我从包里拿出钟，将闹钟调到十一点半。这将会是一个漫漫长夜。然后我在那不平滑的沙发上伸展开身子，将背包垫在头下。这并不是最舒服的枕头，但是能起点作用。

我合上双眼，听着耗子抓抓挠挠的声音，还有墙壁发出的轻微的呻吟和神秘的滴答声，渐渐坠入睡梦中。

我做了一个关于母亲的噩梦，然后在黑暗中醒来。我一下子坐直，一下子有些惊慌失措，不知道自己究竟身在何处。身下坏掉的弹簧发出一声尖鸣，然后我想起来了：这里是布鲁克斯街37号。我笨手笨脚地摸索着闹钟，看到时间已经是十一点二十分了。我知道自己应该起来，但我还在酷热和噩梦中摇摆，有好一阵我只是坐在那里，深深地呼吸着。我在流汗，头发都粘到了脖子上。

我做的是常做的那个梦，但这一次却颠倒了：我在大海中漂浮，踩着水，看着妈妈站在成百上千英尺之上的悬崖边，它不断地往下掉着石块，她站得太远了，我根本看不到任何东西，只有她那被阳光照出来的模糊轮廓。我竭力想大喊着警告她，举起手臂朝她挥手让她回去，离开悬崖，但我越是努力，海水似乎越是将我往后拽，它一直困着我的手臂，并涌进我的喉咙，让我的话无法喊出口。而与此同时，所有的沙子都像雪一般在我身边堆积着流动，我知道她随时都有可能会掉下来，在那些像尖利的指甲般刺出水面的粗糙岩石上摔碎她的脑袋。

然后她掉了下来，那个不断下坠的黑点在炽热的阳光下变得越来越大，我拼命想大叫出来，但却怎么也喊不出来，然后当那个人的身体变得更大些时，我才发现那正坠往岩石的并不是我的母亲。

那是艾利克斯。

然后我就醒了。

我终于站起来，头微微发晕，竭力让自己不去理会这恐惧的感觉。我蹑手蹑脚地慢慢朝窗户踱去，当身子一探出窗外，我就感觉轻松了许多，尽管站在街上的危险更大。但至少这里还有一丝微风。屋子里的空气实在太憋闷了。

当我赶到后海湾时，艾利克斯已经等在那里了，他蹲在停车场旁边的一排树林的树荫里。他站得太隐蔽了，我差点绊倒在他身上。他伸出手来将我抱着蹲下来。在月光下，他的眼睛像猫一样闪闪发光。

他站在后海湾朝着边境旁那一闪一闪的灯光默默地做了个手势：那是警卫室。从远处看去，它们就像一排耀眼的白灯笼，紧张不安地等着一场夜间的野餐，几乎是有些兴高采烈的样子。警卫处后面二十英尺处就是那实实在在的电网了，电网之后，就是荒野。它们在风中舞动着，摇曳着，对我来说，它们从未像此刻这样奇怪过。我很庆幸艾利克斯约好了在越过边境之前不要说话。胸中的那块沉甸甸的感觉让我感觉呼吸困难，更不用说说话了。

我们就要穿过位于海湾最北部的土耳其大桥的顶端了。如果我们游泳的话，那就是与我们见面的地方正好形成对角线。艾利克斯拍了三下我的手，这是我们开始行动的暗语。

我跟着他来到海湾外围，小心翼翼地避开沼泽地，那里看上去极像是草地，尤其是在黑暗中的时候，但只有当你陷到膝盖深时才能发现区别。艾利克斯在草地中悄无声息地移动，从一片影子跑到另一片影子。在有些地方他看上去简直像彻底从我眼前消失了，仿佛融入在了茫茫夜色之中。

我们绕着海湾的北部行走，警卫处的轮廓显得更加清晰了，变得更像是真正的建筑，那是一间间用钢筋水泥和防弹玻璃筑成的独屋警卫室。

我的手心沁出了汗珠，喉咙中那股干涩肿胀的感觉似乎扩大了四倍，我觉得自己简直快要窒息死了。然后我突然发现我们的计划是多么的愚蠢。也许有上百件——上千件事都是错误的！二十一号屋的警卫也许还没喝下他的咖啡，或者也许他喝了，但却喝得不够，不足以让他昏睡过去——要么也许那份安定药还没来得及下。哪怕他睡着了，我们还是得沿着北部边境线外围上那圈满是砂石的浅滩匍匐行走，还有那满目疮痍的公路，那是在波特兰被关闭之前，在疾病被驱逐出境之前就已经存在的公路。也许还会有另一个警卫听到了我们的动静，赶来查看。而艾利克斯也许也搞错了电网那些带电不带电的部分，也许城市在夜间将它们全都通上了电。

我害怕极了，感觉自己像是快要昏厥过去一般。我想吸引艾利克斯的注意，对他大喊我们必须得掉头，我想叫嚷出所有的话，但他却仍然在我前方灵活地行动着，发出任何叫声或动静，都一定会引来警卫。而在警卫面前，管理员们简直像是一群在玩警察抓匪徒的小屁孩。管理员和搜查队们有警棍和恶狗，而警卫有步枪和催泪瓦斯。

我们终于到了海湾的北部分支。艾利克斯在一棵大树后停下来，等着我跟上去。我在他身旁俯低身子趴了下来。这是我最后一次告诉他我想回头的机会。但我却说不出话来，当我竭力想摇头说不时，却什么也没发生。我感觉自己像是又回到了梦里，被黑暗所吞噬，像一只被困在装满蜂蜜的碗里挣扎的小虫子。

也许艾利克斯看出来了我有多么恐惧。他将身子凑过来，笨拙地摸索了一会儿，想找到我的耳朵。他的嘴唇在我的脖子和脸颊上轻轻碰触了一下，还掠过我的耳廓，这让我暂时忘却了恐惧，感到一阵欢愉。“不会有事的。”他悄声说。我感到稍稍好了些。只要和艾利克斯在一起，就不会发生坏事。

然后我们又站了起来。我们分开朝着前方奔去，从一棵树冲向另一棵树，然后我们停下来，艾利克斯仔细聆听以确保没有任何变故，既没有叫声或吼声，也没有走近的脚步声。而随着树丛渐渐变得稀疏，我们在掩护物之间冲刺的暴露时间也变得越来越长，我们不断地接近那排长出来又消失的草地，最后终于来到了一片完全空旷之地，完全处于极易被攻击的弱势地势。这里离电网前的最后一排灌木丛只有大约五十英尺的距离，但在我看来，不妨称它为一汪燃烧的火焰之湖。

然后就剩下电网本身了：它在月光下隐约闪烁着阴森森的银光，像是一张巨大无比的蜘蛛网。它会抓住一切东西并吞没他们。艾利克斯告诉过我要从容，要专注。但当我谨慎地走向沿着带刺的铁丝网时，脑海中却禁不住总是想象出我被钉在那些带着尖利倒刺的网上的场景。

然后，突然间我们就来到了外面——我们穿过了树丛给予的最后一层有限的保护，飞快地来到了那条老公路松动的砾石外沿上。艾利克斯跑在我前面，几乎是对折般弯下了身子，我也尽可能低地俯下身，但这却并没有让我感到少暴露了多少。恐惧尖叫着，从四面八方立刻向我冲击过来，我从来不知道有这样的事。我不知道究竟是恰恰就在那一刻起风了，还是只是恐惧贯穿了我的全身，但我感觉却像是一下子掉进了冰窟里。

四周的黑暗似乎一下子活跃起来，布满了变幻的阴影和森气逼人的形体，它们像是随时都会变成警卫，在我的想象中，寂静中会突然出现尖叫、叹息、警笛、子弹声。我幻想出膨胀的疼痛感和明亮的灯光。世界似乎变成了一系列支离破碎的画面：在二十一号警卫室外围绕着一圈耀眼的白色光圈，它在不断往外扩大，仿佛急不可耐地要将我们一口吞下；而在屋内，是一名警卫跌坐在椅子上，张大着嘴在睡觉。艾利克斯转过头来对我微笑——他有可能是在笑吗？我双脚下像是有石头在跳舞。一切感觉都如此遥远，像是火焰投下的光影般虚幻。甚至连我也感觉不真实起来，我丝毫感觉不到自己正在呼吸或是移动，尽管我此刻一定正在这么做。

然后我们突然就来到了电网前。艾利克斯跃到空中，就在那一刻他凝固在了那里。我想大叫着停下，停下！我想象着他的身体碰上那五万伏的高压电，被烧得嘶嘶作响，爆裂开来，但随即他却攀爬上了电网，它静静地摇摆起来：正如他所说的一样，冰冷而死寂。

我本应该跟在他身后爬上去，但我却做不到。不是立刻跟上去。一股惊异的感觉悄然蹿上心头，渐渐地驱走了恐惧。自从还是个小婴儿时起，我就一直害怕那电网。我一直都与它保持着五英尺以上的距离。我们总是被警告不要靠近它，这早已被深深灌输在脑海中。他们告诉我们这会把我们烤焦，会将我们的心脏弄得癫狂，在瞬间夺去我们的性命。此刻我却伸出手去，将手抠在那细小的链条上，将手指穿过了它。它是如此麻木、冰冷而无害，与城市用于操场和学校运动场上的那种围栏一模一样。就在那一刻，我突然意识到这些谎言是多么深刻而复杂，它们像下水道一样迂回遍布整个波特兰，让城市充满了恶臭，让整座城市都被一圈谎言围了起来。

艾利克斯爬得很快，他已经爬到了电网的中间。他从肩头侧过头往下来，看到我还像个白痴似的站在原处一动不动，于是他朝我歪了歪脑袋，像是在说，你在干什么？

我又将手搭在电网上，但它却突然又缩了回去，我全身立刻涌上一股战栗，但那却与原本应该在网上的高压电无关，我只是突然想起了一些别的事。

他们对所有事情都撒了谎——关于电网，还有带病者的存在，还有除此以外的成千上万件事。他们告诉我们说搜查是为了保护我们。他们告诉我们管理员们只是为了保护大家的平安。

他们告诉我们爱是一种病。他们告诉我们这到头来会要了我们的命。

我第一次意识到这也许也只是一个谎言。

艾利克斯在电网上小心翼翼地来回摇摆着，让它微微颤动起来。我抬头一望，他又朝我做了个手势。我们并不安全。是该行动的时间了。我伸长身子将自己吊到电网上攀爬起来。从某些方面来说，挂在电网上比站在一片空旷的沙砾石路上还要糟。至少在那里我们还能掌握得更多，我们能够看到一名在巡逻的警卫会否突然回到海湾，并期待着能够在黑暗和树林中甩掉他。尽管希望渺茫，但仍然有所希望。而在这里，我们是背对着警卫室，我觉得自己像是一个正在移动的巨大的靶子，背上还写着一个标语：朝我开枪。

艾利克斯在我之前爬到了顶端，我看到他煞费苦心地慢慢沿着带刺的围网移动。他越过了围网，小心翼翼地翻到了另一边，往下爬了几步，然后停在那里等着我。我完全按照他的动作来行动。此刻我却浑身发抖起来，一半是因为恐惧，一半是因为费力，但我还是最终爬过了围栏的顶端，随后又沿着另一端爬了下来。我的双脚碰到了地面。艾利克斯拉起我的手带着我飞快地往森林里跑去，很快远离了边境。

进入荒野。

第十八章
进入荒野

玛丽带来了你的雨伞——
阳光照耀在这美好的一天
但灰尘却不断地倾泻下来
要把你的头发染得灰白。

玛丽好好掌稳你的桨
从那高涨的洪水中起航
好好掌稳你的蜡烛
鲜血中可分不出红潮来。

——《玛丽小姐》（一种孩子们常玩的拍手游戏，从闪电袭击之时流传至今）

出自《小馅饼及其他：游戏的历史》

警卫室的灯光立刻隐没，仿佛它们统统被死死密封在了一座地下巢穴中。树木在我们四周紧紧闭合，枝叶从四面八方扑来压在身上，像一千只黑压压的手扫在我的脸和皮肤上，我四周响起了一阵刺耳的声音，像是虫子在扑扇，猫头鹰在哀鸣，还有动物在灌木丛下抓挠着什么。空气中带着浓郁的花香和生命的气味，充满了粗糙的质感，像是一块可以撕开的窗帘。这里漆黑一片。现在我甚至连站在面前的艾利克斯也看不见，我只能感到他拉着我的双手。

我想我现在甚至比刚才翻越边境时还要惊恐，我死死拉着艾利克斯的手，期望他能明白我并停下脚步。

“还有一点点。”他的声音从我前方的黑暗中传来。他拖着我走。我们慢慢地挪动着，然而我还是能听到嫩枝拂动和树枝发出的沙沙声，我知道艾利克斯在凭感觉找路，试着为我们开出一条道来。我们看似是在一丁点一丁点地挪动，但实际早已出人意料地飞快摆脱了边境上的灯光以及那一头的一切，仿佛它们从未存在过。我们身后只剩下一片黑暗。感觉像是在地下行走一般。

“艾利克斯——”我开口了。我的声音一出口显得古怪而陌生，像是哽住了一样。

“停下。”他说，“等等。”他放开我的手，我无意中发出轻声的惊呼。然后他的双手一下子摸索到我的手臂上，嘴唇也碰到我的鼻子，像是在亲吻我。

“没事了。”他说。现在他说话的音量倒是差不多正常了，于是我猜想我们安全了。“我哪儿也不去。我只是得找到这该死的手电筒，好吗？”

“嗯，好的。”我感到自己有些蠢，竭力想恢复正常呼吸。我在想艾利克斯会不会后悔带我来。我表现得可不怎么像勇敢小姐。

艾利克斯像是能看穿我的心思，又给了我第二个小小的亲吻，这一次是在嘴角处。我猜是因为他的眼睛也在黑暗中不好辨认方向。

“你做得很棒。”他说。

然后我听到他在我们周围的枝叶丛中发出沙沙声，并压低着嗓子小声咒骂着什么，他滔滔不绝地自言自语着一些我听不太懂的话。过了一小会儿，他发出一声兴奋的短叫，片刻后前方出现了一把宽阔的光束，照亮了我们周围密集的树林和各种生物。

“找到了。”艾利克斯咧嘴一笑说，在我面前炫耀地摆弄着电筒。他调整光线方向，将它对准了脚下一只半埋在地里的锈迹斑斑的工具箱。“我们把这个留在这里，给那些翻越边境过来的人用。”他解释说。然后他又拉起了我的手：“准备好了吗？”

我点点头捏了捏他的手指。现在能看到我们要去的方向，我感到好多了。我们上方的树枝形成了一块罩棚，让我想起了圣保罗大教堂的拱顶天花板。过去在主日学校时我常常坐在那里听着有关原子、概率以及上帝指示之类的演讲。四周的树叶窸窣作响，绿色和黑色的影子不断变幻舞动，无数看不见的东西在枝叶间飞快地一闪跃过。艾利克斯的手电筒偶尔会一下子照到一双炯炯发光的野兽眼睛，它们就在那茂密的树丛后庄严地盯着我们，然后再次消失在夜色中。这真是不可思议。我从未见过这样的场景——所有的生物在四处涌动着，生长着，似乎它们每一刻都在不断扩大并向上推挤，我无法解释这些，但它让我感觉自己无比渺小，并且有些愚蠢，仿佛自己正在非法入侵某个比我重要得多也年长得多的人的领地。

艾利克斯走得更坚定了一些，有时候他会拂开一根树枝，好让我从下面钻过去，或是推开挡在我们前方的树枝，但我根本看不清我们所走的小路，十五分钟后，我开始担心我们只是在原地转圈，或是漫无目的地越加深入森林。我正要问他是怎么知道我们要去的地方，然后就发现每隔一小会儿他就会停顿片刻，用手电筒朝围在我们四周鬼魅般的高大树干扫射过去。我看到其中有些树干上带着一条细细的蓝色颜料画下的标志。

“那颜料是……”我问。

艾利克斯回过头来看了我一眼：“我们的路标。”他一边说一边朝前挤过去，然后补充了一句，“你可不愿意在这里迷路，相信我。”

然后那些树木突然间消失了。片刻后我们就站在了森林中央，四周被树木包围，再下一刻我们又抬步来到了一条人行道上，那条狭长的水泥路被月光照得发出银光，像一条满是棱纹的舌头。

路面布满了坑洞，有些地方还出现了裂缝和变形，于是我们不得不一步步绕着那巨大的水泥碎石路走。它一直通往一座长长的低缓的山，然后消失在山顶上，在那里长出了另一丛黑压压的树林。

“给我你的手。”艾利克斯说。他又压低了声音，尽管不知道为什么，但我还是很高兴。不知出于什么原因，我感觉自己像是进入了一座墓园。这条路的两边都是巨大的林中空地，长满了齐腰的蒿草，它们对着彼此吟唱低语，在开阔的空地上还长着一些看上去有些脆弱的细瘦的小树。这里似乎也有一些木桩——那些巨大的木杆一个接一个地重叠在一起，草地中还有些弯弯曲曲的像是金属般的东西发出灼灼的光。

“那是什么？”我悄声问艾利克斯，但刚问出口，喉咙里就发出一丝惊呼，然后我看见了，然后我明白了。

在那些发出细微声音的草地中央，是一辆巨大的蓝色卡车，它完好无损，像是某个人只是将车开到这里来野餐。

“这里曾经是条街道。”艾利克斯说。他的声音绷紧了。

“在那次闪电突袭战中被毁掉了。这里曾经有过成千上万条街道，遍布整个国家。全都被炸弹炸得四分五裂，彻底毁于一旦。”

我浑身战栗。难怪我感觉自己像是走在墓地中。从某个方面来说，确实如此。闪电突袭是一场长达一年的战役，发生在我出生很久之前，当时我的母亲还只是个婴儿。那本应该是为了摆脱所有的带病者，还有任何不愿意离开家园搬去被指定的社区的反抗者。母亲有一次说她最早的记忆便是一切都乌云遍布，充斥着炸弹的声音和烟雾的气味。她说那股战火的气味曾经连续多年在整个城市里飘荡，每当风吹起它时，都会带来一层厚厚的灰尘。

我们继续走。我感觉自己快要哭出来了。身处之地，所见之景，没有任何东西与我在历史课上所学的相符：喜气洋洋的飞行员竖起大拇指，人们站在边境线上欢呼雀跃，因为我们终于安全了，房子被烧得干干净净，没有丝毫杂乱，好像它们只是从电脑屏幕上消失了。历史课本上说，这里的房子里并没有真正住人，他们只是些影子，像幽灵般不真实。但当艾利克斯和我手拉着手沿着那被炸得稀烂的路走的时候，我明白了事实完全不是这样的。这里的一切都乱七八糟，散发着恶臭，还有鲜血以及皮肤被烧焦的味道。这里曾经是有人的：站着的人、吃饭的人、对着电话说话的人、煎鸡蛋的人以及一边洗澡一边唱歌的人。我被这失去的一切带来的悲伤所征服了，并对那带走这一切的人充满了愤怒。我的人们——或者至少是我的故人们，我再也不知道自己是谁，或自己究竟属于谁了。

那倒不是完全属实。艾利克斯。我知道我属于艾利克斯。

位于我们来到了空地中央的一座整洁的白房子前山后再稍远一些的地方。不知为何它逃过了闪电突袭战的侵害，只有一扇百叶窗脱落了，斜成了一个疯狂的角度在风中微微摇摆。这可以是波特兰的任何房子。它孤零零地站在那块空地中央，被周围那些被炸弹炸得七零八碎的邻居的房子包围着，看上去如此古怪而陌生。它单独看上去是如此渺小，像是一只小羊羔在一片错误的牧场迷了路。

“现在那里面还有人吗？”我问艾利克斯。

“有时候下雨或是太冷的时候，人们会进去避一避。但也只有流浪者，就是那些总是不断漂泊的带病者。”他又停顿了片刻，然后才说出了带病者这个词，他的脸扭曲了一下，像是这个词在他的嘴里味道很难闻。“我们基本都会远离这里。人们觉得这房子会有霉运。”他对我投来一个勉强的微笑，“但这里已经被彻底清理干净了。床、床单、衣服——所有东西。我就是从那里得到碗碟的。”

早些时候，艾利克斯告诉过我他在荒野有自己的地方。但当我要求他告诉我更多细节时，他却拒不开口，并跟我说要我等等看。一想到人们住在这里，住在那块巨大的开阔之地，需要碗碟、被单或是其他类似的日常用品，仍然让人感到十分奇怪。

“这边。”

艾利克斯将我拉下公路，带着我又走向森林。其实我很高兴能回到这些树林中。那片空旷的地方有一种凝重感，只有孤零零的一座房子和一辆生锈的卡车，还有一些房屋的残片，像是在世界表面狠狠划下的一道伤痕。

这一次我们沿着一条相当陈旧的小道走路。依然是每隔几棵树就有着蓝色颜料做下的记号，但看似艾利克斯并不怎么需要去查看它们。我们成一列纵队，走得很快。在这里的许多树枝都被推到了一边，许多灌木丛也被清理干净了，因此在这里走路要容易许多。我脚下的尘土早已被若干双脚踩得严严实实。我的心开始在胸腔中怦怦乱跳起来。我看得出来我们正在越来越接近。

艾利克斯转过身来面对着我，如此突然，以至于我差点撞到他身上。他关掉手电筒的灯光，突然间黑暗中那些怪异的形体似乎又膨胀起来，逐渐成形，又打着旋远去。

“闭上眼睛。”他说。我看出来他在笑。

“为什么？我什么都看不到了。”

我甚至能听到他在转着眼珠子："拜托，蕾娜。"

"好吧。"我闭上双眼，然后他将我的双手放进自己的双手中。然后他带着我往前又走了二十英尺，不断地嘟哝着一些类似"抬高脚，这里有块石头"或是"往左走一点"之类的话，整个过程中，我的心里都有一种紧张不安的飘飘然的感觉。我们终于停下来了，艾利克斯放下了我的手。

"我们到了。"他说。我能听出来他声音里的激动，"睁开眼吧。"

我睁开眼睛，霎时间竟然说不出话来。我几次张开嘴，然后又不得不合上，最终发出来一声高声的尖叫。

"嗯？"艾利克斯在我身旁坐立不安，"你觉得怎么样？"

我终于不假思索地脱口而出："这是——这是真的。"

艾利克斯从鼻子里哼了一声："这当然是真的。"

"我是说，这真是太惊人了。"我朝前走了几步。现在我已经到了这里，但却不确定这究竟是什么，我曾经想象过荒野的模样——但无论那在想象中是什么样子，都不会是这样。树林间铺开一条宽阔的长长的空地，在某些地方树木又再次拥挤进来，又大又亮的月亮在中央膨胀着。一块满是凹痕的标志牌周围长满了野玫瑰，上面的字几乎都难以识别了。我只能认出几个字"克瑞斯特村活动公园"。这片空地上停满了几十辆房车，还有更多更具有创造性的住所：搭在树木之间的油布，用床单和浴巾做成的前门；生锈的卡车，驾驶室的后面搭起了帐篷；旧面包车，窗户上拉起了布帘，以遮住隐私。这块空地上遍布着凹坑，那是白天的篝火点燃后留下来的——现在，早已过了午夜，它们还在隐隐焖烧着，冒出几丝烟雾来，闻上去像是烧焦了的木头。

"看到了吗？"艾利克斯咧嘴一笑，摊开双臂说，"那场闪电突袭战什么也没得到。”

“你没跟我说过。”我开始朝着空地中央走去，绕着一堆被排成一圈的木头慢慢走着，那里简直像是间露天的客厅。“你没有跟我说过这里是这样的。”

他耸耸肩，像只欢快的小狗般轻快地跑到我身边来：“这种事你得自己亲自来看才行。”他用脚拨弄起一丛熄灭的篝火下的尘土，“看来我们来晚了，没赶上今晚的晚会。”

我们一边沿着空地前行，艾利克斯一边给我指出每一座“房子”，并跟我说一些有关住在那里面的人的情况。有些故事是我以前听过的，还有些则是全新的。我有些许心不在焉，但我对他的说话声却充满感激，它听上去低缓沉稳，带着熟悉的令人安心的感觉。尽管这块居住地并不是很大——也许只有八分之一英里长——但我却感觉整个世界像是突然裂开了，露出了一层层我从未想过的深邃的奥秘。

没有墙。任何地方都没有墙。相比之下，波特兰就像是一个无比渺小的光点。

艾利克斯停在一辆脏兮兮的灰色拖车前。它没了窗户，但取而代之的是几块五颜六色的彩布，被拉得紧紧的。

“还有，呃，这是我。”艾利克斯尴尬地做了个手势。这是今晚以来他第一次显得这么紧张，这让我也紧张了起来。我竭力忍住了那突如其来的、不合时宜的想要歇斯底里大笑的冲动。

“哇，这是——这真是——”

“从外面看不出什么来。”艾利克斯打断了我的话。他移开视线，咬住嘴角，“你想，呃，进去吗？”

我点点头，我很肯定如果我现在试着开口的话，只会再次发出惊呼声。我跟他单独在一起待过无数次，但这一次却感觉很不一样。这里没有等着要抓住我们的眼睛，没有等着要冲我们怒吼的声音，没有准备要将我们分开的手——它们都在遥远的远处。我感到又兴奋又担心。在这里什么事都有可能发生，当他弯下腰来亲吻我时，仿佛整片天鹅绒般柔软的夜色的重量都压在我们身上，树叶发出的柔软的沙沙声，看不见的动物发出的窸窣声，都化为鼓点钻进我的耳朵，让我感觉自己就像要融入并扩充进这广袤的夜色中。他挪开身子时，我花了好几秒钟的时间才稳住自己的呼吸。

“来吧。”他说。他侧过一侧肩膀抵在拖车的门上，将它撞开了。

里面很暗。我只能依稀看得见几个模糊的轮廓，当艾利克斯关上我们身后的门时，甚至连这些轮廓也消失了，一下子被吸入到黑暗中。

“这里没有电。”艾利克斯说。他转着身子，撞到一些东西，不时低声咒骂着什么。

“你有蜡烛吗？”我问。这辆拖车有股奇怪的味道，像是秋叶从树枝上落了下来。很好闻。这里还有些其他的气味——清洁剂那辛辣的柑橘味和微弱的汽油味。

“还有更好的呢。”我听到一阵沙沙声，然后从上方突然喷下来一阵水袭击了我。我发出一声轻声的尖叫，艾利克斯说：“对不起，对不起，我有好一阵没来这儿了。注意着点。”然后是更多的沙沙声，随后，我头上的天花板开始慢慢地颤抖着，自动对折起来，突然间便露出了广袤的天空。月亮几乎是正对着我们，皎洁、浑圆而巨大，月光如水一般流泻进拖车里，将一切都罩上了一层银色。我现在看到了那“天花板”是什么，事实上，那是一块巨大的塑料布，比你用来罩住烧烤架的东西要大一些。艾利克斯站在椅子上将它往后卷起来，每拉开一点，就显露出更多的天空，而屋内的一切也变得更加明亮起来。

我的呼吸都屏在了嗓子眼儿里："真美。"

艾利克斯回过头来看了我一眼，然后咧嘴一笑。他继续翻卷着那层塑料布，每隔一小会儿就停下来，将椅子往前拉一拉，然后又开始："有一天暴风卷走了一半的屋顶，幸运的是当时我不在这儿。"他也浑身被月光照耀着，手臂和肩膀罩在银色里。我又想起了教堂里的天使画像里那意欲展开的翅膀。"我觉得我也许也会扔下这里的所有东西。"他卷完了塑料布，从椅子上轻轻跳下来，转过身来面对着我，一脸微笑："这是我自己的可折叠的家。"

"这真是令人难以相信。"我发自内心地说。天空看上去如此之近，我感觉自己可以伸出手去用手指拍打到月亮。

"现在我要去拿蜡烛。"艾利克斯从我身边一闪身往厨房跑去，开始在那儿搜寻起来。现在我能看得清大宗物件，但细微之处还是隐没在黑暗中。一处角落里有座木头火炉。它对面是张双人床。当我看到它时，腹中突然微微翻滚起来，仿佛一千种回忆都在刹那间如洪水般一下子扑来——卡罗尔坐在我的床上，用她那缓慢谨慎的语气告诉我关于一个男人和他妻子之间将会发生的事；珍妮将手插在屁股上，告诉我说当那一刻到来时我会不知所措；关于维洛·马克斯的流言的窃窃私语声；汉娜在衣帽间里大声猜想着做爱会是什么样的感觉，而我则嘘声让她小声点，并回过头去检查看有没有人在偷听。

艾利克斯找到一把蜡烛，将它们一支一支点燃，他小心翼翼地将蜡烛沿着整个拖车里摆放，房间的角落里闪烁着摇曳的烛光，一下子变得清晰起来。最让我惊异的是那些书：那些堆积在一起的书本在昏暗的光线下原本看上去像是某件家具的一部分，而此刻它们却都显现出一大堆摞得极高的书山的形状。除了图书馆，我从没在任何地方看到过这么多的书。一面墙边有三台书架。甚至连那台门都松动了的冰箱也被装满了书。

我拿起一支蜡烛浏览起书名来，却一个也不认识。

“这些是什么？”有些书看上去无比陈旧，满是裂缝，我担心一旦碰到它们，它们就会化成粉末。我无声地念出书脊上的名字，至少是那些我能认出来的：艾米莉·狄金森[①]，沃尔特·惠特曼[②]，威廉·华兹华斯[③]。

艾利克斯朝我瞥了一眼：“那是诗。”

“什么是诗？”我从来没听过这个词，但我喜欢它的发音。它听上去优雅而舒适，有些像是一位穿上长裙的美丽女子。

艾利克斯点亮最后一支蜡烛，走到书架前和我站在一起。此时的拖车里充满了温暖摇曳的烛光。他走到书架前蹲下来找着什么。然后他拿起一本书又站起身来，递给我查阅。

《著名爱情诗》。我一看到这个词，胃里就翻滚了一下——*爱情*——它被用黄铜烫金印在书的封面上。艾利克斯在身边盯着我，为了掩饰我的不安，我打开书，扫视了一下目录上的作者名单，他们的名字排在前面几页。

“莎士比亚？”这个名字我是从健康课上学到的，“那个写了《罗密欧与朱丽叶》的人？那则警戒的故事？”

艾利克斯哼了一声：“这可不是什么警戒故事。”他说，“这是一则伟大的爱情故事。”

我想起我们第一天在实验室相遇的情景：那是我第一次看到艾利克斯，却似乎像是上辈子的事了。我记得当时我的脑海中不断翻腾着

---

① 1830—1886，美国著名隐居女诗人，生前写过一千七百多首令人耳目一新的短诗，却不为人知，死后名声大噪。

② 1819—1892，美国著名诗人，开创了诗歌的自由体。1855年出版了代表作诗集《草叶集》。

③ 1770—1850，英国诗人，其许多作品的灵感均来自湖泊地区；他与柯勒律治一道写就的包括《丁登寺》在内的《抒情歌谣集》（1798）是浪漫主义的里程碑；其他代表作品有十四行诗《我好似一朵孤独的流云》（1815）和《序曲》（1850）。1843年被封为桂冠诗人。

那个字眼，美丽。我记得我当时想着某些和牺牲有关的事。

“他们在若干年前禁止了诗，就在他们刚刚发现治疗方法之后。”他将书从我手中拿过去打开，“你想听首诗吗？”

我点头。他咳了一声清清嗓子，然后挺直肩膀，昂起脖子，像是准备要开始踢一场足球赛。

“继续。”我大笑着说，“你在拖延时间。”

他又清清嗓子，读了起来：“我该将你比做一个夏日吗？”

我闭上双眼聆听。那被温暖围绕的感觉又在我心中如海浪般翻腾澎湃起来。诗歌和我之前所听说过的任何一种写作方式都不同。我并不能完全理解它，呈现出来的只有些不完整的零碎画面和橘子，它们如同缤纷多彩的彩带在风中微微抖动。我发现这让我想起了将近两个月前在农场让我为之一震的音乐。它们有着相同的效果，让我在同时感到既喜悦又忧伤。

艾利克斯读完了。我睁开眼睛，他正凝视着我。

“什么？”我问。他那强烈的目光差点让我吓得停止了呼吸，他像是在深深看进我的心里去。

他并没有直接回答我，而是又翻了几页书，但却并没有将目光投在纸张上。他一直都紧紧盯着我。“你想听一首不一样的吗？”他没有等我回答，就开始念诵起来：“我是如何爱你？让我来逐一细算……”

又是那个词：爱。当他说出这个词时，我的心脏都要停止跳动了，然后又断断续续地以一种疯狂而混乱的节奏跳动起来。

“我爱你尽我灵魂所能及的深邃、宽广和高度——正像我所探求……”①

① 出自19世纪英国著名女诗人勃郎宁夫人的情诗《我是如何爱你》。

我知道他只是在念着别人所写的话，无论如何，它们却似乎是像是出自于他自己。他的双眼随着光亮闪烁，我在每一只眼睛里都能看到烛光倒映出来的亮点。

感觉像是地板正在摇晃——仿佛我正在下坠。

“艾利克斯——”我一开口，话语却像是纠缠在了喉咙里。

他亲吻了我两侧的颧骨——一个甜蜜而轻飘飘的吻，只是从我的肌肤上淡淡拂过，“……*我纯洁地爱你*……”

“艾利克斯。”我抬高声音说。我的心脏跳得如此之快，以至于我害怕它会从我的胸骨中蹦出来。

他往后挪了挪，狡黠地朝我微微一笑：“伊丽莎白·巴雷特·勃朗宁。”他说着，用一根手指拂过我的鼻梁，“你不喜欢吗？”

他的说话声低缓而庄重，他仍然凝视着我的双眼，让我感觉他像是还要再问些别的事。

“不。我是说，是。我是说，我喜欢，但是……”事实是我根本不知道自己想说什么。我既无法清晰地思考，也无法清楚地说话。有一个词在体内盘旋萦绕——像暴风雨，像飓风——而我不得不咬紧嘴唇，挡住它的去路，以免让它冷不防跳出来。*爱，爱，爱，爱*。这是一个我从未开口说过的词，从未对任何人说过的词，一个我从没怎么允许自己去思考过的词。

“你不需要解释。”艾利克斯又朝后退了一步。困惑中我又有了一种感觉，好像我们实际上是在讨论别的事。我在某种程度上令他失望了。无论我们之间刚才发生了什么——确实发生了一些事，尽管我并不知道那是什么，究竟是怎么回事，以及是为什么，但我还是让他难过了。我能从他的眼神里看出来，尽管他仍然在微笑，但那却让我忍不住想道歉，或是张开双臂环抱着他，让他亲吻我。但我还是害怕张开嘴，我担心那个词会突然跳出来，并担心那随之而来的后果。

“到这儿来。”艾利克斯放下书，将手递给我，“我想给你看点东西。”

他将我带到那张床前，一阵羞怯如浪潮般向我扑来。我不知道他究竟在期待什么，当他坐下时，我扭捏地往后退缩了。

“没关系，蕾娜。”他说。像往常一样，每当听到他叫我的名字时，我都会感到一阵安心。他往床后挪了挪，仰面躺下，我也照做了。于是我们并排躺在一起。床显得很挤。空间刚好够装下我们两个人。

“看到了吗？”艾利克斯又朝上抬了抬下巴问。

我们头上，漫天的繁星忽隐忽现地闪烁着，它们有成千上万颗，乃至上亿颗，看上去就像雪花在墨色的夜幕中旋转。我无法自禁地倒吸了一口冷气。我觉得自己这辈子从来没看到过这么多的星星。天空看上去如此之近，紧紧地悬挂在我们头顶，悬挂在那没有房顶的拖车上，感觉我们就像要掉进去一般，仿佛我们从床上一跳起来，天空就能像蹦床一样接住我们，抱住我们，让我们在上面弹跳起来。

“你觉得怎么样？”艾利克斯问。

“我爱死它了。”这个词一出口，胸中那块沉甸甸的感觉一下子烟消云散了，“我爱它。”为了测试，我又说了一次。一旦你说出口，这个词就变得很容易说了。简短。扼要。卷起舌头就行。真是奇怪，我过去竟然从来没说过它。

我看得出来艾利克斯很开心。他话音里的笑意变强了。“这里没有下水道，是不太爽，”他说，“但你不得不承认这儿的景色真是能迷死人。”

“我真希望我们能留在这里。”我脱口而出，然后又马上结巴起来，“我是说，倒也不是真的。倒不是永远，但是……你知道我的意思。”

艾利克斯将胳膊放到我脖子下面，于是我稍稍挪了挪身子，将头放在他的肩膀和胸膛之间的地方，贴切无比。“我很高兴你能看到它。”他说。

有那么一阵我们就这么静静地躺着。他的胸膛随着呼吸起伏，过了一阵后这起伏竟然像催眠曲般让我睡着了。我感觉四肢无比沉重，星星们似乎也开始自动排列组合成了文字。我想继续看着它们，读出它们的含义，但眼皮却像灌了铅般沉重，几乎不可能再保持眼睛睁开了。

“艾利克斯？”

“嗯？”

“再给我讲讲那首诗。”我的声音听上去都不像是自己的，像是从遥远的地方传来。

“哪一首？”艾利克斯轻声问。

“你能凭记忆想得起来的那首。”漂浮，我在漂浮。

“我有很多都能凭记忆想起来。”

“那么就随便哪首吧。”

他深呼吸一口，然后开始了：“我将你的心带在身上。我将它带进我的心里。我决不会离开它……”

他滔滔不绝，词句向我泼溅过来，像是阳光掠过水面，然后渗进下面的深水中，照亮了黑暗。我一直将眼睛闭着。奇怪的是，我竟然仍然能看到星空：整个银河从无到有地膨胀起来，粉紫交加的太阳，广阔的银色海洋，一千轮银白的月亮。

当艾利克斯轻轻将我摇醒时，我仿佛只睡了五分钟。天空依然是墨黑色，皎洁的月亮高悬于空中，但我能从摆在四周的蜡烛看出来我一定至少睡了一小时以上。

“该走了。”他说着，拂开我额头上的头发。

“几点了？”我的声音里依然带着浓重的睡意。

“马上就到三点了。”艾利克斯坐起身，从床上跳下来，然后伸出一只手拉着我站起来，“我们得在睡美人醒来之前翻越过边境。”

“谁是睡美人？”

艾利克斯发出轻轻的笑声：“读完诗后，”他说着，弯下身来吻我，“我们进入了童话世界。”

然后便是沿着森林中的路往回走，沿着那条破碎的小道回到那片被炸得七零八碎的房屋前；然后又要穿过森林。我一直感觉自己还没完全睡醒。当我们爬过电网围栏时，我既不感到害怕，也不感到紧张。第二次爬过那带倒刺的围栏要容易太多了，我感觉影子像是有着实在的质感，像斗篷一样罩在我们身上。二十一号警卫室的警卫还依然保持着同样的姿势——脑袋微微往后倾，双脚搁在桌子上，嘴巴大张开打着鼾。我们很快就来到了海湾旁。然后我们静静地穿梭过街道朝着迪尔恩高地走去，就在那时我突然有了一个古怪的念头，带着一半担心一半期待：也许这一切都只是个梦，当我醒来时，我会发现自己还在荒野里。也许我醒来会发现自己一直都在那里，而整个波特兰，以及实验室、宵禁、治疗都只不过是一场漫长而扭曲的噩梦。

透过窗户，酷热的天气和霉菌的气味朝我们扑面而来。我只在那里待了几个小时，就已经开始想念起荒野来——那穿过树林的风声听上去就像海洋，那些茂密葱郁的植物不可思议的芬芳，那些匆匆疾步经过的看不见的生物——那里所有的生活，都从四面八方拥挤扩展开来，不断延续着……

没有高墙……

然后艾利克斯带着我来到沙发前，在我身上铺下一床被子，吻了吻我，对我说了声晚安。他在实验室那边有早班，仅剩下一点点时间回家洗澡并准时上班。我听到他的脚步声渐渐消失在了黑暗中。

然后我坠入睡梦中。

爱：一个单词，一个脆弱的小东西，一个比起刀刃来既不更大也不更长的词。那就是它：一面刀刃；一把剃刀。它穿过你生活的中心，将一切都一切为两半。在那之前，和在那之后，整个世界的其余部分都从两侧消失了。

*之前*和*之后*——还有*之间*，这个比起刀刃来既不更大也不更长的片刻。

第十九章
疾病正在恶化

不自由，毋宁死。

——古代格言，出处不详

收录在《危险字词及概念综合汇编》中，http://www.ccdwi.gov.org

关于生活，最古怪的事就是它会不时卡住，时隐时现，甚至你的私人世界、你精心雕琢出的小小领地也会扭曲变形，甚至四分五裂。某一天你还有父母，而第二天你却已经成了孤儿。今天你有去处和来路，而明天你却迷失在了荒野之中。

太阳照常升起，云朵来了又去，人们采购着食品杂货和厕所刷，百叶窗拉上又落下。就在那时你意识到了这大部分事物——生活，这残酷而机械化的存在——其实与你无关。它完全不将你包含在内。哪怕当你跳出这边缘，它也依旧会轰隆隆地往前猛冲。哪怕你死了也会一切照旧。

清晨我走出去站在阳光灿烂的街上，这就是最令我震惊的事——一切看上去都是如此平常。我不知道自己究竟在期待什么。我并不是真的认为楼群们会在一夜之间骤然倒塌，或是街道会融化为碎石沙砾，但看到如流的人潮拎着公文包，店主们打开他们的店门，一辆车试着挤进一条拥挤的街道——看到这一切，仍然让我震撼不已。

正当我的生活彻底被颠倒过来时，他们却丝毫不知道，也没有感觉到任何变化或激动，这似乎有些荒谬。我一路走回家时都疑神疑鬼的，像是有人能闻到我身上带着荒野的气味，能从我脸上看出来我刚刚越过了边境。我的脖子后面发痒，好像被树枝戳到一般，我不断取下自己的背包，以确认上面没有沾着什么树叶或刺果——倒也不是很要紧，波特兰又不是没有树。但甚至都压根没人朝我的方向瞥一眼。几乎快九点了，多数人都在急急忙忙地赶着去按时上班。无数面容模糊的人正在做着再平常不过的事，双眼直视前方，他们毫不在意那个矮矮的毫不起眼的女孩正背着一只鼓鼓囊囊的背包从他们中间推搡而过。

那个矮矮的毫不起眼的女孩内心却有一个秘密如火焰般在燃烧。

在荒野度过的那一夜仿佛让我的眼力变得像刀刃一般敏锐。尽管一切看上去都完全一样，但却似乎总有些不同——几乎像薄纱一般，你像是可以将手穿过所有的楼房、天空甚至是人群。我记得在很小的时候，曾看着蕾切尔在沙滩上筑起一座沙堡。她一定在那上面花费了好几个小时的工夫，用了各种各样的杯子和容器修砌起城堡和角楼。完成时，它看上去完美极了，几乎像是用石头筑成的一般。但涨潮时，只扑来了两三道浪花就将它的形状整个淹没了。我记得我的眼泪一下子夺眶而出，母亲给我买了只冰激凌筒，并让我和蕾切尔一起分享。

今天早晨的波特兰看上去就像那个样子：像是某种陷入快要融化

的危险中的东西。

我不断地想着艾利克斯一直在说的话：我们的人比你们想的要多得多。我偷偷瞟了一眼身边路过的每一个人，想着也许能从他们的脸上读出一些秘密的征兆，一些反抗的信号，但每一个人都完全一如往常的模样：面带苦色，行色匆匆，一脸不耐烦，心不在焉。

回到家里时，卡罗尔正在厨房里洗盘子。我竭力想从她身边迅速溜过去，但她却朝我叫了一声。我的一只脚停在了楼梯上。她从走廊里出来，在一只干手毛巾布上擦了擦手。

“汉娜家怎么样？”她问。她忽闪着目光搜寻着我的全脸，像是在检查某种迹象。我竭力压抑着自己疑神疑鬼的心态。她不可能知道我去了哪儿。

“那里不错。”我耸耸肩说，竭力想让自己听起来随意点，“不过没怎么睡着。”

“嗯。”卡罗尔紧紧地盯着我说，“你们这帮女孩在一起都干了些什么？”

她从没问起过汉娜家，好几年都没这么问过了。出问题了。我想。

“你知道，都很平常。看了点电视，汉娜有，大概，七个频道。”我听不出来究竟自己的声音是真的古怪而尖利，还是只是我在想象是这样。

卡罗尔将视线移开了，撇起嘴角，像是意外地喝到了满满一口馊牛奶。我看得出来她是在竭力想找个方法说出某种不愉快的话，每当她要宣布什么坏消息时都会摆出那张喝了馊牛奶的脸。她知道艾利克斯，她知道，她知道。墙壁紧紧压迫过来，酷热让人憋不过气。

然后出乎我意料的是，她的嘴角竟然浮现出一丝微笑，她伸出一只手搭在我胳膊上：“你知道，蕾娜……这样的情况不会很久了。”

我已经有二十四小时没有想过关于治疗的事了，而现在那阴森森的可怕数字又跳回到我的脑海中来了，将一切都蒙上了一层阴影。十七天。

卡罗尔点点头，脸上仍然贴着那股古怪的似笑非笑的神情：“我知道这很难令人相信，但一旦结束，你就不会再想念她了。”

“我知道。”像是有一只奄奄一息的青蛙卡在了我的喉咙里。

卡罗尔满是活力地朝我点点头。看上去她的脑袋像是连接上了一只溜溜球。我感觉她还想再说点什么，比如可以安抚我的话，但很显然她却什么也想不起来，因为我们只是就那么站在原处一动不动，几乎站了整整一分钟。

我终于开口了：“我要上楼去洗澡了。”我用尽所有的意志力才说出这些话。十七天这个词像警钟般不断在我脑海中闪现。

卡罗尔似乎对我打破沉默感到舒了口气。“好的。”她说，“好的。”

我一次连上两级台阶，迫不及待地要将自己锁在卫生间里。尽管房子里一定早就超过了华氏八十度，但我还是想站在蒸汽腾腾的热水流下，将自己融化在水蒸汽中。

“噢，蕾娜。”卡罗尔像是事后突然想起般朝我叫了一声。我转过身去，她却并没有看着我。她在端详着自己的擦手毛巾那脱线的边缘：“你也该换件裙子。也许就是你去参加评估的那件？还有你的头发。别由着它自己风干。”

“为什么？”我不喜欢她这种不看着我的样子，尤其是她的嘴角又开始扭曲得古里古怪起来。

“我今天请了布莱恩·夏尔夫过来。”她漫不经心地说着，像是那只是件每日必做的寻常事。

“布莱恩·夏尔夫？”我哑声重复了一遍。这个名字从嘴里念出来的感觉奇怪极了，像是带着某种金属的味道。

卡罗尔猛地转过头来盯着我："不是一个人。"她飞快地说，"当然不是一个人。他母亲会和他一起来。很显然我也会在这里。此外，布莱恩上个月刚刚接受了治疗。"好像那正是正在烦扰我的事。

"他要来这儿？今天？"我不得不伸出一只手去扶着墙。我曾费尽心思想找出办法去彻底忘掉布莱恩·夏尔夫，那个整整齐齐印在纸上的名字。

卡罗尔一定以为我是对于要见到他而感到紧张，因为她在冲着我微笑："别担心，蕾娜。你会没事的。主要是我们来交谈。我只是觉得你俩应该见见，因为……"她没有说完那句话，她也没有必要讲完。

因为我们被配对了。因为我们就要结婚了。因为我即将和他共享一张床，这辈子每天早上都会在他身边醒来，并得让他的手放在我的手里，还得坐在他对面吃晚餐，一边吃着罐装芦笋一边得听着他喋喋不休地讲起水管装置或者木工活，管那是什么呢，反正是他被分配好即将要去做的工作。

"不要！"我脱口而出。

卡罗尔看上去一脸震惊。她还没习惯听到这个词，绝对不习惯是我说出这个词："你这是什么意思？不要？"

我舔舔嘴唇。我知道拒绝她是危险的，并且我知道这是错误的。但我却无法去见布莱恩·夏尔夫，我不会。我不会坐在那里假装自己喜欢他，或是听着卡罗尔讨论我们今后几年要住在哪里，而艾利克斯却正在某个别的地方——等着我去见他，或是一边听着音乐一边用手指敲打着桌子，或是呼吸着，或是做别的任何事情。"我是说……"我挣扎着想找个理由出来，"我是说——我是说，我们能选个别的日子来做这事吗？我感觉不太舒服。"至少，这是真的。

卡罗尔冲我皱起眉："只有一个小时，蕾娜。如果你能做到在汉娜家过夜的话，那你也能做到这个。"

"可是——可是——"我紧握起一只拳头，将指甲狠狠掐进掌心，直到疼痛难忍，这让我勉强集中精神，"可我想让这变成一个惊喜。"

卡罗尔的语气变得烦躁不安起来："这件事和惊喜没有任何关系，蕾娜。这是事情的规矩。这是你的生活。他是你的配偶。你要见他，并且你会喜欢他。就这样。现在上楼去洗个澡。他们中午就来。"

中午。艾利克斯十二点半下班，我本应该去见他。我们本来要去布鲁克斯街37号野餐，就像往常每当他有早班时我们都会做的一样，我们会享受共度整个下午的美好时光。"可是——"我又开始抗议起来，但甚至却压根不知道自己还能说些什么。

"没有可是。"卡罗尔交叉抱起双臂，狠狠地盯着我，"上楼去。"

我不知道自己是怎么走上楼的，我太愤怒了，以至于什么也看不清。珍妮站在楼梯平台处嚼着口香糖，穿着一件蕾切尔的旧泳衣。那对她来说太大了。"你出什么毛病了？"她问道。而我将她一把推开走开了。

我没有回答。我径直冲进浴室，将水开到最大。卡罗尔最痛恨我们浪费水，通常我都尽可能快地洗完澡，但今天我却一点也不在乎。我坐在马桶上，将拳头塞进嘴里狠狠咬着，以免自己大叫起来。这全都是我的错。我一直没有去理会那治疗的日期，也一直尽量避免去想起布莱恩·夏尔夫的名字。卡罗尔是绝对正确的：这是我的生活，并且是事情的规矩。不会有任何改变。我深呼吸一口，告诉自己别再像个小屁孩一样胡闹。人人都得在一定时候长大，而我的时间是九月三号。

我站起来，但艾利克斯在昨晚的形象——站在我近处眼前，念着那些古怪而美妙的字眼，我爱你尽我灵魂所能及的深邃、宽广和高度——正像我所探求——却又再次击中了我，我砰地一下坐回到了马桶上。

艾利克斯在大笑、呼吸、活着——却是与我分开的，我所不知的。一股恶心在我体内翻江倒海起来，我将头埋进膝盖之间，狠狠压抑着它。

那疾病，我对自己说。疾病正在恶化。治疗之后就会好起来的。这就是关键。

但这却丝毫不起作用。我终于洗起了澡，竭力将自己淹没在水花冲击瓷砖的刷刷声中，但艾利克斯的形象却依然不时在脑海中闪现——亲吻我，抚摸我的头发，将手指在我的肌肤上轻拂舞动——这些画面宛如烛光般闪烁着，摇曳着，似乎马上就要熄灭。

最糟糕的是我甚至没法让艾利克斯知道我不能去见他了。打电话给他实在太危险。我的计划是跑去实验室当面告诉他，但当我洗完澡穿好衣服走下楼，正要往门口走去时，卡罗尔拦下了我。

“你以为你自己要去哪儿？”她厉声问道。我看得出来她还在对我之前和她的争执感到生气——不仅是生气，也许还有一种受到冒犯的感觉。她无疑是觉得我该改邪归正了，因为我终于被确定好了配偶。她有权利这么认为——要是在几个月前，我也许早已改邪归正了。

我将目光投到地上，打算尽量用最甜美温顺的声音说话：“我只是想在布莱恩来之前去散个步。”我竭力凭幻想让自己脸红起来，“我有点儿紧张。”

“你已经在这屋外待得够久的了。”卡罗尔迅速反驳道，“而一出去你马上又会变得汗淋淋、脏兮兮的。如果你想做点事的话，可以来帮我整理一下衣橱。”

没有任何办法不服从姨妈，于是我跟着她回到了楼上，坐在地板上，看着她将一块又一块的破烂毛巾扔给我，我检查着上面的破洞、污点和损坏之处，把它们折起来又打开，点着餐巾的数目。我又生气又沮丧，全身发抖。艾利克斯不会知道我身上发生了什么。他会担心的。或者更糟的是，他会觉得我是在故意避开他。也许他会觉得去荒野这件事把我给吓坏了。

我感觉自己充满了暴力，这把我自己给吓坏了——我几乎是发了疯，什么事都能做得出来。我想爬出墙外，烧掉房子等等之类的事。我有几次都幻想着拿起卡罗尔的一张毛巾塞进她的嘴里。这正是所有的课本、《安全、健康与幸福手册》、父母和教师一直所警告我的东西。我不知道究竟是他们对还是艾利克斯对。我不知道这些感觉——这在我体内不断升腾的东西——究竟是某种可怕而病态的东西，还是我遇到过的最好的事。

不管是哪一种，我都无法阻止它。我已经失控了。而最最病态的是，在发生了这一切之后，我居然还很高兴。

十一点半后，卡罗尔带我下楼来到客厅，我看出来这里早已被收拾得干干净净。姨爹的装货单通常是散落得到处都是，而现在已经被整齐地叠在一起，通常杂乱地堆在地板上的那些旧课本和坏掉的玩具此刻也都不见了踪影。她将我咚的一声推到沙发上，开始梳理起我的头发来。我感觉自己像是一头作为奖品的肥猪，但我知道对此最好什么也别说。如果我全部照她所说的做——假如一切顺利的话，也许我仍然还会有时间等布莱恩一走就赶去布鲁克斯街37号。

“就那样，”卡罗尔挪开一步，眯起眼睛挑剔地看着我，“那样看上去最好。”

我咬住嘴唇转身走开了。我不想让她注意到，但她的话却深深地刺痛了我。奇怪的是，我竟然忘记了自己应该感到痛苦。我已经习惯了艾利克斯告诉我我很美丽。我已经习惯了在他身边感到自己很美。我心里裂开一个巨大的空洞。没有他的生活就会是这个样子：一切都会再次变得平凡。我会再次变得平凡起来。

中午过了几分钟后，我听到前门吱呀一声打开了，门前小路上响起了脚步声。我一直都凝神于艾利克斯的事上，竟然没有时间来为布莱恩·夏尔夫的到来而紧张。但现在我却突然有一种狂野的冲动，想要从后门夺门而出，或是从窗口猛冲出去。一想到如果我弯下身子躲在屏障后，卡罗尔会怎么做时，我忍不住发出了一阵咯咯的笑声。

“蕾娜。”她冲我嘘了一声，布莱恩和他母亲正好在这时敲响了前门，“管好你自己。”

为什么？我真想冲她回击过去。我们什么也做不了，哪怕他恨我。他离不开我，我也不能离开他。我们都无法离开对方。

我想那就是我心里一直不断在想的事，这种感觉变得越来越强烈。

在我的想象中，布莱恩·夏尔夫是个又高又胖的大块头。而在现实中，他却只比我高几英寸——对于一个男孩来说这真是惊人的矮，并且他是如此瘦弱，我甚至担心当我们握手时会捏断他的手腕骨。他的手心湿湿的，沁满了汗，他只是轻轻握了握我的手。感觉像是捏着一把蔫巴巴的生菜。之后，我们各就各位坐下了，我悄悄地在沙发底下擦了擦手。

“谢谢你们来。”卡罗尔说。而之后便是一阵长长的尴尬的沉默。在这阵沉默中我听到布莱恩用鼻子呼哧呼哧地喘息着，听起来简直像是有头奄奄一息的动物被困在了他的鼻孔中。

我一定是看得太入神了，因为夏尔夫太太解释了起来：“布莱恩有哮喘。”

“噢。”我说。

“过敏让这变得更严重了。”

“呃…………他对什么过敏？”我问。因为她看上去像是期待我这么问。

“灰尘。”她强调地说，像是一进门就在等着将这个词扔出来。她咄咄逼人地环视了一下房间，这里其实并没有什么灰尘，而卡罗尔刷地一下脸红了。“还有花粉。当然还有猫狗，还有花生、海鲜、小麦、奶制品，还有大蒜。”

“我可不知道你还能对大蒜过敏。”我情不自禁地说，这句话一下子蹦了出来。

“他的脸简直肿得像台手风琴。”夏尔夫太太轻蔑地朝我瞪了一眼，仿佛我在某种程度上对这件事负有责任。

“哦。”我又应了一声。然后我们之间又突然出现了一阵令人不舒服的寂静。布莱恩什么也没说，但他的喘息声却比刚才更响了。

这一次卡罗尔出来解围了。“蕾娜。”她说，“也许布莱恩和夏尔夫太太想要些水。”

我这辈子从未对有个理由离开这个房间感到如此感激。我从椅子上跳起来，膝盖差点不小心撞到一盏灯，“当然，我去拿。”

“要保证那是过滤过的。”当我跑出房间时，夏尔夫太太在我身后嚷道，“还有不要加太多冰。”

我在厨房里不紧不慢地给杯子倒满水，当然是从水龙头里接出来的，并且让冰箱里的冷气猛地扑到我脸上。我能隐约听到从客厅里传来的一些低声的交谈，但却听不出是谁在说话以及说话的内容。也许夏尔夫太太又要开始列举布莱恩的过敏清单了。

我知道我最终还是得回到客厅里去，但双脚却一点也不想朝走廊迈进。当我终于强迫自己的双脚动起来时，却感觉它们像是占了上风，还是将我飞快地带进了客厅。我一直以来所见到的都是漫无止境的寡淡日子，那些像浅黄色和白色药片般的日子，和药片有同样的苦味。昼夜都充满了加湿器那嗡嗡的声音，还有布莱恩那稳定不变的呼哧呼哧的鼻息，以及一只漏水的水龙头不断滴答、滴答、滴答往下滴水的水声。

无法阻止这一切。走廊不会永远延续下去，我踏进客厅，刚好听到布莱恩说："她可不像照片里那么漂亮。"

布莱恩和他母亲背对着我，但卡罗尔看到了我站在那里，她张大了嘴，于是夏尔夫母子一起转过来面朝着我。至少他们还懂得面露愧色。他马上垂下眼睛，她的脸刷地红了。

我从未感觉如此羞辱和暴露过。这甚至比在评估日时穿着那件半透明的医院长袍，站在荧光灯的照射下还要更糟。我的双手剧烈地颤抖着，水从玻璃杯边缘泼溅出来。

"这是你的水。"我不知道自己是哪儿来的力气走到沙发前，将杯子放到咖啡桌上的，"没加太多冰。"

"蕾娜——"姨妈开口想说什么，但我打断了她。

"我很抱歉。"我竟然奇迹般地挤出了一个微笑，但却只能将它保持短短的一瞬。我的下巴也在颤抖，我知道我随时都会大哭出来，"我感觉不太舒服。我觉得我可能得出去待一会儿。"

我没有等到任何许可便转身冲向了前门。我一推开门冲进阳光，就听到了卡罗尔在为我道歉。

"离治疗还有几个星期。"她说，"所以你们得原谅她这么敏感。我保证这将会很快得到改善……"

我一出来，热泪便迅速奔涌出来。世界开始融化，颜色和形状混在了一起。日子依旧风平浪静。太阳悬挂在天空的中央几英寸高处，像只白色的平板圆盘，又像是一轮被烤得滚烫的热铁。一只红气球挂在树上，一定挂在那里有好一阵子了。它有气无力地颠簸着，线索的末梢还稍稍有些泄气。

我不知道回到里面时要怎么去面对布莱恩。我不知道我这辈子要怎么去面对他。脑海中盘旋着上千种可怕的东西，比如我想要朝他疯狂辱骂的话：*至少我看上去不像条绦虫*，或者，*你有没有想过你就是对生活过敏？*

但我知道我不会这么做的——我没法说出任何像那样的话。此外，问题倒不真的是他哮喘，或是对什么都过敏。问题甚至也不是他觉得我不漂亮。

问题是，他不是艾利克斯。

我身后的门吱呀一声打开了。布莱恩问："蕾娜？"

我用手掌飞快地在脸颊上抹了抹，擦干了眼泪。世界上我绝对最不想让布莱恩知道的事就是他那愚蠢的评论让我难过了。"我没事。"我回应道，没有转过身去，因为我不确定自己看上去是不是一团糟。"我马上就进来。"

他一定不是傻瓜就是顽固，因为他不肯离开。相反，他关上了身后的门，走下了前门廊的台阶。我听到他在我身后几英尺之外喘着气。

"你妈妈说我出来陪你也不要紧。"他说。

"她不是我妈妈。"我立刻纠正他。我不知道为什么这看上去会有这么重要。我早已习惯了人们误将卡罗尔当做是我妈妈。这意味着他们并不知道真实的故事。我过去总是喜欢一些在现在看来十分可笑的东西。

“哦，好吧。”布莱恩一定知道有些关于我亲生母亲的事。那登记在他会看到的档案上面，“对不起，我忘了。”

你当然忘了。我想，但却什么也没说。至少他这么在我身边纠缠着不走，已经让我从伤心变成了生气。眼泪早已停了。我交叉着抱起双臂，等着他明白我的暗示，要么就是等着他厌倦了盯着我的背后看——然后进去。但那不变的喘息声仍在继续。

我认识他还不到半小时，但我已经想杀死他了。我终于厌烦了一言不发地站在那儿，于是我转过身从他身边迅速地擦肩而过。

“现在感觉好多了。”我说。我朝着房子走去，没有正眼瞧他，“我们该进去了。”

“等等，蕾娜。”他伸出手拉住我的手腕。我想拉并不是完全适合的字眼，而更像是“擦汗”。但不管怎样我还是停下了，尽管我还是没法忍受看着他的眼睛。于是我将视线死死盯在前门上，我第一次发现纱窗上竟然有三个大洞，就在靠近右上角的地方。难怪这房子在今年夏天满是虫子。有一天格蕾丝在我们的卧室里还发现了一只瓢虫。她将它罩在自己小小的掌心里带来给我看。我帮助她把它带下楼，在外面放生了。

我感到又一阵巨大的悲伤朝我迎面袭来，这与艾利克斯、布莱恩或是任何其他事都无关。我只是突然感伤时间过得竟是如此之快，它只是哗哗地往前流逝。有一天我会醒来，整整一生都已被抛在身后，而它将会像一场幻梦般倏忽不见。

“我并不是有意要让你听到我之前说的话。”他说。我猜想这是不是他母亲让他这么说的。我感觉双颊像是要熔化掉一般滚烫。

“别再担心那个了。”我一边说，一边竭力从他的手里抽出自己的手腕。令人惊异的是，他竟然不让我走——尽管严格意义上来说他一点儿都不该碰我。

"我的意思是——"他张开嘴，又立刻合上了。他不敢看我的眼睛，只是瞟向我身后的街道，他的视线来回扫视着，像一只猫在对一只小鸟虎视眈眈。"我的意思是你看上去比照片里更快乐。"

这真是令人吃了一惊，有好一会儿我都想不起来该怎么回答。"我现在看上去不快乐吗？"我脱口而出，然后又感到更加难为情起来。与一个陌生人这么说话，却又知道他对我很快就不再是陌生人了，这种感觉真是古怪。

但他似乎却并没有被整个问题所吓到。他只是摇了摇头："我知道你不快乐。"他说着，放下了我的手腕，但我却不再感到那么急不可耐地要冲回屋里了。他还是盯着我身后的街道，我偷偷凑近往他脸上看了一眼。我想他也许还算有些好看。但显然远远不及艾利克斯的容貌俊美——他极其苍白，模样甚至有些女里女气，有一张圆圆的嘴和一只小小的锥形的鼻子。但他的眼睛却是清澈见底的浅蓝色，像是清晨的天空，而他的下巴也有着不错的强壮线条。现在我开始觉得内疚起来。他一定知道我是因为被配给了他才不快乐的。我改变了，但这并不是他的错——是因为阳光太刺眼，还是因为感染了爱情狂热症，这取决于你问的是谁。也许两者都是。

"我很抱歉。"我说，"这并不是因为你。我只是——我只是害怕治疗，就是这样。"我想起了过去的我在无数个夜晚幻想起自己伸展身体躺在手术台上，等着麻醉剂将全世界变成一场浓雾，等着以一个全新的自己醒来。而现在我却将要在一个没有艾利克斯的世界里醒来：我将要在醒来后起的那场雾中，一切都是灰色的，模糊的，难辨的。

布莱恩终于看着我了，一开始我还看不出来那究竟是什么神情。然后我才意识到：怜悯。他在同情我。他开始急急忙忙地讲起来：

“听着，也许我不该跟你说这些，但在治疗之前我就跟你一样。”他的眼神又闪回到街上，哮喘也停止了。他的讲话声很清晰，但声音很低，因此卡罗尔和他母亲没法从打开的窗户里听到他说的话。“我没有——我当时没有准备好。”他舔舔嘴唇，将声音压得几乎听不见，“曾经有个女孩，我有时候会在公园里见到她。她当时在照顾她的表弟表妹们，常常将他们带到那里的操场上。我高中时是击剑队的队长——我们当时就在那里练习。”

*你或许是那该死的击剑队的队长。*我想。但我没有将这句话大声说出来。我看得出来他在尽量想表现得友好。

“反正，我们过去时常会聊聊。什么也没发生。”他迅速地修饰着字句，“只零零散散地聊过几次。她的微笑很漂亮。而我感到……”他的声音渐渐弱了下去。

惊奇和恐惧扫遍了我的全身。他是在想告诉我我们是相似的。不知怎么的他竟然知道了艾利克斯的事——不是明确地知道艾利克斯这个人，但知道是某个人。“等一下。”我的思绪在翻腾，“你是想说，在治疗之前你是……你病了？”

“我只是在说我能理解。”他的视线一下子闪回到我身上，尽管只有短短一瞬间，但那对我也够了。我现在很肯定他知道我已经被感染了。我感到既宽慰又担心——如果他能看出来，那么其他人也能看出来。

“我的意见是只有治疗才能起作用。”他尤其加重了最后那个词的语气。现在我知道，他是在想表现得和善些，“我现在快乐多了。你也会的。我保证。”

当他这么说的时候，我内心有某样东西破碎了。我感觉自己像是又要大哭起来一样。他的语气是如此宽慰人。在此刻，我除了相信他外什么也不想做。我这辈子想要的就是：安全、快乐、稳定。就在那一刻，我突然觉得也许过去的那几个星期就是一场漫长而奇异的梦。也许在治疗后，我会发着高烧醒来，感到全身心的如释重负，并且只能依稀记得一些梦里的片段。

“我们是朋友了？”布莱恩一边问，一边伸出手来想握手，这一次当他碰到我时我并没有退缩。我甚至还让他多拉了我的手几秒钟。

我们站在那里，他还是面对着那条街，极为短暂地皱了皱眉。“他想要干什么？”他喃喃自语道，然后又大声说了出来，“没关系，她是我的配偶。”

我转过身，正好看到一头闪亮的金褐色头发忽闪而过，消失在了街角——那是秋叶的颜色。艾利克斯。我将手一下子从布莱恩手里甩开，但已经太迟了。他已经消失了。

“一定是管理员之类的。”布莱恩说，“他刚才一直站在那儿盯着我们看。”

仅有的片刻冷静和安心在瞬间便立刻消失了。艾利克斯看到了我——他看到了我们握着手，并听到了布莱恩说我是他的配偶。而我本该在一小时前就去见他了。他不知道我没法走出这间房子，也没法给他传信。我无法想象他现在是怎么想我的。（而其实，我能够想象出来。）

“你没事吧？”布莱恩的眼睛颜色是如此之浅，几乎要接近灰色了。真是病态的颜色，一点都不像天空，而更像泥土或腐烂的东西。我简直不能相信我竟然在那一瞬间还觉得他可能会有些迷人。“你看上去可不太好。”

“我没事。”我全身发抖，竭力朝房子走了一步。布莱恩伸出手来稳住我，但我扭着身子从他身边躲开了。“我没事。”我重复道，尽管我四周的一切都在分崩离析，不断碎裂。

“这里真热。”他面带微笑地说。我没法看他。“我们进去吧。”

他将一只手搭在我的手肘上，推着我上了台阶，穿过门，进了客厅，卡罗尔和夏尔夫太太正在那里满面笑容地等着我们。

第二十章

平静的绝望

“拯救源自治愈。”

——印在所有美元钞票上的话

神奇的是，卡罗尔很满意，我一定是给布莱恩和夏尔夫太太留下了足够好的印象，尽管我在他们待的接下来的时间里几乎都没怎么说话（或者也许正是因为我几乎没怎么说话）。他们离开时已经是午后三点多了，但卡罗尔还是坚持让我帮她多做了几项家务零活，并让我留下来准备晚餐——不能跑去找艾利克斯，每一分钟对于我来说都是极大的痛苦，每六十秒都是纯粹的剧烈折磨。她向我保证吃完晚饭后我可以出去散个步，但要在宵禁前回来。我狼吞虎咽地吃下烘豆和冻鱼条，但吃得太快，以至于差点吐了出来，我在椅子上坐立不安，几乎都要蹦起来了，然后她才终于释放了我。她甚至还赦免了我洗盘子的活儿，但因为一开始她把我禁锢那么久，我对她还抱着怨气，以至于此刻也没法对她感激起来。

我先是去了布鲁克斯街37号。倒不是真的认为他还会在那里等着我，但我还是抱了一线希望。然而房里空无一人，花园里也是。到了这时我已经有些癫狂了，因为我甚至检查起了树丛和灌木丛，好像他会突然从那后面蹦出来似的，就像初夏时当他、汉娜和我三个人玩起经典的捉迷藏游戏时，他常常会那么做的一样。单单只这么想，我的胸中就已经刺痛起来。就在不到一个月前，整个八月和大部分的七月都还展开在我们眼前——漫长而令人安心，闪烁着金子般的光芒，就像一场永无尽头的甜美睡梦。

嗯，不过现在我已经清醒了。

我往回走到屋子里，看到我们所有的东西都稀稀拉拉地散落在客厅里：被单、几本杂志和书、一箱薄脆饼、几罐苏打水、老的棋盘游戏，包括完成了一半的拼字游戏，当时艾利克斯刚开始拼出quozz和vregg这样的字就被扔在一边了。一阵难过涌上心头，我想起了那栋在闪电突袭战中幸存下来的独屋，还有那被炸弹炸得坑坑洼洼的街道；直到灾难发生的那一刻前，所有人都还在那里愚蠢地继续着日常的事，而之后大家却说：“他们怎么可能不知道接下来要发生的事？”

真蠢，真蠢——我竟然在我们还在一起的日子里如此粗心，竟然会相信我们还来日方长。

我向街上走去，现在我已经陷入了疯狂和绝望的境地，但却又不知道接下来该怎么办。他对我提起过一次，说他住在福赛斯，那是属于学校的一长排厚厚的灰色建筑。于是我朝那个方向出发了。但所有的楼房看上去都一模一样。这里一定有几十上百间独立的公寓。我有一种想要逐个查看每一间直到找到他的念头。但那无疑将是自杀。几个学生朝我投来了怀疑的目光，我肯定自己看上去一定像是个病害——我满脸通红、目光狂乱、几近歇斯底里——我钻进了一条边道。为了让自己冷静下来，我开始背起了元素祈祷文："H是氢，原子量为一；它一被点燃，原子核就裂变；耀眼地闪着光，炽热得像太阳……"

我心不在焉地往家走，却迷失在从波特兰大学宿舍出来的那些错综复杂的街道间。最后我来到了一条从来没见过的狭窄的单向街上，然后不得不原路返回到纪念碑广场上。州长雕像一如既往地站在原处，往前方伸展出空空的手心，在傍晚逐渐暗淡下来的光线下，他看上去哀伤而凄凉，仿佛他是一名被迫永远这样去乞求施舍的乞丐。

但看到他却让我产生了一个念头。我将手伸进包里掏出一片纸和一支笔，草草写下："请让我解释。半夜，在那房子见。"然后我检查了一下广场周围那几扇仍旧亮着灯的窗户，在确定没有人盯着我以后，我跳上雕像底座，将那张字条塞进了州长握着的空拳头里。艾利克斯会想到来这儿查看的概率几乎是一百万比一。但还算是有一丝机会。

那天晚上，我溜出卧室，听到身后传来一阵沙沙声。我转过身去，发现格蕾丝又从床上坐了起来，朝着我眨眼睛，她的眼睛像动物一般闪着反光。我将手指放到嘴唇上。她也照做了，是一种下意识的模仿，然后我溜出了门。

走到街上时，我抬起头朝窗户看了一次。那一瞬间我还以为格蕾丝在俯瞰我，她的脸像月亮一样苍白。但也许那只是一丝影子无声地滑过了房子的侧面。当我再看那里时，她已经不见了。

当我从窗户返回布鲁克斯街37号时，这里黑压压一片，鸦雀无声。*他不在这儿*，我想，*他没有来*——但我的心底却有一部分不愿意相信这点。他一定来过。

我一闪念，开始在房子里大规模搜查起来，这是我今天干过的第二次了，出于某种迷信的想法，我不愿意叫他的名字。不知怎么的我并不能忍受这样。如果他不回答，我最终也得被迫接受他从没收到过我的字条的这个事实——或者更糟，也许他收到了，但却不打算来。

我在客厅里突然停下了。

所有的东西——被单、游戏、书本——全都不见了。弯曲的木地板在我的手电筒灯光下光秃秃地暴露无遗。家具们依然冰冷寂静，只是我们所有个人的痕迹都被抹去了，被扔掉的运动衫和用了一半的几瓶遮光剂。我已经很久没有害怕过在夜晚走进这座房子了，但此刻，那种被巨大的空荡荡的空间所包围的感觉又回来了———一间接一间的屋子里都满是快要倒塌的、正在生锈的东西，还有些啮齿动物在黑暗的角落中目光炯炯地盯着你，我全身蹿起一阵深深的寒意。艾利克斯一定最后还是回来了，将我们的东西收拾了个干净。

这留给我的信息比任何字条都要清楚。他和我完了。

那一刻我甚至忘记了呼吸。就在那时，一阵寒冷扑面而来，那股汹涌的冰冷像一股强力狠狠地撞击着我的胸口，像是在海滩上径直走进海浪一般。我双膝一弯，屈下身，无法自控地发起抖来。

他走了。我的喉咙里挤出一个窒息的声音，在顷刻间打破了四周的寂静。我突然在黑暗中大声啜泣起来，任由手电筒滚到地上，一闪一闪地熄灭了。我竟幻想起我会因为哭得太多而将眼泪灌满整座房子，它会下沉，或者被带进某个远方的一条泪河。

然后我感到脖子后面触上了一只温暖的手，它一直摸索着进到我乱糟糟的头发里。

“蕾娜。”

我转过身去，艾利克斯就在我身后弯着腰。我不太能看得清他的表情，但在昏暗的光线下他的脸色看上去对我来说是如此严厉，像是用石头筑成的一般强硬而冰冷。在那一刻我担心自己只是梦到了他，但随后他又摸到我，他的手感觉是如此坚实、温暖而粗糙。

“蕾娜。”他又说了一次，但似乎却不知道该再说些什么。我手忙脚乱地爬起来，用前臂擦了擦脸。

“你看到我的字条了。”我竭力想忍住眼泪，但却只是哽住打了几个嗝。

“字条？”艾利克斯重复道。

我真希望自己还拿着手电筒，这样我就能将他的脸看得更清楚些。但我同时也害怕这样，害怕我也许会在远处找到它。“我在州长雕像那里给你留了张字条。”我说，“我想让你来见我。”

“我没看到它。”他说。我觉得自己似乎从他的语气里听出了一丝冰冷，“我只是来——”

“停下。”我不能让他说完。我无法让他说出他只是过来收拾东西，说出他再也不想看到我。这会要了我的命。爱情，在所有致命之物中最最致死的东西。“听着，”我的说话中充满了停顿和间隔，“听着，关于今天……那并不是我的主意。卡罗尔说我必须见他，而我又没法给你传信。然后我们就站在那里，我想着你，还有荒野，还有这一切是怎样改变的，还有时间是怎样快没了的，我们再没有什么时间了，而就在那一瞬间——就只有那么短短一瞬间——我突然希望能够回到之前的样子。”我说的话简直是毫无头绪，但我知道。我在脑中回顾过无数遍的解释全都搞砸了，话语只是跳蛙般地一句接一句地蹦了出来。这理由听上去简直牛头不对马嘴：就在说话的时候，我意识到其实真正重要的只有一件事。艾利克斯和我没有时间了。“但我发誓我并没有真的这么希望。我决不会——如果我从来没有遇到过你，我决不会——在认识你之前，我根本不知道有什么事情是有意义的，不是真的知道……”

艾利克斯将我拉到他面前，用双臂环抱着我。我将脸埋进他的胸膛里，我似乎正好与这里恰到好处地契合，我俩的身体简直像是完全为对方而生长的。

“嘘——”他对着我的头发轻声耳语。他将我抱得如此之紧，甚至有些发痛了，但我并不在意。这种感觉真是太美妙了，仿佛只要我想的话，我能够让双脚离地，一点也不再用力，但他还是会紧紧抱着我。“我并没有对你生气，蕾娜。”

我往后退了一下。甚至在黑暗中，我也知道我可能看上去糟糕透了。我的眼睛深深陷了下去，头发张牙舞爪地贴在脸上。谢天谢地，他的双臂仍然环抱着我。“但是你——”我用力地咽了一口，大口呼吸着，“你把所有东西都拿走了。我们所有的东西。”

他将脸扭向了一边，整张脸都深陷在了阴影中。当他开口时，声音有些过大，好像他只能强迫自己说出这些话，“我们一直都知道这总会发生的。我们早就知道我们没有太多时间。”

“但是——但是——”我没有必要说我们一直都在假装。我们一直都在假装好像一切永远都不会改变。

他将一只手放到我的侧脸上，用拇指擦干了我的眼泪。“别哭了，好吗？再也别哭了。”他亲吻了我的鼻尖，然后拿起我的一只手，“我想给你看点东西。”在他的语气里有一个短暂的停顿，让我感觉即将到来的将会是某些混乱的支离破碎的东西。

他将我带到楼梯前。我们头顶上方高高的天花板的某些部位早已被锈迹侵蚀，因此也只是勉强能够看见楼梯，它们的轮廓在银色的光线下显现出来。这架楼梯一定曾经一度十分富丽堂皇，它庄严地往上伸展，然后分为了两端，分别通往不同的两侧。

自从第一次艾利克斯将我和汉娜带到这儿来以后，我就再也没上过楼了，当时我们特别重视去查看这座房子里的每一个房间。这个下午早些时候，我甚至都没想过要去查看一下二楼。如果有可能的话，这里甚至比楼下还要暗，也要更热些，笼罩在一层黑糊糊的飘忽不定的薄雾中。

艾利克斯开始沿着走廊慢慢走过去，路过了一排一模一样的木门：“这边。”

在我们头上发出了一阵极短的震颤声，但却被他的说话声打断了。我发出一阵轻声的恐惧的惊呼。老鼠？没事。会飞的老鼠？那可不太好。那也是我一直只待在楼下的又一个原因。在我们刚开始在这里搜寻探险时，我们曾讨论过那间主卧室里会有什么——那是一间巨大无比的房间，一张有着四根快要倒塌的帏柱的床依然屹立在房间中央，抬头往那阴郁的上空一望，能看到在那木柱周围有着若干黑压压、静悄悄的形体，就像一支花茎旁悬挂着一些快要凋落的可怕的黑色花苞。当我们走动时，它们睁开双眼，似乎在对着我们眨眼睛。地板上散布着一些恶心的东西，闻上去像是过了期的糖果。

“在这儿。”他说，尽管我不能确定，但还是觉得他停在了那扇通往主卧室的门前。我一点也不想再去看一眼那间满是老鼠的房间了。但艾利克斯却带着不容置疑的神情，于是我让他打开了门，在他之前走了进去。

我们一走进房间，我就倒吸了一口冷气，停下了，他突然跳到我面前来。这个房间真是令人不可思议，它被彻底改变了。

“怎么样？”艾利克斯的语气里带着一丝不安，“你觉得怎么样？”

我无法立刻回答他。艾利克斯将那张旧床推到了一个墙角里，将地板扫得一尘不染。窗户——那残余的窗户被大大敞开着，于是空气里飘荡起了栀子花和夜晚盛开的茉莉花的香气，它们的芬芳随着风从外面飘了进来。他将我们的被单和书本放在了房间中央，并在那里解开了一个睡袋，那片区域周围摆上了几十上百支蜡烛，全都插在临时的简陋小罐子里，旧茶杯、马克杯还有废弃的可乐罐等，就像他在荒野的家一样。

但最棒的部分还是天花板：或者更该说的是，没有天花板。他一定是打通了通往房顶的木头，现在在我们头顶上空又是一片无垠的天空。在边境的另一端还有波特兰的几块地方，但那仍然很美。甚至更美。而那些蝙蝠没有了栖息地，也都不见了。在我们头顶上面远处，我还是能看到几个黑影在绕着月亮来回盘旋，但只要它们待在外面，就不会再来骚扰到我们。

这一切突然深深震撼了我：他是为我做这些的。甚至在今天发生了这些事后，他还是过来为我做了这些。我心里涌起一阵深深的感激。还有另一种感觉：随之而来的一股刺痛。我配不上这一切。我配不上他。我转过身对着他，却什么也说不出口，他的脸庞被火光照亮，看上去闪闪发光，像是要融入火中。他是我见过的最美好的事物。

“艾利克斯——”我开了口，却无法说完。突然间我几乎对他害怕起来，我对他这绝对的完美害怕了起来。

他将身子凑过来吻了我。他离我靠得如此之近，柔软的T恤扫过我的脸，防晒霜和青草的气息从他的皮肤上传来，让他感觉没那么让人害怕了。

“回到荒野太危险了。”他的声音很沙哑，像是吼叫了很久，下巴处的肌肉也剧烈地颤动着，“所以我把荒野带到了这儿来。我觉得你会喜欢的。”

“我喜欢——我太爱这儿了。”我将手捂在胸口，期盼自己能够在某种程度上与他更亲近些。我讨厌皮肤，我讨厌骨头和身体。我真希望能够钻入他的身体，在那里永远待下去。

“蕾娜。”他的脸上飞快地掠过一丝异样的表情，我没能完全捕捉到，他的嘴边也开始抖动起来，“正如你说的一样，我知道我们没有太多时间了。我们几乎已经完全没有什么时间了……”

“不。”我将脸埋进他的胸膛，用双臂紧紧环抱着他。没有他的生活，那将是无法想象的、难以理解的。这个念头快将我撕碎了——他几乎快哭出来了，这件事令我心碎——他为我做了这些，他相信我值得——这些事简直快让我死了。他就是我的全世界，我的世界就是他，而没有了他，也就没有了世界。“我不会的，我不会这么过下去的。我做不到。我想和你在一起。我必须和你在一起。”

艾利克斯捧起我的脸，弯下身来看进我的眼睛里。此刻他的脸在炽热地燃烧着，写满了希望。

“你不需要去承受这一切。”他的话脱口而出。很显然他已经对这个考虑很久了，只是一直在忍着不说出口。“蕾娜，你什么也不需要做。我们可以一起跑掉，跑进荒野里。跑过去，永远也不再回来。只是——蕾娜，我们再也不能回来了。你知道的，对吗？他们会把我们一起杀掉的，或是永远监禁……但是蕾娜，我们可以做到。”

将我们一起杀掉。当然，他是对的。一生的逃亡：那正是我刚才说过我想要的。我突然感到一阵眩晕，迅速朝后退了一步。“等等，”我说，“等一下。”

他放开了我。他脸上的希望突然一下子熄灭了，就在那一刻，我们只是站在那里看着彼此。“你不是认真的，”他终于开口了，“你并没有打算这么做。”

“不，我不是这个意思。这只是——”

“你只是害怕了。”他说。他走到窗边，凝视着外面的夜色，不肯看着我。他的背影又变得令人恐惧起来：像是一道坚实而不可穿越的墙。

“我不是害怕。我只是……”我竭力抑制着那种阴暗的感觉。我不知道自己是什么。我同时想要艾利克斯，也想要我往日的生活，我想要安宁与幸福，而我也知道没有他我活不下去。

“没事的。”他迟钝地说了一句，“你没有必要解释。”

“我母亲。”我突然说了一句。艾利克斯转过身来，一脸震惊。我和他一样吃惊。在话出口之前，我甚至都不知道自己会说出这些话。“我不想跟她一样。你难道不明白吗？所有的这些东西，这些在她内心的东西，我不会跟她一样的。”我从没说过这些话，我对将它们说出来是如此艰难而感到吃惊。现在我不得不转过脸去，我感到又难受又羞愧，眼泪又开始不争气地流了出来。

“因为她没有被治愈吗？”艾利克斯轻声问。

那一刻我无法出声，我只是任由自己无声地哭泣着，希望他看不出来。当我终于能把握好自己的说话声后，我开口了：“不仅仅是那样。”

然后一切都突然肆无忌惮地奔涌了出来，那些细节，那些在之前我从未告诉过任何人的事：“她和其他所有人是如此不一样。我早就知道她是个异类，我们都是异类——但起初这并没有那么可怕。那就像是我们甜美的小秘密。我的，她的，还有蕾切尔的，我们像是在同一只茧里。那简直是……那简直是迷人极了。我们拉下所有的窗帘，这样别人就看不到。我们过去常常玩游戏，她会藏在走廊里，而我们则从她身边跑过去，她就会跳出来抓住我们——她管这叫玩耍的小妖精。到了最后这游戏总是演变成一场挠痒痒之战。她一直都在哈哈大笑，我们全都会一直哈哈笑个不停。而我们有时候会太大声，她就会用手拍拍我们的嘴，并且一下子就紧张起来，竖起耳朵聆听。我想她是在听邻居们的动静，以确定他们都没有察觉到。但从来没有人来过。

“有时候她会给我们做蓝莓蛋糕当晚餐，像是特别的优待。她自己采蓝莓。她还总是唱歌。她的歌声很好听，就像蜂蜜一样甜美极了——”

我的声音颤抖起来，但我却停不下来。话语只是如水一般源源不断地倾泻出来："她过去也常常跳舞。我跟你讲过的。小时候我会跟着她的脚步起舞，她会用手臂环绕着我，我们一起慢慢地围着整个屋子动起来，她会数起节拍，试着教给我跳舞的节奏。我当时跳得很差，笨手笨脚的，但她总是告诉我我很美。"泪水让我脚下的地板变得模糊起来。

"过去也不是一直都那么美好，不是总是这样。有时候我半夜去上卫生间时会听到她在哭。她总是竭力将脸埋进枕头里压抑自己，但我知道。她哭的时候让我害怕极了。你知道吗？我以前从来没见过一个成年人哭过。而她哭的样子，那种哀号……就像某种动物。还有些日子她压根就不下床。她管那些日子叫黑暗日。"

艾利克斯朝我挪近了点。我浑身不停地发抖，几乎要站不稳了。整个身子感觉像是要驱走某种东西，我像是要把某种深埋在胸中的东西咳出来。"我过去常常向上帝祷告能够治愈她的黑暗日，希望他能让她——让她安全，为了我。我希望我们能够在一起。有时候似乎祷告能够起作用。大多数时候情况都很不错，比不错还要好些。"我用尽全力才说出这些话，不得不强迫自己用最轻微的声音将它们挤出来："你还不明白吗？她留下了所有那一切。她放弃了——因为，因为那个东西。爱。恋爱狂热性精神错乱——不管你想管它叫什么。她放弃了我。"

"我很难过，蕾娜。"艾利克斯在我身后低语。这一次他并没有伸出手来，他开始在我背后慢慢地画起了长长的圈，我朝他靠了过去。

但我还没说完。我粗暴地擦去眼泪，重重地呼吸了一口："大家都觉得她自杀是因为她没法忍受再次接受治疗了。你知道，他们当时仍然在试图治好她。那将会是她的第四次。在她的第二次治疗后，他们拒绝给她使用麻醉——他们觉得麻醉剂会干扰治疗的效果。他们直接切进了她的脑子。艾利克斯，当时她是清醒的。”

我感到他手上的肌肉一下子拉紧了，我知道他和我一样愤怒。然后那画圈的动作又开动了起来。

“但我知道那并不是真正的原因。”我摇摇头，“我的妈妈很勇敢。她一点也不害怕疼痛。那其实才是真正的问题所在。她一点也不害怕。她不想被治愈：她不想停止爱我的爸爸。我记得她跟我说过一次，就在她死之前。‘他们想把他从我身边夺走，’她带着悲伤的微笑说，‘他们想把他夺走，但他们做不到。’她曾经将他的一枚别针穿在项链里，一直戴在脖子上。多数时候她都把它藏起来，但那晚她却把它拿出来，一直盯着它看。那是个奇怪的像匕首一样的长长的银色的东西，柄上有两枚闪亮的珠宝，像眼睛一样。爸爸过去是把它别在袖子上的。他死之后，她就每天都佩戴它，从来没把它取下来过，甚至去浴室时也……”

我突然发现艾利克斯已经将手拿开了，并从我身边走开了两步。我转过身去，他正盯着我，整张脸煞白，脸上满是震惊的神色，仿佛他是一个鬼魂。

“什么？”我猜想自己是不是在什么地方冒犯了他。他盯着我看的样子让我的胸中升起一股恐惧，我在瞬间感到一阵恍惚。“我说错了什么吗？”

他用几乎察觉不到的动作轻轻摇摇头。他的整个身子绷得笔直而僵硬，像是两根电线杆之间的电缆。“那有多大？我是说，那枚别针。”他的声音听上去古怪而尖利。

“关键不是那枚别针，艾利克斯，关键是——”

“那有多大？”他抬高了声音，用更有力的语气问。

“我不知道。也许就跟拇指差不多大。”我被艾利克斯的举动彻底搞糊涂了。他脸上带着极大的痛苦，像是在试着要吞下一整头豪猪。“那最初其实是我祖父的——那是专门为他做的，是授予在政府中做出突出贡献的奖章。独一无二的。反正，我爸爸过去总是那么说。”

有好一会儿，艾利克斯什么也没说。他别过脸去，月光静静地投在他脸上，他的侧影是如此坚冷而笔直，简直像是用石头筑成的。但我很庆幸他不再盯着我了。他已经要把我吓坏了。

“你明天要做什么？”他终于缓缓地开口了，每说出一个字都像是使出了很大的力气。

在谈话间突如其来问这么一个毫不相干的问题真是古怪极了，我有点烦了：“你到底有没有在听我说话？”

“蕾娜，拜托。”又是那种带着令人窒息的压抑的语气，“只管回答我。你明天上班吗？”

“直到星期六才上。”我揉揉胳膊。窗外吹进来的风里带着一丝凉意，让我胳膊上的汗毛都立了起来，还让我腿上起了鸡皮疙瘩。秋天就要来了。“为什么？”

“你必须见我。我有——我有些东西要给你看。”艾利克斯又朝我走过来，眼神变得狂乱而深邃，他的脸变得如此陌生，我往后退了一步。

“那再好不过了。”我想大笑出来，但却只发出来一阵咯咯的傻笑。*我害怕了。我想说，你吓到我了。*“你能至少给我点提示吗？”

艾利克斯深呼吸了一口，那一刻我还以为他不会回答我。

但他回答了。

“蕾娜。”他终于开口了，“我猜你的母亲还活着。”

第二十一章

地窖监狱

接受中有民主；围栏中有和平；放弃中有幸福。

——地窖监狱入口大门上刻的话

四年级时，我参加了一次去地窖监狱的考察旅行。有规定让每个孩子在读小学时至少要去那里参观一次，这是政府实行的反犯罪、反抵抗教育的一部分。我不太记得那次参观的情形，只记得彻骨的恐惧，还有对那里的寒冷、黑压压的水泥走廊、滑溜溜的霉菌和湿气以及沉重的电子门的模糊印象。说实话，我觉得自己早已成功地锁上了这段记忆。这整趟参观旅行的目的就在于要吓唬我们老老实实地待在一个整齐狭窄的队列里，而他们则毫无疑问地掌握着那吓唬我们的权利。

我真正记得的是从那里出来后，踏进那个美丽的春日的明媚阳光中，扑面而来的一种解脱感——同时伴随着的还有困惑。我还发现要想进入地窖监狱，我们还得从地面那层走下好几行楼梯。整个过程中我们一直都在里面，甚至当爬楼的时候，我也有一种被埋在地下的感觉，像是被锁在了地表以下的若干层。那就是那里为何如此黑暗、压抑和恶臭，就像被和腐烂的尸体一起装在棺材里的感觉一样。我还记得当我们刚一走出来，凯西·马斯顿就哭了起来，她呜咽着，一只蝴蝶刚好扑扇着翅膀在她肩头飞来飞去，我们都惊呆了，因为凯西·马斯顿一直都十分彪悍，还有些横行霸道，甚至那次在体育课上她摔坏了脚踝也没哭过。

那天我发了誓，我决不会再为任何理由回到地窖监狱。但在和艾利克斯说完那些话后的第二天早上，我却站在了它的门口，一边走来走去，一边用一只胳膊搂着自己的肚子。这天早上，我什么也咽不下去，只喝下了一点被姨爹称做咖啡的黑糊糊的玩意儿，对于这个决定我倒是不后悔。我感觉像是有酸在侵蚀着体内。

艾利克斯迟到了。

头顶的天空布满了巨大的黑色暴风雨乌云。大雷雨本应该晚些才来的，那似乎更合适。在这条短短的人行道末端就是监狱大门，门后的地窖监狱看上去阴森而庄严。它的轮廓在黑压压的天空的映衬下，看上去就像从噩梦中走出来的东西。十几扇小小的窗户稀稀拉拉地分布在这石头大楼的正面，宛如蜘蛛刺目凝视着的复眼。在门的那一边有一块短小的空地围着地窖监狱。我记得在我的童年记忆里，那里是一块牧场，但实际上那只是一块草坪，被精心照料，几乎没有光秃的部分。这块草坪依然是鲜嫩的青葱色，上面的草在尘土中顽强生长着，看上去十分扎眼。这里似乎本该是块寸草不生、没有丝毫阳光照射的不毛之地：这是一片边缘之地，处在最底线上，彻底与时间、幸福与生命隔绝开来。

我想从严格意义上说，它也确实是在边缘，因为地窖监狱正好处在东部边境上，它的后面就是普雷桑普斯科特河，再后面就是荒野。电网（或者应该说是不带电的围栏）就直接对在地窖监狱的一面，并且又从另一面穿出来，这座大楼本身担负起了一座连接电网围栏的桥梁作用。

“喂。”

艾利克斯从人行道走过来，头发在脑后飞舞着。今天的风很凉。我应该穿件更厚的运动衫才对。艾利克斯看上去也很冷。他将双臂交叉抱在胸前。当然，他只穿着一件薄薄的亚麻衬衣，那是他在实验室穿的警卫制服。自从第一天和他说话后，我就没再看到他这么穿过。他甚至还穿着一条好看的牛仔裤，是干净利落的深色，挽起的裤脚还没完全被走路磨破。这就是整个计划：要想让我们两个一起进去，他需要向监狱管理员说明我们是在例行公事。不过看到他仍然穿着那双鞋带染上墨点的破烂球鞋，我感到了一阵宽慰。在某种程度上这些熟悉的小细节让我能够站到这里，和他在一起做这件事。在这个让人完全无法认出来的陌生世界里，这一闪而过的常态小细节给了我力量去专注和坚持。

“抱歉我迟到了。”他说着，停在了离我几英尺外。尽管他在尽量保持脸部其余部分的镇静，我还是从他的眼睛里看出了焦虑。大门前有许多警卫在轮流站岗巡视。我们根本没有空间去碰触对方，或者显露出任何熟悉彼此的蛛丝马迹。

“没事。”我的声音在颤抖。我感觉自己也许就快发烧了。自从艾利克斯昨晚和我说过那番话后，我的思绪就一直在飞转，身子也是一会儿滚烫一会儿冰冷。我甚至没办法思考。今天能走出家门已经是个奇迹了。穿上裤子更是个奇迹，而记得穿上鞋子简直就是奇迹中的奇迹。

*我的母亲也许还活着。我的母亲也许还活着。*我的脑子里就只

有这个念头，这个念头将其他所有的理性思维都排挤走了。

“你准备好要这么做了吗？”他压低嗓子用平板的声音问我，以防警卫们会偶然听到我们的话——但我还是能从他的语气下察觉出那份急切的担心。

“我想是的。”我说着，试着挤出一个笑容，但嘴唇却像石头般干涸而粗糙，“也许这压根就不是她，对吧？你也许弄错了。”

他点点头，但我能看出来他很确定自己没有弄错。他很确定我的母亲就在这里——这个地方，这座地上的墓穴——她一直都在那里。这个想法对我来说太沉重了。我无法去过多地思考艾利克斯究竟有多大可能是正确的。我只是需要集中注意力，将所有精力放在脚上好踩稳脚步。

“来吧。”他说。他走在我前面，像是在领着我去干一项公事。我将目光紧贴地面。我简直要庆幸在场的警卫们使得艾利克斯不能理睬我。我觉得自己现在没法真的进行任何交谈，我心中百感交集，脑子里有一千个问题在不停盘旋，一千个在很久以前就被深埋、被压抑的希望和期待——然而我却无法坚持去想任何事，任何一个假想或解释都无法说得通。

昨晚在宣布了那个消息后，艾利克斯拒绝向我透露更多。“你必须去看。”他一直无声地重复着这句话，仿佛那是他唯一知道怎么说的话，“我不想让你空抱着希望，却什么也没得到。”然后他就让我在地窖监狱等他。我知道自己一定是被吓到了。我一直在对自己没有被吓得魂飞魄散而感到庆幸，庆幸自己没有尖叫、大哭或者硬是要个解释，但当我稍后回到家里时，我才发现我根本不记得自己是怎么走回家的，也丝毫没有留意路上的管理员或巡警。我一定只是硬邦邦地沿着这条街走了下去，无视周围的一切。

但现在我却陷入了深深的震撼中。如果不是这么震惊，也许今天早上我也没法站起来穿衣服。我不会找到来这里的路，现在我也不会小心翼翼地往前迈着步子。艾利克斯朝门口的警卫出示自己的徽章，并朝我做了个手势，于是我停下来，和他保持着有礼貌的距离。

艾利克斯开始了一番显然早已演练好的解释："这位女士在评估中发生了一起小小的突发事件……"他的说话声变得冷冰冰的。他和警卫都朝我看过来，那位警卫带着怀疑的目光。艾利克斯看上去既超然又专注。他的目光坚定，眼中所有的暖意都消失了，他竟然能做得这么成功地变成另一个人，一个与我毫无瓜葛的人，这让我紧张了起来。"也不是很严重的事。但她的父母和我的长官觉得如果给她点提醒，让她知道不服从的危险也许能让她从中获益匪浅。"

那名警卫眨巴着眼睛打量我。他的脸又胖又红，两眼边的皮肤都肿胀突起，让他看上去像是一团正在发酵的大面团。我幻想着，很快他的双眼就将被那坨肥肉所遮盖住。"什么样的突发事件？"他嚼着口香糖一边问，一边将肩上扛着的那杆巨大无比的自动步枪换到另一个肩头上。

艾利克斯朝前凑了凑，这样他和警卫只隔着那道门间几英尺的距离。他压低嗓子，但我还是能听到他的话："她最喜欢的颜色是日落的颜色。"他说。

警卫又朝我瞥了一眼，然后朝我们挥挥手示意通过。"我进门时，你往后退。"他说着，便消失在了那间警卫室里，它的样子和艾利克斯工作的实验室的警卫室很相似，几秒钟后，电子门往内发出震颤声。艾利克斯和我开始往庭院穿去，走向大楼入口。每走一步，地窖监狱那庞大笨重的身形都更逼近一些，也变大一些。起风了，卷起了那阴冷大院里的一些尘土，刮得一只孤零零的塑料袋在草地上来回翻滚，空气中密布着那种大雷雨来临前常有的电火花的感觉，那种疯狂的震颤的能量，像是随时能让某种巨大的事发生一样，仿佛整个世界都将化进一片混乱中。如果能让艾利克斯回转身对我微笑，朝我伸出一只手，我愿意付出一切。当然，他不能这么做。他脊背僵直，目光直视前方，在我前面大踏步地行走。

我不知道在这地窖监狱中究竟囚禁着多少人。艾利克斯估计大约有3000名。多亏有治疗手段，在波特兰几乎没有什么犯罪行为，但也偶尔会有些人偷东西、破坏公物或是阻碍警察执行公务等。然后还有反抗者和爱情同情者。如果他们没有被立即处以极刑的话，其中有些人就会被扔进地窖监狱直至腐烂。

同时地窖监狱还担任着波特兰精神病院的职责。尽管被治愈的人并不会有太多的犯罪率，但还是会有很多发了疯一样的人。艾利克斯会说我们正是因为治疗才会变得这么疯狂的，不过那倒是真的，治疗进行得过早或是出了差错，都可能会导致精神出现问题，甚至是某种精神失常。此外，有些人在接受治疗后就变得再也不一样了。他们会患上紧张症，目光呆滞，流口水，如果他们的家人没法承担起养育他们的责任的话，他们也会被推进地窖监狱里，等着腐烂死掉。

两道巨大无比的双重门通往地窖监狱。细小的玻璃片，可能是防弹门，上面还散布着一些灰尘和某些虫子的残骸，让我对前方那冗长昏暗的走廊和几盏闪烁不停的电子灯有了一个模糊的概念。门上贴着一张打印出来的告示，已经被风雨侵蚀得蜷曲起来。它写的是：来访者一律直接进入登记处与安全处。

艾利克斯又停顿了一下：“准备好了吗？”他没有回头地对我说。

“是的。”我憋着声音应道。

走进去时，那股气味几乎突然就从后面向我扑了过来，从门外穿越了时间，回到了四年级时。那时成千上万具没有清洗过的尸体被堆置在一起，散发出刺鼻灼人的工业漂白剂和清洁剂的气味。

上面覆盖着的全是潮湿的味道——那些从来就不怎么干燥的门廊，裂缝的水管，苔藓爬满了整面墙和所有那些参观者不能看的扭曲角落。登记处在我们左边，一个戴着医用面罩的女人坐在另一排防弹玻璃后的书桌后面。我不会怪罪她。

奇怪的是，当我们走到她桌前时，她抬起头来叫出了艾利克斯的名字。

“艾利克斯。”她说着，简短地点点头，然后将眼神转向我：“这是谁？”

艾利克斯又重复了一遍关于在评估时发生的那次小小的突发事件。很显然他对警卫们的那些术语很是熟悉，因为他叫了好几次她的名字，但我却看不出来她有佩戴任何姓名牌。她将我们的名字输入桌前的电脑里，然后挥手示意我们通过去安全处。艾利克斯也对着安全处的工作人员打了招呼，我对他的冷静真是羡慕不已。在通过金属探测器时，我费了好半天工夫都解不开腰带，双手不住地发抖。地窖监狱的警卫看上去比正常人的块头要大百分之十五，他们的双手像网球拍，胸膛像船上的甲板一样，并且还都带着枪。很大的枪。我竭力不让自己显出被吓坏的样子，但当你必须得在那些装备有自动攻击武器的巨人面前几乎要脱光衣服时，是很难真的保持冷静的。

我们终于通过了安全处。艾利克斯和我又恢复了沉默，当我实实在在地系好自己的鞋带后，我一方面感到很吃惊，另一方面也很满意。

“只能通过一号到五号病区。”一名警卫大声说。艾利克斯朝我做了个手势，示意我跟着他穿过大厅。墙壁涂上了一层病怏怏的黄色。如果是在一个家里，或是被照得亮堂堂的托儿所或办公室里，这样的颜色也许会显得很喜气，但在这里，照耀它的却只是几盏忽明忽暗的残缺的荧光灯，墙上还沾着陈年的水渍、手印和昆虫的残骸，还有一些我压根不愿去知道是什么的东西，这让它看上去出奇的压抑，像是某个人从一口腐烂不堪的黑压压的烂牙里挤出一个微笑一样。

“你明白了。”艾利克斯说。我猜测这意味着某些区域是限制访问者进入的。

我跟着艾利克斯走进一条狭窄的走廊，然后又进了一条。过道空荡荡的，到日前为止我们还没有经过任何的单元病房，我们不断迂回曲折地转来转去，那种呻吟和尖叫的声音又向我们飘过来，像是奇异的动物般发出咩咩、哞哞、呱呱之类的叫声，好像有一群人在模仿着牲口棚里的声音。我们一定已经接近精神病房了，但却没有经过任何人，没有护士，没有警卫，也没有病人。一切都如此沉寂，甚至有些让人恐惧，除了那些貌似从墙那端发出的可怕声音外，也再没有别的声音了。

在这里说话似乎比较安全，于是我问艾利克斯：“你怎么会认识这里的所有人？”

“我经常来这儿串门。”他说，就像那是一个令人满意的回答。人们可不会来地窖监狱“串门”。这里可不是海滩。这里甚至也不是什么公共卫生间。

我在想他不会再进一步解释了，我正要朝他问些更详细的问题时，他却从嘴里吐出一口气说：“我父亲在这里。那就是为什么我会来这儿。”

在这一刻，我想不会有什么事情比这更令我震惊的了，或者不会再有什么事让我迷糊的大脑受到刺激。“我还以为你说过你父亲已经去世了。”

艾利克斯在很久以前告诉过我他父亲去世了，但却不愿跟我说明详情。“他从来就不知道自己有个儿子。”那就是艾利克斯说过的唯一的话，而我觉得那是指他爸爸在艾利克斯出生前就死了。当他告诉我的时候，我们正躺在布鲁克斯街37号的花园里，头顶的叶子在他的脸上投下了泪状图形的影子。

在我前面的艾利克斯的肩头抬起来又缩了下去——那是一阵轻声的叹息。“他是死了。”他说着，突然转到一条短短的走廊上，尽头处是一道沉重的铁门。门上挂着另一个打印出来的标志牌：无期徒刑。这行字下面有人用笔写上了一句，哈哈。

“你在干什么——”现在的我比刚才更糊涂了，但我还没来得及将整句话明确地说出来，艾利克斯就已经推开了门，那股气味又向我们迎面而来——带着风和青草的清新气味，这是如此突如其来，又令人欣喜，我不再说话，满怀感激地长长吸了一口气。我还没有意识到自己已经在用嘴大口大口呼吸了。

我们站在一片小小的院子里，四周被地窖监狱那斑驳的灰墙所包围。这里的草叶出奇的葱翠，甚至已经达到了我的膝盖处。一棵孤零零的树扭曲着身子向我们的左方伸展，一只鸟在树梢上唧唧喳喳叫个不停。这里真是舒适得令人有些吃惊，安宁而优美。站在这小小的花园中央，四周却紧紧围绕着监狱那巨大的石头高墙，感觉真有点奇怪，就像站在一道巨大的飓风中心，却在这铺天盖地的尖叫和破坏中寻找安宁与寂静。

艾利克斯又走了几步。他站在那里，微微低着头，目光投往地上。他一定也感受到了这里的平和，这股静谧像面纱般静静悬挂在空中，让所有东西都蒙盖上了一层温柔与祥和。我们头顶的天空比我们刚进入地窖监狱时要更暗了，草丛在漫天的灰暗阴影下显得更加鲜明突出和令人震惊，像是由内向外地在发着光。随时都会下雨。它一定会下。我感觉整个世界都在屏住呼吸等着大大地呼出一口气，它不时地摇晃着平衡自己，打算让这倾盆大雨浇头倒下。

“这边。”艾利克斯的声音响起来，惊人的响亮，我吓了一跳。

“就在这边。”他指向从地面弯曲凸起来的一块尖利的岩石：“我父亲就在那里。”

草地被几十块大岩石给划得四分五裂，第一眼看上去还会觉得这是自然地随意摆在那里的。我随后才发现它们是被严严实实地仔细夯实进土地里的。其中有的上面用退色的黑色马克笔涂上了一些字，多数都字迹难辨，但我还是在一块岩石上认出了一个词理查德，在另一块上认出来是死亡。

墓碑。我这才意识到这块院子存在的目的。我们正站在一片墓地的中央。

艾利克斯垂下眼睛凝视着一块像匾牌一样扁平的巨大水泥石碑，它正屹立在他双脚前的地面上。这一块上面所有的字迹都清晰可辨，看上去像是用黑色马克笔整齐地写下的，它们的边缘有些轻微的模糊了，像是有人一直不断地在长时间摩挲着它们。上面写的是：沃伦·希斯，愿他安息。

“沃伦·希斯。”我说着，想将手伸出去放进艾利克斯的手里，但我觉得我们并不安全。院子四周的第一层还有几扇窗户，尽管上面覆盖着厚厚的污垢，但还是随时有可能有人会路过张望并看到我们。“你父亲？”

艾利克斯点点头，然后晃晃肩膀，这个突如其来的动作像是要将自己从沉睡中唤醒：“对。”

“他曾经在这儿？”

艾利克斯翘起一边嘴角微笑起来，但脸上的其余部分却还是像石头般纹丝不动。“十四年。”他用脚尖在地上慢慢地画起一个圈，这是自从我们到了这里后，他第一次在身体上表露出不舒服和心烦意乱的痕迹。就在那一刻我突然对他望而生畏起来：自从我认识他后，他所做的一切都是支持我，让我感到安心，聆听我，但这一直以来他也在独自扛着自己沉重的秘密。

“发生了什么事？”我轻轻地问，“我是说，他怎么了？”我的声音弱了下去。我不想催着他说出来。

艾利克斯飞快地瞥了我一眼，将目光移开了。“他做了什么？”他问。他的语气里又带上了那股强硬。“我不知道。就跟所有这些最后死在六号监狱区里的人一样。他为自己而思考，他为自己所坚信的事挺身而出，决不屈服。”

“六号监狱区？”

艾利克斯小心翼翼地避开我的视线。“死牢区。”他悄声说，“主要是关押政治犯的。他们被单独监禁起来。从没有人获得过释放。”他朝身边指了指另一座从草丛中直立出来的尖利的石头——那是临时墓碑。“从来没有。”他重复道。而我想起了门上的那个标牌：无期徒刑（哈哈）。

“我很抱歉，艾利克斯。”如果能摸摸他，我愿意付出一切，但我能做到的最好的却只是朝他挪近了一英寸，这样我们的肌肤之间就只隔着几英寸的距离。

然后他看着我，朝我挤出一个悲伤的微笑。“他和我母亲相遇时，他们才只有十六岁。你能相信这个吗？她生下我时才只有十八岁。”他蹲下来，用拇指轻轻抚摸着他父亲的名字。我突然明白了他会经常来这里的原因，不断地加深退色的字迹，以留下他父亲的某些记号。“他们本来想一起逃跑，但他却在计划最终实施前被抓住了。我从来不知道他被监禁了起来。我只是以为他死了。我母亲觉得这样对我来说更好些，而荒野里的人也不知道实情，没法纠正她的说法。我觉得对我母亲来说，相信他真的已经死了可能会更好受些。她可不愿意去想他就待在这种地方慢慢腐烂。”他继续用一根手指绕着那些字来回地打圈圈。“我的叔叔阿姨们在我十五岁时告诉了我真相。他们想让我知道。我来这里见他，可是……”我觉得艾利克斯颤抖了一下，他的肩头突然一下子硬了起来，然后又松弛了。“不管怎样，已经太晚了。他死了，死了好几个月了。就被埋在这儿，这样他的残骸就不会污染到任何东西。”

我感到一阵恶心。四周的墙似乎向我们紧紧压过来，变得更高更窄了，天空也感觉变得越来越遥远，直至变成了一个不断缩小的点。*我们永远也出不去*。我想着，然后深深呼吸了一口，竭力想保持冷静。

艾利克斯挺直身子：“准备好了吗？”他问我。这是这个上午他第二次这么问。我点点头，尽管我并不确定自己是否准备好了。他的脸上飞快地掠过一丝笑容，我看到了在那一瞬间从他的眼睛里泛起一股暖意，然后又立刻恢复了一脸严肃。

在我们进去之前，我最后看了一眼那座墓碑。我竭力想想起一段祷文或什么适合的话，但却什么也没想起来。那些科学家教给我们的东西里并没有清楚地讲明过当你死的时候会发生什么：据推断，你将会融入并消失在上帝存在的地方，并被上帝所完全吸纳接受。尽管他们也告诉我说治疗会让人进天堂，得永生，得到完美的和谐与秩序。

“你的名字。”我转过身去看着艾利克斯。他已经从我身边走过去了，从门前回过头来：“艾利克斯·沃伦。”

他用几乎难以察觉的动作轻轻摇摇头：“指配给我的。”他说。

“你的真名是艾利克斯·希斯。”我说完，他点点头。他有一个秘密的名字，和我一样。我们又在那里站了一会儿，看着彼此，就在那一瞬间我感觉我们紧紧地连在了一起，仿佛这道纽带通过了物理上的距离，变成了一只手环绕着我们，将我们罩在一起，保护着我们。这正是人们说起上帝时一直在说的话：这种被包容住、被理解和保护的感觉，很像是在念诵一段祷文。于是我跟着艾利克斯回到了里面，当再次经过那阵可怕的恶臭时我屏住了呼吸。

我们又迂回地转了许多弯，我开始琢磨着艾利克斯是不是走迷路了，尤其是走廊开始变得越来越脏，头上的灯也变得越来越少，最终我们穿过一团黑暗的混沌时，只有一盏还能亮的灯照耀着那二十英尺长的黑压压的石头门廊。不时有几盏闪亮的霓虹灯出现在黑暗中，它们像是从空气中自己冒出来的一样：一号监狱区、二号监狱区、三号监狱区、四号监狱区。艾利克斯还是一直在走，当我们经过通往五号监狱区的走廊时，我叫住了他，我确定他不是弄糊涂了就是迷路了。

“艾利克斯。”我叫道，但尽管说出这个词也让我哽住了一下，因为就在那时我们来到了一道厚重的双重门前，它上面有一个小小的标志牌，仅被昏暗的光线勉强照亮，字迹微弱得让我几乎看不清。而它却似乎像是一千个太阳般明亮地燃烧着。

艾利克斯转过身来，出乎我意料的是，他的脸色一点也不镇定了。他的嘴角和眼睛里盛满了痛苦，我看得出来他痛恨自己身处这里，痛恨自己成为那个要说出那些话、要给我看这一切的人。

“我很抱歉，蕾娜。”他说。他头上的那块标志牌在黑暗中泛出微光：六号监狱区。

第二十二章

我的母亲

人类在没有受到束缚时是残暴无常的，暴力并且自私，悲惨而好斗。只有在他们的本能和基本情感被控制后，他们才能变得快乐、美好和善良。

——《安全，健康与幸福手册》第87页

我突然对继续走下去感到恐惧起来。心中一阵纠结，让我难以呼吸，无法继续，我不再想知道详情。

“也许我们不该去。”我说，“他说过——他说过我们是不允许进去的。”

艾利克斯朝我伸出手来，像是想要碰触我，然后他突然想起来我们身在何处后，才强迫将自己的手臂放回到身侧。“别担心。”他说，“我在这里有朋友。”

“那可能根本就不是她。”我将声音抬高了一点，担心自己也许马上就要垮下去了。我舔舔嘴唇，竭力想将它们并拢，“也许那只是弄错了。我们一开始就不该来这儿。我想回家。”我知道自己听上去简直就像个刚开始学走路的小屁孩在闹脾气，但我实在控制不了自己。要走过这些双重门看似是绝对不可能的事。

“蕾娜，拜托。你必须信任我。”然后他伸出手了，用一根指头飞快地碰触了一下我的前臂。“好吗？相信我。”

“我确实相信你。这只是……”这里的空气，这股恶臭，这黑暗和那股腐朽的感觉将我紧紧包围着，让我迫切地想要逃离。“如果她不在这里……呃，那很糟。但如果她真的在这里……我想——我想也许那会更糟。”

艾利克斯亲密地盯了我一小会儿：“你必须知道，蕾娜。”他终于坚定地开口了。他说得没错。我点点头。他朝我挤出一点点微笑，然后身子往前倾，用力推开了通往六号病区的大门。

我们走进一道门廊，看上去和我想象中的地窖监狱的牢房一模一样。墙壁和地板是水泥筑成的，无论之前它们被涂上了什么样的颜色，此时也早已退了色，变成了遍布苔藓的暗淡灰色。一只灯泡高高挂在天花板上，发出微弱的光，勉强能够照亮这块窄小的地方。角落里有张凳子，上面坐着一个警卫。这个警卫中等身材，很瘦，脸上布满粉刺留下的疤痕，头发让我想起了煮过头的意大利面。艾利克斯和我一穿过那道门，他就条件反射地轻轻地调整了一下自己的枪，将它往自己身边拉近了点儿，并将枪管微微对准了我们的方向。

艾利克斯在我身边僵直了身子。我一下子警惕起来。

“不能进入这里。”警卫说，“这里是禁地。”

自从进入地窖监狱后，艾利克斯第一次显出不安的样子。他紧张地拨弄起自己的徽章来：“我——我以为托马斯会在这里。”

那名警卫站起身来。令人吃惊的是，他甚至还没有我高——他也绝对比艾利克斯要矮。但在今天见过的所有警卫中，他却是最让我害怕的一个。他的眼神中有某种古怪的东西，那种平板与冷酷让我想起了蛇。我从未被一支枪对准过，盯着这长长的黑洞洞的枪管，我感觉自己简直快晕了过去。

“哦，他在这里没错。最近以来，他一直都在这里。”那名警卫一本正经地笑了笑，手指在扳机上跳跃着。当他说话时，嘴角往上弯曲起来，露出一口奇形怪状的黄牙。“你知道托马斯什么？”

房间里一下子静下来，充满了外面的空气，让我觉得像是在等待一阵惊天动地的轰雷。艾利克斯显露出一丝紧张的迹象：他在大腿上按压弯曲着自己的手指。我几乎能看到他在思考，竭力想找出接下来该说的话。他一定知道提起托马斯是个坏主意了——甚至连我都能从那个警卫念出他名字的语气里听出轻蔑和怀疑。

这可怕的时刻似乎延续了很久，也许也只有几秒钟，然后他的脸上又出现了那种空洞的官方的表情。

“我们听说这里出了些问题，仅此而已。”这句陈述相当模糊，但却又是个完美的推断。艾利克斯将自己的保安徽章懒洋洋地夹在两个指头之间。那名警卫瞥了它一眼，我看出来他放松了一些。幸运的是他并没有更仔细地查看它。艾利克斯在实验室的忠诚调查中只有一级水平，这意味着他就没有什么权利查看看门人的柜子，能够进入的限制区域也非常少，但无论是在波特兰还是其他地方，他都总是自信满满地四处转悠，就像那是他的地盘一样。

“你花的时间可够长的。”那名警卫死气沉沉地说，“托马斯已经好几个月不在这儿了。我想这样对CID[①]反倒更好。这正是他们想要宣传的那种东西。”CID就是被控信息部门（或者如果你是像汉娜

① CID，被控信息部门英文是Controlled Information Department，而堕落白痴部门的英文是Corrupt Idiots Department，审查执行部门的英文原文是Censorship Implementation Department，此处是用同样的首写字母玩了一个文字游戏。

那样愤世嫉俗的人的话，你也可以管它叫堕落白痴部门或是审查执行部门）。我的胳膊上起了鸡皮疙瘩。如果连被控信息部门都被卷进来的话，那六号监狱区一定是出了很大的问题。

“你明白这是怎么回事。”艾利克斯说。他已经从刚才短暂的失误中恢复了过来，语气又轻松起来，“在那头要想从任何人那里得到一个直接的回答都是不可能的。”又是一个模棱两可的句子，但那个警卫点了点头。

“你得告诉我，”然后他将头朝我的方向偏了偏，“她是谁？”

我能感到他正盯着我那没有丝毫伤疤的脖子上的肌肤，他发现了我没有接受过治疗的痕迹。就像其他许多人一样，他不知不觉地退缩了，尽管只退了几英寸，但过去那种被羞辱的感觉，那种总是表现得不对劲的感觉，又爬上我的心头。我将视线转向了地面。

“她谁也不是。”艾利克斯说。尽管我知道他不得不这么说，但这还是让我胸中隐隐作痛起来。“我的职责就是带她来地窖监狱，仅此而已。是一项重新接受指导教育的程序，如果你知道我说的是什么的话。”

我屏住呼吸，我肯定他随时都会把我们轰走，我几乎要期待他会这么做了。然而……就在那名警卫的凳子后面，有一道用厚重的金属筑成的门，被电子键区保护着。这让我想起了市区中央储蓄银行的金库。我能听到一些从那里传来的遥远的声音——尽管很难听得出来，但我还是觉得那是人类的声音。

我的母亲也许就在那道门后。她可能就在那里面。艾利克斯是对的。我必须去了解这一点。

我第一次开始真正理解起艾利克斯昨晚对我说的话：也许一直以来，我的母亲都还活着。我呼吸的时候，她也在呼吸。我睡着的时候，她也正在别的地方睡觉。当我醒来想起她时，她也许也正在想着我。这种感觉要将我吞噬了，既不可思议，又极其痛苦。

艾利克斯和警卫相互看了一会儿。艾利克斯将徽章继续绕在手指上转来转去，一会儿将链子缠上去，一会儿又解开。似乎这样能让那个警卫自在些。

“我不能让你进那儿去。”他说，但这一次语气里却似乎带着丝歉意。他将枪口放低，又坐回到凳子上。我迅速吐出一口气，原来刚才我无意中一直都在紧紧屏住呼吸。

“你只不过是在执行任务。”艾利克斯用不带丝毫感情色彩的语气说，“那么你就是顶替托马斯的人？”

“没错。”那个警卫将眼神再次扫向我，我感到他的目光逗留在我没有丝毫伤痕的脖子上，我不得不强迫自己不再用手盖着皮肤。但他觉得我们会是个麻烦，因为他又把目光转向了艾利克斯说：“弗兰克·多斯特。在二月三号以后被重新分配过来——就在那次突发事件之后。”

他说起*突发事件*这个词的样子让我后背发毛。

“很难办吧？”艾利克斯靠在一堵墙上，展现出一副漫不经心的模样。只有我才能从他的声音中捕捉到那份锐利。他在拖延时间，他并不知道在这里该怎么做，或是要怎样才能让我们进去。

弗兰克耸耸肩：“这里要更安静些，那是肯定的。没人进，也没人出。至少，*基本上*没人。”他又微笑起来，露出了那满口丑陋的牙齿，但双眼里却依然保持着那份古怪的呆滞，就像上面拉上了一层窗帘。我在想他这样究竟是治疗带来的副作用，还是一直都是这副样子。

他将脑袋往后歪了歪，眯起眼睛凝视着艾利克斯，现在他看上去更像是一条蛇了。“那么你是怎么听说托马斯的事的？”

艾利克斯还是那副漫不经心的样子，一脸微笑地转动着那个徽章，“四处都有传言，”他说着耸耸肩，“你知道是怎么回事。”

“我知道是怎么回事。”弗兰克说，“但被控信息部门对此可不是很高兴。我们被关了好几个月。不管怎样，你到底听说了些什么？”

我看得出来这是个重要的问题，算是某种测试。小心点，我朝着艾利克斯的方向想着，好像他能在某种方式上听到我心里的话。

艾利克斯犹豫了片刻，然后说：“听说了他可能对对面的人有些暗地的支持。”

突然这一切都能说通了：艾利克斯刚才说过：“我在这里有朋友。”还有他似乎曾经在过去走进过六号监狱区的事。这里一定曾经有名警卫是同情者，一定曾经是反抗者中的积极分子。艾利克斯的那句话不断在我脑中回响：我们的人比你们想的要多得多。

弗兰克明显地放松了。很显然这是个正确的回答。终于，他觉得艾利克斯是值得信任的了。他轻抚着随意放在自己双腿之间的枪管，仿佛那是只宠物。“没错。那简直把我给震惊坏了。因为我几乎不怎么认识他，只是有时候能在休息室里看到他，在茅坑那里看到过一两次，就是这样。他多数时候只是自个儿待着。我想那倒也说得过去。他一定是一直在跟那些带病者聊天什么的。”

这是我第一次听到一个担任官方职位的人承认在荒野中的人们的存在，我急促地吸了一口气。我知道让艾利克斯站在那里要装做轻蔑的样子谈论起一个被当做爱情同情者而被抓起来的朋友，这一定很痛苦。对他的处罚一定是迅速又严厉的，尤其是他还在政府工作人员的名单上。他很有可能被处以了绞刑、枪决或是电刑——如果法庭足够仁慈的话，可能会给予他一项不那么受折磨的死刑处决，那么他就会被扔进其中一间牢房里腐烂终老。如果他还能接受审判的话。

令人吃惊的是，艾利克斯的声音不再颤抖了：“有人暗中举报了什么？”

弗兰克继续摩挲着自己的枪，那种温柔的动作简直让我恶心，他就像是在期待能让它有生命。“没有什么暗中举报。”他将头发从脸上拂开，露出一块污迹斑斑的红彤彤的额头，闪着汗水的光泽。这里比其他病区要热多了。空气被困在了高墙里，就像这个地方其他所有的东西一样在腐烂流脓。“发现他一定是跟逃跑有什么瓜葛。当时他一直在负责牢房的巡查。而那条隧道却在一夜之间冒了出来。”

“逃跑？”我没来得及控制住自己，话就从嘴里自动跳了出来。我的心脏开始在胸中咚咚猛震得发疼。没有人从地窖监狱逃跑过，从来没有。

弗兰克的手在枪上停留了一会儿。他的手指又在扳机上舞蹈般跳跃了一小会儿。“当然。”他盯着艾利克斯说，好像我压根就不在那儿。“你一定也听说了。”

艾利克斯耸耸肩：“听说了一点儿这个，一点儿那个。但都没证实过。”

弗兰克大笑起来，声音可怕极了，让我想起了两只海鸥围在一小块食物上空打斗，嘶鸣着朝大海翻滚过去的场景。“哦，这被证实了。”他说，“发生在二月。事实上，我们还从托马斯那里得到了警报。因为如果他在那儿的话，她可能还有六七个小时的准备时间。”

当他说出那个词“她”的时候，我四周的墙像是倒塌了下来。我迅速往后退了一步，撞到了墙上。*那有可能就是她。*我想。那一个可怕而罪恶的瞬间我感到无比失望。然后我又提醒自己也许她根本就不在这里——不管怎样，那有可能是逃跑的任何人，任何女性同情者或反抗者。但这阵眩晕却仍然没有减弱。我一下子充满了焦虑与恐惧，还有不顾一切的渴望。

“她怎么了？”弗兰克问道，声音听上去很遥远。

“空气。”我用尽全力挤出一句话，“是因为这里的空气。”

弗兰克又大笑起来，嘎嘎的笑声让人很不舒服。“你觉得这里很差是吧。”他说，“和牢房那边比起来，这里就是天堂了。”他似乎以此为乐，这让我想起了几周前和艾利克斯的争论，当时他不同意治疗是有用的。我说，如果没有爱，那也就没有恨，没有了恨，就没有了暴力。憎恨并不是最危险的东西，他说，麻木才是。

艾利克斯开始说话了。他的声音很低，还是显得很随意，但却有一种潜在的强迫力：这是那种街头小贩在竭力想撺掇你买一只纸箱子或擦伤的莓果或是坏掉的玩具时会采用的那种腔调。没关系，我会给你打折的，没问题，相信我吧。“听着，就让我们进去一分钟。那只会花那么长的时间：一分钟。你看得出来她早就吓得魂飞魄散了，我一路把她老远带过来就为了这个，毁了我的休假和一切。我本来是要去码头的，说不定可以试着钓钓鱼什么的。问题是，如果我把她带回家而她的问题却还没解决……呃，你知道，我搞不好就得再跑到这儿来一趟。而我只有几天休假时间了，夏天也快结束了……”

“怎么会这么多麻烦？”弗兰克将脑袋偏向我的方向问，“如果她出了问题，要修理她是很容易的。”

艾利克斯耸耸肩：“她父亲是斯蒂芬·琼斯，实验室的长官。他可不想过早给她进行治疗，不要麻烦，不要暴力或混乱。你知道的，看上去挺棘手的。”

这个谎扯得可真糟。弗兰克可以轻轻松松地要求查看我的身份证，然后艾利克斯和我就完蛋了。我不太确定假借别人的名义混进地窖监狱会有什么样的惩罚，但那肯定不会是什么好结果。

弗兰克似乎第一次对我产生了兴趣。他将我上上下下地打量着，仿佛我是个柚子，而他正在超市里检验我有几成熟，有一小会儿他什么也没说。

然后，他终于站起身来，将枪扛到肩上："来吧。"他说，"五分钟。"

他在按键区啪啪乱按了几下，不仅按下了密码，他还在某种像指纹扫描仪的东西上扫描了自己的手，艾利克斯伸出手来拉过我的手肘。

"我们走吧。"他用生硬的声音说，好像我那小小的晕厥让他不耐烦了一样。但他的碰触却十分温柔，他的手温暖而让人安心。我真希望他能一直将手放在那儿。但仅仅在片刻后，他就又放开了我。我从他的眼神中看出来一个响亮而清晰的恳求：*坚强点。我们马上就到了。只要再坚强一小会儿。*

门上的锁发出一声咔嚓声。弗兰克将肩膀靠过去，用尽全力拉着，门打开了一个仅容我们俩挤着身子通过的小缝，我们走进了后面的走廊里。艾利克斯走在前，然后是我，然后是弗兰克。过道十分狭窄，我们不得不排成单列，这里甚至比地窖监狱的其他部分还要暗。

但那气味却真的让我吃了一惊：那是一种可怕的、腐烂化脓般的恶臭，就像港口那边的垃圾场里被扔弃的鱼肠子在最炎热的天气里散发出来的那种气味。甚至连艾利克斯也咒骂着咳嗽起来，他用手罩住了鼻子。

我能感到身后的弗兰克在露出一脸的坏笑："六号病区有着自己独特的香水味。"他说。

我们走的时候，我听到枪管拍打他的大腿时发出的声音。我担心自己会晕过去，我想伸出手去扶住墙好让自己稳住，但墙壁上却都布满了霉菌和水汽。我们的另一边不时出现插上门闩的金属牢门，每一扇上都有一个餐盘大小的满是污垢的窗子。从墙的那一头传来低声的呻吟，持久的震颤。这甚至比之前那种刺耳的尖叫更糟：这是在很早以前就放弃了有人会听到他们声音的希望的人发出来的那种声音，这是一种条件反射的声音，只是为了打发时间，填充这空间与黑暗。

我简直要吐了。如果艾利克斯是正确的，如果我的母亲真的在这里，就在这其中一扇可怕的门后的话——我们隔得这么近，如果我能重新排列那些粒子，让石头融化消失的话，我可能会将手伸过去碰触她。这将会比我想过的更要接近她。

我脑子里充满了各种对抗的想法与欲望：我的母亲不能在这里，我真宁愿她死了；但我又想见到她还活着。并且同时还塞满了另一个词，逃跑，逃跑，逃跑，它不断地在我的各种念头下面挤压着。这么做的可能性实在太不现实了，简直难以去细想，如果我母亲是那个冲破监狱逃出去的人，我肯定早就知道了。她一定会来找我的。

六号监狱区仅仅由一条长长的走道组成。仅从我能看到的而言就有大约四十道门，四十间独立的单人牢房。

“就是这儿。”弗兰克说，“伟大之旅。”他在第一扇门上重重地敲起来。“这是你的伙计托马斯，如果你想打个招呼的话。”然后他又大笑起来，发出一阵恶心的嘎嘎声。

我想起了当我们刚进入门厅时他所说的话：最近，托马斯一直都在这儿。

我前面的艾利克斯却没有回应，但我觉得他战栗了一下。

弗兰克用枪管猛地推了一下我的后背：“那么你怎么想？”

“可怕。”我粗声粗气地说。我的喉咙像是围上了一圈铁丝网。弗兰克貌似很满意。

“最好按照要求听话行事。”他说，“落得跟这个家伙一样的下场可没什么用。”

我们停在了其中一间牢房前。弗兰克朝那扇狭小的窗户点点头，我犹豫地朝前走了一步，将脸贴在玻璃上，上面脏极了，简直难以看清，但如果眯起眼睛，我只能在晦暗的牢房里看到几个模糊的影子：一张单人床，上面盖着轻薄的脏兮兮的褥子；一个马桶；一只桶，看上去也许就像人在用的给狗喝水的碗。起初我觉得墙角处还有一团破旧的衣物，然后我才发现这个东西正是弗兰克指出来的那个“家伙”：一个脏兮兮的蜷缩起来的皮包骨头的东西，还有一头疯狂的乱发。如果不是他的眼睛在不停地来回骨碌碌地转动，像是在检查着空气中是否有昆虫，你也许永远都不会知道他还活着。你甚至永远都不会知道他还是人类。

那个念头又闪现出来：*我真宁可她死了*。而不是在这个地方。去哪里都行，但不能在这里。

艾利克斯还在沿着走廊继续走，我听到他猛地吸了口气。我抬起头来。他纹丝不动地站着，脸上的表情让我害怕起来。

“什么？”我问。

有好一会儿他并没有回答。他在盯着某种我看不到的东西——可能是走廊远处的某道门。然后他突然朝我转过身来，身子迅速地痉挛般抖动了一下。

“别。”他的说话声变得很沙哑，恐惧一下子汹涌地扑上我的心头。

“那是什么？”我又问了一遍。我开始沿着走廊朝他走去。突然间他似乎变得十分遥远，当弗兰克在我身后开口说话时，他的声音也变得像是从远方传过来的。

“那是她曾经待的地方。”他在说话，“118号。管理处还没有拨出款项来修补那块破洞，所以现在我们只是任由它那样。这里没有太多资金来改善……”

艾利克斯盯着我。他所有的控制力和自信都消失了。他的眼睛里燃烧着愤怒，或者是痛苦，他的嘴角扭曲变形。我的脑子里满是嘈杂和喧哗声。

艾利克斯抬起手，像是要挡住我往前走的路。我们的眼神相撞了片刻，有某种东西在我们之间一闪而过——是某种警告，或者也许是道歉——然后我从他身边挤过去冲到了118号牢房前。

我在走道的那些狭小的窗户里都瞥过一眼，这里几乎和每间牢房都一模一样：一层粗糙的水泥地面，锈迹斑斑的马桶，一只装满水的桶，几只蟑螂从里面慢悠悠地爬出来，一张小小的铁床，上面盖着纸一样薄的褥子，有人把它们拖到了屋子的正中央。

但那墙。

那几面墙上覆盖着——塞满了——密密麻麻的文章。不。不是文章。它们只是一个单独的词，一个接一个，覆盖在了每一寸表面上。

爱（LOVE）。

它们围成巨大的一圈，在边角处有些许雕琢，用粗黑的字母写成，字体优雅；有些部分残缺和剥落，消失不见了，仿佛这堵墙在缓慢地融化为一首诗。

而在地面上，有一个东西蜷曲着靠在一堵墙上，那是一条依然带着吊坠的暗淡的银色链子：一块镶着红宝石的匕首，它的刀锋早已钝化成了一个小小的结块。那是我父亲的坠饰。我母亲的项链。

我的母亲。

一直以来，在我生命中的每一个坚信她已亡故的漫长瞬间里，她都在这里，磨刮着，挖掘着，凿下碎片，藏身在那堵石墙后的，是一个被深埋已久的秘密。

突然间我感觉自己像是回到了梦中，站在那堵悬崖前，脚下坚实的地面逐渐粉化为碎片，变成了沙漏中的沙子，从我的脚下不断滑走。我有一种在梦中当我发现整个地面都消失了的那一刻的那种感觉，而我则站在一片狭长的空气中，准备坠落下来。

“这真是可怕，你看到了吗？看看这疾病把她搞成什么样子了。谁知道她花了多少时间像个耗子一样划下这些玩意儿？”

弗兰克和艾利克斯站在我的身后。弗兰克的话像是被挡在了一层布后面。我往前一步走进牢房里，突然间将视线凝固在一柄光线上，它延伸着，像是一根长长的金手指从墙上某块被凿空的漏洞里投下来。外面的云层一定已经散开了：透过那个洞，从这堵石头堡垒上，我看到了普雷桑普斯科特河闪亮的碧蓝色，还有一片接一片不断摇曳翻滚的树叶，铺天盖地的绿色，阳光，还有野地和万物生长的芬芳。那是荒野。

无数个小时，无数日日夜夜，一遍又一遍不断地循环写着这个词：那个古怪而可怕的词，那个让她被监禁了十多年的词。

然而，最终，这个词帮助了她逃生。在一堵墙的下半面，她无数次地用巨大的字迹画出那个词来——爱，每一个字母都像一个小孩那么大——它深深凿进了石头里，那个O形成了一个隧道，她就是从这里逃了出去。

第二十三章
放弃中有幸福

食物给身体，牛奶给你的骨头，冰给流出的血，满满一肚子石头。

——民间祝福语

甚至在那道铁门哐当一声在我们身后锁上，地窖监狱也消失在远处后，那种四面八方都被紧紧压迫的感觉还是没有消散。我胸口里还有一股可怕的挤压的感觉，我不得不用尽力气满满吸进一口气。

一辆发动机呼哧呼哧喘个不停的破旧监狱大巴将我们从边境带往了迪尔恩。艾利克斯和我从那里往回朝波特兰的中心走，分别待在人行道的相对两侧。他每走几步就转过头来看我，嘴巴一张一合，像是在无声地说出一连串话。我知道他在担心我，也许还在等着我崩溃，但我却无法去看他的眼神或是对他说话。我将眼神死死定向前方，双脚不停轮流往前走。除了胸口那剧烈的疼痛外，我的全身都麻木不已。我感觉不到脚下的土地，或是沙沙吹过树间又擦过我脸颊的风，也感觉不到温暖的阳光，尽管很困难，它还是穿透了所有可怕的乌云，将世界照耀成奇异的泛绿色，仿佛一切都是淹没在水下的。

小时候，母亲死的时候——当我以为她死了的时候——我记得我第一次出去跑步，在国会大街的尽头绝望地迷了路，尽管我在那条街上早已玩了一辈子。我转过一个街角，发现自己正站在肥皂与泡泡洗衣店，突然却想不起自己身在何处，也想不起家究竟是在左边还是右边。一切看上去都变得不一样了。一切看上去都像是它自身的复制品，脆弱而扭曲，我像是被绊在了一间充满镜子的游乐场大厅，它们将我正常的世界反射了回来。

此刻我又有了那种感觉。迷失，找回，又再次迷失，都发生在同一时刻。而现在我知道了，在这个世界上的某一处，在围栏那一头的荒野里，我的母亲还活着，她在呼吸、流汗、运动、思考。我猜想她有没有想起我，然而疼痛却加剧了，让我彻底停止了呼吸，于是我不得不停下来，躬下身子，将一只手按在腹部。

我们仍在离开半岛，距布鲁克斯街37号不远，那里的房子都被大片枯萎的草丛和衰败的花园所隔开，遍地都是垃圾。街上还是有人，我马上认出其中一个是管理员，即使此刻已近中午，他居然还拿着一只气球，腿上还绑着一根木头警棍。艾利克斯一定也看到他了。他和我拉开了几英尺的距离，扫视着这条街，竭力想表现得漫不经心一些，但他却朝着我的方向轻声嘀咕了一句：“你能动吗？”

我不得不忍着痛继续奋力往前走。现在疼痛已经扩散到了我全身，头脑里甚至是在抽痛。“我想是的。”我呼出一口气。

“小巷子。你左边的。走。”

我尽量挺直身子——至少是足够挺直，然后一瘸一拐地走进了两栋大楼之间的空隙处。走到小巷子里一半的时候，出现了几座金属垃圾场，它们相互平行着，上面嗡嗡地盘旋着无数苍蝇。这里的气味恶心极了，就像又回到了地窖监狱，但我还是在它们中间一屁股坐了下来，庆幸这里有个隐身之处，还有机会可以坐下。我刚一休息下来，脑袋里的抽痛就减弱了。我将头往后仰，靠在砖墙上，感到世界在摇摆着，像是一条船从它的停泊处解开锚绳漂了过来。

艾利克斯在一小会儿后赶了过来，在我面前蹲下了，将我的头发从脸上拂开。这是他一整天来第一次有机会能够这么做。

“我很抱歉，蕾娜。”他说。我知道他是真心实意这么想。“我以为你会想要知道。”

“十二年。”我简单地说，“我还以为她已经死了十二年了。”

有好一会儿我们就这么静静地待在那里。艾利克斯在我的肩膀、胳膊和膝盖上轻轻揉着圈，他简直是在摩挲着能够摸到的任何地方，像是迫不及待地要保持与我所有的身体接触。我真希望自己能够闭上双眼，被吹进尘土和虚无里，我感到自己所有的思绪都像蒲公英的种子在风中飘散般烟消云散了。但他的双手却将我又重新拉了回来，拉进这条巷子里，还有波特兰，还有这个突然间再也没有意义的世界里。

*她就在那里的某个地方，呼吸着，口渴着，吃着东西，游着泳。*当知道了她还存活于世时，我的生活已经不可能再继续下去了——不可能思考我生活中所发生的事，不可能想象如何入睡，不可能再系上鞋带开始跑步，还有帮助卡罗尔装好盘子，甚至是和艾利克斯一起躺在屋子里。她就在那里，像遥远的星座般在我远处的轨道上运转着。

*她为什么不来找我？*这个念头像电流汹涌般飞快而清晰地闪过，让那股疼痛又再次灼烧起来。我紧紧闭上双眼，将头往前垂下来，祈祷着让它赶紧过去。但我却不知道该向谁祈祷。突然间我什么话也想不起来，我什么也想不起来，只能想起小时候在教堂里盯着那

灼热的烈日，然后它却隐没在那扇脏污的玻璃窗后，我看到所有的阳光在突然间湮灭了，什么也没留下，只有那暗淡的彩色玻璃片闪着金属的光泽，看上去像是虚幻之物。

“喂，看着我。”

我费了老大的劲才睁开眼睛。艾利克斯看上去十分模糊，尽管他就蹲在离我不到一英尺之外。

“你一定饿了。”他温柔地说，“我们回家，好吗？你还能走路吗？”他往后挪了一点点，给我腾出地方好站起来。

“不。”这个词出口时比我计划的还要断然，艾利克斯一脸愕然。

“你不能走路？”他的双眉间皱了起来。

“不。”要将声音保持在正常音量也实在是很费力。“我是说我不能回家，绝对不能。”

艾利克斯叹了一口气，揉揉额头：“我们可以去布鲁克斯待一会儿，在那房子里待上一阵。等你感觉好点儿时——”

我打断了他：“你没有明白。”一阵尖叫在我体内汹涌，嗓子里像是有个黑色的秘密在不停地挠动。我脑子里只有一个念头：他们早就知道——卡罗尔和威廉姨爹，甚至蕾切尔——而他们却仍然一直让我相信她已经死了。他们让我相信是她离开了我。他们让我相信自己不值得她这样的。我突然间充满了炽热的愤怒，像团火焰在燃烧：如果我看到他们，如果我回到家，我会无法控制住自己。我会烧掉那座房子，或是将它一块木板一块木板地拆下来，弄个四分五裂。“我想跟你一起跑掉，跑进荒野里，就像我们之前说过的那样。”

我以为艾利克斯会高兴，但没想到他看上去却一脸疲惫。他将脸别开，眯起了眼睛：“听着，蕾娜，今天发生的事已经够多了。你已经累坏了。你很饿。你现在没有清醒地思考——”

“我在清醒地思考。”我挣扎着站起来，好让自己看上去不那么无助。我也对艾利克斯感到生气，尽管我知道这并不是他的错。但暴怒却在我心底盘旋着，没有目的地聚集着力量。“我不能待在这儿，艾利克斯。再也不能了。在那之后——在那之后再也不能了。”我用力将那阵尖叫咽了下去，嗓子抽搐起来。“他们早就知道了，艾利克斯。他们早就知道，却从来没有告诉过我。”

他也站了起来，极慢极慢，好像那样很痛。“你还不确定真的是那样。”他说。

“我确实知道。”我坚持着，而这是事实。在我心底深处我真的知道。我想起了母亲朝我弯下身来，她那漂浮不定的洁白的脸庞进入我的睡梦，她的声音在我的耳中轻吟回响——*我爱你。要记住。他们无法带走这个*，她的唇间跃起那悲伤的微笑。她也早就知道。她一定是知道他们是来抓她的，要把她带到那个可怕的地方去。就在一周后，我穿着一件粗糙的黑衣站在了一具空棺木前，吮吸着一堆橘子皮，竭力想忍住眼泪，而我所信任的所有人却早已给我筑起了一道坚不可摧的谎言之墙（“她病了”；“疾病就是这样的”；“自杀”。）我才是那天那个真正被埋葬了的人。“我不能回家，我也不会回去。我要和你一起走。我们可以在荒野里建起我们的家。其他人也这么做的不是吗？其他人已经这么做了。我的母亲——”我想说，*我的母亲也要这么做*，但我的话却在这个字眼上停了下来。

艾利克斯小心翼翼地盯着我：“蕾娜，如果你要离开——真正的离开——那可不会像我现在这样。你明白的对吗？你将没法在两地间跑来跑去。你*永远*也没法再回来了。你的身份证号将会作废。每个人都会知道你是个反抗者。每个人都会来寻找你。如果有人找到了你——如果你被抓住了……”艾利克斯没有说完这句话。

“我不管。”我迅速反驳回去。我再也无法控制住自己的脾气了：“难道你不正是那个建议我这么做的人吗？那又怎样？现在我准备要走了，你却要把它收回了？”

“我只是想试着——”

我再次打断了艾利克斯的话，随着怒火和想要将一切撕个稀巴烂的冲动滔滔不绝地说了下去：“你就和其他所有人一样。你就跟其他那些人一样坏。说啊，说啊，说啊——这对你来说倒是轻松。但当真的要开始做什么事的时候，但真的到了该帮我的时候——”

“我只是试着想帮你。”艾利克斯厉声说，“这可是件大事。你明白这点吗？这是个非常重大的选择，而你只是生气了，你也不知道自己到底在说什么。”他也开始生气了。他说话的语调让我感到痛苦，但我却无法停止说话。破坏，破坏，破坏：我想破坏一切——他，我，我们，整座城市，全世界。

“别把我当小孩看。”我说。

“那就别再表现成那样。”他回击道。话一出口我就感到他后悔了。他将头微微偏过去，然后用正常的语气开口了：“听着，蕾娜。我真的非常抱歉。我知道你经历了——我是说，今天发生了这些事——我无法想象你此刻的感受。”

太晚了。泪水已经模糊了我的视线。我从他面前转过身去，用一只指甲刮起墙壁来。墙上的砖脱落一片小小的碎屑。看着它飘到地上，让我想起了母亲，还有那些陌生而可怕的墙壁，我的泪水更汹涌了。

“如果你真的关心我，你就会带我走。”我说，“如果你关心我，你会现在就带我走。”

“我确实关心你。”艾利克斯说。

“你不。”现在我实在很幼稚，但我却无法控制自己，“她也没有。她一点也不关心。”

“那不是真的。”

“那为什么她不来找我？”我还是将身子背对着他，将一只手掌狠狠按在墙上，也感到也许它会随时崩塌。“她现在究竟在哪儿？为什么她不过来找我？”

“你知道是为什么。”他更加坚定地说，“你知道如果她再被抓到的话会发生什么——如果她和你一起被抓到的话，那将意味着你俩都得死。”

我知道他是对的，但那却并没有让我感觉好受点。我越发顽固下去，简直没法消停下来：“根本不是那样。她根本就不在乎，你也不在乎。没有人在乎。”我将前臂横在脸上，狠狠砸中自己的鼻子。

“蕾娜。”艾利克斯将一只手放在我的手肘上，将我拉着转过身来面对着他。我拒绝看他的演讲，他将我的下巴抬起来看他：“马格达蕾娜。”他重复道，这是他第一次念我的全名：“你的母亲很爱你。你明白这点吗？她爱你。她仍然爱着你。她希望你能够安全。”

我全身一下子发热起来。有生以来我第一次不再害怕“爱”这个词。我身体内似乎有什么东西一下子打开了，伸展开来，像一只猫想要沐浴阳光，我急不可耐地想要他再说一次。

他的声音无比温柔，他的眼睛温暖而闪着光，阳光的颜色从温暖的秋日傍晚穿过树梢，如黄油般融化开来。

“而我也爱你。”他的手指轻轻扫过我的嘴角，在我的唇间短暂地舞蹈着。“你应该知道这点。你必须知道这点。”

它就发生在这一刻。

站在这条蹩脚的小巷子里，夹在两座恶心的垃圾场间，我们周围的整个世界都崩塌下来，听到艾利克斯说出那些话，自从学会坐立、站立、呼吸以来——自我从心底深处听到它说出有些事不对劲，有些东西早已腐朽患病，有些东西被抑制镇压——自从那个声音告诉我我总是离被毁灭只有一次心跳的距离以来——我所肩负的所有恐惧在那一瞬间全都突然消失了。那个东西——那颗我心脏里的心脏，那个我内核中的内核，舒展得更加宽广，像面旗帜一样高高飘扬起来，让我感觉自己从来没有这样强大过。

我张开嘴说："我也爱你。"

真是奇怪，但在巷子里的这一刻后，我突然明白了自己全名的含义，我明白了母亲一开始会给我命名为马格达蕾娜的原因，以及古老的《圣经》中关于约瑟夫和被他抛弃的玛丽·马格达雷恩的故事的意义。我明白了他放弃她是因为一个原因。他放弃她，是因为这样她就能够被拯救，尽管放开她简直快要了他的命。

他放弃她是因为爱。

我想，也许我的母亲甚至在我刚出生时就感觉到了终有一天她会做出同样的事。我想那也是爱人的一部分：你必须放弃一些东西。有时候你甚至不得不放弃。

艾利克斯和我谈起了所有一旦我和他一起去荒野后将会抛下的东西。他想百分之百地确定我知道我们将要面对的事。然后我们在即将打烊的肥猫面包店停下来，分别花了一美元买了块快过期的硬面包圈和切达干酪面包卷；然后我们坐上码头，看着海鸥在头顶盘旋尖叫；沿着农场长跑，看着那些露珠在草叶尖闪耀，仿佛是被镶在上面一样；海洋永无止境的韵律，像心跳声般在波特兰下方撞击跳动；旧码头那狭窄的石子路，还有挂满了我永远也买不起的华丽闪亮的时装的商店。

我唯一遗憾的只有汉娜和格蕾丝。而波特兰的其余部分则将化为乌有，我一点也不在乎：它那闪闪发亮的纤弱而不真实的塔楼，拉上百叶窗的临街店铺，还有那些顺从的人，他们低着头不断接受各种谎言，就像等待被屠杀的动物。

“如果我们一起走，就只有你和我。”艾利克斯不断重复说，就像需要确定我很明白这一点一样——就像需要确定我很肯定一样。“再也不会回来，永远。”

我说：“那就是我想要的。只有你和我，永远。”

我也是这么打算的。我甚至一点都不害怕。现在我知道我将会拥有他——我们拥有彼此——我感觉自己永远也不用再害怕任何东西了。

我们决定一周后就离开波特兰，刚好在我的治疗日九天之前。我对将离开的日子推迟这么晚感到很紧张。我有些想要直接冲到边境的电网围栏那里，在光天化日之下这么鲁莽地冲过去——但和往常一样，艾利克斯让我冷静下来，解释了等待的重要性。

在过去几年里，他也只越境过寥寥几次。过于频繁地来回出入实在太危险了。但在下一周，艾利克斯将会在我们的最终逃亡前先越过境两次，这几乎带着自杀性的风险，但他却说服我说这是必要的。一旦他和我一起离开，抛下他的工作和学业，他也将成为带病者，尽管从严格意义上来讲他的身份从一开始就不是真实的，因为那是被反抗势力创造出来的。

一旦我们都成为带病者，我们就会从体制中被抹去。哔的一声，就一下子不见了。就像我们从未存在过一样。至少我们可以寄望于我们不会在荒野中被人围捕。那里也不会有什么被突袭查抄的晚会。没有人会过来找我们。如果他们想将我们抓获，他们就必须承认我们已经离开了波特兰，那也等于同样承认了那些带病者的存在是有可能的。

我们将会和鬼魂没什么区别，也只等同于一些痕迹和回忆——很快，那些被治愈的人就将会将目光紧紧盯向未来，还有那需要走过的漫漫人生长路——我们甚至都不会有这些。

因为艾利克斯将不再能进入波特兰，我们也必须带上尽可能多的食物，还有冬天的衣物以及我们需要的任何生存必备物品。居住地的那些带病者很擅长互相分享生活所需。即便如此，荒野的秋冬季节还是会很难捱，自从在波特兰住了多年后，艾利克斯也不像以往那样擅长打猎和搜集食物了。

我们决定半夜在那座房子见面，继续商量计划。我将会把第一批想要带上的东西交给他：我的相册，二年级数学课时我和汉娜来回传递的一沓字条，还有我能从“好又省”的储藏室里面偷来的所有食物。

和艾利克斯分开，再往家走的时候已经快四点了。云层已经散开，中间露出的淡青色的交错的天空，像是退了色的破烂的丝绸。空气很温暖，但风里已夹杂着一丝秋日冰冷而带着烟气的味道。很快这一片苍翠的风景就将燃烧为浓烈的红橙色，而这些也将会很快消失，而变成冬日脆弱的荒凉黑色。而我也将会不在这里——我将会在那一边某个地方，在那些细瘦的颤抖的树林间，藏匿于白雪之中。但艾利克斯将会和我在一起，我们会是安全的。我们会手拉着手一起走，在光天化日下公然接吻，尽情地相爱，没有人能够将我们分开。

尽管今天发生了这些事，我还是感觉自己从来没有这么冷静过，仿佛今天艾利克斯和我对彼此所说的那些话化为了一层薄薄的烟雾保护着我。

我已经有一个多月没有正式地跑过步了。天气太热，而我几乎将每一刻都用来与艾利克斯相处。但我一回到家，就打电话给了汉娜，让她来我们跑步的那条小路见面，那是我们通常的起跑地点，她却只是哈哈大笑。

“我正要打电话跟你说一样的话呢。”她说。

“好主意！”我说。她的笑声在话筒的沙沙声中消失了片刻，仿佛某个潜藏在波特兰的审查员突然间插入了我们的谈话中。那骨碌碌转个不停的眼睛，从未停止过转动，从未停止过警戒。我一下子火冒三丈，但怒火很快退散了。很快，我就要永远地、彻底地从这张版图上消失了。

我本希望能够在不看到卡罗尔的情况下走出屋子，但她却在我出门的路上拦住了我。就像往常一样，她一直在厨房里，不断地、重复循环地做饭和打扫。

“你这一整天上哪儿去了？”她问。

“和汉娜在一起。”我的回答自动地脱口而出。

“而你现在又要出去？”

“只是出去跑个步。”起初我还以为一旦我再见到她，我可能会撕破她的脸，或是杀了她。但现在，看着她，我却全然傻掉了，她像是一块上了色的广告牌或公共汽车上一位路过的陌生人。

“晚饭在七点半。”她说，“我希望你能赶回家来摆好桌子。”

“我会回家的。”我说。我想起了这阵麻木和这种分离的感觉，一定也曾是她和所有被治愈的人一直都有过的那种感觉：仿佛在你和其他人之间隔着一层厚厚的隔音玻璃，几乎没有什么东西可以穿透。他们说治愈是为了幸福，但我现在知道了，它不是，它从来都不是。它只与恐惧有关，恐惧或是疼痛，恐惧，恐惧，恐惧——如同一头盲眼的动物在高墙间碰撞，在无尽头的狭长走道里穿梭，惊恐不已，笨头笨脑。

有生以来我甚至第一次为卡罗尔感到难过。我才只有十七岁，但我已经知道了一些她根本不知道的事情：我知道了如果你只是顺利地轻然飘过，那人生就根本不是人生。我还知道了整个关键——那唯一的重点——是要找到重要的事物，紧紧抓住它们，并为它们而战，决不将它们放开。

“好。”卡罗尔站在那里，有些尴尬，像是每当她想说些意味深长的话语却总是不太记得起来要怎么说那样，“离你的治疗还有两周。”她终于开口了。

“十六天。”我说，但在脑子里我却在数着：七天。还有七天我就自由了，我将会离开所有这些人，还有他们那一帆风顺的肤浅生活，他们一个接一个地擦肩而过，从生到死，一直这么滑下去，滑行，滑行，滑行。对于他们来说，在这两者之间几乎就没有什么变化。

“紧张也没有关系。”她说。这正是对她来说很难说出口的话，那安慰的话让她费了老半天的劲才想起来。可怜的卡罗尔姨妈：一辈子都与碗盘和坑坑洼洼的绿豆罐头为伴，日子总是一天又一天这么流水般过去。我还在那时想起了她的面容看上去是如此苍老。她的脸上布满了皱纹，头发已经花白。只有她的眼睛才能让我相信她是不老的：那是所有被治愈过的人都拥有的迷茫的入神的眼睛，像是永远都在看进某个遥远的地方里。她年轻时，在被治愈前一定很漂亮，至少和我母亲一样高，也许还一样苗条，我脑中闪现出一幅画面：两个十几岁少女的纤瘦的黑影，中间隔着一道银色的海洋，她们互相大笑着朝对方踢水花。而这正是那些你不想放弃的东西。

“哦。我不紧张。”我对她说，“相信我，我简直等不及了。”

还有七天了。

第二十四章
爱会拯救你

什么是美？美只是一个圈套，一个幌子；它只不过是在你眼中互相撞击的一些兴奋的分子和电子，它们像一堆活跃过头的学校小孩在你的大脑中横冲直撞，准备着等到放假那一刻的释放。你想让自己被欺骗吗？你想让自己被蒙住吗？

——出自《新哲学》中的《关于美与谎言》一章

作者：艾伦·多普谢尔

当我赶到时，汉娜已经等在那儿了，靠在围着跑道的那条链状栅栏上，头微微往后仰，闭上眼睛对着太阳。她的头发散开了，落在背上，在阳光下几乎变成了白色。我在离她十五英尺远的地方停下来，真希望自己能够记住她现在的模样，我想将这幅画面精准无误地永远保存在脑海中。

然后她睁开眼睛看到了我："我们还没有开始跑呢。"她说着，从栅栏上站起身来，做了个夸张的看表的动作，“你已经这么快就赶到了。”

“那算是个挑战吗？”我一边说，一边缩短着我们之间剩下的最后十英尺的距离。

“只是个事实。”她咧嘴一笑说。我走近时，她的笑容闪烁了一下：“你看上去有点不太一样。”

“我累了。”就这么打招呼，却没有拥抱或是其他的动作，感觉很奇怪，尽管我们之间一直都是这样的，而事情的规则也一直都必须是这样的。从来没有告诉过她她对我有多重要，这也让我感觉很异样。“真是漫长的一天。”

“你想聊聊吗？”她冲我挤挤眼睛。夏天让她晒黑了一些。她的鼻尖上出现了阳光晒出的雀斑，它们凑在一起，就像一群被挤坏了的星星。我真的觉得她是波特兰最美的女孩，也许是整个世上最美的，一想到她将会变老，并将我忘记，我就感到胸中有种剧烈的疼痛。有一天她会连我们在一起的那些日子都很难想起来——即便想起，也会显得遥远，并依稀有点可笑，就像那些细节已经消逝了的梦境。

“也许吧，在我们跑完之后。”我说，这是我唯一能想着要说的事。你必须得往前看：这是唯一的办法。不管发生什么，你都必须往前。这是宇宙间万事万物的法则。

“你是说在你吃下灰尘之后。”她往前弯下身子，伸展着脚腱。

“对某个整整一夏天都躺着不动的家伙来说，你说的倒是场很大的游戏。”

“你只是说说而已。”她扬起头来，冲我眨眨眼，“我可不认为你和艾利克斯一直在做的事称得上是锻炼。”

“嘘——”

“放松，放松。周围没人，我早就检查过了。”

一切看上去都很正常——无比美妙，无比惊人的政策——我从头到脚都充满了让人晕乎乎的快活。街道上交错布满了阳光和阴影，空气里带着盐和油炸食物的味道，还依稀传来海滩边的海藻被水冲洗的气味。我真想将这个时刻永远地珍藏于心间，将它好好保护，像颗带着影子的心：我的旧生活，我的秘密。

"贴上了！"我对汉娜说着，朝她肩头拍了一下，"你中招了！[①]"

然后我一下子跑开，她惊叫着跳过来追我，我们便绕着跑道，朝码头冲过去，丝毫没有犹豫，也没有争论过我们的跑步路线。凉爽的空气在我的肺里吸进排出，有些疼痛，但这是那种好的痛感：这种疼痛让你不会忘记呼吸是一件多么美妙的事，也让你能够完全感受到它。咸味的液体刺痛了我的眼睛，我狠狠眨着眼，不知道自己究竟是在流汗还是哭泣。

这并不是我们跑过的最快的一次，但我觉得这是我们最好的一次。我们一直保持着相同的节奏，几乎肩并肩一起跑，从旧码头到东海滨道跑了整整一圈。

我们比初夏时的速度要慢了一些，这是肯定的。在过了三英里的标志后，我们都开始慢走起来，无声地达成了共识，一起从那带着斜坡的草地上横穿去海滩，我们尽情地冲进沙地里，大笑了起来。

"两分钟。"汉娜喘着气说，"我只需要两分钟。"

"可怜虫。"我说。尽管我对中途停下来满怀庆幸。

"你只是耍耍嘴上功夫而已。"她一边说，一边朝我的方向抛出了一把沙子。我们两人一起啪地躺了下去，大张开胳膊和腿，像是要做出雪天使的样子。落到我皮肤上的沙子凉得令人有些吃惊，还有些湿润。之前一定是下了雨，也许当时艾利克斯和我就在地窖监狱里。

① 这是一种儿童游戏，每当你触碰到一个人时，便轮到他去追逐其他人。

我再次想起那窄小的单人牢房和那些直接穿透过墙壁的字迹，阳光透过那个O旋转着投射进来，像是光束穿过望远镜般，让那个在我胸中的东西又一次缩紧了。甚至是现在，在这一刻，我的母亲依然正在那一头的某个地方，动着、呼吸着、存在着。

嗯，很快我也会在那边了。

海滩上只有几个人，多数是在散步的家庭，还有一个老人将他的竹棍戳进沙子里，沿着水边慢慢走动。太阳在云层那边沉得更深厚，光线也变暗了，海湾成了一片冷峻的灰色，只微微泛着些绿光。

“我简直不敢相信还有几周我们就再也不会担心宵禁了。”汉娜说着转过头来看我，“对你来说还有不到两周了，十六天，没错吧？”

“对。”我并不喜欢对汉娜撒谎，于是我坐起身来，将双臂环抱在膝盖上。

“我想在被治愈的第一个晚上，我会整晚地待在外面。只是因为我终于可以那么做了。”汉娜用手肘撑起自己的脸，“我们可以制定一个一起这么做的计划——你和我。”她的语气中带着一丝恳求的信息。我知道我应该说。*对，当然*，或者是*那听上去太棒了*。我知道这会让她感觉好受点，这也会让我感觉好受点——装做生活将会如往日一样继续下去。

但我却无法强挤出这些话来。我开始用拇指拈起沾在我腿上的沙子：“听着，汉娜，我得跟你说些事。关于治疗……”

“那怎么了？”她冲我挤挤眼睛。她从我的语气中听出来一丝紧张，这让她担心起来。

“向我保证你绝不会生气，好吗？我没法——”我在说完这句话前停了下来，*如果你对我生气的话，我就没法离开*。我一下子就想到了以后的事。

汉娜完全坐了起来，她举起一只手，勉强发出一阵笑声：“让我来猜猜。你要和艾利克斯一起跳上一艘船，就这么远远跑开，丢下我不管。”她用开玩笑的语气说，但声音里却带着一丝紧张，隐约藏着一丝没有安全感的感觉。她想让我反驳她。

然而我什么也没说。那一刻我们只是盯着彼此，然后她脸上所有的光芒和能量都突然退却了。

“你不是认真的。”她终于开口了，“你不可能是认真的。”

“我必须这么做，汉娜。”我轻声对她说。

“什么时候？”她紧紧咬住嘴唇，将脸别开了。

“我们今天做的决定，今天早上。”

“不，我是说——什么时候，你们什么时候走？”

我犹豫了一下。在今天早上之后，我感觉我再也不了解这个世界以及这世上的一切了。但我却知道汉娜绝不会，永远也不会背叛我——至少不是现在，哪怕直到他们将针筒刺进她的大脑里，将她挑出来，将她分裂成好几块，她也不会。到头来，我现在才明白所谓治疗做的正是这个：他们将人们分裂，将他们从自己身上切下来。

但到了那时候，到了他们对她这么做的时候，那也将会太迟了。

“星期五。”我说，“离现在还有一个星期。”

她重重地呼出一口气，齿间的气流发出啸声：“你不会是认真的。”她重复道。

“这里对我来说什么也不是。”我说。

然后她又回过头来看着我。她的双眼睁得大大的，我看出来这伤害了她。“我在这里。”

突然间，那个方法一下子跳到我脑海中——简单，简直简单得可笑。我差点大声笑出来。“跟我们一起来吧。”我脱口而出。汉娜紧张地扫视了一眼海滩，但所有人都分散了：那个拿着竹拐杖的老人现在已经沿着海滩走了一半，远在听力范围之外。“我是认真的，汉娜。你可以跟我们一起来。你会爱上荒野的。那里简直太惊人了。那里还有完整的居住区——”

“你去过？”她突然打断了我。

我的脸刷地一下子红了，我发现自己从来没有跟她提起过和艾利克斯待在荒野里的那一夜。我知道她也会将这视做一种背叛。我过去总是什么都跟她说。“只有一次。”我说，“只待了几个小时。那里真是太迷人了，汉娜。那里和我们所想象的完全不一样。还有越境……实际上你真的可以越过边境……跟我们所听到的完全不一样。他们一直都在对我们撒谎，汉娜。”

我停下了，突然间有点不知所措。汉娜将脸埋下了，拉扯着自己运动衫上的线头。

“我们可以这么做。”我更加温和地说，“我们三个一起。”

有好长一阵子，汉娜什么也没说。她眯起眼睛看向大海。终于，她以几乎察觉不到的动作微微摇了摇头，对我露出一个悲伤的微笑：“我会想念你的，蕾娜。”她说完，我的心一下子沉了下去。

“汉娜——”我正要说话，她却打断了我。

“或者也许我并不会想念你。”她站起身来，拍打着衣服上的沙子，“那正是治疗所要带给我们的对吗？没有痛苦。反正不会是那种痛苦。”

“你没有必要去经历这个。”我挣扎着站起来，“来荒野吧。”

她发出一阵空洞的笑声：“就这么抛下一切？”她指了指自己周围。我看出来她是在半开玩笑，但那也只是一半。最后，除了她说的所有话，还有那些地下聚会和被禁的音乐外，汉娜还是不想放弃这样的生活和这个地方：这是我们一直以来知道的唯一的家。当然，她在这里还有一份生活：家庭，未来，一个优秀的配偶。而我什么也没有。

汉娜的嘴角在颤抖，她低下头，踢着地上的沙子。我想让她好受些，但却想不起来要说什么。我胸中有一阵混乱的剧痛，我们站在那里，我像是在看着和汉娜的整整一辈子、我们这一整段友谊就这么消逝了：在禁令夜的时候抱着爆米花一起睡觉；二年级时她砰的一声撞开厕所门问我“你哭是因为你的妈妈吗？”那一次她将拳头狠狠砸上安娜·戴维斯的脸，因为安娜说我的血液是带病的；坐在码头上一起吃着冰激凌，想象着有一天会被安排好配偶，并排住在一模一样的房子里……所有的这些都将像沙子被海浪卷走一般化为乌有。

“你知道这和你没有关系。”我说。我哽咽着，不得不强迫自己说出这些话，“你和格蕾丝是这里我唯一觉得重要的人。其他什么也——”我止住了，“其他的一切什么也不是。”

“我知道。”她说着，但还是不肯看着我。

“他们——他们带走了我母亲，汉娜。”我本来并不打算告诉她。我并不想说起这个，但这些话只是自动冒了出来。

她猛地瞥了我一眼：“你到底在说什么？”

我跟她讲了关于地窖监狱的那些事。出人意料的是，我竟然讲得很连贯。我只是跟她详细讲述了每一件事。六号监狱区，那次逃跑，单人牢房，还有那些话。汉娜在一言不发的沉默中听着。我从来没见过她这么沉寂和严肃过。

我讲完时，汉娜的脸早已煞白。她看上去就像我们小时候待到深夜，竭力想要讲鬼故事吓唬对方时那样。我觉得我母亲的故事在某种方式上来讲也算是一个鬼故事了。“我很难过，蕾娜。”她的说话声几乎低得让人听不见，“我不知道我还能再说些什么。我真的很难过。”

我盯着大海，点了点头。我寻思着我们对世界的其他部分的了解是否真的完全准确——那些未被治愈的部分，它们是不是真的像大家一直以来所说的那样荒凉、混乱和野蛮。我也十分确定这只是一个谎言。在许多方面，去想象一个像波特兰这样的地方要更容易些——一个有着自己的高墙、围栏和半真半假的故事的地方，在这个地方，爱依然隐约而不完整地存在着。

“你明白我为什么要走。”我说。这其实并不算是个问题，但她点了点头。

“是的。”汉娜的双肩微微抖动了一下，像是要将自己从睡梦中惊醒。然后她朝我转过脸来，尽管眼中仍然满含悲伤，但她还是竭力展开了笑颜：“你，蕾娜·哈洛维，”她说，“是一个传奇。”

“对，没错。”我转转眼珠子。但我感觉好多了。她叫了我从母亲那里得到的名字，这样我就知道她理解了，“也许是则警世故事呢。”

“我是认真的。”她将头发从脸上拂开，专注地盯着我。“我以前是错的，你知道。记得我在整个夏天开始时说过的话吗？我还以为你害怕了。我以为你太害怕，不敢去抓住机会。”她唇间又浮起那抹悲伤的微笑，“结果你却比我还要勇敢。”

“汉娜——”

“没关系。”她挥挥一只手，打断了我，“你值得。你值得拥有更多。”

我真的不知道该对此说什么。我想拥抱她，但却只是将双臂紧紧环抱在自己的腰间。从水面上吹来了刺人的风。

“我会想念你的，汉娜。”片刻之后，我说了这句话。

她朝着海水走了几步，用鞋尖将沙子踢出一个弧形，它们看上去像是在空中停留了一瞬间后才散开的。“好了，你知道我将会在哪儿了。”

我们站了一会儿，听着潮水扑上海岸的声音，海水抛起几块小石头翻滚着，石头就是这么千万年来逐渐化为沙子的。有一天这里将会全都化为汪洋。也许有一天也将全都被尘土吸干。

然后汉娜转过身来说：“来吧，和你一起跑回跑道。”她说完就跑掉了，我还没来得及说，好。

“不公平！”我在她身后叫道。但我并没有尽全力赶上去，而是让她跑在前面几英尺处，并努力记住她此刻的样子：奔跑着，大笑着，带着阳光晒黑的小麦色肌肤，快乐又美丽，她是我的，她的金发像一支火炬在最后一线阳光下闪烁着，像一座装满即将到来的美好事物的灯塔，还有我们前方共有的更美好的日子。

爱：所有致命之物中最最致命的东西；无论你是否拥有它，它都将会将你们两个一并杀死。

但那并不完全是这样。

那宣判者和被判罪者，那死刑执行者，那刀刃，那最后关头执行的死缓，那大口喘气的呼吸，那在你头顶旋转的天空，还有谢谢你，谢谢你，谢谢你，上帝。

爱，它既会杀死你，也会拯救你。

第二十五章
谎言的高墙

我必须离去而生，或者停留而亡。

——出自威廉·莎士比亚所著的警世故事《罗密欧与朱丽叶》

重新收录在《毕业考试必知的100条名言》，作者：普林斯顿·瑞伍尤

午夜过后去往布鲁克斯街37号的路上很冷，我不得不将尼龙夹克的拉链一直拉到下巴处。街道和我一直以来所见到的一样黑暗和寂静。四处都没有任何声响或动作，没有窗口拉动窗帘，没有突然滑过小巷墙壁上的、让我一下子吓得跳起来的影子，没有巷子里野猫闪亮的眼睛，没有老鼠爪子在抓挠，也没有管理员们在巡逻时，远处传来的人行道上整齐得像鼓点般的脚步声。仿佛人人都绷紧了要过冬，仿佛整座城市就沉在深冻冰箱中间。其实这样还真有点吓人。不知为何，我又想起那座在闪电突袭战中幸存下来的房子，它此刻站在荒野中，被保存得完好无损，但却丝毫没有人烟，所有的房间里都长出了

野花。

转过街角，看到围在布鲁克斯街37号外面那锈迹斑斑的铁栅栏，我松了一口气，一想到艾利克斯就蹲在那黑压压的房间里庄严地将被单和罐装食品打包塞进背包里，一阵巨大的幸福感向我猛地涌了过来。直到现在我才意识到，早在这个夏天的某一刻起，我就已经把布鲁克斯街37号当成了家。我将背包往肩上推高了一些，慢慢跑到大门前。

但这里却有些不对劲：我嘎嘎吱吱地推了好几次，但它就是不开门。起初我还以为是卡住了，然后我才发现有人在大门口挂了一把挂锁，看上去很新，当我拽着它时，它在月光下闪烁着鲜明的光泽。

布鲁克斯街37号被锁上了。

我震惊了，我甚至都无法感到恐惧或是怀疑，唯一的念头就是艾利克斯，以及他在哪儿，还有这锁究竟是不是他上的。我想，也许他锁上这房子是为了保护我们的东西，或许我只是来早了，又或许我是来晚了。我正要翻过栅栏去，艾利克斯就出现在了我右方的夜色中，静静地从那片影子中走出来。

“艾利克斯！”我们才刚分开几个小时，我就已经很高兴能再看到他了，很快他就将会彻彻底底是我的了——我朝他跑过去时，忘了压低声音。

“嘘——”我几乎跳到了他身上去，他张开双臂一下子抱住了我，踉跄着往后退了一步。但当我抬起头看他时，他却一脸微笑，我看得出来他和我一样开心。他吻了吻我的鼻尖：“我们现在还不安全。”

“对，不过快了。”我踮起脚轻轻吻了他。像往常一样，他的嘴唇盖在我的嘴唇上，像是能够覆盖住世界上一切的坏事。我不得不从他身边转过身子，戏谑地拍了一下他的胳膊。“顺便说一句，谢谢你给我那把钥匙。”

“钥匙？”艾利克斯眯起眼睛，一脸困惑。

“给那把锁的。”我试着想捏捏他，但他却从我身边退开一步，摇了摇头，他的脸在突然间变得煞白，一脸恐慌——就在那一刻，我明白了，我俩都明白了，艾利克斯张开嘴，但那却似乎漫长无比，就在那一刻我也突然明白了为什么我能突然将他看得这么清楚，他的身影被光照亮，凝固在原处，像一头在卡车的光束下被抓住的鹿（今晚的管理员们用的是泛光灯），从夜色中冒出一个声音：“不许动！你俩都不许动！将双手举过头顶！”就在同时，艾利克斯那急促的声音终于传到我耳朵里来了：“跑，蕾娜，跑！”他已经一转身跑进了黑暗中，但我的双脚却又花了更长的时间才得以动弹，就在我起身的那一刻，我盲目而没有目标地冲进了我看到的第一条街，夜晚充满了活动的影子，又活了过来——它们吼叫着想要抓住我，撕扯着我的头发，它们看上去似乎有好几百个，像洪水般哗啦啦地从山上冲过来，从地上、从树丛中、从空气中化出形状来。

“抓住她！抓住她！”

我的心快在胸腔里爆裂了，我无法呼吸，我从未如此恐惧过，我会惊恐致死的。越来越多的影子化为了人群，他们全都尖叫着，张牙舞爪着，握着闪光的金属武器，有枪，有警棍，还有催泪瓦斯的罐子。我弓下身子，转过身从无数双手中穿过，从山上冲出一条路，穿到布兰登路上，但还是没用。一个管理员从后面粗暴地抓住了我。我刚刚勉强挣脱他，却又撞到了另一个穿着警卫制服的人身上，我感到又一双手紧紧抓住了我。现在，恐惧成为了影子，一张毯子，将我紧紧包围起来，简直无法呼吸。

我身边的一辆巡警车突然冲过来，旋转灯将一切都照得通明，但却只持续了短短一瞬，然后我周围的世界就突然变成了一片黑色、白色、黑色、白色，迸发着闪烁着，慢慢地往前移动。

一张脸庞扭曲成了一阵可怕的尖叫，一只狗从左边跳了过来，露出一口利牙，有人在吼着：“把她按下去！把她按下去！”

无法呼吸，无法呼吸，无法呼吸。

一阵高声的哨声；一阵尖叫；一根突然间凝固在空中的警棍。

一根警棍落了下来；一条狗咆哮着跳起来；灼烧的剧痛像火焰般直直穿透了我的身体。

然后，就是一片黑暗。

我睁开眼睛，世界似乎已经碎裂成了千万片。我只能看到一小块模糊而旋转的光斑，像是在万花筒里被摇出来的。我眨了好几下眼睛，然后那些光斑自己重新组合变成了一盏贝壳形的灯和一面奶油色的天花板，上面沾上了一块猫头鹰形状的水渍。我的房间，家。我在家里。

那一刻我感到一阵轻松：我全身刺痛，像是全身的皮肤里都扎满了针，我只想躺回到柔软的枕头上，沉入黑暗和遗忘的睡梦中，等着脑袋里那阵刺骨的疼痛消失。然后我想了起来：那把锁，那阵袭击，那些密集的影子。还有艾利克斯。

我不知道艾利克斯发生了什么。

我胡乱伸展着四肢，用尽全力想坐起来，但一股剧痛从脑子里一直冲到脖子上，迫使我不得不又喘着气倒在了枕头上。我闭上眼睛，听到卧室的门打开了：楼下的声音一下子涌了过来。姨妈正在厨房里和某个人说话，一个我认不出来的男人的声音。也许是一个管理员。

脚步声越过房间，我紧紧闭上双眼，装做睡着的样子，然后有人靠到了我的身子上。我感到了一阵温暖的鼻息扑到我的脖子边上。

然后楼梯上又传来了更多的脚步声，还有珍妮的声音，她在门口发出嘘声："你在那边干什么？卡罗尔跟你说过要离远点。现在在我告发你前给我下楼。"

那股重量从床前消失了，有人踩着啪嗒啪嗒的轻轻的脚步声回到了大厅里。我将双眼眯开一条缝，仅仅能看到格蕾丝低着头站在珍妮身边，珍妮站在门口。她一定是过来查看我。这时珍妮试探性地往床前走了几步，我又将眼睛紧紧闭上了。

然后她突然一下子跳开了，像是恨不得尽快离开这屋子一样。我听到她叫着："还在睡！"门又嘎吱一声关上了。但在门关上之前，我还是听到了从厨房里传来的说话声，十分清晰："那是谁？究竟是谁传染了她？"

这一次我强迫自己坐了起来，不顾那刺进脑袋和脖子里的剧痛，也不顾每挪动一下身子伴随而来的可怕的感觉。我竭力想站起来，但却发现双腿根本无法支撑自己，而是一下子倒在地上，匍匐着爬到门边。甚至连手脚并用都让我筋疲力尽，我躺在地面上发着抖，门还在继续来回地晃动，像是一块恶魔的跷跷板。

幸运的是，头贴在地上倒是更容易听到楼下的声音，我刚好听到姨妈说："你一定至少见过他。"我从没听到过她如此歇斯底里的声音。

"别担心。"管理员说，"我们会找到他的。"

这至少让我松了一口气。艾利克斯一定是逃掉了。如果那些管理员知道谁曾经和我一起在街上走过的话，如果他们曾经起过疑心的话，他们一定早就把他拘捕了。我默默地祈祷着，对艾利克斯能够奇迹般地成功逃到安全之处而感激不已。

"我们什么也不知道。"卡罗尔说。她的声音仍然颤抖而急迫，一点也不像她平日那字斟句酌的语调。而现在我明白了，她不仅仅只是歇斯底里，还有恐惧。"你必须得相信我们根本不知道她究竟是被谁传染的。根本没有任何蛛丝马迹。她的食欲也和往常一样。她还按时上班。也没有情绪的起伏……”

“她也许是尽了全力在隐瞒住这些迹象。”管理员打断了她，“被感染者通常这么做。”当他说出被感染者这个词时，我真的能从他的语气中听出一丝厌恶的感觉，就像他在说的是蟑螂或是恐怖分子一样。

“那我们现在该怎么办？”卡罗尔的声音变得更微弱了。她和管理员一定已经走进客厅了。

“我们在以最快的速度打电话通知大家。”他回应道，“如果运气好的话，就在这周末之前……”

他们的说话声变成了难以识别的低沉的嗡嗡声。我把额头在门上靠了一分钟，集中力气呼吸着，将疼痛排解出去。然后我小心翼翼地站起身来。眩晕还是很厉害，我不得不刚一站起来就将自己撑在墙上，试着想做出一个选择。我得先搞明白究竟发生了什么。我需要知道那些管理员究竟已经监视布鲁克斯街37号多久了，还要彻底确定艾利克斯是安全的。我需要跟汉娜谈谈。她会帮助我的。她会知道应该怎么做。我拉着门把手，才意识到它从外面被锁上了。

当然，我现在已经是一名犯人了。

我站在那里，刚把一只手搭在门把手上，它就开始嘎嘎地转动起来。我以最快的速度转过身，钻回到被窝里——尽管那样很痛——就在那一刻门又被打开了，珍妮又进来了。

我没有来得及及时闭上眼睛。她朝着走廊大吼了一句：“现在她醒了！”她端着一杯水，但似乎却很不情愿走进这个屋子，只是站在靠近门口的地方看着我。

我并不怎么想和珍妮说话，但我实在太想喝水了，喉咙像是吞下了砂纸一样难受。

“那是给我的吗？”我指着那杯水问。我的声音十分沙哑。

珍妮点点头，嘴唇紧紧抿着。这是第一次她找不到话说。她突然冲上前来，将那杯水放在床前那张快要散架的小桌子上，然后又尽快地冲了回去。“卡罗尔说这也许会有些帮助。”

“帮助什么？”我满怀感激地喝了一大口水，喉咙和脑袋里的那股火辣辣的感觉似乎稍微缓解些了。

珍妮耸耸肩：“我想是感染吧。”

这正好解释了为什么她会停在门边，并不想靠近我。我得病了，被传染了，很脏。她担心自己会被传染。“你光是待在我周围是不会得病的，你知道这点。”我对她说。

“我知道。”她迅速地用警戒的语气说，但却依然待在远处不动，谨慎地盯着我。

我感觉无比疲倦：“现在几点了？”我问珍妮。

“两点半。”她说。

这让我吃了一惊。这离我去见艾利克斯时几乎没过去多久。“我睡了多久？”

她又耸了耸肩：“他们把你带回家时，你已经完全不省人事了。”她说得倒像模像样，好像生活或是我做过的某些事本来就该如此——而不是因为一堆管理员将警棍狠狠敲在了我的后脑勺上。这可真是讽刺。她看着我，好像我才是那个疯狂和危险的人。与此同时，楼下的那个一路追着我，差点砸碎我头颅骨、让我脑出血的家伙似乎才是真正的救世主。

我没法再忍受看着她了，于是我转过脸去对着墙：“格蕾丝哪儿去了？”

“楼下。”她说。她平时说话时的那种惨兮兮的口气又回来了：“我们不得不在客厅里铺上一些睡袋。”

他们当然想让格蕾丝远离我：年幼而易受影响的格蕾丝，从她那疯狂而病态的表姨身边被安全地隔开了。我也确实感到不舒服，不适中还带着焦虑与厌恶。我想起了自己之前幻想的将整座房子烧个精光的事。对于卡罗尔姨妈来说，我没有火柴她可真算走运，不然我可能真的会这么干。

“那么那究竟是谁？”珍妮拐弯抹角地压低声音问，就像一条蛇要将舌头伸进我的耳朵里，“谁是那个传染你的人？”

“珍妮。”

我转过头去，惊讶地听到了蕾切尔的声音。她站在门口看着我们，带着一脸完全无法读懂的表情。

“卡罗尔想让你下楼去。”她对珍妮说。珍妮迫不及待地匆匆跑向门边，又最后一次回头看了我一眼，她的脸上夹杂着恐惧和陶醉。我不禁想起，那些年来我是如何眼睁睁看着得了狂热症的蕾切尔不得不被四名管理员死死按在地上，然后被拖着去实验室的场景。

蕾切尔走到窗前，还是用那种难以琢磨的表情看着我：“你感觉怎么样？”她问。

“好极了。”我挖苦地说。但她却只是惊愕地看了我一眼。

“吃掉这些。”她在桌上放上两粒白色的药片。

“这些是什么？镇静剂吗？”

她的眼皮忽闪了一下：“止痛药。”她的语气里带着一丝恼怒，我很高兴这点。我并不喜欢她这么站在那儿，带着一脸镇静和超然来审视我，好像我是一具动物标本。

“那么……卡罗尔给你打电话了？”我在挣扎究竟要不要相信她这是止痛药，但我还是决定冒个险。我的头简直痛得快死了，在这种时刻我实在不确定镇静剂会带来多大的危害。但反正我也不可能在这种状况下从门口逃出去。我吞下两粒药片，喝了一大口水。

“对，我马上就赶来了。”她坐到床上，“你知道，我当时正在睡觉。”

“很抱歉打扰了你。我可不是自找着想要被人用棍子击倒然后拖到这儿来的。”我从来没这么跟蕾切尔说过话，我看得出来这让她吃了一惊。她一脸倦色地揉着自己的额头，有一瞬间，她的眼睛里闪现过一丝神情，那是我熟悉的往日的蕾切尔的眼神——我的姐姐蕾切尔，那个挠着我的痒痒的蕾切尔，那个给我编辫子的蕾切尔，那个抱怨我总是能得到更多冰激凌的蕾切尔。

然后她眼中的那股空洞又回来了，像层面纱。真是奇怪，我过去居然总是能这样接受它，多数被治愈的人看上去就像是在睡梦中一般穿行在世上。也许这是因为我也睡着了。直到艾利克斯将我唤醒，我才能够看清楚事情。

有好一会儿蕾切尔什么也没再说。我也对她没什么话说，于是我们只是坐在那儿。我闭上眼睛，等着疼痛开始退散，竭力想从楼下那些乱糟糟的说话声、脚步声、隐约的呼喊声和传进厨房里的电视机声中听出一些字句来。但我却没有听到任何明确的交谈。

蕾切尔终于开口了：“今晚到底发生了什么，蕾娜？”

我睁开眼，看见她又盯着我了：“你觉得我会告诉你吗？”

她短暂地摇了摇头：“我是你的姐姐。”

“就好像那对你来说很重要一样。”

她微微畏缩了一下，只是极小的一个动作。她再次开口时，语气已经变得像石头般强硬起来：“他是谁？谁感染了你？”

“那就是整个晚上的问题了是吗？”我从她面前转开脸，面对着墙，感到浑身冰冷：“如果你过来是为了从我这里套出点什么，那你就是在浪费时间。你也许可以再回家。”

“我来这里是因为我很担心。”她说。

“担心什么？担心家人？担心名誉？”我倔犟地盯着墙，将薄薄的夏天的被子一直拉到脖子处，“或者也许你只是担心大家都会觉得你早就知道了？也许你觉得你会被扣上同情者的帽子？”

“别这么别扭。”她叹了口气，“我是担心你。我关心的是你，蕾娜。我想要你安全。我想要你幸福。”

我扭过头去看她，感到一阵愤怒，还有比这更为强烈的憎恶。我恨她，我恨她对我撒谎。我恨她装做自己在意，甚至还以我的名义来装模作样。“你是个骗子。”我啐了一口，然后又说，“你早就知道关于妈妈的事。”

这一次面纱被揭下来了。她往后缩了一下：“你在说什么？”

“你早就知道她没有——她根本就没有自杀。你早就知道他们把她带走了。”

蕾切尔冲我眯起眼睛：“我真的一点也不知道你究竟在说什么，蕾娜。”

那时，我看出来自己弄错了这点。蕾切尔不知道这件事。她从来就不知道。我感到一阵巨大的宽慰和后悔。

“蕾切尔。”我用更加温和的声音说，“她当时在地窖监狱。她一直都在地窖监狱里。”

蕾切尔张大了嘴，又盯着我看了一会儿。然后她突然站了起来，拍了拍自己的裤子表面，像是在拂走一些看不见的灰尘。“听着，蕾娜……你的脑袋被打坏了。”又这么说了一次，就像我是自己打的一样。“你很累了。你也糊涂了。”

我没有纠正她。也没有必要。反正现在对于蕾切尔来说也太晚了。她会永远都存活在那堵墙后。她将会永远都沉浸在睡梦中。

“你应该试着去睡点觉。”她说，“我再给你倒点水。”她拿起那个杯子，走到门边，一边走一边关掉了头上的灯。她转过背在门口停了一下。她四周的走廊里的灯光看上去软茸茸的，让她的身形化成一团模糊的黑影，她看上去就像个活在影子里的人，一个轮廓。

“蕾娜，你知道。”她转过身来面对着我，终于开口了，“事情都会变得好起来的。我知道你觉得很生气。我知道你觉得我们根本不理解。但是我真的理解。”她打住话头，垂下眼睛盯着那只空玻璃杯，“我以前就跟你一样。我记得那些感觉，那些愤怒和激情，那种你一旦离开它就无法活下去，宁可去死的感觉。”她叹了口气，“但是相信我吧，蕾娜。这只不过是疾病的一部分。这是一种病态。几天后你就会明白的。到时候这一切对你来说就将只会是场梦。当时那对我来说也就像场梦。”

“那么你现在就更快乐了吗？你很高兴自己这么做了吗？”我问她。

也许她将我的问题当成了一个我正在听和关注的信号。反正，她微笑了：“非常高兴。”她说。

“那么你就跟我不一样。”我暴烈地低声说，“你跟我一点也不像。”

蕾切尔张开嘴想说点别的什么，但就在那一刻，卡罗尔进门来了。她的脸涨得通红，头发都以古怪的角度立了起来，但当她开口时，语气却很冷静：“一切都很好。”卡罗尔用低沉的声音对蕾切尔说，“一切都安排好了。”

“感谢上帝。”蕾切尔说。然后她又冷酷地加了一句：“但她不会情愿过去的。”

“难道他们以前就情愿过吗？”卡罗尔装做一本正经的样子反问，随即又消失了。

卡罗尔说话的语调吓到了我。我竭力想用手肘撑住身体坐起来，但胳膊却感觉像是变成了果冻。“什么被安排好了？”我问，我很吃惊地听到自己的声音变得像泥浆般浑浊。

蕾切尔看了我一小会儿：“我跟你说过，我们只是想要你安全。”她用平板的语气说。

“你们到底安排了什么？”我全身都充满了恐惧，同时沉重感似乎一下子悄然蹿上心头。我不得不竭力睁大眼睛。

“你的治疗。”那是卡罗尔。她刚好又走回屋里：“我们打算让你提前进行。你将会在星期天接受治疗，这是一早起来的第一件事。在那之后，我们希望你会好起来。”

“不可能。”我窒息了。星期天早上到现在还有不到四十八个小时。没有时间去警告艾利克斯——也没有时间去安排我们的逃亡。什么事都没有时间了。“我不会去的。”此刻我的声音听上去简直不像自己的，而像是一阵长长的呻吟。

“总有一天你会明白的。”卡罗尔说。她和蕾切尔都朝我走来，然后我看到她们手中拿着一卷伸展开来的尼龙绳：“总有一天你会感激我们的。”

我竭力想逃出去，但身子却不可思议的沉重，视线也开始变得模糊。头脑里满是云雾，世界开始变得一片混沌。我想，那么她是对止痛药撒了谎——然后我又想，那真疼，有某种尖锐的东西深深嵌进了我的手腕里，然后我便什么也不能思考了。

第二十六章

最后的希望

这是没人知道的最深层的秘密
（根连着根，花蕾连着花蕾
高耸入天空中的生命之树，它长得
比灵魂所能希望的还要高深
以及思想所能隐藏的还要隐晦）
这奇迹足以将群星也各自分离

我带着你的心（我将它装进我的心里）

——摘自e.e.卡明斯[1]被禁止的诗作《我带着你的心》

选自《危险字眼与概念综合汇编》，http：//www.ccdwi.gov.org

① e.e.cummings，1894—1962，美国诗人，小说家；全名爱德华·埃斯特林·卡明斯。他的诗作以新颖的排版——尤其是避免大写字母，专业的技巧、用词的坦率和尖锐的讥讽而别具一格。

我再次醒来，是因为有人在重复念着我的名字。我挣扎着恢复意识，看到了一小缕像是圣光般的金发，我糊涂了一下，还以为自己已经死了。也许科学家们弄错了，天堂并不仅仅只是给被治愈的人的。

然后汉娜的身影便清晰起来，我发现是她正在朝我靠近。“你醒着吗？”她问，“你能听到我说话吗？”

我呻吟了一声，然后她往后坐了一点，呼出一口气：“感谢上帝。”她说。她将声音压到最低，看上去一脸惊恐：“你刚才一动不动，我还差点以为你——他们——”她打住话头，“你感觉怎么样？”

“烂透了。”我粗声粗气地大声说，汉娜皱皱眉头，回头看了一眼。我发现卧室门外有个黑影一闪而过。当然，她的来访是被监控了的。不是被监视，就是某个人在负责二十四小时全天候的守卫。搞不好两者都有。

至少我的头痛稍稍好了些，但现在双肩却有一股灼烧的疼痛。我的身子仍然很不稳，我竭力稳住自己的位置，然后想起了卡罗尔，还有蕾切尔，还有那圈尼龙绳，然后我才发现自己的双臂都被绑过头顶，牢牢地捆在床头板上，就像一位对上帝无比虔诚的囚犯。愤怒又如海浪般涌了上来，接着是一阵恐慌，我想起了卡罗尔说过的话：我的治疗已经被改到了周日早上。

我将头扭向一边。阳光透过从窗边被拉下来的纸质窗帘中照进来，照亮了屋子里的灰尘。

“现在几点了？”我挣扎着想坐起来，而手腕上的绳子却将我勒得更近了，“今天是星期几？”

“嘘——”汉娜将我按回到床上，我在她身下扭动着身子，她紧紧抱着我。“星期六。现在是三点。”

“你不懂。”每一个字都在我的嗓子里碾压着发出刺耳的摩擦声，“他们明天就要带我去实验室了。他们改动了我的治疗日——”

“我知道。我听说了。”汉娜专心地盯着我，像是在竭力要交流某种重要的事，“我以最快的速度赶了过来。”

甚至连那最短暂的挣扎也让我筋疲力尽。我又将脸埋进枕头里，左臂整夜都被抬起来，已经完全没有知觉了，这种麻木感似乎贯穿了全身，让我内心犹如掉入冰窟。绝望。一切都显得如此绝望。我已经永远地失去了艾利克斯。

“你怎么听说的？”我问汉娜。

“大家都在谈论这件事。”她站起来，拿起自己的书包，在里面翻了半天，拿出来一个水瓶。然后她又回来，在床前跪下，我俩眼神对视着。“喝下这个。”她说，“这会让你感觉好些的。”她将水瓶放到我的唇边，仿佛我是个婴儿，尽管有些难为情，但我也不在乎了。

这水扑灭了我喉咙里的火焰。她是对的：这让我感觉稍稍好了一些。“人们知道吗……他们是不是在说……”我舔舔嘴唇，朝汉娜身后瞥了一眼。那个黑影还在那儿，它在移动，我在那一瞥中认出来了白底条纹的围裙。我压低了嗓子：“他们是不是在说是谁……”

汉娜突然抬高声音说：“别再顽固了，蕾娜。他们早晚会发现是谁感染了你的。你也许最好现在就告诉我们那是谁。”很显然，这段小小的演讲是为了让卡罗尔高兴的。汉娜一边说，一边朝我挤了挤眼睛，还微微摇了摇头。那么艾利克斯真的是安全的。也许到头来还是有希望的。

我冲汉娜做了个口型，艾利克斯。然后我朝她抬了抬下巴，希望她能明白我想让她去找他，并告诉他发生了什么。

她的眼神忽闪着，嘴角边的一丝微笑消失了。我看得出来她是准备要给我一个坏消息。她仍然用清晰而响亮的声音说：“这还不只是顽固，蕾娜。这是自私。如果你告诉他们，也许他们会发现我跟这事根本没关系。我可不喜欢一天二十四小时都被人当婴儿般看守着。”我的心一下子沉了下去：他们当然也跟踪了汉娜。他们一定怀疑她在某种程度上也与此事有关，或者至少掌握了一些信息。

也许这是很自私，但在那一刻我甚至无法对她或是自己造成的麻烦而感到抱歉。我只能感觉到巨大的失望。她没有任何办法甩开整个波特兰的警力去给艾利克斯传话。如果他们发现他一直都伪装成一名被治愈好的人去帮助那些反抗者……好吧，我怀疑他们可能根本懒得去审理案件，他们只会直接跳过这一项而对他判处死刑。

汉娜一定是从我的表情中看出了绝望：“我很抱歉，蕾娜。”她这一次的说话声很轻，“你知道如果我可以的话，我是会帮忙的。”

“对，呃，你不能。”话一出口我就后悔了。汉娜看上去很难过，几乎和我的感受一样糟。她的眼睛肿肿的，鼻子红红的，像是一直都在哭，很显然她是刚一听说这个消息就立刻奔过来了。她穿着跑鞋，一条起褶的裙子，还有一件通常睡觉时才穿的大码背心，她像是从甩在地板上的衣服堆里随便抓起第一件衣服过来的。

“我很抱歉。”我这一次的语气不再那么刺耳了，“你知道我不是那个意思。”

“没关系。”她从床上起身，开始踱起步来，就像每当她思考时所做的那样。有那么短短的一瞬间——只是一瞬间——我几乎要希望我从来就没遇到过艾利克斯。我真希望自己能够回到这个夏天的最起初时候，当时一切都是如此清晰、简单、轻松，或者甚至回到更久之前，回到上一个秋天，当时汉娜和我还在绕着州长雕像跑步，在她房间的地板上学习微积分，而那朝着我的治疗日流逝的日子就像一队成列倒下的多米诺骨牌。

州长雕像。那就是艾利克斯看到我的地方，他就是在那里给我留下了一张字条。

就在那一刻，我突然间有了个主意。

我竭力用漫不经心的口气说："那么艾莉森·多芬尼发生了什么？"我问，"她不想来道个别吗？"

汉娜转过身来瞪着我。艾莉森·多芬尼一直都是我们的暗号，这是每当我们需要在电话或者电子邮件里提到艾利克斯时，给他起的代号。她将眉毛皱到了一起："我一直都没机会和她联系。"她小心翼翼地说。她脸上的表情在说的是，*我早就跟你解释过了*。

我朝她抬起眉毛，就像在说，*相信我*。"明天要是能在治疗前见到她就好了。"我真希望卡罗尔正在听，并把这当做是我已经将自己完全托付给了这改动的计划，"治疗后一切就会都不一样了。"

汉娜耸耸肩，张开双臂。*你究竟想让我怎么样？*

我叹了口气，似乎是在转换话题："你还记得在五年级时雷德尔先生的课吗？我们过去总是整天来回地传着字条？"

"记得。"汉娜谨慎地说，她看上去依然一脸困惑。我看得出来她开始担心起我脑袋上挨的那一下已经影响到了我清晰思考的能力。

我又夸张地叹了口气，仿佛我们一起共度过的美好时光让我怀旧起来："你还记得他是怎么抓住我们，并让我们分别坐在教室的两边的吗？因此每当我们想对彼此说点什么的时候，我们都会站起来削铅笔，并在教室后面的那只空花盆里留下张小小的字条。"我强挤出一个笑容，"有一天我不得不削了十七次铅笔，而他却一次也没抓到过我，一次也没有。"

汉娜的眼睛里闪现出一丝光芒，但她还是一动不动，处在全面的警惕中，就像鹿在聆听捕猎者的时候，在被子弹击中前的那种样子——而正当此时她也大笑起来，说："对，我记得，可怜的雷德尔先生。真是笨呀。"

汉娜的语气像是一点也不在乎的样子，然后她倒在了格蕾丝的床上，将手肘撑在膝盖上，专注地盯着我。现在我知道了，就在我不断说起艾莉森·多芬尼和雷德尔先生的课时，她已经明白了我真正告诉她的事：她需要给艾利克斯传个字条。

我又转换了个话题："你还记得我们第一次长跑的事吗？跑完后我的腿就像果冻一样。还有我们第一次从西区跑到州长雕像那里的时候？我跳上去，拍了下他的手，就像我在跟他击掌一样。"

汉娜朝我微微眯起眼睛："我们这么多年来一直都在虐待他呢。"她小心翼翼地说，我知道她还没有真的明白。

我确保让自己的语气里不带半点紧张和激动："你知道，有人跟我说过他过去总是握着某些东西。我是说州长雕像。不是一支火炬，就是一个卷轴或是别的什么。现在他的拳头里却只有那个小小的空洞。"就是那样：我已经说出来了。汉娜猛地吸了口气，我知道她明白了，但为了确定，我又说："你想帮我个忙吗？你今天想帮我跑一趟吗？就最后一次？"

"别再搞出什么花样了，蕾娜。治疗会起作用的是你的大脑，而不是你的腿。你明天之后还是会跑步的。"汉娜以她应有的方式无礼地说，但现在她却一脸微笑，并朝我点着头。*是的，我会去做的。我会将字条藏在那里的。*我全身涌起一阵希望，一股温暖的光，将疼痛减轻了不少。

"好，但那将会很不一样。"我悲鸣着。卡罗尔的脸在露出一条缝的门边短暂地闪现了一下。她看上去很满意。对她来说，我看上去一定像是已经接受了最终将要接受治疗的命运。"再说，还可能出岔子呢。"

"不会出岔子的。"汉娜站起来，又盯着我看了几秒钟，"我保证。"她一个字一个字地说，说得很慢，给每一个字里都填入了力量，“一切都会进行得很完美的。”

我的心在瞬间停止了跳动。这一次，是她在给我传达一个信息，我知道她并不是在说治疗的事。

“我得从这儿走了。”她说着，几乎是跳起来一般往门边走去。我意识到，如果这一旦起了作用，如果汉娜真的以某种方式做到了将信息传给艾利克斯，如果他又设法将我带出这座早已变成牢房的房子，那么这将会是我最后一次见到汉娜。

“等等。”当她快要走到门边时，我叫出了声来。

“什么？”她转过身来，目光炯炯，她现在很兴奋，准备要出发。在那一刻，她站在那被窗帘挡住的模糊的阳光光晕下，她全身发着光，仿佛是被体内的某种火焰所照亮。现在我才知道为什么他们为了爱创造出那些文字，为什么他们必须得这么做：这是唯一能够接近可以描述我在那一刻的感受的方式，那种混合着痛苦、愉悦、恐惧与欢快的令人迷惑的感觉，在同一时间顷刻猛烈地朝我涌来。

“怎么了？”汉娜不耐烦地又问了一遍，在原地跺了跺脚。我知道她迫不及待地要跑去实施那项计划了。*我爱你*。我想着，但却只是喘着气说出口：“好好跑。”

“哦，我会的。”她说完，然后突然间，她便消失了。

第二十七章

我爱你，他们无法将这带走

往天空跳跃的人也许会跌倒，这是事实；但他也有可能会飞起来。

——古代谚语，出处不详

收录在《危险字眼与概念综合汇编》中，http：//www.ccdwi.gov.org

我早就知道时间会慢得无限延展，就像水面一圈圈荡漾开来的涟漪；我也早就知道时间飞逝而过的力量会让我头晕目眩。直到今天，我还从来不知道如何同时做到两者。我四周的分分秒秒似乎都在膨胀，要用它的沉闷将我窒息而死。我看着光线一厘米一厘米地在天花板上移动。我与脑袋里和肩胛上的疼痛拚命搏斗。左臂的疼痛已经延伸到了右臂。一只苍蝇在屋内来回盘旋，嗡嗡地一次又一次撞向窗帘，拚命想要找出一条飞出去的路。它终于精疲力竭地从空中坠落下来，带着一阵小小的震颤声掉到地板上。

对不起，老兄。我很同情你。

就在同时，我突然害怕地发现自从汉娜来访之后已经过去了多少个小时。每一个小时都让我更加接近治疗时刻，更加接近离开艾利克斯的时刻，甚至每一分钟都像有一小时那样长，每一小时似乎都像一分钟那样过得飞快。我真希望自己有办法知道汉娜是否成功地将字条塞进了州长雕像手里。哪怕她做到了，艾利克斯会想起去那里查看我传出的话的希望也十分渺茫——最最微小的希望，几近于无。

但仍然还有希望。

我还没想过其他阻碍我逃跑的障碍呢，比如我现在被绑得像根意大利腊肠，还有无论卡罗尔、威廉姨爹还是蕾切尔或珍妮都会一直待在门外。你可以管这叫不肯面对事实，或是顽固，或是疯狂，但我还是必须去相信艾利克斯会来拯救我——就像在我们从荒野走回来时他给我讲的其中一则童话一样，王子爬上一座禁闭的高塔去拯救公主，他杀死恶龙，并和成群的带毒液的荆棘作战，只是为了到她身边。

下午四五点时，蕾切尔带着一碗热气腾腾的汤进来了。她在我床边一言不发地坐了下来。

“还有止痛药？”我挖苦地问她，而她却给我舀了满满一勺。

“你已经睡过觉了，感觉好多了是吧？”她回应道。

“如果我没被绑起来的话，那我倒是会感觉好多了。”

“这是为了你好。”她说着，举起那只勺子对着我的嘴做了个手势。

我最不想要的就是从蕾切尔那里接到食物，但如果艾利克斯过来找我（什么时候；他什么时候会来找我呢；我必须一直相信下去），我必须得有力气。此外，也许卡罗尔和蕾切尔真的相信我已经放弃了反抗的想法，他们将会放松对我的管制或是不再在卧室外面监视，这会给我逃跑的机会。

于是我喝了一大口汤，挤出一个生硬的微笑，并且说："还不错。"

蕾切尔对着我面露喜色："你想喝多少都可以。"她说，"你需要为了明天保持一个良好的状态。"

阿门，姐姐。我一边想一边喝光了整整一碗汤，然后又要了一碗。

又是更多的分分秒秒：它拖拖拉拉地慢慢走着，像是一股将我往下拉的力量。但就在那一刻，我还没真的期待艾利克斯会在晚上之前出现——那将意味着自杀——但不管怎样，胸腔深处依然有股抽痛。几乎已经快没时间了。

晚餐是更多的汤，上面漂浮着若干块被浸湿的面包。这一次是卡罗尔将食物带进来，而蕾切尔站在门外。我恳求卡罗尔让我去上洗手间，于是她将我的双手放下来了一小会儿，但她还是坚持要陪我去厕所，并站在马桶旁边看着我撒尿。我的手腕上被勒出了一道深深的勒痕，是尼龙绳留下的印记，我的双臂就像两条死气沉沉的砝码，毫无生气地悬挂在双肩之下。当卡罗尔再次将我绑起来时，我本来想反抗——尽管她比我高，但我绝对要比她壮——但我又重新考虑了一下。这座房子里满是人，姨爹也在内，据我所知这里楼下还有几个管理员。他们几分钟内就能将我制伏并让我昏然睡去，而我再也不能被弄昏了。我必须得整夜保持清醒和警惕。如果艾利克斯不过来的话，我就得自己制定出一个计划。

有一件事是可以确定的：明天我不会去接受治疗。我宁可死。

于是我集中精力，在卡罗尔将我绑起来时绷紧了全身的肌肉。当我放松肌肉后，中间便留下一点点小小的活动空间，只有一英寸的几分之一。也许这也足够让我有机会从这临时手铐里钻出去了。更多的好消息是：白天快要过完了，大家都会对一直监守卧室稍稍有些松懈，正如我希望的一样。蕾切尔在轮班时用了五分钟去上卫生间；珍妮花了更多时间给格蕾丝讲解她自己发明的某种游戏规则；卡罗尔离开自己的岗位整整半个小时去洗盘子。晚饭后，威廉姨爹换了上来。我很高兴这一点。他带着一只小小的手提收音机。我希望他会像平时吃完晚饭后那样打起盹来。

而然后也许——只是也许——我将会有机会从这里冲出去。

到了九点，整个屋子里的光线都退散了，我被留在了黑暗中，阴影像布料般覆盖在墙壁上。月亮又圆又亮，月光从窗帘后面透射进来，将所有东西都罩上了一层薄雾般的银光。威廉姨爹还在外面听着声音开得很低的收音机，那是一阵几乎难以识别的电波声。地板上传来一些声音——楼下的厨房和卫生间传出的冲水声，楼下嗡嗡的说话声，还有混杂在一起的脚步声——这是这座房子将会沉入夜晚的寂静前的最后一阵咳嗽与颤抖，就像一个濒临死亡的人最后的剧痛。珍妮和格蕾丝还是不准和我睡在同一个房间里。我猜她们一定都已安定好睡在楼下的客厅里。

蕾切尔最后一次端着一杯水进来了。在黑暗中很难辨认，但它看上去带着可疑的浑浊，就像有人在里面掺杂了什么东西一样。

“我不渴。”我说。

“就喝几口。”

“真的，蕾切尔。我一点也不渴。”

“别较劲，蕾娜。”她在床边坐下来，强行将水送到我嘴边，“你这一整天都表现得很好。”

我别无选择，只得喝了慢慢几口——我一边喝一边品味着里面那种药物的刺鼻气味。这里面绝对掺杂了什么东西——无疑是更多的安眠药。我将水端到嘴边，不再咽下，她一站起身往门口走去，我就转过头去将水从枕头后面倒了下去，倒在头发上。真有点恶心，但总比另一种下场好。湿润的水从枕头上浸出来，暂时地缓解了我肩头的疼痛。

蕾切尔在门口犹豫了一下，像是竭力想要想起什么重要的话要说，但她挤出口的却只是："明天早上见。"

如果我办不到可没办法了。我想着，但我什么也没说。然后她离开我，关上了身后的门。

然后我就被留在了彻底的黑暗中，只剩下缓慢走动的时针，还有那滴答滴答不断往前行走的分针。我躺在那里，什么也没有做，只是在想着——此时，这座房子安定下来，在我身边纹丝不动——恐惧又回来了，成为了一层恐怖的雾。我对自己说他一定会来——他必须得来，但时针却不时悄然往前运转，似乎在嘲弄我，而外面的街道静悄悄的，只有偶尔几声狗叫。

我脑子里不断回旋着一个同样的问题（艾利克斯会不会来？）我试着去思考起所有在去往实验室的路上实行自杀的方法。如果在国会大道上有任何满载货物的大卡车的话，我将会自己冲到其中一辆面前去。或者也许我可以让码头来个大停顿。要溺死也不是很难，尤其是如果我的双手还被绑住的话。如果事情变得越来越糟，我可以拼命爬向实验室的楼顶，就像多年前那个女孩所做的那样，像块石头一样，劈开云层，从天空坠落下来。

我想起了那一天在所有地方的电视上所放映出来的那个画面，那股细细的血流，还有她脸上那种古怪的平静的表情。现在我理解了。尽管听上去很病态，但制定这些计划确实让我感觉好受些了，将我心里那些颤抖不已的焦虑与恐惧击退了回去。我宁可根据自己做主选择去死，也不愿意听从他们的意愿过活。我宁可带着对艾利克斯的爱去死，也不愿意在没有他的世界里活下去。

求求你，上帝，让他为了我过来。

我再也不会有任何要求了。

我将放弃任何东西，以及我拥有的一切。

请让他过来。

到了午夜，恐惧变成了绝望。如果他还不来，我就要自己出去找他了。

我将手套在绳索中，竭力想要挣出更多的空间。绳索深深嵌在我的皮肤里，我不得不咬紧嘴唇，以免自己在黑暗中哭出声来。不管我怎样拉拽和扭来扭去，绳索还是不肯再放松一点点，但我还是在不停地努力，直到汗水顺着发线掉下来，我担心如果自己再挣扎得厉害点，就会引来别人进屋。我的前臂下沁出了湿润的汗流，而当我往后仰起头时，看到了自己肌肤上有一条粗黑的血迹，就像一条可怕的黑蛇——我的挣扎让自己的皮肤被蹭落擦伤了。

外面的街道如往常一样安静，就在那一刻我知道这就是绝望：我将无法自己逃脱出去。明天我一醒来，姨妈和蕾切尔还有那些管理员就会护送我进入市区，而我唯一可以逃跑的机会就是进入大海里，或是从实验室的楼顶跳下来。

我想起了艾利克斯那双宛如融化的蜜糖般的眼睛，他那轻柔的碰触，还有我们一起睡在星群的华盖下，看着它们在我们头顶铺展开来，仿佛只是为了我们而存在于那里。而此刻，过了这么多年后，我才明白寒冷是什么，以及它究竟是从哪儿来的——这种感觉就是，一切都失去了，变得毫无价值，毫无意义。终于，寒冷和绝望变得仁慈起来，像一层黑暗的面纱般滑进我的思绪里，而奇迹中的奇迹是，我竟然睡着了。

我在某个时候醒来了，四周是粉紫色的黑暗，我感到有人在屋子里，在解开我手腕上的绳索。就在那一刻我的心一下子飞跃起来，我想着，*艾利克斯*，但抬起头来却看到了格蕾丝，她坐在我的床头，努力将我被绑在床头板上的绳索解开。她拉扯着，松开绳扣，不时还往前弯下身子，用她的牙齿咬着尼龙绳，看上去就像是一只安静而勤奋的小动物在奋力要冲破牢笼。

突然间，绳索松开，我自由了。双肩剧痛难忍，我的手臂像被一千根针扎着般。但就在这被释放的一刻，我本可以欢快地欢呼跳跃，当我的母亲从监狱的石墙上那道裂缝中见到投射进来的第一缕阳光时，一定也是这种感觉。

我坐起来揉着手腕。格蕾丝蹲靠在床头板前看着我，我朝前倾过身子给了她一个大大的拥抱。她带着苹果香皂的气味，还有一点点像汗味。她的肌肤很热，我无法想象她刚才偷偷溜进我的房间里时有多么紧张。她在我的怀里微微发着抖，我很吃惊她竟然是如此清瘦和纤弱。

但她却并不柔弱——绝不。我意识到格蕾丝很坚强，也许比我们中的任何人都还要坚强。这让我想起来，在很长一段时间以来，她都在以自己的方式进行着反抗，她是个天生的反抗者这件事让我微笑着凑近了她的秀发。她会没事的。她会比没事还要好。

我将身子挪开一点点，这样好对着她的耳朵低语："威廉姨爹还在外面吗？"

格蕾丝点点头，然后将两只手一起放在脑袋下，表明威廉已经睡着了。

我又往前凑了点："家里还有管理员在吗？"

格蕾丝又点点头，举起两根手指，我的心一下子沉了下去。还不止一个管理员——他们竟然有两个。

我站起来测试自己的双腿，它们因为被固定在同一个地方整整两天而痉挛起来。我踮着脚走到窗边，我很清楚威廉姨爹就在离我只有十英尺的地方睡觉，于是我尽可能轻地拉开了窗帘。外面的天空依然是深暗的浓烈的紫色，像是茄子的颜色，街道上依然布满了影子，像是被一层天鹅绒覆盖着。一切都全然静止了，全然陷入寂静中，但地平线上出现了一丝最微弱的红色，并在逐渐亮起来：黎明已经不远了。

我轻手轻脚地关上窗子，突然有一种急不可耐的想要闻到大海的冲动。就是那样：我的脑海中出现了带着咸味的水沫和雾气混合的气味，还有那不断飞转的思绪，如同一阵永不停歇的潮水。随即我便感到一阵难以自制的悲伤。我知道在这座巨大无比的、四处蔓延的沉睡之城里，没有任何办法能够找到艾利克斯，我也没有办法独自越过边境。我最好的赌注便是试着从悬崖上跳下，跳入海中，走进水里，直至让它逐渐没过我的头顶。我在想那会不会痛。我在猜想艾利克斯会不会想起我。

在这座城市深处的某个地方，有一台引擎在运转，是一阵遥远的带着泥土气息的隆隆声，像是一头野兽在喘气。再过几个小时，清晨的耀眼晨光就将驱走所有黑暗，所有的形体都会重现出来，人们会醒来，打着哈欠泡好咖啡然后准备去上班，一切都和往常一样。生活仍将继续。我内心最深处在隐隐作痛，是某种比话语更加强烈的古老而深邃的东西：那是将我们每一个人紧紧连接在社会根基上的细丝，这古老的东西伸展着，反抗和挣扎着，不顾一切地想要抓住一个可以立足的地方，想找到一条可以留在这里、呼吸、继续下去的办法。但我却竭力驱走这种感觉，用意念让它再次蜷缩起来，滚得远远的。

我宁可以自己的方式去死，也不愿意以你们的方式去活。

此刻引擎的声音越来越接近，也更响了。现在我能看到一辆独行的摩托车，像个深黑色的小点儿往街这边开了过来。那一刻我犹如被摄了心魂般屏住了呼吸。之前我只见过两次工作用的摩托车，在这一切事物中，它的美丽是如此摄人心魄，它那一闪光切过黑暗穿梭在街道间的样子，如同一只有着一头乌黑光亮毛发的水獭掠水而过。而那名骑者也只是车身后的一个黑色的身影，像是液体或影子一般往前弯着身子，能看清的只有他的头顶，他越来越接近了，逐渐能够看清身体和容貌的形态和细节。

那颗头的顶端，如同秋天叶子的颜色，在燃烧着，燃烧着。

艾利克斯。

卧室门外出现了一个响亮的声音，像是有什么东西在敲着墙。我听到威廉姨爹在嘟哝着：“真该死。”

艾利克斯将车开进那条隔开我们房子的狭窄小道，其实那只是一块细窄的草坪，上面长着一棵无精打采的树，紧接着外面还围着一圈及腰高的链状栅栏。我冲他狂热地挥手。他熄了引擎的火，抬起脸看向房子。天色还是很暗，因此我不确定他是否能够看到我。

我冒险地朝着院子轻声叫了一声：“艾利克斯！”

他朝着我声音的方向转过头来，迅速咧嘴一笑，张开双臂像是在说，*你知道我会来的对吧？*我想起第一次在实验室的露台上看到他的情形，他浑身闪烁着光芒，宛如在夜空中仅为我闪耀的星星。

在那一刻，爱意盎然涌来，仿佛我的身躯已化为了一束灼然的光，往前传射而出，越过房屋、墙壁与城市，恍若一切都被抛在我们身后，只有艾利克斯和我两人悬在空中，彻底自由。

然后通往我卧室的门突然一下子打开了，威廉开始大吼起来。

顷刻间，房子里便充满了喧哗与灯光，脚步声与吼叫声。威廉姨爹站在门口冲着卡罗尔大吼着，就像在恐怖片里沉睡的怪兽醒来时一样，只是现在这头怪兽成了这座房子。有人咚咚踩着脚步冲上楼来，我想应该是管理员，而在走廊尽头，卡罗尔从她的卧室里冲了出来，她的睡衣像斗篷般披在身后飞了起来，她的嘴巴扭曲地张开着，发出一阵长长的难以听清的叫声。

我用尽全身力气推着窗户，但它却纹丝不动。在我下方，艾利克斯也在大叫着什么，但隔着那重新突突响起来的摩托车引擎声，我听不清他说的话。

“把她拦下！”卡罗尔在大吼，威廉在那一刻就像解冻了般一下子活跃起来，猛冲进屋里来。我使劲推着窗户，双肩火辣辣的疼，我感到它往外张开了一点，但又停住了。没有时间了，没时间了，没时间了。现在威廉随时都会抓住我，然后一切都会完了。

然后格蕾丝突然叫了一声：“等等！”

所有人一下子全都定住了。这是第一次也是唯一一次格蕾丝对他们大声说出话来。威廉绊了一跤，目瞪口呆地盯着他的外孙女。卡罗尔愣在门口，在她身后的珍妮揉着眼睛像是在确认自己是否在做梦。甚至连那两名管理员也都在楼梯口处停了下来。

这一刻正是我需要的。我又猛地一推，窗户颤抖了一下，我一下子跳出去，哐当一声落在了街上。我还没来得及思考自己正在做什么，以及这里离下面的路还有两层的距离，我便已经从窗口自由落体地跳了下来，空气如拥抱般在身边拂过，那一瞬间我的心又欢唱起来，我想，我在飞呢。

然后我便重重地撞到了地面，双腿一下子跌下来，腹部受到重击，一下子无法呼吸，左脚踝扭伤了，剧痛顷刻间流遍了全身。我用手和膝盖往前爬行，钻过了栅栏。我上头的吼叫声又响了起来，片刻之后，房子的前门轰的一声被打开了，两个男人从门廊里冲了出来。

“蕾娜！”是艾利克斯的声音。我抬起头来。他靠在那圈链状栅栏上，张开双手。我抬起一只手臂，他抓起我的手肘，没有时间用来害怕。门廊上响起了一阵嘈杂的静电声。一个管理员在对着对讲机大吼大叫。另一个则在给一杆枪上膛。奇怪的是，在这一片混乱之中，我却冒出了一个愚蠢的念头：我以前还不知道管理员竟然可以带枪。

“快点！”艾利克斯大吼一声。我连滚带爬地窜上摩托车坐在他身后，将双臂紧紧环抱在他的腰间。

第一颗子弹直接从我们右侧的栅栏上反弹了回来。第二颗乒的一声打在了人行道上。

“走！”我尖叫一声，艾利克斯一提速，第三颗子弹从我们身边擦身而过，它离得是如此之近，以至于我都能感到空气中发出的震颤。

我们朝着小道的尽头猛冲。艾利克斯将轮胎狠狠倒向右侧，于是我们一转身开到了街上，车身剧烈地倾斜着，我的头发都擦到了地面，胃部像翻了个大筋斗。我想，完了。但奇迹的是摩托车自己调整好了平衡，然后我们加速沿着黑压压的街道一路往前，那些吼叫和枪火的声音被渐渐抛在了身后。

但这安静并没有持续很久。我们刚来到国会大街，我就听到了警笛的哭号，那阵哀叫变得越来越大声，越来越响亮。我想让艾利克斯再开快点，但心脏猛跳个不停，我什么也说不出来。此外，我的声音也会被我们身边那疾速的风声所吞没，我知道他正在以最快的速度往前开。两旁的楼群都变得模糊、灰白、形状不明，就像一堆被融化了的金属。这座城市对我而言，从未如此陌生、丑恶与畸形过。警笛声高亢刺耳，就像一柄细长的刀刃在剧烈地震颤着穿过我的身体。我们四周的楼群开始逐渐亮起灯来，人们都被惊醒了。地平线上已出现一抹红色，太阳正在升起来，如铁锈般的颜色，如干涸的血液般的颜色，我的全身都被恐惧所占据了，那是一种撕心裂肺般的疼痛感，比我做过的任何噩梦都要可怕。

然后，两辆不知道从哪儿冒出来的巡逻警车一下子出现在街尾，封住了我们的去路。成百的管理员和警察，密密麻麻的头、胳膊还有吼叫不停的嘴巴一下子涌上街来。还有从电波与手提喇叭中传出来的被放大和扭曲了的嗡嗡喊叫声。

“不许动！不许动！再动我们就开枪了！”

“等一下！”艾利克斯大叫一声，我感到他在我身下的肌肉一下子绷紧了。就在那最后一刻，他猛地一拉左侧的车把手，我们跃过人行道来到了另一条狭窄的小道里，撞到了砖墙上。我的右腿猛地撞到了墙上，我尖叫起来，皮肤被蹭掉了老大一块。我们又沿着楼群外沿疾速飞驰了几秒钟后，艾利克斯再次重新掌握好了车身平衡，于是我们继续往前冲去。我们刚一来到这条小道的尽头，又出现了两辆巡逻警车尾随在我们身后。

我们风驰电掣般地行驶，我的双臂不停颤抖，我竭力想稳住它们，就在那一刻我突然一闪念冷静下来，意识到我们绝对不可能成功。我们两个今天都会死，不是被枪火打死，就是被车碾死，或是在某个可怕的时刻撞在一堆扭曲的金属上爆炸起火。当他们埋葬我们的时候，我们将融为一体，彼此缠绕，他们无法将我们的尸身分开，他身躯的一部分将与我同在，而我的一部分身体也将和他融在一起。奇怪的是，这个念头并没有让我难过，我差不多已经快要屈服和放弃了，准备好吸进最后一口气，紧紧靠在他背后，感觉着他的肋骨、肺和胸膛最后一次与我一同运动。

但艾利克斯很显然并没有打算要放弃。他穿过自己能找到的狭窄小巷子，那两辆紧随我们的车竭力想跟上来，但却一打滑刹住了，撞到一起，封住小巷子的入口，这样不得不迫使其他车辆也停了下来。刺鼻的烟雾和燃烧的橡胶轮胎的臭味让我双眼一下子被泪水迷住了。但随后我们又冲了出来，往富兰克林主干道驶去。

现在从远处传来的警笛声更多了，支援部队正在赶来。

但是海湾已经出现在了我们眼前，它延展开来，宛如玻璃或金属般静谧、平和而苍凉。天空在它的边缘处焖烧，如同一把粉黄相间的火焰。艾利克斯转到了马格诺路上，我们在坑坑洼洼的人行道上颠簸着，我的上下牙都打起架来，每当我们跳进又一个水坑时，我的腹部都会晃动不止。我们正在接近。警笛声更响了，像是一大群飞舞的大马蜂。如果我们刚好能在更多的后援警车来之前赶到边境……如果我们能以某种方法穿过那些警卫，如果我们可以钻过那道电网……

然后，一架直升机盘旋在了我们上空，如同一只巨大无比的飞虫，它的强光迂回曲折地打在黑压压的公路上，螺旋桨的呼呼声震耳欲聋，将空气吹得七零八碎，如巨浪般扑来。

话语声如加农炮般响了起来："我以美利坚合众国政府的名义命令你们，不许动，投降！"

一排被阳光晒成灼热白色的长长的草地出现在了我们右侧：我们已经来到了海湾。艾利克斯将车猛地刹在路边，跑上草地，我们半跑半滑地沿着湿地以对角线路线朝边境奔去。泥巴溅到了我的嘴巴和眼睛里，让我窒息，我对着艾利克斯的背咳嗽起来，我感到他正在喘息。现在太阳已露出了半轮，像是一只半抬起眼皮的眼睛。

土耳其大桥在我们右侧延伸，在昏暗中它显露出黑色的骨架。我们前方的警卫处的灯光依然亮着。即使遥遥望去，它们也显得十分安宁，像是某种脆弱而易损坏的物品，如同悬挂着的纸灯笼。它们后面是那道电网，还有那圈树林：安全。如此接近。如果我们还有时间的话……时间……

有什么东西跳了出来，是黑暗中的一道爆炸，泥团炸起来抛成了弧线。他们又开始开枪了，从直升机上开枪。

"不许动，马上下车，将双手放在头上！"

巡逻警车来到了围在海湾外的公路上。越来越多的车发出尖厉的声音刹了下来，警察们往通往沼泽地的草地赶来——有成百上千，比我以前任何一次看到的都多，他们看上去黑压压的，简直不像人类，而像是一群鳄鱼。

现在我们又起身了，从那条将海水与破败的公路和警卫屋分隔开来的草坪带，飞快地跑过一圈乱蓬蓬的灌木丛，它们的枝条打在我的皮肤上，感到有些刺痛。

然后，艾利克斯突然停下来。我猛地撞到了他身上，狠狠地咬到了自己的舌头，闻到自己嘴里发出的血腥味。我们头上的直升机的灯光摇晃了一下，想要对准我俩的位置，然后将光束死死对准我们。艾利克斯将双臂举过头顶，从摩托车上爬了下来，将脸转过来对着我。在那强烈的白光下，他的表情让人难以看清，仿佛他在那一瞬间化为了石头。

"你在干什么？"我大喊着，声音被淹没在了螺旋桨、吼叫和警笛的巨响之中，那永远都在不断哀号的海水卷起一阵浪潮扑在海湾上，它永远都在那里，不停地将一切卷起来带走，不断将一切逐渐化为尘埃。"我们还是能做到的！"

"听我说。"他看上去似乎没有喊叫，但不知道为什么我还是能听到他的声音。仿佛他是在直接对着我的耳朵说话，尽管他仍然站在那里高举着双臂。"当我跟你说走的时候，你就要走。你得开着这个跑，好吗？"

"什么？我不会——"

"公民914-238-619-3216。立刻下车将双手举过头顶。如果你不马上下车，我们将会瞄准射击！"

"蕾娜。"他叫我名字的那种方式让我闭了嘴。"他们将电网通上电了。现在那里有电。"

"你怎么知道？"

"只管听我说。"一阵绝望和恐惧窜进艾利克斯的话音里：绝望与恐惧。"当我说走的时候，你就开车。当我说跳的时候，你就跳。你会跃过电网的，但在电力被再次开通前，你只有三十秒的时间，最多一分钟。你得用最快的速度爬过去。然后你就跑，好吗？”

我的全身变得冰冷：“我？那你怎么办？”

艾利克斯的表情丝毫没有变化：“我会紧跟在你身后。”他说。

“我们再给你们十秒……九……八……”

“艾利克斯——”体内仿佛有若干冰冷的手指揪着我的胃。

微笑在艾利克斯的脸上只停留了一瞬间——那是一闪而过的最为轻微的笑容，仿佛我们已经安全了，仿佛他正在凑过来将我的头发从眼睛上拂下来然后亲吻我的脸颊。“我保证我会紧跟在你身后的。”他的表情又绷紧了，“但你必须得发誓你绝不会回头，一秒钟也不许，可以吗？”

“六……五……”

“艾利克斯，我不行——”

“发誓，蕾娜。”

“三……二……”

“好吧。”我几乎是哽咽着说出口的。眼泪模糊了我的视线。没有机会，我们没有丝毫机会了。“我发誓。”

“一。”

就在那一刻，我们四周突然炸起漫天火光，震耳欲聋的爆炸声与枪火。就在同时，艾利克斯大叫一声：“走！”并往前一倾身子，拧了下阀门，就像我之前看他做的那样。我感到他的双臂最后一次环抱了我片刻，他的拥抱是那么紧，如果不是我紧紧抓着车把手的话，我可能已经被带下摩托车了。

又是一阵枪火。艾利克斯大喊一声，放开了抱在我胸前的一只手臂。我往后回头，看到他轻捧着自己的右臂。我们跳到了旧公路上，那里早有一排警卫端着瞄准的步枪等着迎接我们了。他们全都在大叫着，但我压根就听不到他们的声音，我只能听到嗖嗖的疾速的风声，还有那电网上通过的嗞嗞的电流声，就像艾利克斯之前说的一样。我眼中只能看到荒野里的树林，正在晨光中显露出碧绿色，所有那些宽阔的树叶都像是张开欢迎我们的手。

此刻警卫靠得是如此之近，我都能看清他们每一个人脸上不同的表情：一张脸上是满口黄牙，还有一张脸的鼻子上长着一个大肉瘤。但我还是没停下来，我们骑车颠簸着从他们中间横穿过去，他们分散开了，有些往后退，有些跳开，以免让自己被车撞到或碾到。

我们前方的电网越来越逼近了：十五英尺，十英尺，五英尺。我想，*我们就要死了*。

然后是艾利克斯清晰有力，并且惊人的冷静的声音，我真不确定自己是真的听到了他在说话，还是只是在想象他说的那些话传进了我的耳朵里：*现在。跟我一起。跳*。

我放开车把手，将车身滚到一边，车子往前方的电网滑行过去。我的全身上下每个部位都剧痛不已，像是骨头从肌肉上被撕裂，肌肉从皮肤上被撕裂下来了一样——我翻了几个滚撞到了粗糙的岩石上，吐出几口尘土，咳嗽着，竭力想要呼吸。有好一会儿，整个世界都变黑了。

然后，一切又恢复了色彩，充满了爆炸与炮火。摩托车撞到了电网，空气里回响起了一阵巨大的轰隆声。炮火开向空中，巨大的火舌舔舐着逐渐亮起来的天空。霎时间，电网发出一阵尖锐刺耳的哀号声，然后又沉入一片死寂。一定是电流在那一瞬间被耗尽了。

和艾利克斯说过的一样，这是我爬过去的机会。

我不知道哪来的力气，强迫着自己用双手和膝盖往电网上攀爬起来，一边干呕着，咳出许多尘土。我听到身后有吼叫声，但听上去都很遥远，像是从水下传出来的声音。我一瘸一拐地爬到网上，用力地推动自己的身体一小点一小点地往上挪。我以最快的速度移动着，但感觉自己却像是在蜗牛般蠕动，几乎没有任何进展。艾利克斯一定是在我身后，因为我听到他在大叫着：“走，蕾娜！走！”我凝神听着他的声音，这是唯一能让我继续前进的东西。不知怎么的，我竟然奇迹般地爬到了电网顶端，然后又跨过了那圈带刺的铁网，正如以前艾利克斯嘲笑我的那样，然后我翻到了另一端，让自己往二十英尺下的地面自由落体，狠狠撞到了下面的草地上，现在我摔得有些神志不清了，也感受不到任何疼痛。再走几英尺，我就会进入荒野中了；我就会进入那排密不漏风的树林围墙之后，躲在它们茂密的树荫之下。我等着艾利克斯接着过来。

但他没有。

就是在那时，我做了一件自己发誓绝不会做的事。突然间我的力气全都回来了，同时还有燃烧的剧痛。我挣扎着站起来，电网又嗡的一声接通了电流。

我回过头去。

艾利克斯还站在电网的那一头，身后是一道火光通天的烟雾与炮火。自从我们一同跳下摩托车后，他一寸也没有挪动过，连试都没有试过。

奇怪的是，在那一刻里我竟然想起了过去那几个月前，在我的第一次评估时我所作出的回答。当时我被问起有关《罗密欧与朱丽叶》时，脑子里唯一想起能说的词便是美丽。我并不想解释。我不想说什么跟牺牲有关的话。

艾利克斯的T恤是红色的，有一瞬间我还以为那是光造成的错觉，然后我才发现他湿透了，全身都浸透了血液：鲜血从他的胸膛中渗出来，宛如那渗满天空的朝霞，将新的一天带到这个世上来。在他身后是那虫子般密密麻麻的军队，他们全都拔出了枪，一起朝他奔过来。警卫们也来了，他们从两旁同时向他包抄过去，仿佛要将他撕成碎片，或是从头到尾撕成两半。直升机的聚光灯刚好打在他身上。他站在那束煞白的光里，浑身一动不动，我觉得自己这辈子从来，从来没见过比他更美的事物。

他透过烟雾，透过电网看着我。他的目光从来没有离开过我。他的头发是一顶由树叶、由荆棘、由火焰筑成的王冠。他的眼睛里闪烁着灼灼的光芒，比全世界每一座城市里的灯光都要明亮，比我们一百万亿年后能发明出来的灯光还要明亮。

就在那一刻，他张开嘴，用嘴形对我说出了他能说出的最后一个字。

那个字是：跑。

然后那群虫子般的家伙全都扑到了他身上。他被他们那些扭曲的恶狠狠的手臂和秃鹫对准动物般的血盆大口压倒了，被他们的黑影团团围住。

我跑了不知道有多久。也许有好几个小时，也许有好几天。

艾利克斯让我跑。于是我跑。

你必须得明白，我并不是什么特别的人。我只是一个孤零零的女孩。我的身高是五英尺二英寸，我在各方面都平平，毫无特长。

但我有一个秘密。你可以将高墙筑得通天高，而我却会找出一个办法从它们上面飞过去。你可以用成千上万只手臂将我打倒，但我却会找出办法来反抗。我们在那边有很多很多人，远远超过你的想象。是那些拒绝不再相信的人。是那些拒绝回归常态的人。是那些热爱生活在一个没有高墙的世界里的人，是那些由爱到憎，再到拒绝，抗拒希望，没有恐惧的人。

我爱你。记住，他们无法将这带走。

《死亡诗社》
（美）N. H. 科琳宝姆
湖南文艺出版社
ISBN：9787540448721
定价：22.00元
怀揣激情与梦想，走出平静的绝望！
人应该诗意地栖居于大地上。

《就说你和他们一样》
（美）乌文·阿克潘
江苏文艺出版社
ISBN：9787539937915
定价：26.00元
如果觉得生活太痛苦，是因为我们距离死亡还太远！
奥普拉2009年年度选书。

《别问我是谁》
（美）杰里·史宾尼利
湖南文艺出版社
ISBN：9787540448073
定价：25.00元
电影《美丽人生》的文学诠释，钮伯瑞大奖得主杰里·史宾尼利重要代表作。

《失落的玫瑰》
（土）沙尔达·奥兹坎
湖南文艺出版社
ISBN：978754044624
定价：26.80元
你过着自己想要的人生
还是别人期望中的？
土耳其文学史上唯一
越诺贝尔文学奖得主
罕·帕慕克的作品。

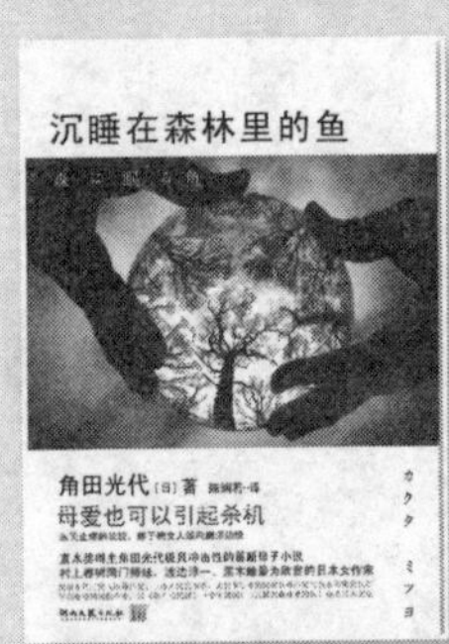

《沉睡在森林里的鱼》
（日）角田光代
湖南文艺出版社
ISBN：9787540446680
定价：26.00元
母爱也可以引起杀机！
直木奖得主角田光代极具冲击性的最新母子小说！

《带我回去》
（爱尔兰）塔娜·法兰奇
湖南文艺出版社
ISBN：9787540447755
定价：29.00元
二十二载怨愤轰然间灰飞烟灭，为什么，最想逃离的，总是最思念？悲情悬疑天后塔娜·法兰奇巅峰之作，令无数读者动容的希望与回归之书。

《神秘化身》
（爱尔兰）塔娜·法兰奇
湖南文艺出版社
ISBN：9787540449124
定价：35.00元
呼啸奔逃的率性年月，遁走无形的多变人生。
最甜美亦是最肃杀，呐喊出倚梦而生的孤绝青春。

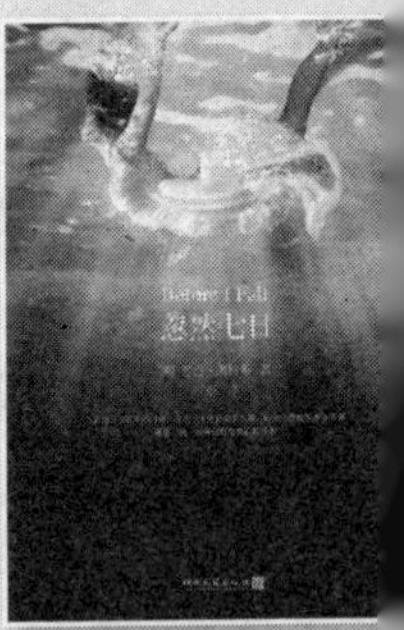

《忽然七日》
（美）劳伦·奥利弗
湖南文艺出版社
ISBN：978754044685
定价：29.80元
我们平凡却可贵的人生
错了不会再重来。
一本让全美年轻人集体
静的书，亚马逊书店2
最佳青年读物。